LAURA WILSON

Ein reines Herz

Buch

Finching, ein kleiner Ort in Suffolk in den dreißiger Jahren: Hier lebt die berühmte Kinderbuchautorin Marjorie Maud Haldane mit ihrem Mann, ihrem kleinen Sohn Gerald und der Adoptivtochter Vera. Gerald, ein scheuer, von der Mutter wenig beachteter Junge, findet eigentlich nur bei Vera und seiner lebenslustigen Tante Tilly etwas Wärme und Zuneigung. 1944 zerbricht die mühsam aufrechterhaltene Fassade des gutbürgerlichen Lebens im Herrenhaus, als Vera ermordet im Wald aufgefunden wird. Gerald hatte die Leiche entdeckt und wird selbst 50 Jahre später noch von den damaligen Ereignissen verfolgt. Er lebt mittlerweile zurückgezogen in London, gilt als sonderbar und hat kaum Kontakt zu seinen Mitmenschen. Doch als er Melanie, der Tochter einer Kollegin, begegnet, gerät sein streng geregeltes Leben aus den Fugen. Die zwölfjährige Mel erinnert ihn an Vera, und als das Mädchen spurlos verschwindet, scheint sich der Alptraum von damals zu wiederholen ...

Autorin

Laura Wilson ist Mitte dreißig, studierte in Oxford und London, arbeitete kurze Zeit als Lehrerin, später einige Jahre als Sachbuchlektorin, bis sie als Krimiautorin über Nacht berühmt wurde. Schon ihr erster Roman, *Ein kleiner Tod*, wurde nicht nur von der Presse, sondern auch berühmten Kolleginnen wie Donna Leon, Ruth Rendell, Val McDermid und Frances Fyfield mit hymnischem Lob bedacht. Laura Wilson, die auch einige Geschichtsbücher für Kinder verfasst hat, lebt in North Essex.

Von Laura Wilson außerdem im Goldmann Verlag erschienen:

Ein kleiner Tod. Roman (44580)
Ein reines Herz. Roman (45144)
Im Dunkel der Angst. Roman (45627)

Laura Wilson

Ein reines Herz

Roman

Aus dem Englischen von
Claus Varrelmann

GOLDMANN

Die Originalausgabe erschien 2001 unter dem Titel
»My Best Friend« bei Orion, London.

Umwelthinweis:
Alle bedruckten Materialien dieses Taschenbuches
sind chlorfrei und umweltschonend.

1. Auflage
Neuveröffentlichung April 2003

Umschlaggestaltung: Design Team München
Umschlagfoto: Wolf Huber
Satz: deutsch-türkischer fotosatz, Berlin
Druck: GGP Media, Pößneck
Krimi 5510
JE · Herstellung: Max Widmaier
Printed in Germany
ISBN 3-442-05510-5
www.goldmann-verlag.de

Für Tim Donnelly,
der das Vorankommen beschleunigte,
und für Freeway,
der es verlangsamte

Gerald

Es war nicht das erste Mal, dass ich eine Hand entdeckt habe. Ich weiß noch, wie ich im ersten Moment dachte, was für ein Zufall das war. Zwei Hände. Na ja, es war Krieg, das hat die Wahrscheinlichkeit wohl um einiges erhöht. Beim ersten Mal war ich mit Eric zusammen – er hatte mir ausnahmsweise erlaubt, mit ihm zu spielen. Wir waren im Wald, als wir hörten, wie das Flugzeug explodierte. Es ging in Flammen auf – der Pilot hatte keine Chance zu überleben. Wir wollten uns das näher ansehen, und ich weiß noch, wie ich gerannt bin – keiner von uns beiden hatte je einen Flugzeugabsturz aus der Nähe gesehen, und wir waren beide ungeheuer aufgeregt. Wir hofften, dass es sich um ein deutsches Flugzeug handelte, denn Andenken von den Deutschen waren als Tauschobjekte begehrter als Andenken von unseren englischen Soldaten, und 1943 fand man nur selten Sachen von den Amerikanern, zumindest nicht in unserer Gegend. Der neue Flugplatz war noch im Bau – Lastwagen voller Sand und Kies ratterten tagtäglich von morgens bis abends durch unser Dorf.

Ich muss etwa dreihundert Meter von dem Feuerball entfernt gewesen sein, als ich den Handschuh sah. Er war aus abgewetztem braunem Leder und lag mit der Innenfläche nach oben im Gras. Die Finger waren gekrümmt wie die eines Geigenspielers, und als ich sie anfasste, merkte ich sofort, dass etwas Festes darin war. Der Handschuh war noch ... nun ja, *in Gebrauch*. Ich ließ ihn fallen, wischte mir die Hände an meiner kurzen Hose ab und lief wieder los, in Richtung Flugzeug.

Soweit ich weiß, habe ich hinterher erst wieder an die Hand gedacht, als ich ein Jahr später die zweite fand.

Es war Herbst, und ich war wieder im Wald, diesmal allerdings allein. Ich glaube, ich habe Soldat gespielt, denn ich weiß noch, dass ich hinter einer dicken Baumwurzel auf dem Bauch lag und so tat, als würde ich aus der Deckung schießen. Ich spähte über den Rand der Wurzel, und da sah ich sie, etwa einen halben Meter von mir entfernt. Kein Handschuh, nur rosagräuliche Haut, die aus dem Laub ragte. Das Handgelenk abgewinkelt, die Innenseite nach unten gedreht, die Finger ausgestreckt, als wollte sie auf mich zukrabbeln.

Ich griff nicht nach ihr, sondern rutschte noch etwas näher an sie heran und streckte meine Hand in derselben Haltung wie die andere Hand aus. Ich glaube, ich war innerlich noch bei meinem Soldaten-Spiel, denn ich erinnere mich, dass es mir vorkam, als hätten die Finger voreinander Aufstellung genommen wie Armeen auf einem Schlachtfeld. Dann sah ich, wie feingliedrig die andere Hand war. Beinahe hübsch, trotz der schmutzigen Haut und der Erde unter den langen Fingernägeln. Ich reckte den Arm ein Stück, und ich glaube, ich hätte sie berührt, wenn mir nicht plötzlich aufgefallen wäre, dass nicht alle Nägel gleich lang waren. Der Nagel des kleinen Fingers war abgebissen. In dem Moment, in dem ich das sah, tauchte vor meinem inneren Auge ein Bild von meiner Schwester Vera auf, wie sie an Weihnachten mit einem Zeichenblock auf den Knien im festlich geschmückten Wohnzimmer vor dem Kaminfeuer saß und malte und mein Vater sich zu ihr hinüberbeugte und die Hand nahm, in der sie den Buntstift hielt. »Wenn du weiter so an deinen Fingernägeln kaust, wirst du eines Tages wie George Formby aussehen.« Sie kicherte. »Dann kau ich ab jetzt nur noch an den kleinen, damit ich bloß ein klitzekleines bisschen wie er aussehe.«

Später hat man mir erzählt, dass ich über und über mit Erde beschmiert ins Haus gerannt bin und dabei Veras Namen gerufen habe.

Lexikon der Kinder- und Jugendliteratur

HALDANE M(arjorie) M(aude), 1904–1967, Autorin der Tom-Tyler-Romane, wurde in der Grafschaft Suffolk geboren, wo sie auch den größten Teil ihres Lebens verbrachte. Über ihre frühe Kindheit schrieb die Tochter eines Buchhändlers, sie und ihre jüngere Schwester Matilda hätten »ein idyllisches Leben geführt, das ein Quell steter Freude war«. Ihr Glück nahm 1916 ein abruptes Ende, als ihr Vater, unter einer Kriegsneurose leidend, aus dem Ersten Weltkrieg zurückkehrte. Sein seelischer Zustand, den Haldane später als »finsteren Schatten« beschrieb, wurde in den folgenden Jahren zu einer großen Belastung für seine Ehe und die finanzielle Lage der Familie. Beide Mädchen wurden Schauspielerinnen, Haldanes Bühnenkarriere endete jedoch bereits 1922 nach der Hochzeit mit dem Börsenmakler Arthur Haxton.

Als Haldane wegen der erfolglosen Bemühungen des Paares, ein Kind zu bekommen, zunehmend unter Schwermut litt, schlug Haxton ihr vor, sich durch Schreiben abzulenken, und 1924 erschien ihr erstes Buch, das aus Nacherzählungen der Shakespeare-Stücke für Kinder bestand. Sammlungen von volkstümlichen Sagen und Märchen folgten, und 1929 wurde ihr erster Roman, *Kittys Einhorn,* veröffentlicht. Es folgten *Kittys Geburtstagswunsch* und *Kittys Weihnachtswunsch,* beide 1930. Auf die »Kitty«-Bücher folgte die »Amy«-Serie, als Erstes 1931 *Amys Geheimnis,* aber erst nach der Veröffentlichung des Buches *Böse, böse Bessie* 1934 mit der ungezogenen Schülerin Bessie Brown als Titelheldin wurde Haldane zu einer der meistgelesenen Jugendbuchautorinnen ihrer Zeit.

Bis 1937 kamen insgesamt acht »Bessie«-Bücher heraus, dann erfand Haldane die Figur, die ihr die größten Erfolge bescheren sollte, den halbwüchsigen Detektiv Tom Tyler. Während der nächsten dreizehn Jahre schrieb sie im Schnitt drei Bücher der »Tom-Tyler«-Serie pro Jahr, deren krönender Abschluss 1950 *Tom steckt wieder in der Klemme* war. Die Abenteuer, die Tom zusammen mit seiner Cousine Jill, seinem Cousin Peter und deren Hund Scruff erlebt, handeln stets davon, dass sie zu viert einen Spion enttarnen oder einen Dieb dingfest machen oder einen verborgenen Schatz finden. Die Bücher dienten als Vorlage für Bühnenstücke, Fernsehserien und für einen Comicstrip, der über dreißig Jahre lang in der Zeitschrift *Buster* erschien.

Haldane und ihr Mann adoptierten 1928 ein Mädchen, Vera, und 1930 wurde ihr gemeinsamer Sohn Gerald geboren. Die Ehe der beiden, die von Anfang an wenig harmonisch gewesen war, zerbrach nach Veras tragischem Tod im Jahre 1944. Nach dem Krieg schrieb Haldane fast nur noch Fortsetzungen der »Tom-Tyler«-Serie.

Im Gegensatz zu den guten Kritiken, die Haldane zumeist für ihre Romane bekam, wurde ihr letztes Buch *Freunde im Geiste*, 1959, von dem es allgemein hieß, es sei durch ihr Interesse am Spiritismus beeinflusst, ausnahmslos als morbide und gefühlsselig abgetan. Es war, wie ein Rezensent formulierte, »ein derart himmelweiter Unterschied zu dem soliden, gesunden Menschenverstand, der aus Tom Tyler und seinen Mitstreitern spricht, dass man kaum begreift, wie die Schriftstellerin, die diese Figuren erdacht hat, so ein Buch hat schreiben können«. Haldane, die zu dieser Zeit bereits gesundheitlich angegriffen war, soll unter den Verrissen sehr gelitten haben. Die letzten fünf Jahre bis zu ihrem Tod 1967 verbrachte sie in einem Altersheim.

»Los, rein da mit euch beiden«, sagte der Mann mit der Augenklappe, »und denkt dran: keinen Mucks, sonst gibt's Ärger!« Der groß gewachsene Mann schlug die Tür zu, und Jill und Peter hörten, wie ein Schlüssel im Schloss herumgedreht wurde. In dem Raum war es stockfinster. »Zumindest scheint es hier keine Möbel zu geben, an denen man sich stoßen könnte«, sagte Peter, »aber einen Lichtschalter kann ich auch nirgends entdecken.«

»Das Fenster ist zugenagelt«, sagte Jill. »Mit Brettern, nehme ich an.« Sie setzte sich auf den Fußboden und rieb sich den Knöchel. »O Peter, was sollen wir nur tun?« Peter hätte seine Schwester liebend gerne getröstet, aber ihm fiel nichts ein, was er hätte sagen können. Er wünschte sich sehnlichst, dass Tom bei ihnen wäre. Wenn Tom sie fände, würde er sie garantiert aus dieser Klemme befreien!

»Ich frage mich, wo Tom wohl ist«, sagte Jill, als könnte sie die Gedanken ihres Bruders lesen.

»Ich auch«, sagte Peter. »Und ich bin am Verhungern. Ich wünschte, wir hätten etwas von dem leckeren Picknick dabei.« »Wir haben alles aufgegessen«, sagte Jill. »Bis auf den letzten Bissen. Ich habe auch ziemlichen Hunger. Was machen wir, wenn sie uns die ganze Nacht lang hier einsperren?«

»Keine Sorge, Jill. Ich bin mir sicher, dass Scruff bei unseren Fahrrädern bleibt, bis Tom zurückkommt, und dann wer-

den die beiden uns schon aufspüren.« »Armer Scruff«, sagte Jill. »Ich hoffe, diese grässlichen Männer haben ihm nicht – he, was ist das für ein Geräusch?«

Klopf-klopf-klopf! Klopf-klopf-klopf! »Das kommt vom Fenster«, sagte Peter. Da war es wieder! Klopf-klopf-KLOPF!

Dann hörten sie eine Stimme flüstern: »Jill! Peter! Seid ihr da drin?«

»Das ist Tom!«, rief Peter. »Guter alter Tom! Guter alter Scruff! Ich wusste ja, dass auf die beiden Verlass ist!« »Red leiser, sonst hören uns die Männer!«, sagte Jill. »Los, lass uns versuchen, ob wir die Bretter vom Fenster abkriegen.« Sie zogen mit aller Kraft, und schon bald tat sich ein heller Streifen auf, in dem Toms Gesicht zu sehen war. »Wie zum Teufel hast du uns hier gefunden, Tom?« »Bin über die hintere Veranda gekommen, wie denn sonst? Scruff ist im Garten. Was ist eigentlich passiert?« »Diese grässlichen Männer kamen zurück zur Lichtung, während wir die Reste des Picknicks zusammenpackten«, sagte Jill. »Wir haben vergebens versucht, uns zu verstecken. Sie haben uns geschnappt und uns in ihren Lieferwagen gesperrt. Scruff wollte uns hinterherrennen, aber sie haben ihn mit Steinen beworfen. Er ist doch nicht etwa verletzt?« »Nein, ihm geht's gut. Er hat mich hierher geführt. Um ihn abzuschütteln, reichen ein paar Steinwürfe nicht aus!«

»Jill hat sich den Knöchel verstaucht. Sie lässt sich zwar nichts anmerken, aber es muss schrecklich wehtun.«

»Wir haben uns um Wichtigeres zu kümmern als um meinen blöden Knöchel«, sagte Jill. »Du errätst nie, was wir in dem Lieferwagen gesehen haben, Tom! Tante Sarahs Gemälde!«

»Und noch ein halbes Dutzend andere«, sagte Peter.

»Also sind das die Kunsträuber«, sagte Tom. »Kein Wun-

der, dass eure Mutter ihnen nicht über den Weg traute. Na, denen werden wir schon bald das Handwerk legen!«

Tom in der Klemme, 1939

Jo

Bis vor kurzem hatte ich keine Ahnung, wessen Sohn er ist. Aber er ist mir nach wie vor unheimlich. Es liegt nicht daran, dass er irgendwas Bestimmtes *tut* oder so, sondern einfach an der Art, wie er dasitzt und keinen Ton von sich gibt. Es ist, als würde mir ein großer weißer Klumpen gegenübersitzen und … ich weiß auch nicht, er ist einfach merkwürdig. Zum Beispiel isst er jeden Tag dasselbe zu Mittag – ein Sandwich mit Fischpaste drauf. Er bringt es von zu Hause mit, und der Geruch ist echt widerlich. Als Nachtisch gibt's dann eine Apfelsine, und er macht jedes Mal ein Riesengetue darum, sie mit einem speziellen Obstmesser zu schälen, das er in seiner Schublade aufbewahrt. Außerdem hat er fast eine Glatze. Bei uns in der Lagerhalle arbeitet ein Typ namens John, und der ist manchmal ganz schön witzig. Letzte Woche habe ich mich gerade unten mit ihm unterhalten, da kam Gerald rein und fing an, ihm lang und breit irgendwas zu erklären. Ich sah, wie John immer genervter wurde, weil er sofort begriffen hatte, worum es ging, aber Gerald hörte einfach nicht auf zu reden. Als er endlich wieder verschwunden war, meinte John: »Ich hab mehr Haare auf den Eiern als er auf dem Kopf.« Ich musste mich unheimlich anstrengen, um nicht zu lachen, denn Gerald war noch im Flur, und ich dachte, er hätte mitgehört, aber er ist nicht zurückgekommen. Und dann sagte ich etwas in der Art von: Auch so jemand hat eine Mutter, die ihn liebt, und daraufhin fragte mich John: »Weißt du eigentlich, wer seine Mutter war?« Ich sagte: »Was meinst du mit: Wer sie war?«, und er erzählte mir, dass Geralds Mutter M. M. Haldane war, die Kinderbuchautorin. Ich sagte: »Das glaub ich nicht«, denn als ihr Sohn hätte er doch ihr ganzes Geld geerbt, oder? Aber John sagte, er sei sich sicher.

Ich wusste übrigens noch nicht einmal, dass M. M. Haldane eine Frau war. Ich habe ihre Bücher geliebt. Ich hatte sie alle, habe jedes einzelne mehrmals gelesen und sie sogar behalten, als ich älter wurde. Inzwischen hat Mel sie. Mel ist meine Tochter. Sie ist zwölf. Gerald fragt mich andauernd nach ihr. Ich glaube, er denkt, dass ich mich darüber freue, und er erkundigt sich auch jeden Montag, ob ich ein schönes Wochenende gehabt habe, aber irgendwie klingt es immer merkwürdig. Als ich einmal meiner Mum von ihm erzählt habe, sagte sie: »Du bist wirklich gehässig«, aber sie muss es ja auch nicht ertragen, ihm den ganzen Tag gegenüberzusitzen und von ihm angegafft zu werden, denn genau das tut er nämlich, er beobachtet mich. Wenn ich bei der Arbeit eine Liste durchgehe oder so und zwischendurch kurz hochgucke, starrt er mich jedes Mal direkt an. Meine Mum meinte: »Oh, wahrscheinlich ist er in dich verknallt.« Ich sagte: »Besten Dank, Mum, das wär so, als wär dieser Mr. Blobby aus dem Fernsehen in einen verknallt.« Neulich hat er allerdings etwas echt Nettes getan. Neville, unser Chef, hat die Macke, von den Leuten, über die er redet, nur die Initialen zu benutzen. Das ist total bescheuert, denn ich muss immer erst überlegen, wen er gerade meint. Wenn er in unser Büro kommt und zum Beispiel sagt: »Oh, JF, seien Sie so gut und richten Sie PG aus, er soll mit CS über die Soundso-Bestellung reden«, kann ich nur »Wie bitte?« antworten. Also, jedenfalls kam er letzte Woche rein und fragte: »Haben Sie JP gesehen?«, woraufhin Gerald sagte: »Versuchen Sie's auf dem WC.« Das fand ich ziemlich komisch. Es tut mir ja Leid, aber davon abgesehen finde ich ihn *sehr* sonderbar. Ich hab Mum von seinen Hemden erzählt, deren Kragen und Manschetten immer ganz schmutzig und ausgefranst sind, und gesagt: »Ich verstehe nicht, wieso er sich keine neuen Hemden kauft«, denn das verstehe ich wirklich nicht. Ich meine, egal, ob er das Geld seiner Mutter geerbt hat oder nicht, ich verdiene weniger als er, und ich laufe nicht in so schäbigen Sachen rum. Und dabei muss ich auch noch für Mel sorgen. Er dagegen hat niemanden. Übrigens ist sie momentan eine echte Nervensäge, andauernd heißt es, kauf mir dies, kauf mir das, obwohl sie genau weiß, dass ich mir das nicht leisten kann.

Bei Mels Geburt war ich erst siebzehn. Nachdem ich erfahren hatte, dass ich schwanger war, traute ich mich zuerst nicht, es Mum zu erzählen. Ich befürchtete, sie würde ausrasten, weil sie mich auch sehr jung bekommen hat und ständig zu mir sagte: »Warte damit, bis du älter bist ...«, deshalb hatte ich ziemlichen Bammel, aber ich dachte immer wieder, ich muss es ihr erzählen, ich muss einfach, und das machte mich fix und fertig, und eines Abends bin ich dann damit rausgeplatzt: »Du, Mum, ich bekomme ein Kind«, hab ich gesagt, und sie hätte bestimmt furchtbar geschimpft, wenn Colin – das ist ihr Freund, aber die beiden sind schon so lange zusammen, dass er fast wie ein Stiefvater für mich ist – mich nicht so nett in Schutz genommen hätte. Eines kann man Mum allerdings nicht vorwerfen: Sie hat kein einziges Mal zu mir gesagt, ich soll es wegmachen lassen. Ich gebe zu, ich habe über eine Abtreibung nachgedacht und bin sogar deswegen zu einem Arzt gegangen, aber der hat gesagt: »Bist du dir ganz sicher, dass du das tun willst?«, und er hat mir von dem Baby erzählt, das in meinem Bauch heranwächst ... Er hat mir kein Foto oder so gezeigt, aber ich konnte mir vorstellen, wie es ausgesehen hätte, ein kleines rosa Etwas mit winzigen Händen und Füßen, und damit war das Thema erledigt, von da an wollte ich es auf jeden Fall haben.

Ich hätte gerne studiert und mir ein bisschen was von der Welt angeschaut und so weiter und dann erst Kinder bekommen, ich meine, ich bin überzeugt, dass die Entscheidung, Mel zu bekommen, richtig war, aber es war einfach der falsche Zeitpunkt. Verstehen Sie mich bitte nicht falsch, ja? Ich liebe Mel, sie ist meine süße Kleine, und ich würde alles für sie tun, aber wenn ich noch mal von vorne anfangen könnte, würde ich mit dem Kinderkriegen warten. Meine Mum war damals echt klasse, denn sie wusste ja, wie es ist, wenn man sich allein um ein Baby kümmern muss. Ich habe erst mal weiterhin zu Hause gewohnt, und sie hat auf Mel aufgepasst, während ich bei dem Computerkurs war. Ich habe die Prüfung bestanden, und als Mel in die Schule kam, habe ich mir Arbeit gesucht und bin in eine eigene Wohnung gezogen. Sie ist zwar nur gemietet, aber es sind trotzdem irgendwie unsere eigenen vier Wände. Mel ist oft bei Mum – manchmal denke ich, es wäre schön, wenn Mels Vater mit uns zusammenleben würde, aber ich bezweifle, dass er mir eine so große Hilfe wäre, wie Mum es ist. Sean – so heißt Mels Vater – war erst achtzehn, als ich schwanger wurde. Zuerst hieß es: »Oh, ich suche mir einen Job, dann können wir heiraten« und was man so redet, aber nach ihrer Geburt kam er mit der Situation nicht klar und benahm sich wie ... na ja, er hörte auf, mich zu besuchen, und seine Mutter war wirklich fies, sie erzählte überall herum, dass Mel gar nicht Seans Kind sei und ich ihnen bloß Geld aus der Tasche ziehen wollte. Meine Mum hat sich darüber furchtbar aufgeregt, vor allem weil ich ihn nie auch nur um einen Penny gebeten habe. »Diese blöde Kuh, die knöpf ich mir vor«, sagte sie, aber Colin hat sie davon abgehalten. Am Ende zog die Familie weg. Das hat mich schon geärgert, aber es war nicht gerade eine *Katastro-*

phe, denn, wissen Sie, ich habe damals immer versucht, mir vorzustellen, wie es wäre, wenn wir drei in einem kleinen Haus lebten und – ich weiß auch nicht – zusammen in Urlaub fahren würden und all so was, aber mir war völlig klar, dass daraus nie etwas werden würde. Es ist wie bei den Büchern, die Geralds Mutter geschrieben hat. Während man sie liest, taucht man völlig in die Geschichte ein, und es kommt einem so vor, als gehöre man zu dieser Welt dazu, aber gleichzeitig weiß man genau, dass es nicht das eigene Leben ist.

Es ist schon komisch, dass diese Bücher von seiner Mutter stammen. Sie sind vor etwa fünfzig Jahren geschrieben worden, zu einer Zeit, als er noch ein kleines Kind gewesen sein muss. Ich kann ihn mir überhaupt nicht als Kind vorstellen. Ich würde ihn gerne mal fragen, wie es damals war, aber irgendwie traue ich mich nicht.

Gerald, 1938

Ich heiße Gerald Arthur Haxton und bin acht Jahre alt. Ich wohne in einem Haus mit Namen Broad Acres, in einem Dorf mit Namen Finching und in einer Grafschaft mit Namen Suffolk. Ich will ein Tagebuch schreiben, aber noch habe ich nur Papier und kein Buch. Wenn ich eins bekomme, ist alles ganz richtig. Jetzt sage ich, welche Läute in unserem Haus wohnen: Ich und meine Schwester Vera. Sie ist elf. Meine Mutter ist Miss Haldane, aber richtig heißt sie Mrs. Haxton. Mein Vater heißt Mr. Haxton. Sein Vorname ist Arthur, und er fährt mit dem Zug zur Arbeit nach London, denn da ist die Firma. Und Mrs. Paddick ist bei uns, sie kümmert sich um alles und kocht, und Mrs. Everit kommt jeden Vormittag. Tom arbeitet bei uns im Garten. Unser Hund heißt Sammy. Er ist schwarzweiß. Er ist prima, und er ist nicht nur aus einer Hunderasse sondern aus ganz vielen. Tante Tilly ist zu Besuch. Sie ist nett. Mehr Läute sind nicht in unserem Haus.

Montag, 19. September

Mr. Schemberlän war in München. Er ist das erste Mal mit dem Flugzeug geflogen. Ich würde auch gern fliegen. Er hat Schinkensandwiches und Wiski auf dem Hinweg gehabt, und Hühnersandwich und Bordo auf dem Rückweg. Bordo ist Wein. Ich würde das auch essen, aber dazu Limonade trinken. Mutter sagt, jetzt gibt es keinen Krieg. Vater sagt, er hätte sich gegen Hitler durchsetzen sollen. Mutter sagte, ich glaube kaum, dass du erfolgreicher gewesen wärst.

Dienstag, 20. September
In der Küche war es laut. Mrs. Paddick sagte, mach dir keine Sorge, es gibt keinen Krieg, aber dann kam Tom rein und sagte, wenn Hitler Krieg will, kriegt er seinen Krieg, und dann kriegen wir auch Krieg, ob es uns passt oder nicht. Mrs. Paddick war sauer, weil Dreck von seinen Stiefeln auf den Boden gefallen ist. Sie machte ein Sandwich mit Käse und Zwiebeln für mich und war dann noch saurer, weil ich die Zwiebeln rausgepult habe.

Mittwoch, 21. September
Tom hat ein Schimpfwort gesagt. Er sagte, Krieg ist schlimm, und er würde Hitler und auch Mussulini umbringen, wenn er könnte, aber ich glaube ihm nicht. Mrs. Paddick sagt, Mussulini bringt nur Neger um. Dann sagte er, ich soll Mutter nichts von dem Schimpfwort sagen, und ich habe es versprochen. Zum Tee gab es Schinkensalat und Pflaumenkompott mit Vanilljesoße.

Donnerstag, 22. September
Ich bin nach unten gegangen, nachdem ich schon im Bett war. Das Radio hat mich aufgeweckt, und als ich an der Wohnzimmertür stand, hörte ich einen Streit. Sie redete laut und er war still. Sie sagte, du bist kein Mann, sondern eine Memme. Dann sagte er, wenn es Krieg gibt, gehe ich weg, dann bist du mich los. Ihre Zigarette fiel auf den blauen Tepich und sie wollte sie aufheben, aber da war schon ein Loch im Tepich, und sie sagte, der Krieg wird alles zerstören. Dann sah er mich in der Tür und sagte, sei ein braver Junge und geh ins Bett. Sie schaute mich an und ich dachte, gleich wird sie schimpfen, aber das tat sie nicht. Ich will nicht, dass Papa weggeht.

Freitag, 23. September
Ich will ein Buch zum drin schreiben haben, denn mein Papier ist fast alle, deshalb habe ich sie darum gebeten. Sie schrieb gerade und sie sagte, stör mich nicht, wie oft hab ich dir das schon gesagt. Ich hab nach dem Buch gefragt, weil sie es mir versprochen hat, aber sie sagte, ich habe nie gesagt, dass du eins meiner teuren Notizbücher haben kannst. Aber sie klopfte gegen ihre Haare hinten am Kopf, als sie das sagte, und das heißt, SIE LÜGT. Mrs. Paddick sagte, sie hat ein paar Blätter Papier, und die darf ich haben. Sie gab sie mir, ich habe mich an den Tisch gesetzt, und Tom kam rein und sie haben über Gasmasken geredet. Mrs. Paddick sagte, die Dinger sind schrecklich, man kann an ihnen ersticken, da kann man besser gleich auf den Friedhof gehen, ein Loch graben und sich reinlegen.

Montag, 3. Oktober
Ich habe zwei Tage nichts aufgeschrieben, weil ich es vergessen habe.
Religion: 2, Rechtschreibung: 4, Rechnen: 3
In meiner Klasse sind zwei neue Jungen, und es sind Zwillinge. Ich habe zu ihnen gesagt, ich habe auch einen Zwillingsbruder, und sie sagten, wo ist er, und ich sagte, er ist tot, und sie sagten, dann bist du kein Zwilling. Ich habe gesagt, bin ich doch und das stimmt auch, aber sie sagten nein, denn wir sind zwei und du nur einer. Mir viel keine Antwort ein, aber ES STIMMT.

Dienstag, 11. Oktober
War krank heute. Hatte das Radio im Bett und habe Krümelkekse gegessen, aber das tat mir weh. Habe die Rechenarbeit verpasst. Habe mit Jack geredet. Sie sagt, er heißt Leslie, weil das auf der Uhrkunde steht, aber ich weiß, sein Name ist Jack, weil er mir das erzählt hat.

Mittwoch, 12. Oktober

Papa war bei mir. Er fragte, soll ich dir was mitbringen, Sohnemann, und ich sagte, ich möchte ein Buch zum drin schreiben haben. Er sagte, willst du auch Bücher schreiben, so wie deine Mutter? Aber ich sagte, ich brauche es bloß für ein Tagebuch.

Gerald

Heute Abend saß Stacey an der Kasse. Ich bin zu ihr gegangen, um hallo zu sagen, und sie erzählte mir, dass sie nur noch eine Woche lang da ist, denn sie wird heiraten und eine lange Hochzeitsreise mit ihrem Mann machen. Sie haben das nötige Geld dafür gespart. Ich sagte, wie schön, denn sie hat mir erzählt, dass sie nach Sri Lanka wollen. Sie fragte, ob ich eine Freundin habe, was ich zwar etwas neugierig fand, aber es hat mich nicht besonders gestört. Als ich mit Nein antwortete, sagte sie: »Wie schade.« Ich fragte sie, wieso das schade ist, und sie sagte: »Wenn Sie eine Freundin hätten, könnten Sie zusammen mit ihr hierher kommen«, woraufhin ich ihr erklärt habe, dass ich gerne allein herkomme. Heute waren zwei Männerrollen neu besetzt. Ich habe ein Auge auf die beiden Jungen gehabt, aber es hat alles geklappt.

Ich treffe mich oft mit den Darstellern. *Cats* habe ich 105-mal gesehen, und ich kannte alle Mitwirkenden. Eine von ihnen – Becky hieß sie, Becky Stocker – sagte einmal zu mir: »Sind Sie es denn nicht langsam leid, sich Woche für Woche dasselbe Musical anzuschauen?« Denn das tue ich, dienstags und donnerstags gehe ich abends ins Musical. Ich sagte: »Ich bin es nicht leid, ich finde es jedes Mal herrlich.« Sie sagte: »Also, ich bin es langsam leid, und ich mache erst seit drei Monaten mit.« Ich habe ihr den Rat gegeben: »Sie sollten dabeibleiben, denn das hier ist ein tolles Stück.« Ich gehe schon seit langem regelmäßig in ein weiteres Musical, in *Starlight Express*. Inzwischen habe ich es 215-mal gesehen, das ist mein persönlicher Rekord. Aber man braucht ab und zu etwas Abwechslung, und deshalb habe ich letzten Sommer mit *Cats* aufgehört und schaue mir seitdem *Oklahoma* an. Das war eine ziemliche Umstellung für mich, und ich gebe gerne zu, dass ich zuerst leichte Bedenken hatte, denn ich befürchtete, das Stück habe, da es schon mehrere Jahrzehnte alt ist, für den heutigen Geschmack zu wenig Tempo, aber es ist großartig. Es bietet alles, was das Herz begehrt: schöne Songs und Choreographien, ein wundervolles Bühnenbild und eine gute Geschichte. Die ersten paar Monate in einem neuen Musical sind für mich immer schwierig, aber wenn ich mich erst einmal gut auskenne, kann ich mich zurücklehnen und mich amüsieren. Heute Abend war meine neununddreißigste Vorstellung.

Nach dem Musical esse ich immer etwas. Ehe ich zu Hause losgehe, mache ich mir ein Vollkornbrot-Sandwich mit Thunfisch und Salat. Ich bewahre es bis zu meiner Rückkehr in einer Tupperware-Dose im Kühlschrank auf. Ich teile mir die Küche mit meiner Vermieterin, müssen Sie wissen, und es ist leider in der Vergangenheit schon vorkommen, dass etwas verschwunden ist. Ich gieße mir auch ein Glas Milch ein – richtige Milch, nicht dieses wässrige Zeug –, und das stelle ich mit einer Spielkarte obendrauf ebenfalls in den Kühlschrank. Das Pikass, mit dem Gesicht nach unten.

Ich hab es gerne, wenn ich genau weiß, was mich erwartet, und alles seine Ordnung hat. Manche Menschen brauchen zum Glücklichsein viel Geld oder ein schnelles Auto, für mich dagegen ist es wichtig, die Dinge im Voraus geplant zu haben. Zu wissen, was ich als Nächstes tun werde, ist für mich der Schlüssel zum Glücklichsein. Mir ist klar, dass einige Menschen mich etwas sonderbar finden. Man hat mich in der Vergangenheit sogar schon als Spinner bezeichnet, aber dazu sage ich nur: Immerhin gelingt es mir auf meine Weise, glücklich zu sein. Viele Menschen suchen ihr Lebtag vergebens nach dem Glück, von daher kann ich wohl behaupten, besser dran zu sein als die meisten anderen.

Auf dem Heimweg habe ich ein ausgiebiges Schwätzchen mit Jack gehalten. Nach der Aufführung ist immer die beste Zeit dafür. Ich würde es allerdings nicht unbedingt ein Gespräch nennen, es sind eher Signale, die ich aussende und zurückbekomme, und zwar im Geiste. Was auch gut so ist, denn die Leute würden mich garantiert für verrückt halten, wenn ich im Autobus sitzen und Selbstgespräche führen würde – denn danach würde es in ihren Augen aussehen. Sie würden nicht begreifen, was in Wirklichkeit vor sich geht. Das ist auch schwer zu erklären – offen gestanden verstehe ich selbst es auch nicht. Ich will ja nicht eingebildet klingen, aber ich glaube, ich bin in dieser Hinsicht etwas Besonderes. Als Zwilling ist man etwas Besonderes – man unterscheidet sich von Geburt an von den Leuten, die für sich allein sind. Ein Zwilling zu sein bedeutet, dass man gleichzeitig mehr und weniger ist, wenn Sie verstehen, was ich meine. Man ist man selbst, aber auch noch etwas anderes – Teil eines Paares. Man ist ein Ganzes und eine Hälfte, beides zugleich.

Jack war eine Totgeburt. Es hat keinen Zweck, sich ständig »Was wäre, wenn ...?« zu fragen, denn das Rad der Zeit lässt sich nicht zurückdrehen, aber manchmal denke ich doch, dass es schön gewesen wäre, wenn wir zusammen unsere eigene Firma gegründet hätten. Ich arbeite in der Verleih-Branche. Keine Autos oder Lkws oder Videos, sondern Requisiten für Bühne und Fernsehen. Daher kommt auch mein Interesse am Theater. Das liegt bei mir in der Familie, denn meine Tante war Schauspielerin. Wenn Sie in den letzten vierzig Jahren im Theater gewesen sind oder ferngesehen haben, dann haben Sie garantiert Dinge gesehen, die von uns stammen. Rollstühle, Frisierkommoden, Gartenscheren, Musikboxen, Stethoskope, all das haben wir schon ausgeliehen. Channing & Mason, eine der bekanntesten Firmen dieser Art. Sie hat ihren Sitz in White City, nahe des Stadions. Natürlich bin ich nicht der Inhaber, aber ich bin von Beginn an dabei. Nächstes Jahr gehe ich in Rente, und ich denke oft, ich hätte mich gerne selbstständig gemacht – zusammen mit Jack, nicht ich allein, aber das hat nicht sollen sein. Außerdem, wer weiß, wenn Jack leben würde, wären wir womöglich irgendwann getrennte Wege gegangen. So wie es jetzt ist, habe ich ihn ständig in meiner Nähe – ich behaupte nicht, dass er meine Signale jedes Mal beantwortet, genauso wenig wie jemand, der lebt, sich immerzu unterhalten will. Jeder will gelegentlich für sich sein, und in dieser Hinsicht unterscheidet Jack sich nicht von anderen. Und nur weil man jemanden nicht sehen kann, heißt das nicht, dass er nicht da ist. Niemand hat Gott je gesehen, und dennoch glauben viele Menschen an ihn. Ich übrigens auch. Ich glaube daran, dass ich Jack im Himmel treffen werde. Oft frage ich mich, ob er aussieht wie ich. Manche Zwillinge sind eineiig und andere nicht, also wer weiß? Ich habe immer vermutet, dass wir gleich aussehen, aber genau weiß ich es nicht. Vielleicht sollte ich ihm zuliebe hoffen, dass es nicht der Fall ist! Als Kind habe ich immer wieder vor dem Spiegel gestanden und mit ihm geredet. Die reine Einbildung. Meine Mutter wurde jedes Mal wütend, wenn sie mich dabei erwischte. Eigentlich komisch, denn eine Frau, die ständig ihre Fantasie nutzt, um sich Geschichten auszudenken, hätte sich doch freuen müssen, dass ihr Sohn es ihr gleichtat. Aber wenn es um Jack ging, waren wir sowieso nie einer Meinung. Für sie hieß er Leslie, aber das war nicht sein richtiger Name, denn der lautete Jack.

So lebe ich also mein Leben. Ich bin nicht unzufrieden, aber ich habe eine ganze Menge versäumt. In Sachen Bildung beispielsweise. Vermutlich würde man mich nicht gerade als klugen Kopf bezeichnen, aber das habe ich dem Krieg zu verdanken, mit all seinen Wirren. Von den Wirren bei uns zu Hause ganz zu schweigen. Ich habe meine Möglichkeiten nicht ausgeschöpft, könnte man sagen.

Meine Schwester Vera war viel schlauer als ich. Ich fand das immer komisch, denn im Gegensatz zu mir war sie ein Adoptivkind, und meine Eltern waren beide intelligent. Als ich klein war, dachte ich, Jack wäre vielleicht auch schlauer gewesen und hätte mir deshalb bei den Hausaufgaben helfen können, aber inzwischen bin ich der Ansicht, dass er genauso ist wie ich. Ein kluger Kopf zu sein ist nicht alles, was zählt, aber ich frage mich doch, ob etwas Unentdecktes in mir steckt. Etwas, das verschüttet ist, könnte man sagen. Wenn ich so gewesen wäre wie die Kinder in den Büchern meiner Mutter, würde ich jetzt wahrscheinlich dieses Land regieren, aber was soll's? Da ich mit Nachnamen Haxton heiße – so wie mein Vater –, ist den meisten Leuten die Verbindung gar nicht klar, und ich erzähle ihnen auch nicht davon. Ich will nicht ihre Neugier wecken, ich will nicht, dass sie in der Vergangenheit herumstöbern, und ich will auch nicht, dass sie sich an mich hängen, weil sie glauben, ich sei reich. In Wahrheit habe ich nichts geerbt, es ist alles an die Haldane Children's Foundation gegangen, aber solange es bei mir für gute Musical-Karten reicht, kümmert mich das nicht. Ich habe Jack, und er ist mehr wert als Geld.

Gerald, 1938

MEIN TAGEBUCH VON GERALD HAXTON, 9 JAHRE ALT

Das Papier ist ganz dick. Ich habe Angst, Fehler zu machen, wenn ich drauf schreibe, weil ich in der Schule immer viele mache. Ich habe noch gar nicht geschrieben, welcher Tag ist, es ist der 18. Oktober. Ich bin krank. Es sind die Mandeln, und sie sollen RAUS. Ich muss ins Krankenhaus.

Dienstag, 25. Oktober
Ich habe nicht vom Krankenhaus erzählt, weil es mir nicht gut ging. Es waren noch 11 andere Kinder in dem Zimmer. Der Arzt hat mir eine Maske mit was drin aufs Gesicht getan, und ich bin fast erstickt, so wie Mrs. Paddick es von der Gasmaske gesagt hat. Als ich wieder zu Hause war, hab ich Wackelpudding und Eiskrem bekommen, und dann hat mir Mutter ein Schmaltsbrot gebracht, aber das tat wee, denn es war zu hart, deshalb habe ich es nicht gegessen. Vera war eben da, und sie hat gesagt, so schreibt man Schmalts nicht, und ich hab gesagt, das darfst du nicht lesen, das ist persönlich. Sie hat mir das Bild gezeigt, das sie von Papa und Sammy gemalt hat und auf dem die beiden im Garten sind. Es ist ein schönes Bild.

Donnerstag, 27. Oktober
Habe ganz lange mit Jack geredet. Ich habe eine Bürste. Die Rückseite glänzt, und ich kann mein Gesicht drin sehen, da-

rum ist es wie ein Gespräch, auch wenn er nichts sagt. Mutter kam rein, und ich habe die Bürste nicht schnell genug runtergenommen und sie hat es gesehen. Sie sagte, das ist ein albernes Spiel. Ich hab gesagt, Jack ist nicht albern. Sie hat gesagt, sein Name lautet Leslie, also, was soll das? Aber er ist mein Zwillingsbruder, darum weis ich es besser. Leslie ist ein Name für ein Mädchen. Jack ist stark und mutig, darum passt so ein blöder Mädchenname nicht für ihm.

Dienstag, 1. November
Ich war in der Küche. Es war überall Dampf, denn Mrs. Paddick hat im Waschkessel Wäsche gewaschen. Wir haben Kaninchenbraten gegessen. Tom hat einen Kürbis aus dem Garten gebracht, und den müssen wir essen. Das wird schrecklich, und Vera sagte, sie isst nichts von dem Kürbis, lieber versteckt sie ihre Porzion in ihrer Unterhose.

Donnerstag, 3. November
Mein Geburtstag. Jetzt bin ich 9 Jahre alt. Ich habe schöne Geschenke bekommen. Soldaten und ein Pussel. Mutter ist den ganzen Tag in ihrem Zimmer geblieben. Ich hab gefragt, soll ich zu ihr gehen und Dankeschön für das Pussel sagen, aber Papa hat gesagt, lieber nicht, das regt deine Mutter nur auf. Zu essen gab es Braten und Kartoffeln, s. gut, und schon wieder Kürbis, s. schlecht. Mrs. Paddick hat einen Kuchen gebacken, und jeder von uns hat zwei Stück gegessen, aber sie ist immer noch in ihrem Zimmer geblieben. Tante Tilly ist zum Tee gekommen. Sie sagt, die neuen Theaterstücke taugen alle nichts, aber der Text ist leicht zu lernen. Das ist gut, denn sie sagt, jede Woche kommt ein neues dran. Viele vergessen den Text, aber es gibt im Theater eine Frau mit einem Buch, die hilft ihnen.

Dienstag, 8. November

Ich wollte mit den Zwillingen spielen, aber sie sagten, ich darf nicht, denn wenn ich einen Zwillingsbruder hätte, hätte ich ein Foto von uns beiden, und dann würde es stimmen. Aber ich hab keins. Wenn doch, wär ein kleines Baby drauf, das gar nicht wie Jack aussieht. Aber das kümmert mich nicht. Ich habe auf dem ganzen Nachhauseweg mit ihm geredet. Es gab Tappiocka-Pudding mit krosser Kruste zum Abendessen, mein Leibgericht.

Freitag, 11. November

Bei uns im Dorf wohnt jetzt ein Künstler. Er ist in das große Haus ganz am Ende eingezogen. Papa sagt: Ich wünsche ihm von Herzen viel Glück, denn das Haus ist eine Bruchbude. Aber mir gefällt es, denn es hat einen Teich und wir haben keinen und der Garten ist prima. Er hat 6 Kinder, sagt Mrs. Paddick, aber die habe ich noch nicht gesehen. Er hat Mutter besucht, und sie hat gesagt, er darf Vera malen. Als Papa nach Hause kam, sagte er, warum hast du das erlaubt und sie sagte, du bist eifersüchtich. Dann hat er zu mir und Vera gesagt, wir sollen rausgehen. Ich sagte zu Vera, hast du was dagegen, wenn er dich malt, und sie sagte, sie findet das grässlich.

Dienstag, 15. November

Nach dem Mittagessen hab ich Ball gespielt. Ich hab ihn gegen die Wand geworfen, aber er hat ein Küchenfenster kaputt gemacht und Mrs. Paddick kam rausgerannt. Mutter war böse, weil sie deshalb mit Schreiben aufhören musste. Als Mrs. Paddick den Besen holen ging, sagte sie, Leslie hätte sowas nicht getan. Aber ich weiß, das hätte er doch, denn es war keine Absicht.

Mittwoch, 16. November
Wir gehen zu einer Sehjons, da redet man mit toten Menschen. Ich bin mit Mutter und Vera hingegangen. Mutter sagte zu Mrs. Paddick, wir gehen zu einer Sehjons, und Mrs. Paddick sagte: Na, besonders lustig wird das wohl nicht. Dann sagte sie, fragen Sie doch das Medium mal, ob es Krieg geben wird. Das Medium ist die Frau, die mit den Toten redet, aber wenn die anderen nicht glauben, dass sie das kann, dann klappt es nicht. Wir sind jetzt zurück von der Sehjons, es war in einem Zimmer, da saß eine alte Frau in dem Zimmer, und eine Rote Lampe brannte, und viele Leute waren in dem Zimmer. Es war ganz schrecklich und hat komisch gerochen. Die Frau hat ein Geräusch gemacht wie ein Schwein, und dann hat sie Marjii gerufen und ich musste lachen und hab einen Schlag aufs Bein bekommen. Dann sagte die Frau: Oh, das ist Ihr Vater, er ist ins Geisterreich eingegangen. Mutter sagte dann, nein und rannte die Treppe runter, und wir konnten sie hinterher nirgens finden, also sind wir zurück gegangen, und die anderen haben mit uns geschimpft, weil die alte Frau vom Stuhl gefallen ist, aber das war ungerecht, den wir haben doch nichts getan. Dann hat uns Papa mit dem Auto abgeholt und wir sind nach Hause gefahren. Papa sagte, wir dürfen da nicht wieder hin, denn das ist Altweiber-Mumpits, und danach gab es lauten Streit. Ich hab zu Vera gesagt, hattest du Angst, und sie hat nein gesagt, aber ich glaube das stimmt nicht. Ich hatte Angst, aber das hab ich ihr nicht erzählt.

Tilly

Der neue Arzt war heute Vormittag hier, und ich musste mir die übliche Ermahnung anhören: »Sie sollten wirklich mit dem Rauchen aufhören, Miss Haldane.« »Wieso?«, habe ich gesagt. »Ich bin siebenundachtzig Jahre alt, Himmelherrgott noch mal, und an *irgendetwas* muss man ja schließlich sterben.« Ich habe zu ihm gesagt: »Damit Sie's wissen, Herr Doktor – ich schmier mir Butter aufs Brot, trinke meinen Kaffee mit Sahne, genehmige mir einen Sherry vor dem Abendessen und einen Scotch vorm Zubettgehen, und das wird auch so bleiben.« Er ist höchstens dreißig, und er sagt mir, ich soll mit dem Rauchen aufhören. Ich dachte mir, wer ist hier die alte Frau, Herr Doktor, Sie oder ich? Beinahe hätte ich's auch gesagt, aber das hätte ja doch keinen Sinn gehabt. Ich verstehe diese jungen Leute nicht – haben vor allem Möglichen Angst, nur weil es mit einem Risiko verbunden ist. Und allzu oft sind sie außerdem völlig humorlos. Da fällt mir dieser alte Tommy-Cooper-Witz ein: »Herr Doktor, wie lange bleibt mir noch?«

»Tja, Mr. Smith, wenn ich Sie wäre, würde ich mir keine Langspielplatten mehr kaufen.«

Man kommt auf die Welt und verlässt sie eines Tages wieder, so ist das nun mal. Ich warte noch, bis Nicky seine letzte Reise antritt, und dann gehe ich auch. Nicky ist fünfzehn, was für einen Hund ziemlich alt ist. Er ist ein französischer Pudel. Schwarz. Ich bin die Einzige hier, die einen Hund halten darf. Das Personal war schon drauf und dran, es mir zu verbieten, als der Geschäftsführer auftauchte und sich herausstellte, dass wir 1952 gemeinsam auf der Bühne gestanden haben. In Newquay. Entsetzlich war das. Ich habe gesagt: »Oh, ich erinnere mich, Sie waren ganz *wundervoll.*« Das war eine glatte Lüge, aber sie hat ihren Zweck erfüllt. Ich habe mich allerdings tatsächlich an ihn erinnert. Es tut mir Leid, das sagen müssen, aber er hat auf der Bühne immer Winde fahren lassen. Wissen Sie, er war noch jung damals und sehr aufgeregt. Ist ihm auf die Verdauung geschlagen.

Ich erinnere mich an einen Abend, wir haben *Die heilige Flamme* von Somerset Maugham gespielt, ein dämliches Stück war das. Nach der Vorstellung habe ich zu ihm gesagt: »Ich stelle mich nie wieder hinter Sie, Sie hätten mich vorhin beinahe umgepustet.« Ich habe übrigens nie geglaubt, dass er es in unserem Metier weit bringen würde, und tatsächlich, sein letztes Engagement hatte er hier in Frinton, beim Sommertheater, und dann hat er diese Stelle als Geschäftsführer bekommen. Es scheint das Richtige für ihn zu sein – zumindest spielt sein Darmproblem keine Rolle mehr. Die meisten hier drin sind stocktaub, deshalb würden sie es nicht einmal mitkriegen, wenn er sich in der Eingangshalle aufstellen und »God Save the Queen« furzen würde.

Es gibt hier kaum jemanden, mit dem ich reden, geschweige denn ein anregendes Gespräch führen kann. Immerhin kommt Gerald mich regelmäßig besuchen, und wir plaudern ein bisschen. Er ist ein guter Junge, aber ich mache mir Sorgen, was aus ihm werden wird, wenn ich nicht mehr bin, denn er hat nicht viele Freunde. Schon als er und seine Schwester noch klein waren, erzählte Vera immer: »Oh, ich war bei Soundso zum Tee« oder »Ich habe das-und-das mit der-und-der gemacht.« Aber wenn Gerald von der Schule oder sonst etwas erzählte, erwähnte er nie irgendwelche Freunde. Er war für meinen Geschmack immer zu eigenbrötlerisch. Meiner Ansicht nach hat das an seiner Mutter gelegen. Ich rede nur ungern schlecht über Tote, aber meine Schwester war in vielerlei Hinsicht ein furchtbarer Mensch. Wenn ich nachsichtig wäre – es gibt zwar überhaupt keinen Grund, warum ich nachsichtig sein *sollte,* aber ich bin es trotzdem –, würde ich sagen, dass das Schicksal meines Vaters viel mit ihrer späteren Entwicklung zu tun hatte. Nachdem Vater krank geworden war, hatten wir relativ wenig Geld, und ich glaube, sie fühlte sich beraubt. Sie nahm es ihm persönlich übel, als hätte er ihr absichtlich schaden wollen. Bei manchen ihrer Bücher kommt es einem so vor, als versuche sie, die wunderbare Kindheit zurückzuerlangen, die sie verloren zu haben meinte. Sie war zwölf, als das mit unserem Vater passierte, und ich erst acht, also hat sie in ihrem Fall länger gedauert als bei mir, wenn Sie verstehen, was ich meine. Aber das Komische ist, wenn man Marjorie reden hörte, kam es einem wie das reinste Märchenland vor. Ich fand es rückblickend zwar eine recht schöne Zeit, aber keineswegs eine Idylle. In meiner Erinnerung hatte es, seit ich denken konnte, zwischen meinen Eltern regelmäßig Streit gegeben, aber in Marjories Augen war alles eitel Sonnenschein gewesen. Ich glaube, je größer der Abstand dazu wurde – zeitlich, meine ich – desto ... *strahlender* wurden ihre Erinnerungen, und natürlich erschien der Verlust dadurch umso größer. Und vermutlich gab sie tatsächlich unserem Vater die Schuld dafür.

Sie war irgendwie ... fest entschlossen, könnte man sagen, vom Leben nicht enttäuscht zu werden. Es war, als stünde sie unter dem Zwang, Dinge in Besitz zu nehmen und ganz fest zu halten, damit niemand in der Lage war, sie ihr wieder wegzunehmen. Sie war sehr verschlossen. Und wollte immer etwas Besonderes sein, besser als andere ... Ich glaube, sie dachte, wenn es ihr gelänge, sich von anderen Menschen abzuheben, eine Art Ausnahmeerscheinung zu werden, dann würde sie das irgendwie schützen. Bei uns zu Hause war meine Mutter die bestimmende Kraft – mit Sicherheit fühlte sie sich vom Leben enttäuscht. Mein Vater war sehr sanftmütig, und wahrscheinlich hat Marjorie den Eindruck gehabt, er habe die Einberufung zum Militärdienst widerstandslos hingenommen.

Wenn sie der Ansicht war, etwas sei ihres – ihr Terrain, wenn Sie so wollen –, ließ sie niemanden auch nur in die Nähe kommen. Das galt sogar für die Trauer um Geralds Zwillingsbruder, das tot geborene Baby. Marjorie war überzeugt, dass der Junge, wenn er gelebt hätte, der perfekte Sohn gewesen wäre, so wie die Helden der Bücher, die sie schrieb. Sie können sich bestimmt vorstellen, was für Auswirkungen das auf Gerald gehabt hat, immer nur der Zweitbeste zu sein. An seinem Geburtstag versteckte sie sich immer den ganzen Tag heulend oben in ihrem Zimmer. Ich habe sie öfters gefragt: »Und was ist mit Arthur? Meinst du nicht, er leidet genauso wie du?« Aber nein, natürlich nicht, sie war die Einzige, die ein gebrochenes Herz hatte, und niemand konnte nachempfinden, wie es ihr ging. Natürlich hat sie jedes Mal dem armen kleinen Gerald den Tag verdorben.

Er ist ein sonderbarer Mensch geworden, kein Zweifel. Vor ein paar Jahren hatte er irgendwelchen Ärger mit der Polizei ... Er hat sich deshalb ganz furchtbar aufgeregt, hat immer wieder gesagt, er sei schikaniert worden, aber als ich wissen wollte, wieso man ihn verhört hat, gab er mir keine Antwort und geriet derart außer sich, dass ich keine weiteren Fragen stellte. Ich habe ihm gesagt, ich sei sehr tolerant und er brauche sich vor mir nicht zu schämen, egal was es auch gewesen sei. Wissen Sie, eine Zeit lang dachte ich, er sei möglicherweise aufs andere Ufer gewechselt. Während der mehr als sechzig Jahre, die ich beim Theater gewesen bin, habe ich jede Menge Schwule kennen gelernt, und ich habe nicht das geringste Vorurteil gegen solche Männer. Außerdem, wenn das bei Gerald der Grund war, dann verstehe ich nicht, was die Polizei von ihm wollte, denn das ist heutzutage doch ganz legal. Aber soweit ich weiß, hatte Gerald noch nie etwas mit einem Mann und auch nicht mit einer Frau. Ich habe wirklich keine Ahnung, worum es tatsächlich ging. Mehr als einmal habe ich zu ihm gesagt: »Wieso suchst du dir kein nettes Mädchen und heiratest es?« Er sagte darauf: »Ich weiß nicht, die sind doch immer auf etwas Bestimmtes aus.« Ich glaube, er meinte, auf Geld, nicht, dass er welches hätte, denn Marjorie hat ihr gesamtes Vermögen ihrer segensreichen Stiftung vermacht, und Arthur alles, was er besaß, mir. Ich habe Gerald mehrmals angeboten, ihm die Anzahlung für eine hübsche kleine Wohnung zu geben, aber er weigerte sich, auch nur einen einzigen Penny anzunehmen, obwohl er in einem Zimmer zur Untermiete lebt. Heute Nachmittag lasse ich mir die Haare machen. Es sind nicht mehr so viele wie früher, aber sie sind immer noch blond und gewellt. Wir waren beide blond, Marjorie und ich. Ich weiß nicht, was Marjorie in späteren Jahren mit ihrem Haar gemacht hat, aber ich finde, man soll der Natur, wenn möglich, ein bisschen auf die Sprünge helfen – deshalb bin ich nach wie vor blond, auch heute noch. Beide hatten wir helles Haar und braune Augen. Ungewöhnlich. Marjorie hat bei der Verteilung der Augen jedoch mehr Glück gehabt, denn ihre waren wirklich *wunderschön* und hatten außerdem diesen speziellen Ausdruck – zwar wurden weder Arthur noch Gerald damit besonders oft bedacht, aber man sieht ihn auf all ihren Fotos – den Kopf leicht zur Seite geneigt, und sogar auf Schwarzweißaufnahmen schaut sie den Betrachter mit tiefem, seelenvollem Blick an. Sie entsprach genau dem Bild, das die Leute von einer Kinderbuchautorin haben. Jemand, der nur die Fotos von ihr gesehen hat, würde niemals ahnen, wie sie wirklich war.

Natürlich habe ich sie durchschaut, aber ich kannte sie ja auch von klein auf. Ich wusste immer, wann sie nicht die Wahrheit sagte, weil sie die Angewohnheit hatte, in solchen Fällen mit dem Haar in ihrem Nacken herumzuspielen. Wir alle wussten das, sogar Gerald. Sie war auch größer als ich, und darum habe ich sie immer beneidet, denn ich bin klein und zierlich – allerdings konnte ich deshalb die Rollen junger Frauen viel länger spielen, als wenn ich kräftig gebaut gewesen wäre, also war das eigentlich ein Vorteil. Marjorie hat nie mit ihrer Meinung über meine Engagements hinter dem Berg gehalten – sie fand sie zweitklassig, weil ich immer nur für Tourneetheater gearbeitet habe, nie für eine der Westend-Bühnen. Aber das hat mich nicht gestört, ich meine, mir war immer klar, dass ich keine zweite Gertrude Lawrence war. Zugegeben, viele der Stücke, in denen ich mitgespielt habe, waren ziemlicher Schrott, aber es war mein Beruf, und ich habe ihn gemocht. Außerdem habe ich jahrzehntelang dadurch meinen Lebensunterhalt verdient, und ich wette, dass das heutzutage nicht mehr viele Schauspieler von sich behaupten können. Es hat sich inzwischen eine Menge geändert, etliche der Theater, an denen ich aufgetreten bin, gibt es nicht mehr – es ist reiner Wahnsinn, heute diesen Beruf zu ergreifen.

Ich werde mir nachher auch die Nägel lackieren lassen, denn das kann ich selbst nicht mehr. Ich mache mich gerne hübsch, nicht zuletzt aus reiner Gewohnheit. »Bewerber müssen gut gekleidet sein«, stand früher in den Annoncen, weil man bei zeitgenössischen Stücken auf der Bühne die eigene Kleidung trug. Damals herrschten andere Sitten. Wir saßen nicht im Kreis auf der Bühne und diskutierten über das Seelenleben der Figuren des Stückes oder sind hin und her gehüpft und haben so getan, als wären wir irgendwelche Tiere, oder was heute alles so üblich ist. Als ich anfing, gab es auch noch keine Regisseure. Der Inspizient sagte einem, wo man sich hinstellen und wann man sich bewegen sollte, und dann trat man auf, sprach seinen Text, trat wieder ab, und das war's. Das habe ich auch dem Arzt gesagt: »Ich habe meinen Text gesprochen, und jetzt will ich abtreten.« Er sagte: »Hoffen wir, dass Ihnen noch etliche Jahre vergönnt sind.« Daraufhin ich: »Das will ich aber gar nicht!« Ich habe in vielerlei Hinsicht ein schönes Leben gehabt, war viel unterwegs, habe viel erlebt, viel Freude gehabt. Wenn ich mich nicht täusche, habe ich im Laufe der Zeit auch anderen Freude geschenkt, und mehr kann man doch nicht verlangen, oder? Aber das Wort »Tod« ist für ihn eine Obszönität, genau wie für alle Ärzte heute. Sie glauben, dass ihnen nichts Besseres gelingen kann, als jemanden am Leben zu erhalten, aber da irren sie sich. Ich war nicht in der Lage, ihm zu erklären, dass mich der Tod nicht ängstigt, dass mir das alles schon zu lange dauert. Marjorie hatte einen Herzinfarkt, und Mutter ist auf dieselbe Weise gestorben, es ging sehr schnell, ohne Quälerei. Ich habe immer gesagt, so soll das bei mir auch sein, wenn es eines Tages so weit ist. Noch einmal heftig nach Luft ringen, und dann ist es aus und vorbei. Ich will nicht als Krüppel enden, und ich will auch nicht senil werden, aber das allein ist es nicht, es geht darum, dass ich Tag für Tag hier herumsitze und nichts weiter zu tun habe, als mich mit meinen Erinnerungen zu beschäftigen. Egal wie sehr man sich danach sehnt, Geschehenes kann man nicht ungeschehen machen. Ich höre mich ja schon an wie Marleys Geist aus der Weihnachtsgeschichte, wenn er sagt: »Ich trage die Ketten, die ich mir im Leben geschmiedet habe …« Arthur und ich, wir wollten Gerald schützen. Wir glaubten, das Richtige zu tun, aber ich weiß nicht … Seit ein paar Jahren zweifle ich jedes Mal, wenn ich Gerald sehe und mir überlege, wie es ihm in seinem späteren Leben ergangen ist, ob wir dadurch irgendetwas erreicht haben. Genau weiß man das nie, stimmt's? Aber ich muss immer wieder darüber nachdenken, und das belastet mich.

Niemals werde ich vergessen, in was für einem Zustand sich Arthur an jenem Abend befand. Es hat keinen Sinn zu bestreiten, dass wir uns damals schon seit mehreren Jahren sehr nahe standen – ich habe noch nie behauptet, ein Engel zu sein, und Marjorie wollte nichts von ihm wissen, wieso also nicht? Liebe war bei uns nicht im Spiel. Ich weiß nicht, was Arthur später getan hat, aber ich lernte häufig neue Männer kennen, und wenn mir einer gefiel, ließ ich mich mit ihm ein – es war eher Freundschaft, ergänzt ab und zu durch die gewisse andere Sache. Vermutlich glauben Sie, man könnte beides kombinieren, und das wäre dann Liebe, stimmt's? Aber das ist es nicht. Ich glaube, in Wahrheit ist es um Längen besser – jemanden zu lieben macht einen auf Dauer nicht glücklich, auch wenn er im Geld schwimmt!

Aber was ich eigentlich sagen wollte, war, dass der Amerikaner, der aufgehängt wurde, Vera nicht umgebracht hat. Er hatte etwas mit ihr gehabt, das schon, aber nach allem, was ich gehört habe, galt das auch für etliche seiner Kameraden. Arthur wollte das natürlich nicht wahrhaben, denn wie jeder Vater sah er sich als der Beschützer seiner Tochter, aber mir konnte man nichts vormachen, schließlich war ich früher genauso gewesen wie sie. Eddie Mayo hieß er. Stammte aus Chicago. Er war erst dreiundzwanzig und anscheinend nicht gerade der Hellste. Häufig habe ich daran gedacht, seiner Mutter zu schreiben, aber das ging natürlich nicht. Ich hatte mein Wort gegeben und fühlte mich auch nach seinem Tod daran gebunden.

Gerald

Am Mittwoch ist meine Thermosflasche kaputtgegangen. Es ist morgens passiert. Ich wollte gerade die Firma betreten, als einer der Lagerarbeiter nach mir rief und mich bat, mir eine Bestellung anzusehen. Eigentlich gehe ich immer durch den Haupteingang und nicht durch die Lagerhalle, denn ich mag einen der Männer dort nicht, aber ich hatte den Lieferschein selbst geschrieben, also konnte ich schlecht Nein sagen. Einer der Gegenstände auf der Liste war nicht aufzufinden. Bei uns sind alle Requisiten in Gruppen aufgeteilt – Küchenausstattung, Ladeneinrichtung und so weiter –, aber leider stellen die Lagerarbeiter nicht immer alles an den richtigen Platz zurück. Diesmal war ein Servierwagen verschwunden. Ich habe gesagt, ich geh mal nachsehen, und stellte meine Flasche neben der Tür ab, weil ich nicht wollte, dass sie beschädigt wird – eine geniale Idee. Der Mann, der nach mir gerufen hatte, war einer der jüngeren Lagerarbeiter, und es war kein Wunder, dass er den Wagen nicht gefunden hatte, denn er stand dicht an der Rückwand, hinter den Registrierkassen – mechanische, elektrische, alte Währung, neue Währung, egal was für ein Modell gebraucht wird, wir haben es –, und jemand hatte eine große, schmutzige Blechwanne darauf abgestellt, sodass nur noch die Räder zu sehen waren.

Gerade als ich mich zur Kontrolle darüber beugte, hörte ich aus dem vorderen Teil der Lagerhalle ein lautes Krachen. Irgend so ein Trottel mit einem schweren Karton, den er nie und nimmer hätte allein tragen dürfen, hatte einen Glaskasten voller Singvögel umgestoßen. Wir bewahren die ausgestopften Tiere vorne auf, weil das Verladen von größeren Exemplaren wie Tigern und Bären ein ziemlich heikles Unterfangen sein kann und sie fast unmöglich zu ersetzen sind. Als ich nun sah, was los war, rief ich: »Stellen Sie das Ding ab!« Ich rannte so schnell ich konnte hinüber, aber als ich ankam, war der Karton schon zu Boden geknallt, und der Typ war nach hinten gestolpert und dabei mit dem Fuß gegen meine Flasche gestoßen. Zuerst habe ich das gar nicht bemerkt, weil meine ganze Sorge den Vögeln galt, und erst nachdem wir die Scherben zusammengefegt hatten, hab ich mich nach der Flasche umgeschaut. Sie war geradewegs in den Hof gekullert, und da sie innen ein klirrendes Geräusch machte, als ich sie aufhob, wusste ich gleich, dass sie kaputtgegangen war.

Vermutlich ist es meine eigene Schuld, weil ich sie dort abgestellt hatte, aber inzwischen ist es Freitag, und ich habe immer noch keine neue. Jo – die junge Frau, mit der ich mir das Büro teile – sagte: »Na ja, Sie können doch den Automaten benutzen.« Denn wir haben diese Maschine, die für dreißig Pence Tee oder Kaffee macht, beziehungsweise etwas, das Tee oder Kaffee ähnelt. Sie ist für die Kunden gedacht, die auf eine Bestellung warten, aber die Angestellten dürfen sie auch benutzen. Ich sagte: »Nein danke, mir ist der Tee aus der eigenen Thermosflasche lieber.« Aber als ich mir am Mittwoch nach Feierabend eine neue kaufen wollte, musste ich im Laden feststellen, das mein Modell nicht mehr hergestellt wird. Da ich dieses Problem schon mal bei einer Wärmflasche hatte, fragte ich die Verkäuferin: »Könnte es vielleicht sein, dass Sie noch eine im Lager haben?«

»Nein, bestimmt nicht«, sagte sie. »Da bin ich mir sicher.«

Ich sagte: »Wissen Sie, ich habe die Thermosflasche in diesem Geschäft gekauft, deshalb wäre ich Ihnen dankbar, wenn

Sie trotzdem nachschauen würden.« Daraufhin fragte sie mich, wann ich die Flasche gekauft habe. Für die Antwort musste ich offen gestanden einen Moment lang überlegen. Es ist 1978 gewesen. Das brachte mir einen leicht genervten Blick der Verkäuferin ein, aber sie holte dennoch den Geschäftsführer, und der warf nur einen Blick auf die kaputte Flasche und sagte dann, dass es den Hersteller gar nicht mehr gibt! Damit war die Sache also erledigt. Keine neue Thermosflasche. Sie zeigten mir ein paar andere Modelle, aber ich konnte mich nicht gleich entscheiden.

Donnerstags muss ich immer schnurstracks nach Hause gehen – eine halbe Stunde Fußweg –, und dann habe ich noch gerade eben genug Zeit, um das Sandwich zu machen und das Glas Milch einzuschenken und beides in den Kühlschrank zu stellen, ehe ich das Haus wieder verlasse und mit der U-Bahn ins Westend fahre. Ich breche gerne rechtzeitig auf, vor allem donnerstags, weil ich dann ins Apollo nahe der Haltestelle Victoria gehe, und das bedeutet, dass ich in Shepherd's Bush einen Zug der Hammersmith & City Line nehme, in Hammersmith umsteige, um anschließend mit der District Line noch sieben Stationen zu fahren. Ich bin gerne mindestens eine Viertelstunde vor Beginn der Vorstellung im Theater, damit ich noch mit einigen Leuten reden und es mir in aller Ruhe auf meinem Platz bequem machen kann. Aus verständlichen Gründen hatte ich deshalb keine Zeit, noch einmal in den Laden zu gehen, um mich zu entscheiden, welche Thermosflasche ich kaufen wollte. Die Sache hat mich den ganzen Tag beschäftigt, und ich habe bei einer Bestellung einen dummen Fehler gemacht, was mir sonst fast nie passiert.

Heute Vormittag hatte ich zufällig in unserer Militärabteilung etwas zu erledigen, die nur ein paar Schritte von dem Laden entfernt ist, in dem ich die Thermosflasche gekauft habe.

Normalerweise habe ich mit den Armeerequisiten nicht viel zu tun, aber wegen des bevorstehenden fünfzigsten Jahrestags des Siegs über die Deutschen ist der Zweite Weltkrieg seit einer Weile ein beliebtes Thema, und ich musste in den letzten paar Monaten schon mehrmals in diese Abteilung. Auf dem Weg dorthin überlegte ich mir, hinterher im Laden vorbeizugehen und mir noch einmal die Thermosflaschen anzuschauen, die sie dort haben. Im Allgemeinen erledige ich private Dinge nicht während der Arbeitszeit, aber ich sagte mir, so darf das nicht weitergehen, du musst etwas unternehmen.

Als ich in der Militärabteilung ankam, bot sich mir ein Anblick, der mich die Thermosflasche sofort vergessen ließ. Ich will ja nicht übertreiben, aber es sah wirklich aus – und das meine ich nicht als Scherz – wie auf einem Schlachtfeld. Im vorderen Raum, müssen Sie wissen, gibt es einige Schaufensterpuppen, die Paul – Paul Cosworth, der Mann, der für die Abteilung zuständig ist – in Uniformen steckt. Das soll den Kunden einen Eindruck davon vermitteln, was wir anzubieten haben, und im Allgemeinen ist es eine ziemlich gute Werbung. Aber heute Vormittag herrschte das reinste Chaos. Ich trat durch die Tür, und als Erstes fiel mein Blick auf einen Torso. Keine Arme, keine Beine, kein Unterleib und der Kopf komplett bandagiert. Auf dem Fußboden lagen die Körper von drei anderen Schaufensterpuppen, deren Arme und Beine über den ganzen Raum verteilt und, wie es schien, mit roter Farbe angemalt waren. Dann schaute ich hoch, und hinter Pauls Schreibtisch saß noch eine weitere, splitterfasernackt, das Gesicht mit Pflastern bedeckt. Mich hat wirklich fast der Schlag getroffen. Als Paul hereinkam, habe ich zu ihm gesagt: »Soll das etwa ein Witz sein? Besonders komisch ist das aber nicht.« Die Tür stand sperrangelweit offen, und es hätte irgendjemand von der Straße in den Laden spazieren und sich furchtbar erschrecken können. Er sagte: »Das war meine Tochter. Sie hat ein paar Tage schulfrei, und ich hab ihr erlaubt, mit den Puppen Krankenhaus zu spielen. Sie will später mal Krankenschwester werden.

Ich sagte: »Das hätten Sie nicht tun sollen.« Ich meine, sie hatte die Puppen komplett ausgezogen, das sah wirklich nicht schön aus. »Sie hat sie angemalt«, sagte ich. »Sie werden ziemliche Mühe haben, die Farbe wieder abzukriegen.«

Er sagte: »Kein Problem, das ist bloß Ketchup.« Und dann – ich traute meinen Augen kaum – nahm er eines der Beine und leckte es doch tatsächlich der Länge nach ab. »Das nehm ich heute Mittag für meine Pommes.«

Ich sagte: »Das sollten Sie lieber nicht tun, Sie wissen doch gar nicht, wer alles das Bein angefasst hat.«

Paul sagte: »Doch, das weiß ich, denn es ist eins von Charlies Beinen, und der ist viel zu hübsch, um ihn auch nur eine Sekunde aus den Augen zu lassen.« Also, ich war so angewidert, dass mir die Worte fehlten. Ich beschloss, nur noch über die Bestellung zu sprechen, deretwegen ich dort war, also sagte ich zu ihm, ich bräuchte mehrere Patronengürtel der Home Guard. Er sagte: »Sie wollen mich wohl auf den Arm nehmen, mein Guter. So was haben wir nicht. Die Dinger sind seltene Sammlerstücke. Wieso haben Sie mich nicht vorher angerufen?« Das hätte ich in der Tat tun sollen, aber das Problem mit der Thermosflasche hatte mich so beschäftigt, dass ich nicht daran gedacht hatte.

Dann kam der andere Kerl rein – sein Gesicht kam mir bekannt vor, aber ich konnte es nicht gleich einordnen. Er war etwa vierzig, unauffällig, braunes Haar. Keine besonderen Kennzeichen, wie es immer heißt. Aber ich wusste, dass ich ihn schon einmal irgendwo gesehen hatte. Paul wandte sich an ihn und sagte: »Unser Gerald hier will sich bloß ein paar Home-

Guard-Patronengürtel ausleihen.« Der Mann lachte, ziemlich gehässig, wie ich fand. »Das können Sie sich abschminken.« Dann sagte er: »Wozu brauchen Sie die überhaupt?«

»Für eine Fernsehsendung. *Die Armee der tapferen Familienväter* heißt sie.«

»Sie arbeiten also fürs Fernsehen? Die Leute bei euch sollten erst mal die Fakten recherchieren. Die Bürgerwehr hieß nicht immer Home Guard, bis Juli 1940 nannte man sie LDV. Local Defence Volunteers, oder *Lauschen, Ducken, Verschwinden,* wie der Spitzname lautete. Anfangs bekamen die Mitglieder weder Uniformen noch Waffen, sie patrouillierten mit Flinten, Brecheisen und einige sogar nur mit Golfschlägern. Die schicke Ausrüstung bekamen sie erst gegen Ende des Krieges. Wir haben kürzlich eine Ausstellung im Dover Castle gemacht, da hätten Sie hingehen sollen, wenn Sie sich wirklich für die Home Guard interessieren.«

Ich fand ihn reichlich unverschämt, also sagte ich: »Danke für die Belehrung, aber ich habe den Krieg selbst erlebt, und ich erinnere mich noch gut an die Home Guard. Übrigens arbeite ich gar nicht fürs Fernsehen. Ich bin ein Kollege von Paul und wollte bloß ein paar Requisiten holen.«

Ich dachte, ich hätte ihn damit zum Schweigen gebracht, aber er sagte: »Kenne ich Sie nicht irgendwoher? Ich bin Polizist auf der Dienststelle hier in der Nähe.« Als er das gesagt hatte, fiel es mir natürlich sofort wieder ein. Er war einer der Männer, die gesagt hatten, sie würden mich in Zukunft beobachten. »Wir behalten Sie im Auge«, hatte er als Letztes zu mir gesagt. Im selben unangenehmen Tonfall wie heute. Denn leider habe ich vor einiger Zeit ein unerfreuliches Erlebnis mit der Polizei gehabt. Die meisten Polizisten sind echte Rüpel, egal ob sie ihre Uniform tragen oder nicht. Und dieser hier, Steven Palfrey, sagte er, sei sein Name, hatte seine normale Uniform offenbar für eine Weile gegen eine andere getauscht, auch wenn es mir schleierhaft ist, wieso Leute wie er Lust haben, den Krieg nachzuspielen. Wenn sie damals dabei gewesen wären, würden sie das garantiert nicht tun. Nichts als Schlamm und Granaten – ich habe vergessen, wer das gesagt hat, aber es stimmt.

Die Bemerkung von diesem Palfrey brachte mich ziemlich durcheinander, und ich sah zu, dass ich so schnell wie möglich wegkam. Ich fragte mich immer wieder, was er wohl Paul über mich erzählen würde und ob Paul es Neville weitererzählen und ich dann entlassen werden würde. Erst als ich zurück im Büro war, fiel mir die Thermosflasche wieder ein. Ich hatte schon fast den Entschluss gefasst, nach der Arbeit zu dem Laden zu gehen, aber ich bckam Kopfschmerzen von den vielen Dingen, die mich beunruhigten, und schließlich sagte Jo zu mir, ich solle nach Hause gehen, sie werde abschließen, was ich sehr nett von ihr fand.

Meine Vermieterin, Mrs. Clarke, wartete in der Küche auf mich und rief nach mir, aber da mir ihre Stimme verriet, dass sie irgendetwas zu meckern hatte, tat ich so, als habe ich sie nicht gehört, ging nach oben in mein Zimmer und setzte mich aufs Bett. Etwa fünf Minuten später kam sie hinterher und klopfte an meine Tür. »Haben Sie mich denn nicht gehört?« Ich sagte, nein, habe ich nicht, daraufhin sagte sie: »Das glaube ich Ihnen nicht«, und dann behauptete sie, ich hätte die Küche schmutzig hinterlassen und ihre Sachen falsch weggeräumt. Dann sagte sie, ich hätte die Butterdose im Kühlschrank zu dicht an den Rand der Ablage gestellt, und deshalb wäre sie ihr heruntergefallen, und dabei sei der Deckel zerbrochen. Ich sagte: »Ich finde es ungerecht, mir deswegen Vorwürfe zu machen. Das war nicht meine Schuld.«

»Doch, das war es, Sie haben sie an die falsche Stelle getan.

Ich habe nicht damit gerechnet, dass sie dort stand, und musste hinterher alles wegwerfen.«

Ich sagte: »Aber Sie haben doch eben gesagt, dass nur der Deckel kaputtgegangen ist.«

»Ja, aber denken Sie mal an die Keime! Die Butter ist auf dem Boden gelandet, und es hat doch keinen Sinn, den unteren Teil ohne den Deckel aufzubewahren, oder?« Inzwischen tat mir der Kopf furchtbar weh, deshalb legte ich die Hände an die Schläfen, und sie sagte: »Wissen Sie was, so wie Sie sich benehmen, könnte man meinen, es würden keine anderen Menschen in diesem Haus leben.« Was gar nicht stimmt, denn außer uns beiden wohnt hier niemand. Zum Glück ging sie kurz darauf weg, denn ich kann solche Auseinandersetzungen nicht leiden, sie machen mich ganz krank.

Ich legte mich aufs Bett und versuchte, mit Jack zu reden, aber das klappte nicht, denn er antwortet nie, wenn ich in so einer Stimmung bin. Anschließend muss ich wohl eingeschlafen sein, denn als ich wieder auf die Uhr schaute, war es bereits acht. Meine Zeit für das Abendessen war bereits verstrichen, deshalb beschloss ich, einen Spaziergang zu machen und mir einen Schokoladenriegel zu kaufen, um mich ein bisschen aufzuheitern. Eine Zeit lang lief ich durch die Straßen, in der Hoffnung, dass mich das ablenken würde, aber mich beschäftigten nach wie vor dieselben Gedanken. Es war wirklich alles sehr bedrückend: die Thermosflasche, die Auseinandersetzung mit Mrs. Clarke und, am schlimmsten, die Begegnung mit dem Polizisten. Die größte Sorge bereitete mir die Aussicht, dass ich am Montag wieder in die Militärabteilung gehen musste, um die restlichen Sachen abzuholen, denn ich hatte eine lange Liste dabeigehabt, auf der nicht bloß die Patronengürtel gestanden hatten. Ich überlegte, ob ich einen der Lagerarbeiter schicken sollte, aber der würde bestimmt alles durcheinander bringen, und dann müsste ich mich wieder selbst darum kümmern. Ich überlegte, Jo zu bitten, für mich hinzugehen, aber ich wollte nicht riskieren, dass Paul bei der Gelegenheit mit ihr über mich redete. Meine Kopfschmerzen wurden immer schlimmer statt besser. Die Vorstellung, mich dem noch einmal auszusetzen …

Ich kenne die meisten Straßen in meinem Viertel, aber ich habe offenbar nicht darauf geachtet, wo ich entlangging, denn ich fand mich plötzlich in einer Sackgasse wieder, die mir völlig fremd war, und hatte keine Ahnung, wie ich dorthin gekommen war. Es war dunkel, ich hatte die Schokolade noch nicht gekauft, und ich wusste nicht, was ich tun sollte. Nach Hause wollte ich nicht, weil ich befürchtete, dass Mrs. Clarke dort auf mich wartete. Ich sah all die Häuser, das Licht der Lampen und Fernseher hinter den Gardinen, und ich stellte mir die Menschen vor, die in den gemütlich warmen Zimmern zusammensaßen, aßen und redeten, während ich von alldem ausgeschlossen war.

Nun ja, ich hatte immer noch Appetit auf Schokolade, also sagte ich mir, es gibt doch bestimmt irgendwo in der Nähe eine geöffnete Tankstelle, und ich wollte mich gerade auf die Suche machen, als ich ein junges Mädchen über den Zaun am Ende der Straße springen sah. Er war aus Holz, nicht sehr hoch, und sie überquerte ihn seitwärts mit einer eleganten Bewegung, bei der sich ihre Beine wie eine Art Schere öffneten. Ich sah sie nur undeutlich, denn die nächste Straßenlaterne war ein Stück entfernt, und ich weiß auch nicht genau, woran es lag, vielleicht an ihrer Art zu springen, aber ich musste plötzlich an meine Schwester Vera denken, und für einen kurzen Moment glaubte ich, sie sei es wirklich und sie würde, wie sie es oft getan hat, durch den Garten zu mir gelaufen kommen, um mich zum Essen zu holen, und diese Vorstellung machte mich glücklich.

Das Mädchen lief mir auf dem Bürgersteig entgegen, aber dann bog es plötzlich nach links in einen Durchgang ab, der mir bisher nicht aufgefallen war. Zuerst dachte ich, er würde direkt zu einem Haus führen, aber als ich ein paar Schritte näher heranging, sah ich, dass es ein Fußweg war, und ich beschloss, ihr zu folgen. Einerseits wollte ich sehen, wohin der Weg führte – vielleicht endete er ja auf einer Straße mit Läden – und andererseits interessierte ich mich, wie ich zugeben muss, für das Mädchen. Während sie mir entgegengelaufen war, hatte ich im Schein einer Lampe ihr Gesicht sehen können, und sie besaß wirklich Ähnlichkeit mit Vera. Ihr Haar hatte dieselbe Farbe – ein hübsches leuchtendes Kastanienbraun – und es war auch lockig. Vera trug es immer offen, sodass es ihr Gesicht umrahmte, aber dieses Mädchen hatte es am Hinterkopf zusammengebunden. Ich war nicht nah genug gewesen, um erkennen zu können, ob sie Sommersprossen auf der Nase hatte. Vera hatte nämlich Sommersprossen, deshalb interessierte mich das besonders. Sie hatte auch denselben Körperbau – mager mit dürren Beinen. So hatte Vera mit elf oder zwölf ausgesehen, später natürlich nicht mehr. Angezogen war sie allerdings ganz anders, was jedoch kein Wunder war, wenn man bedenkt, wie sehr sich die heutige Mode von der damaligen unterscheidet. Sie trug eine dieser Jacken, die sich in der Taille bauschen, einen Minirock und klobige weiße Turnschuhe.

Wie ich schon erwähnt habe, war es ziemlich dunkel, und der Fußweg war nicht beleuchtet. Auf der einen Seite befand sich ein stabiler Maschendrahtzaun mit Nadelbäumen dahinter und auf der anderen eine hohe Mauer. Beide umgaben also vermutlich private Gärten. Ich fand es nicht richtig, dass so ein junges Mädchen mitten in London um diese Zeit noch allein draußen war. Wenn man sieht, wie diese Mädchen spätabends auf den Straßen unterwegs sind und sich dadurch in Gefahr bringen, fragt man sich unwillkürlich, was in die Eltern gefahren ist.

Da ich dem Mädchen keine Angst einjagen wollte, folgte ich ihm nicht sofort. Sie rannte nicht mehr, sondern ging nur noch mit raschen Schritten, deshalb war es für mich kein Problem. Sie hielt ein paar Mal an und schaute sich um, aber es gelang mir, mich stets rechtzeitig in den Drahtzaun zu drücken. Gott sei Dank trug ich meinen dunkelblauen Pullover, durch den ich schwer zu erkennen war. Sicherheitshalber steckte ich meinen Hemdkragen in den Ausschnitt, denn er war hellbraun, und ich befürchtete, er wäre zu sehen. Irgendwie kam ich mir dadurch vor wie in einem Film, als sei ich ein Privatdetektiv, gespielt von Humphrey Bogart.

Das Mädchen lief zügig bis zum Ende des Fußwegs und bog dann rechts in eine Straße ab. Jetzt wurde es wegen der Straßenlaternen schwieriger für mich, ihr zu folgen, und ich musste mich öfters hinter ein Auto ducken, aber es gelang mir, sie nicht aus den Augen zu verlieren. Wir bogen noch mehrmals ab und kamen nach wenigen Minuten bei einer Straße an, die ich kannte. Es war die Emneth Avenue, nicht weit von mir zu Hause entfernt. Da sie nicht besonders lang ist, versteckte ich mich hinter einer Hecke, um abzuwarten, was das Mädchen tun würde. Das stellte sich als die richtige Entscheidung heraus, denn schon nach wenigen Schritten betrat sie eines der Grundstücke an der Straße und hüpfte die Stufen zur Haustür hoch. Oben angekommen, schaute sie noch einmal nach rechts und links, dann öffnete sie die Tür und ging hinein. Sie hatte einen Schlüssel bei sich – ich sah, wie sie ihn aus der Jackentasche holte und damit aufschloss – also wohnte sie bestimmt dort. Es ist, wie gesagt, nur ein Katzensprung bis zu mir, und die beiden Häuser sehen auch ähnlich aus – viktorianische Reihenhäuser mit Erker und einem schmalen Vorgarten, in dem Narzissen und andere Blumen wachsen. Nachdem sie verschwunden war, ließ ich noch einen Moment verstreichen, ehe ich losging, um mir die Hausnummer aufzuschreiben – das Haus wiederzufinden war ganz leicht, weil es als Einziges eine rote Tür hatte –, und dann machte ich mich auf den Heimweg.

Es ist schon komisch, aber meine Stimmung war hinterher deutlich besser. Die Dinge, die mir zuvor so große Sorgen bereitet hatten, kamen mir nicht mehr wichtig vor, denn ich dachte nur noch an das Mädchen. Ich gebe offen zu, dass ich ein bisschen stolz war, weil ich sie quasi nach Hause begleitet und auf sie aufgepasst hatte – ich fühlte mich wie eine Art Schutzengel, auch wenn außer mir niemand davon wusste. Ich fragte mich, ob sie einsam war – es kam mir merkwürdig vor, dass sie ganz allein unterwegs gewesen war. Vielleicht kümmern sich ihre Eltern nicht um sie. Vielleicht sind sie geschieden, oder ihre Mutter arbeitet und es interessiert sie nicht, was ihre Tochter tut. Oder vielleicht arbeitet die Mutter nachts, und die Tochter muss allein zurechtkommen, während sie weg ist. Man liest heutzutage ja oft davon, dass Eltern ihre Kinder egal sind. Schlüsselkinder wurden sie früher genannt. Die arme Kleine. Ich überlegte, ob ich versuchen sollte herauszufinden, auf welche Schule sie geht und ob sie wenigstens eine Freundin hat.

Erinnern Sie sich noch an das Gefühl seliger Erschöpfung, das man als Kind abends spürt, wenn man den ganzen Tag draußen in der Sonne gespielt hat? Man hat Spaß gehabt oder etwas Aufregendes erlebt, und nun ist es Zeit, schlafen zu gehen. Genauso fühle ich mich jetzt, da ich in meinem Bett liege. Zufrieden. So gut habe ich mich schon lange nicht gefühlt. Ich habe mich sogar mit Mrs. Clarke wieder vertragen. Als ich nach Hause kam, saß sie am Küchentisch und blätterte in einem ihrer Versandhauskataloge. Sie besitzt mehrere Dutzend davon. Ich sagte zu ihr, es täte mir Leid, diese Sache mit der

Butterdose, dass der Deckel zerbrochen war, und sie sagte: »Ach, das macht doch nichts.« Dann schaute sie auf die Uhr und sagte: »Schon ziemlich spät – heute ist doch gar nicht einer Ihrer Musical-Abende, oder? Haben Sie etwas Schönes unternommen?«

Unwillkürlich musste ich lächeln, aber ich sagte bloß: »Ja, danke, das habe ich.«

Sie zeigte auf einen der Röcke in dem Katalog und sagte: »Wie finden Sie den?«

»Sehr hübsch.«

»Ich werde ihn mir bestellen. Es gibt ihn in Mauve, Blau und Grün. Welche Farbe gefällt Ihnen am besten?« Das war schwer zu beurteilen, denn es war nur der violette abgebildet, und der sah in meinen Augen etwas zu grell aus, deshalb sagte ich: »Ich glaube, grün würde Ihnen gut stehen.«

»Wissen Sie, was«, sagte sie, »ich nehme von jeder Farbe einen.« Das macht sie immer so. Kauft sich ein Kleidungsstück drei- oder viermal, mit demselben Muster, aber in verschiedenen Farben. Handtaschen und Schuhe sucht sie sich ebenfalls im Katalog aus. Sie schickt nie etwas zurück, aber sie zieht die Sachen auch nicht an. Das heißt, sie hat sie noch nie in meiner Anwesenheit getragen, und ich habe inzwischen den Verdacht, dass sie sie anzieht, während ich auf der Arbeit bin. Der Grund dafür sind die Berge von Wäsche, die sie wäscht, Unmengen geradezu, ständig läuft die Maschine. Da haben Sie's, noch mehr Detektivarbeit!

Wie auch immer, es freut mich, dass zwischen uns wieder alles im Lot ist. Denn wir sind in der Vergangenheit immer einigermaßen gut miteinander ausgekommen, und es wäre schade, das zu verderben. Bei verschiedenen Anlässen hat sie zu mir gesagt: »Sie sind wirklich ein komischer Kauz«, aber sie ist auf ihre Weise genauso komisch. Beispielsweise beobachtet sie die Wäsche, während sich die Trommel dreht. Sie sitzt da und schaut zu, bis das Programm durchgelaufen ist. Einmal sagte sie zu mir: »Sie sollten das ausprobieren, es beruhigt die Nerven.« Und sie zieht mich regelmäßig wegen meiner Theaterbesuche auf, weil ich immer an denselben Abenden hingehe, bei ihr dagegen sind es bestimmte Fernsehsendungen, die sie unbedingt gucken muss – und es kommt nicht in Frage, sie aufzuzeichnen, sondern sie muss sie sehen, wenn sie ausgestrahlt werden –, und es sind mindestens drei oder vier pro Woche. Ich finde, das unterscheidet sich überhaupt nicht von dem, was ich tue, sie ist genauso ein Gewohnheitsmensch wie ich.

Dennoch wird man mich von nun an vielleicht nicht mehr so oft im Theater antreffen. Natürlich werde ich den Besuch der Musicals nicht einstellen. Schließlich habe ich vor, meinen eigenen Rekord zu brechen, aber sagen wir mal so: Es könnte sein, dass meine Zeit von anderen Dingen in Anspruch genommen wird. Tante Tilly erzählt mir andauernd, ich soll hinaus ins richtige Leben gehen – diesen Rat muss ausgerechnet sie mir geben, die den größten Teil ihres Lebens im Theater verbracht hat!

Morgen gehe ich in den Laden und kaufe mir eine neue Thermosflasche. Sie hatten eine, die ein bisschen so aussah wie meine alte – außen blaues Schottenkaro, und wenn ich mich recht entsinne, hatte der Griff des Bechers fast dieselbe Form. Das werde ich als Allerersten tun, und danach – wer weiß? Gut möglich, dass ich auf dem Heimweg einen kleinen Abstecher mache. In die Emneth Avenue. Mir das Haus bei Tageslicht anschaue. Allerdings werde ich mich nicht lange in der Nähe herumtreiben – ich will nicht wieder Ärger mit der Polizei bekommen.

Wirklich jammerschade, dass ich keine Gelegenheit hatte, die Sache mit den Sommersprossen zu klären. Vielleicht beim nächsten Mal …

Gerald, 1939

Montag, 28. August
Der Mann von Mrs. Paddick war heute beim Unterricht für die Luftschutzwarte. Er kam zurück und sagte zu Papa, Oh, heute gabs eine Belohnung für uns, wir waren in der Gaskammer. Ich sagte, das ist aber keine schöne Belohnung, man hätte Ihnen lieber Schokolade geben sollen, und er lachte, aber dann sagte Mr. Paddick zu Papa, also, wenn Sie mich fragen, haben diese Leute keinen blassen Schimmer, es ist ein einziges Durcheinander. Mrs. Paddick sagte, mir wird ganz angst und bange. Dann kam Mutter dazu und sagte, warum sollten wir für die Polen kämpfen, und, ich will in diesem Haus kein Wort mehr über den Krieg hören.

Dienstag, 29. August
Ich habe nach der Schule zusammen mit Vera Brombeeren gepflückt, und dann haben wir mit Sammy im Garten gespielt, aber es war sehr heiß, also haben wir bald damit aufgehört. Mrs. Paddick sagte, die Regierung wird nach Kanada umziehen. Sie fragte Papa, wird es Krieg geben, und er sagte ja. Sie sagte, ich hatte gehofft, Sie würden das nicht sagen, und er sagte, niemand weiß, was werden wird. Deshalb sagte sie dann zu Vera und mir, pflückt ordentlich viele Brombeeren, damit wir einen großen Vorrat an Marmelade für den Krieg haben.

Mittwoch, 30. August
Ich habe Mrs. Paddick geholfen, Sammy zu baden. Sie hat Waschmittel benutzt, aber nur bei den weißen Stellen. Wir sind unsere Gasmasken abholen gegangen und mussten in einer langen Schlange anstehen. Wir haben Mr. Treece getroffen, den Maler, und er hatte ein Paket dabei. Wir konnten nicht erkennen, was es war, und Mutter sagte, haben Sie ein Hündchen unter Ihrem Mantel? Er sagte, nein, das ist eine Gasmaske, und er hat sie uns gezeigt. Sie ist schwarz und hat eine Schweineschnautze, und Mutter sagte, die Dinger sehen ja entsetzlich aus. Dann sagte Vera, was ist, wenn Sammy stirbt, weil es keine Gasmasken für Hunde gibt. Mr. Treece sagte, ein hübsches Mädchen wie du sollte sich über so was keine Sorgen machen, aber Mutter sagte, sei nicht albern. Die Gasmasken lagen im Gemeindesaal in einem großen Haufen auf einem Tisch. Hinten an der Wand hing immer noch das Stück Stoff mit der einsamen Insel drauf, das von der Peter-Pan-Aufführung letztes Jahr stammt. Die hat mir gut gefallen, besonders die Piraten, aber wegen dem Krieg gibt es so was jetzt nicht mehr.

Donnerstag, 31. August
Mrs. Paddick war in der Stadt, um den Zettel zu besorgen, wo draufsteht, was wir bei Fliegeralarm tun sollen. Tante Tilly hat mir einen Brief geschrieben. Es war ein guter Witz drin, den ich auch gleich Jack erzählt habe.
Feriengast: Ich wünschte, ich hätte schon letztes Jahr in diesem Hotel gewohnt.
Hotelbesitzer: Es freut mich das zu hören.
Feriengast: Bestimmt wäre der Fisch damals viel frischer gewesen.
Vera und ihre Freundin Beryl haben im Garten Krocket gespielt. Ich konnte nicht mitmachen, weil der Rasen so hubbelig

ist. Dann kam Papa nach Hause und wir haben mit den Sachen aus meinem Mecano-Baukasten etwas gebaut. Er sagte, wenn die Kinder aus London kommen, wird ein Junge bei uns wohnen. Ich finde das gut, aber Beryl sagte, Hitler ist ein mieser Schweinehund, der alle Menschen herumkommandieren will, und es ist allein seine Schuld, dass sie sich ihr Zimmer mit einem anderen Mädchen teilen muss, mit einem Mädchen, das schmutzig ist. Papa sagte, vielleicht ist sie ja gar nicht schmutzig, aber Beryl sagte, ihre Mutter hat gesagt, sie ist es bestimmt, denn diese Kinder sind alle aus den Eländsvierteln.

Freitag, 1. September
Die Kinder aus London sind angekommen, und Mutter ist mit Mrs. Paddick ins Rathaus gegangen, um unseren Jungen zu holen. Er heißt Eric und schläft in dem Zimmer neben meinem. Er flüstert immerzu. Er ist 8 und hat zwei große Brüder, aber die müssen beide woanders wohnen. Ich wollte ihn fragen, was ein Eländsviertel ist, aber Vera hat gesagt, das gehört sich nicht. Papa sagte, die neuen Kinder gehen vormittags zur Schule und wir nachmittags.

Sonntag, 3. September
Mrs. Treece war bei uns, um Bettwäsche zu leihen. Mutter sagte zu ihr, wir haben keine übrig, aber später holte Mrs. Paddick welche und gab sie ihr. Bei ihnen wohnen eine Mutter und ihre zwei Töchter, aber der Mutter gefällt es hier nicht, weil wir diese Luftschutzräume nicht haben, die es in London gibt. Vera sagte, wenn wir einen Luftschutzraum hätten, könnten wir Sammy dort hinbringen, aber Papa sagte, in London dürfen die Hunde nicht in die Luftschutzräume, und das finde ich ungerecht, denn die Hunde können doch nichts dafür.
Mrs. Treece sagte, die Kinder bewahren für ihren Hund eine

Scheibe Brot im Bad auf. Wir hörten im Radio, dass der Krieg angefangen hat, und dann rannte ich mit Eric nach draußen, um die Bomber zu sehen, aber es waren keine da. Dann gab es Fliegeralarm. Ein Mann auf einem Fahrrad rief, wir sollen uns in Sicherheit bringen, dabei hatten wir doch gedacht, wir würden eine Sirene hören, die ein komisches Geräusch macht, und Papa sagte, oh, das ist bestimmt ein Scherz, aber dann kam der Mann in den Garten gerannt. Es war Mr. Jevons und er sagte, ihr müsst in den Luftschutzkeller. Wir sagten, wir haben keinen Luftschutzkeller, und er sagte, na, dann geht eben unter der Treppe in Deckung, aber dann rannte Sammy weg, und wir ihm hinterher, und als wir ihn wieder eingefangen hatten, war alles vorbei, also haben wir den Alarm verpasst. Eric sagte, er wird jetzt nie wieder nach Hause dürfen, aber ich sagte, wir werden siegen, denn in der Schule hat Mr. Trent gesagt, England hat in der Vergangenheit noch nie eine Schlacht verloren, und wenn wir gesiegt haben, darf er nach Hause. Dann haben wir mit der Hülle von meiner Gasmaske Fußball gespielt. Das war lustig, aber die Hülle ist kaputtgegangen und Mutter hat gesagt, wir benehmen uns wie die letzten Menschen.

Montag, 4. September
Mr. Paddick hat seine Zähne verloren. Es war dunkel, und er ist auf dem Fahrrad mit den Sandsäcken der Straße zusammengestoßen, und sein Gebiss ist rausgefallen und er kann es nicht wiederfinden, also ist er das erste Opfer des Krieges. Mrs. Paddick sagt, Herr Hitler wird für eine Menge geradestehen müssen.
Tante Tilly ist zu Besuch gekommen.

Mittwoch, 6. September
Eric hat ins Bett gemacht, und Mrs. Paddick war deshalb wütend. Auch weil es so lange dauert, alle Fenster zu verdunkeln, und Mrs. Everit sagte, das raubt einem den letzten Nerv. Ich helfe Mrs. Paddick gerne dabei, die Jalousien herunterzulassen, und von mir aus bräuchten wir dazu gar keinen Krieg, so viel Spaß macht das, und ich konnte heute nicht mit Eric spielen. Er rannte weg, um seine Brüder zu suchen, und kam erst wieder, als wir schon Tee getrunken hatten, deshalb sagte Mutter, er bekommt nichts.

Freitag, 8. September
Ich bin mit Sammy in den Wald gegangen, um Eric zu suchen, und ich habe seine Brüder kennen gelernt. Sie heißen John und Charly. Sie sind älter als Eric. Sie sagten, sie haben eine Hütte, und die Hütte ist ein Geheimversteck, aber sie werden sie mir zeigen, und dann spielten wir Spione. Das war schön, aber als wir nach Hause gingen, sagte Eric, er will nicht, dass ich ihm noch einmal folge, und deshalb bin ich in mein Zimmer gegangen und habe mit Jack geredet. Er ist mir lieber als Eric, denn er würde nie wie ein Baby ins Bett machen.

Sonntag, 10. September
Ich wollte zu der Hütte im Wald, aber Eric hat sie mir nicht gezeigt, obwohl Charly es versprochen hat. Er sagte, sie ist das Versteck von ihm und seinen Brüdern, aber ich werde sie finden, denn ich war schon viel öfter im Wald als er. Ich konnte sie nicht finden, aber ich habe Vera und Mr. Treece im Wald getroffen. Sie waren beim Malen. Vera saß unter einem Baum und hatte nur ihre Unterwäsche an, denn es war warm. Mr. Treece sagte, wir könnten zu ihm zum Tee gehen. Es gab Salat mit Schinken und süße Brötchen und Bananen mit Sahne.

Mr. Treece sagte, die Engländer sind alle spießig, und es ist ihr Schönstes, jemand fünf Pence Strafe aufzubrummen, weil er keine Gasmaske hat. Dann erzählte er, dass Mr. Jevons, das ist der Luftschutzwart, zu ihm gesagt hat, er kann das Licht im Flur sehen, wenn er durch die Scheibe guckt, und Mr. Treece sagte, wenn ein Deutscher landet, wird er nicht aus seinem Flugzeug aussteigen und seine Nase gegen die Haustür drücken. Ich fand das komisch, aber Vera sagte, vielleicht tut der Deutsche es ja doch, und sie bekam richtige Angst, deshalb hat Mr. Treece gesagt, ich werde dich vor ihm beschützen, wenn er kommt. Die Leute, die bei ihnen wohnten, sind zurück nach London. Sie haben gesagt, es liegt daran, weil es keine Milch in Dosen gibt und sie nicht ins Kino gehen können. Ich will nicht, dass Eric weggeht, darum werde ich Mrs. Paddick bitten, für ihn Milch in Dosen zu kaufen.

Sonntag, 17. September
Die Hütte gehört gar nicht Eric, sondern Mr. Treece, und er bewahrt seine Malsachen dort auf. Man kann dort gut übernachten, denn drinnen sind Decken und Kissen und eine Lampe. Ich habe ein Bild gesehen, das er gemalt hat, auf dem Vera in Unterwäsche ist. Ich fand das lustig, aber als ich Vera davon erzählt habe, sagte sie, was gibts denn da zu lachen.

Tilly

Den ersten Geschlechtsverkehr mit Geralds Vater hatte ich am vierundzwanzigsten September 1939. Ich war in Broad Acres zu Besuch. Die Regierung hatte alle Theater für die Dauer des Krieges geschlossen – na ja, das hatten sie angekündigt, aber die meisten waren binnen eines Monats wieder geöffnet und die Kinos und Tanzsäle ebenfalls, denn die Leute ließen sich das nicht bieten. Wie auch immer, mein Engagement endete vorzeitig, also rief ich Arthur an, und er lud mich zu ihnen ein. Ich kam am vierten September an – einem Montag –, und weil er an dem Tag nicht arbeitete, holte er mich vom Bahnhof ab. Im Auto habe ich ihm dann erzählt, dass ich völlig ratlos sei, wie es mit mir weitergehen solle. Arthur war nie besonders gesprächig, aber ein guter Zuhörer, und daher fand ich es nicht ungewöhnlich, dass er die meiste Zeit schwieg, aber plötzlich bremste er und sagte: »Es ist egal, was du tun wirst, Tilly. Uns steht das Ende der Zivilisation bevor und nicht bloß des Theaters.«

Wir waren auf einer schmalen Straße, und er steuerte den Wagen auf ein Stück Gras am Rand und drehte sich zu mir um. Ich weiß noch, dass er den Ellbogen auf den Rahmen des heruntergekurbelten Fensters gelegt hatte. Er trug einen dunklen Anzug, der – wie alle Anzüge von Arthur – hervorragend geschnitten war. Er war eine elegante Erscheinung, hatte vom Äußeren her etwas von einem Filmstar, aber das lag nicht nur an seiner Kleidung, denn er sah auch gut aus und hielt sich sehr gerade. Ich fand immer, er habe eine gewisse Ähnlichkeit mit Jack Buchanan. Einmal habe ich das Marjorie gesagt, und sie hat mich daraufhin angestarrt, als sei ich von allen guten Geistern verlassen. »Jack Buchanan? *Arthur?*« Ich glaube, sie hatte ihn seit ihrer Hochzeitsnacht nicht mehr richtig angeschaut.

Er sagte: »Wir waren so furchtbar naiv.«

Ich fragte: »Meinst du die Regierung?«, und er antwortete: »Nein, ich meine unsere Generation. Wir haben versagt. All unsere edlen Absichten, einen erneuten Krieg in Europa zu verhindern – man kann nicht einfach beschließen, den Frieden zu bewahren, man muss einen solchen Beschluss auch in die Tat umsetzen. Und das haben wir nicht geschafft. Wir haben immer nur geredet. Wir haben zugelassen, dass wir in diese Lage geraten sind.«

Ich sagte: »Tja, das ist jetzt nicht mehr zu ändern. Der Krieg ist da, also sollten wir ihn möglichst schnell zu Ende bringen.«

Er sagte: »Wenn wir so weitermachen, wird er erst vorbei sein, wenn Hitler an Altersschwäche stirbt.«

Ich hatte ihn noch nie so niedergeschlagen erlebt und wollte ihn etwas aufmuntern, darum sagte ich: »Uns bleibt nichts anderes übrig, als das Beste draus zu machen.«

Er sagte: »Weißt du, ich glaube, Gerald kann sich überhaupt nicht vorstellen, dass wir den Krieg auch verlieren könnten.«

Ich sagte: »Er hat ja auch keine Ahnung, wie der letzte Krieg war.« Denn mir fiel mein armer Vater ein, der als Wrack nach Hause zurückgekehrt war. »Und was ist mit Marjorie? Was hält sie von alldem?«

»Wenn man sie reden hört, könnte man glauben, Hitler habe nur deshalb den Befehl zum Einmarsch in Polen gegeben, um sie vom Schreiben ihrer dämlichen Bücher abzuhalten. Sie macht einen Riesenaufstand wegen des Jungen, der bei uns untergebracht ist.« Es war das erste Mal, dass er sich bei mir über

Marjorie beschwerte, und ich war leicht verblüfft. Da ich es für ratsam hielt, das Thema zu wechseln, sagte ich: »Ach, habt ihr eines der evakuierten Kinder aufgenommen?«

»Ja, einen Jungen. Netter kleiner Kerl. Ein bisschen verängstigt, aber das ist angesichts von Marjories Benehmen auch kein Wunder.« Er starrte einen Moment lang durch die Windschutzscheibe, dann sagte er: »Ich weiß nicht, was ich tun soll, Tilly. Ich sehe keinen Ausweg.«

Ich sagte: »Jetzt bin ich ja da. Bestimmt kann ich mich irgendwie nützlich machen.«

»Ich meine nicht die Probleme bei uns zu Hause – um die kümmert sich Mrs. Paddick.« Er schlug mit den Händen gegen das Lenkrad. »Es ist einfach unerträglich! Wir verbringen unsere Zeit damit, zu Vorträgen über Giftgasangriffe zu gehen und auf das Ende der Welt zu warten.« Er schaute kurz nach vorn und dann wieder mich an. »Entschuldige bitte. Wahrscheinlich ist es klug von dir, dich auf praktische Probleme zu konzentrieren.« Dann ließ er den Wagen an und fuhr mich nach Broad Acres.

Es war, als hätte sich eine Tür zwischen uns aufgetan. Wir waren bis dahin immer gut miteinander ausgekommen, aber meiner Ansicht nach war das der eigentliche Beginn unserer Freundschaft – und natürlich der anderen Sache.

Marjorie erwartete uns im Eingang des Hauses. Sie kam nicht nach draußen, um mich zu begrüßen, sondern schaute mit verschränkten Armen zu, wie Arthur das Gepäck aus dem Wagen holte. Ich sagte: »Hoffentlich hat meine Ankunft dich nicht bei der Arbeit gestört«, und sie entgegnete in ungehaltenem Ton: »Ich weiß nicht, wie ich es schaffen soll, auch nur einen Satz zu Papier zu bringen. Man hat uns eines dieser Londoner Kinder aufgenötigt, hat Arthur dir das schon erzählt?«

»Ja, er erwähnte es.«

»Für ihn ist das kein Problem, denn er hat ja nicht unter den Folgen zu leiden.«

»Aber, Marjorie, ein einziger kleiner Junge ...«

»Ein kleiner Junge, der so viel Lärm macht wie eine ganze Elefantenherde«, sagte sie in sarkastischem Ton. »Es mag dir entgangen sein, Tilly, aber ich habe eine Verpflichtung den vielen Kindern gegenüber, die meine Bücher lesen, und nicht nur gegenüber *einem kleinen Jungen.*«

Ich sagte: »Ist es nicht furchtbar, dass es nach so wenigen Jahren schon wieder losgeht?«

»Oh, daran mag ich gar nicht denken!« Arthur brachte die Koffer, und sie sagte: »Du hast doch wohl hoffentlich an meine Zigaretten gedacht?« Er gab sie ihr, und sie sagte: »Ich werde jetzt versuchen weiterzuarbeiten. Wenn du Tee willst, wende dich an Mrs. Paddick.«

Sie marschierte geräuschvoll in ihr Arbeitszimmer und ließ uns allein in der Diele zurück. Arthur sah mich mit hochgezogenen Augenbrauen an. »Oje.«

»Ich verstehe, was du meinst.«

»Geh ruhig in die Küche. Ich trage deine Sachen nach oben. Ich nehme an, Marjorie hat sich bis zum Abendessen wieder beruhigt.«

Mrs. Paddick schien sich aufrichtig zu freuen, mich zu sehen. Marjorie war zwar diejenige, die sich über den evakuierten Jungen beklagte, aber die ganze Arbeit blieb an der armen Mrs. Paddick hängen, sie musste sich um alles kümmern und zusehen, dass sie, so gut es ging, mit der Situation fertig wurde. Der kleine Eric hatte zwei Brüder, aber Marjorie hatte sich standhaft geweigert, mehr als ein Kind aufzunehmen. Deshalb wurden die Brüder schließlich bei einer anderen Familie untergebracht, bei welcher, das war erst nach drei Tagen zu ermitteln, weil bei den Organisatoren der Aktion das totale Chaos herrschte, und Eric litt so furchtbar darunter, dass er nachts ins Bett machte. Mrs. Paddick versuchte es mit Klötzen, die sie unter die Beine am Fußende des Bettes stellte, damit es höher war als das obere Ende, aber ohne Erfolg.

Einmal beim Mittagessen, als Marjorie sich wieder einmal beklagte, wie schwer sie es hatte, platzte mir der Kragen, und ich sagte ihr, wenn sie auch jeden Tag eine Garnitur Bettwäsche waschen müsste – was damals natürlich noch per Hand geschah – und außerdem für ein Haus in der Größe von Broad Acres verantwortlich wäre, dann hätte sie wirklich Grund, sich vom Schicksal benachteiligt zu fühlen. Kaum hatte sie das gehört, warf sie ihre Serviette auf den Tisch und stürmte in den Garten, um sich den armen Eric vorzuknöpfen. »Du widerlicher Drecksbengel!« Sie packte ihn im Nacken und schüttelte ihn so heftig, dass ihm beinahe die Augen herausfielen. Mrs. Paddick sagte hinterher zu mir: »Das hätten Sie nicht zu ihr sagen dürfen.« Sie hatte Recht. Ich hätte es ahnen müssen. Ich hatte Marjorie klar machen wollen, wie selbstsüchtig sie war, hatte aber nichts weiter erreicht, als Eric Ärger einzubrocken.

Das Verhältnis zwischen Marjorie und Arthur war sehr angespannt, und da meine Schwester offenbar auch keine große Lust hatte, mit mir zusammen zu sein, verbrachte ich den Großteil meiner Zeit bei Mrs. Paddick in der Küche. Es ist schon komisch, was einem im Gedächtnis haften bleibt – ich weiß kaum noch, wie die Küche aussah, aber ich erinnere mich gut an den Geruch. Arthur litt unter einer chronischen Erkältung, und deshalb standen bei Mrs. Paddick ständig Töpfe auf dem Ofen, in denen Taschentücher vor sich hin kochten. Aluminiumtöpfe voller blubbernder Seifenlauge mit weißer, sich pilzartig blähender Baumwolle an der Oberfläche und einem dicken schmutzigen Schaumring am Rand. Sie verströmten einen warmen, feuchten Geruch. Wenn Mrs. Paddick am Küchentisch saß und eine Players rauchte, mischte sich der Zigarettenqualm mit dem Dampf aus den Töpfen, und die beiden Gerüche verschmolzen miteinander.

Die Abende waren besonders schlimm. Wenn Arthur nicht in seinem Club übernachtete, kam er hundemüde nach Hause, und nachdem wir zu Abend gegessen hatten und die Kinder ins Bett gegangen waren, setzten wir drei uns ins Wohnzimmer und hörten Radio. Broad Acres war ein imposantes Anwesen, erbaut in nachgemachtem Tudor-Stil mit vielen dunklen, massiven Balken. Im Wohnzimmer lag ein schwerer königsblauer Teppich, gemustert mit großen goldfarbenen Blättern, und überall standen wuchtige Möbelstücke mit Löwenfüßen herum. Es gab auch einen Konzertflügel. Ich habe nie begriffen, wieso, denn niemand von der Familie spielte Klavier. Marjorie hatte ihren speziellen Sessel, in dem sie immer saß – ich habe nie jemand anderen darin sitzen gesehen –, und sie legte stundenlang Patiencen, dicht gebeugt über die Kartenreihen, die vor ihr auf einem kleinen Tisch lagen. Oder sie wollte, dass wir kindische Kartenspiele wie *Beggar my Neighbour* spielten. Andere kannte sie nicht, nehme ich an. Wenn sie mit Arthur sprach, dann in schnippischem Tonfall. Aber meistens ignorierte sie ihn völlig. Und wenn einer von uns den Krieg auch nur erwähnte, sagte sie: »Habt ihr denn gar kein anderes Gesprächsthema?« Oder sie sprang auf und lief hinaus, und dann fühlte Arthur sich verpflichtet, ihr nachzugehen und sie zu beruhigen. Arthur und ich gewöhnten uns an, vor dem Essen einen kurzen Spaziergang durch den Garten zu machen. Ich versuchte immer, ihn aufzuheitern, obwohl ich selbst weiß Gott auch nicht gerade in Hochstimmung war. Beispielsweise hatte ich nichts zu tun. Gerald schlich trübselig durch die Gegend, und Vera sah ich kaum. Sie verzog sich andauernd in den Wald, um dort zu malen – was ich ihr nicht verübeln konnte, denn aus Rücksicht auf Marjorie liefen alle nur auf Zehenspitzen durchs Haus.

Sonntag, der vierundzwanzigste, war der Tag, an dem wir zu der Séance gingen. Mir gefiel die Idee offen gestanden nicht besonders, obwohl solche Zusammenkünfte damals sehr beliebt waren, viel beliebter als heutzutage. Ich war etwas überrascht, als Marjorie den Vorschlag machte, denn wir sind als Kinder nur selten in die Kirche gegangen, und sie hatte nie Interesse an religiösen oder übernatürlichen Dingen gezeigt. Und sie benahm sich ganz eigenartig, was diese Sache anging. Ihr Verhalten war irgendwie geheimnistuerisch, fand ich. Sie sprach es nicht offen aus, aber mir war klar, dass sie nicht wollte, dass Arthur davon erfuhr. Sie sagte bloß, er würde es nicht verstehen. Ich verstand es allerdings genauso wenig. Als ich sie fragte, mit wem sie mit Hilfe des Mediums Kontakt aufnehmen wollte, reagierte sie ausweichend. Sie sagte bloß: »Ach, ich will nur mal sehen, ob es stimmt, was die Leute so erzählen.« Ich sagte: »Bist du wirklich noch nie bei einer Séance gewesen? Denn du scheinst ja ein Menge darüber zu wissen.« Sie sagte, nein, noch nie, aber ich hatte das Gefühl, dass sie mir nicht die Wahrheit sagte, und deshalb beschloss ich, Mrs. Paddick zu fragen.

Sie saß gerade draußen vor der Küchentür auf einem Stuhl und schälte Kartoffeln. Eric und seine Brüder hockten Kekse essend nebeneinander auf der obersten Stufe. Marjorie hatte verboten, die beiden Brüder ins Haus zu lassen. Weiß der Himmel, wie das ihrer Ansicht nach im Winter werden sollte. Gerald war nicht dabei, deshalb muss es wohl nachmittags gewesen sein, denn die einheimischen und die evakuierten Kinder hatten umschichtig Unterricht in der Schule.

Ich setzte mich zu den Jungen auf die Stufe und fragte Mrs. Paddick nach der Séance. »Oh«, sagte sie, »es sollte mich wundern, wenn sie noch mal zu derselben Frau geht.«

»Sie war schon einmal bei einem Medium?«

»Oh ja. Die kann aber nicht viel getaugt haben, denn ich hatte Mrs. Haxton gebeten zu fragen, ob es Krieg geben wird, und die Frau hat gesagt, nein auf keinen Fall – und was ist passiert? Ich halte nicht viel davon, und Sie?«

»Hat Ihnen meine Schwester sonst noch etwas erzählt?«

»Nein, eigentlich nicht. Nur, dass sie die Frau furchtbar fand.« Dann unterbrach Charlie – einer von Erics älteren Brüdern – sie, um sie um einen weiteren Keks zu bitten, und sie stand auf und ging in die Küche. Während sie weg war, beugte er sich zu mir herüber – er war höchstens zwölf Jahre – und sagte: »Sie's 'ne echte Schönheit, wa'?« Die drei Brüder sprachen natürlich alle Cockney. Grauenvoller Dialekt. »Wenn ich groß bin, heirat ich sie.« Ich musste mich sehr zusammenreißen, um nicht laut loszulachen, denn Mrs. Paddick war eine stattliche Matrone und Charlie ein magerer, o-beiniger Knirps, der ihr kaum bis zur Taille reichte. Charlie der Charmeur. Ich würde meinen letzten Penny darauf verwetten, dass aus ihm später ein echter Frauenheld geworden ist.

Mrs. Paddick kam mit den Keksen zurück und sagte: »Sie will also wieder zu so einer Versammlung gehen?«

»Ja, und sie hat mich gebeten mitzukommen.«

Mrs. Paddick seufzte. »Wenn ich Sie wäre, würde ich Mr. Haxton nichts davon erzählen. Er wäre davon bestimmt nicht begeistert, glauben Sie mir.«

Ich ging wieder zu Marjorie. »Warum hast du mir nicht gesagt, dass du schon mal bei einer Séance warst?« Sie versuchte gar nicht erst, es zu bestreiten, sondern sagte mit verschwörerischer Miene, dass sie mir nicht zu viel erzählen wollte, weil die Geister nicht auftauchen, wenn man nicht daran glaubt. Ich sagte: »Das ist wirklich die beste Ausrede, die ich seit langem gehört habe.« Da sie nicht reagierte, sagte ich: »Na komm schon, verrat mir endlich, mit wem du Kontakt aufnehmen willst.« Sie sagte: »Es ist diesmal ein anderes Medium. Mir wurde letztes Mal gleich zu Beginn klar, dass diese Frau eine Schwindlerin war. Denn die Anwesenheit eines Geistes kündigt sich dadurch an, dass es in dem Raum kälter wird.«

Die Séance wurde in Harbury abgehalten – der nächstgelegenen Stadt. Wir gingen in ein normal aussehendes kleines Haus mit einem Schild davor, auf dem »Spiritistische Zusammenkünfte« stand und dazu Zeitangaben, genau wie bei den Hinweisen auf Gottesdienste. Ich weiß noch, dass es drei Pence Eintritt kostete. In dem Zimmer standen lauter Stühle, wie man sie aus Kirchen kennt, mit einer Ablage für das Gesangbuch an der Rückseite, und ein paar Tische mit Vasen voller künstlicher Blumen. Über dem Kamin war ein großer Union Jack befestigt, und mitten darauf prangte ein kitschiges Jesusbild. Ich wusste nicht, was ich von der Sache halten sollte.

Das Medium – ihren Namen habe ich vergessen – war klein und mollig und trug ein verwaschenes gemustertes Kleid. Sie hatte gar nichts Ätherisches an sich – ich weiß noch, dass ich fand, sie höre sich wie George Formby an, aber das lag vielleicht bloß am Akzent. Sie stand vor dem Kamin, die Hände verschränkt, die Augen geschlossen, und erzählte uns jede Menge rührseliges Zeug über »unsere Freunde, die Engel« und wiegte sich dabei hin und her. Sie nannte Jesus mehrmals den »großen Nazaräer«, was für mich wie der Beiname eines Zauberers klang, und zwar eines zweitklassigen.

Wir leierten ein Kirchenlied herunter, und dann ging das Medium wie eine Schlafwandlerin zu der Frau am Ende der Reihe, blieb vor ihr stehen und sagte: »Haben Sie etwas für mich, meine Freundin?« Die Frau hielt ihr ein Zigarettenetui entgegen. Das Medium nahm es und strich mit den Fingern darüber. Als ich die Reihe entlang schaute, sah ich, dass fast jeder den einen oder anderen Gegenstand auf dem Schoß in der Hand hielt – Schlüssel, Handschuhe, einen Schal, ein Schmuckstück und eine Frau sogar eine silberne Haarbürste. Ich versuchte zu erkennen, was Marjorie dabeihatte, aber ich sah nur etwas Weißes, das wie ein zusammengefaltetes Stück Stoff wirkte. Das Medium begann zu der Frau zu sprechen, die ihr das Zigarettenetui gegeben hatte. »Sie machen sich Sorgen über geliebte Menschen, die eine weite Reise antreten müssen – Sie bürden sich zu viel auf – sind allzu selbstlos – Sie sollten auf Ihre Gesundheit Acht geben …« Na ja, übersinnliche Kräfte waren hier wohl nicht am Werke – man konnte davon ausgehen, dass nahezu jede Frau in dem Raum einen männlichen Angehörigen hatte, der auf seine Einberufung wartete, und der Rest war pure Schmeichelei.

Da fast alle ihr einen Gegenstand gaben, dauerte es über eine halbe Stunde, bis sie zu uns kam. »Haben Sie etwas für mich, meine Freundin?« Als Marjorie das weiße Stück Stoff hochhielt, erkannte ich, was es war – ein mit Spitzen besetztes Taufkleid. Es dauerte einen Moment, bis ich begriff, wieso sie es mitgebracht hatte: Es war für das tote Baby gedacht gewesen.

»Es ist von einem wundervollen Licht umgeben.« Das Medium hob das Kleid an ihr Gesicht und rieb damit über ihre Wange, als wäre es ein Handtuch. Dann sagte sie: »Möchten Sie eine Frage stellen, meine Freundin?«

Ich schaute Marjorie nicht an, aber als sie sprach, wusste ich, dass sie den Tränen nah war. »Ist das Baby – mein Baby –« Sie brach ab. Das war das Stichwort für das Medium. »Quälen Sie sich nicht. Unsere Freunde, die Geister, haben mir ein entzückendes kleines Baby gezeigt, ein pummeliges kleines Mädchen mit rosigen Wangen, ich sehe es neben Ihnen, meine Freundin, es will, dass Sie frohen Mutes sind, es ist in den Himmel aufgestiegen … Gott segne Sie.« Ich warf Marjorie einen

Seitenblick zu und sah, dass ihre Augen feucht waren. In der Reihe hinter uns begann eine Frau zu schluchzen.

Das Medium gab Marjorie das Taufkleid zurück und machte einen Schritt von uns weg in Richtung Kamin, blieb dann aber stehen, als wäre ihr gerade etwas eingefallen, und drehte sich um. »Ich habe noch etwas für Sie, meine Freundin. Ist Ihnen im Geiste ein Jack bekannt?« Unser Vater hieß Jack. Eigentlich hieß er John Haldane, aber alle nannten ihn Jack. Marjorie starrte zu Boden, als hätte sie die Frage nicht gehört, also antwortete ich an ihrer Stelle. »Ja, das ist er.« Ich kam mir vor wie ein Kind, das vor der versammelten Schule eine Missetat gesteht. Von einer Sekunde zur nächsten wirkte das Medium nicht mehr schläfrig, sondern sehr wachsam, und sie musterte mich rasch. »Gehören Sie zusammen?«

»Ja, wir sind Schwestern.«

»Ich verstehe. Also, Jack hat eine Nachricht für eine von Ihnen beiden. Ich glaube, sie ist nicht für Sie, meine Freundin, sondern für Ihre Schwester. Er sagt, ich heiße Jack, ich komme aus der Geisterwelt, und er sagt, er wurde erlöst, er sagt, im Himmel wird Vergebung zuteil, Ihnen wird vergeben werden … Lebt in Ihrem Haus eine junge Dame?«

Marjories Antwort war kaum zu verstehen: »Ja.«

»Er sagt, Sie sollen sich nicht streiten. Können Sie damit etwas anfangen?« Marjorie antwortete nicht.

»Meine Freundin, ich spreche hier nicht, weil es mir Wohlgefallen bereitet, ich diene unseren Geisterfreunden, die sich meiner bemächtigen, als deren Stimme … Sagen Sie, meine Freundin, sind Sie voll Sorge? Haben Sie den Wunsch, Ihr Leben zu ändern?«

Ehe Marjorie antworten konnte, sagte das Medium: »Er sagt, Sie müssen Geduld haben, die Veränderung wird kommen. Sie wird Sie ereilen. Seien Sie geduldig. Eine große Veränderung ... Mehr kann er nicht sagen. Seine Lippen sind versiegelt.«

Dann trat sie zurück und neigte für einen Moment den Kopf – um zu beten, nehme ich an, obwohl ich schon im ganzen Raum das Auf- und Zuschnappen der Verschlüsse hören konnte, als die Frauen ihre Gegenstände zurück in ihre Handtasche steckten und sich zum Aufbruch bereitmachten. »Unser Dank gilt unseren Freunden unter den Engeln, und wir wünschen ihnen eine schöne Heimreise ins Jenseits.« Dann sagte sie: »Auf Wiedersehen«, und das war's.

Auf dem Rückweg – da Broad Acres nur zwei Meilen entfernt war, gingen wir zu Fuß – sagte ich zu Marjorie: »Also, was meinst du? Ist sie eine Schwindlerin?« Ich war neugierig, was sie antworten würde, denn die Botschaft des Babys war ihr offensichtlich sehr nahe gegangen, aber wenn sie diese Botschaft für echt hielt, musste sie auch die andere Sache akzeptieren, nämlich dass unser Vater zu ihr gesprochen hatte, und das fand ich damals ziemlich unheimlich. Später bin ich dann allerdings zu dem Schluss gekommen, dass es vermutlich bloß ein Zufallstreffer gewesen war. Ich sagte: »Es sollte doch kalt im Raum werden, oder? Ich fand es dort ziemlich warm. Beinahe stickig.«

»Ich habe einen Luftzug im Nacken gespürt.«

»Unsinn, jemand hat ein Fenster aufgemacht. Das habe ich genau gesehen. Und sie hat von einem Mädchen gesprochen. Ich dachte immer, der andere Zwilling sei ein Junge gewesen.«

»Das hat der Arzt jedenfalls gesagt.« Marjorie schwieg einen Moment lang, dann fuhr sie fort: »Man hat mir nicht erlaubt, ihn zu sehen.«

Ich sagte: »Natürlich nicht, Marjorie, man wollte es dir ersparen. Und außerdem musstest du dich ja auch um Gerald kümmern.«

»Aber ich wollte ihn unbedingt sehen. Und ich durfte nicht.«

»Marjorie, das ist ... krankhaft. Schließlich ist er ja kaum auf der Welt gewesen.«

»Ich hätte etwas von ihm aufbewahren können ... ein Haarbüschel.«

»Babys haben noch keine Haare.«

»Gerald schon.«

»Nein, das stimmt nicht ... oder doch? Ich kann mich nicht mehr erinnern.«

»Als du ihn das erste Mal gesehen hast, war er schon ein halbes Jahr alt.«

»Oh nein, unmöglich. Oder warte mal, ja, ich war auf Tournee ... durch Schottland. Den ganzen Winter. Das tue ich nie wieder. Es war entsetzlich kalt.«

Ich habe mir oft gewünscht, dieses Gespräch noch einmal führen zu können. Damals hielt ich Marjorie einfach nur für überspannt. Ich hatte noch nie so ein Gespräch geführt und wusste nicht, was ich sagen sollte. Außerdem fand es an einem völlig unpassenden Ort statt. Wir liefen im Gänsemarsch einen schmalen Waldweg entlang – an den Rändern wucherten Brennnesseln, und da ich vermeiden wollte, durch meine Strümpfe hindurch gestochen zu werden, schenkte ich ihren Worten nicht meine volle Aufmerksamkeit. Es war eine verpasste Gelegenheit, daher wohl mein schlechtes Gewissen. Wir haben uns nie so nahe gestanden wie andere Schwestern – soweit ich weiß, hat Marjorie, abgesehen von unserer Mutter, nie jemandem nahe gestanden – aber in diesem Moment versuchte sie, mir etwas sehr Persönliches mitzuteilen, und ich hörte nicht zu. Das lag nicht nur an den Brennnesseln, es lag ... na ja, vermutlich war mir das Ganze einfach nur peinlich. Und das wiederum lag vielleicht daran, dass es um Marjorie ging. Wenn sie eine meiner Freundinnen gewesen wäre, wäre ich sicher mitfühlender gewesen. Ach, ich weiß auch nicht. Heutzutage ist das alles völlig anders. Man kennt die psychischen Folgen bestimmter Erlebnisse. Wenn einem früher etwas Unangenehmes zustieß, versuchte man einfach, einen Schlussstrich darunter zu ziehen und es zu vergessen. Außerdem war unser Land gerade dabei, in den Krieg zu ziehen. Tapferkeit war … nun ja, gewissermaßen *en vogue*, ein besserer Ausdruck fällt mir leider nicht ein. Man hatte seine eigenen Gefühle beiseite zu schieben, sonst galt man als selbstsüchtig. So dachten damals alle, nicht nur ich. Als Marjorie zu weinen begann, riet ich ihr daher leider, sich zusammenzureißen. »Ich wollte mich bloß vergewissern, dass es ihn gibt, mehr nicht. Das verstehst du nicht.«

Ich sagte: »Nein, vermutlich nicht. Lass uns jetzt *bitte* nach Hause gehen.«

»Niemand versteht das.«

Ich sagte: »Ich bin Schauspielerin. Ich merke, wenn jemand Theater spielt. Und ich verstehe in der Tat nicht, wieso du dich von der Inszenierung vorhin derart hast beeindrucken lassen.«

Marjorie, die vor mir hergegangen war, blieb nun stehen und drehte sich zu mir um. »Du bist gemein.«

Ich sagte: »Was willst du jetzt tun? Bei Mutter Trost suchen?« Plötzlich waren wir wieder Kinder. Es war wirklich lächerlich, zwei erwachsene Frauen mit Hut und Handtasche, mitten im Wald. Der entscheidende Punkt war allerdings, dass ich das gesagt hatte, weil *ich* in diesem Moment am liebsten bei Mutter Trost gesucht hätte. Na ja, nicht bei meiner Mutter, denn ich war immer Papas Liebling gewesen, nicht ihrer, aber ich hatte plötzlich das Gefühl, dass sich die ganze Welt in Auflösung befand – die Schließung der Theater, der Krieg, die Sache mit Marjorie und Arthur … Alles um mich herum kam mir brüchig vor, und trotzdem hatte ich nichts Besseres zu tun, als mit meiner Schwester eine absurde Auseinandersetzung über eine Betrügerin zu führen, die vorgab, mit den Toten zu sprechen. Vermutlich hatte ich Angst und war deshalb ungehalten.

»Eines muss man der Kleinen allerdings lassen: Sie hat, was Papa angeht, genau ins Schwarze getroffen.«

»Ich bin mir sicher, dass sie jemand dazu angestiftet hat.«

»Was meinst du mit *angestiftet*? Und woher soll dieser Jemand es gewusst haben?«

»Was gewusst haben?«

Die Frage verblüffte mich. Mir fehlen nur selten die Worte, aber in dem Moment ... »Das weißt du ganz genau.« Das, was Marjorie und Mutter Papa angetan hatten, meinte ich, und das wusste sie auch.

»Warum fängst du immer wieder davon an?«

Ich sagte: »Ich fange nicht immer wieder davon an. Wir haben noch nie darüber gesprochen.«

»Doch, du schon, und zwar andauernd. Als wäre es meine Schuld gewesen. Du kannst dich doch unmöglich erinnern, wie es war, denn du warst noch zu jung – du tust das nur, um mich zu verletzen, weil ich einen Ehemann und eine Familie habe und du nicht ... und du schon immer neidisch auf meinen Erfolg warst.«

»Marjorie! Das stimmt überhaupt nicht, und das weißt du auch. Jetzt bist du diejenige, die gemein ist.«

Sie starrte mich kühl und überheblich an. »Wenn wir zu Hause sind, solltest du besser deine Sachen packen.«

Arthur und ich – es geschah in jener Nacht. Ich tat es nicht, um Marjorie eins auszuwischen, obwohl es eine indirekte Folge unseres Gesprächs war. Sie hatte meine Abreise nicht mehr erwähnt, aber ich wusste, dass sie es ernst meinte. Ich konnte nicht sofort verschwinden, denn ich hatte keine Bleibe – meine Wohnung hatte ich aufgegeben, als das Stück abgesetzt worden war, und die Freundin, bei der ich sonst in London wohnte, war nicht in der Stadt. Marjorie hatte offenbar beschlossen, mich zu ignorieren, und da sie Arthur sowieso ignorierte, herrschte beim Abendessen tiefes Schweigen. Als wir uns vom Tisch erhoben, verkündete sie, dass sie zu Bett gehen werde. Es war noch hell draußen, deshalb beschlossen Arthur und ich, unseren Kaffee mit in die Gartenlaube am hinteren Rand des Grundstücks zu nehmen. Kaum waren wir allein, fragte er: »Was ist los?«

»Ich glaube, ich sollte abreisen.«

»Wieso? Was ist passiert? Ihr schient doch gut miteinander auszukommen.«

»Arthur, wir sind seit unserer Kindheit nicht mehr gut miteinander ausgekommen! Wir haben uns gestritten. Heute Nachmittag. Es ging dabei um etwas, das ich nicht so einfach … also, es dürfte ziemlich schwierig sein, die Sache aus der Welt zu schaffen. Es ist das Beste, wenn ich abreise.«

Ich wusste, dass Arthur nicht gerade begeistert sein würde, aber die Heftigkeit seiner Reaktion überraschte mich. Er griff nach meinen Händen und sagte: »Bitte lass mich nicht allein.«

Ich sagte: »Oh, jetzt geht das bei dir auch schon los.«

»Was?«

»Du hörst dich an wie ein kleiner Junge in kurzen Hosen. Ich frage mich, was heute in uns alle gefahren ist. Wahrscheinlich zerrt das ewige Warten auf die Bombenangriffe an unseren Nerven.«

»Was meinst du damit?«

»Oh, ich dachte bloß an den Streit vorhin …« Ich wollte ihm nichts über die Séance erzählen, denn das wäre ein Vertrauensbruch gewesen, deshalb sagte ich – es war eine zufällige Assoziation, nehme ich an: »Hast du eigentlich je unseren Vater kennen gelernt?«

Arthur sagte mit leicht verblüffter Miene: »Nein, natürlich nicht. Schließlich kannte ich Marjorie zu der Zeit noch nicht.«

»Ich verstehe nicht ... zu *welcher* Zeit kanntest du sie noch nicht?«

»Als euer Vater noch lebte.«

»Das ist nicht wahr.«

Er schaute mich an, als wäre ich verrückt, und sagte in geduldigem Ton: »Wir sind uns erst nach Kriegsende begegnet.«

»Ja, ich weiß.«

»Wie hätte ich ihn dann kennen lernen können?« Plötzlich wurde er wütend. »Verdammt noch mal, nicht du auch noch, Tilly!«

Ich war völlig perplex. »Was soll das heißen: ›Nicht du auch noch‹? Wovon redest du?«

»Dieser Spiritisten-Quatsch. Wie ich sehe, hat sie dich angesteckt. Oder liegt das bei euch in der Familie?«

»Keine Sorge, ich glaube kein bisschen an so was. Aber ich verstehe nicht –«

»Euer Vater ist während des Krieges gestorben, richtig?«

»Nein! Er ist erst vor ein paar Jahren gestorben ... 1934. Erinnerst du dich denn nicht daran?«

Arthur schwieg. Ich sagte: »Wer hat dir das erzählt?«, aber ich kannte die Antwort, noch ehe er den Mund aufmachte.

»Na ja ... Majorie, glaube ich. Ich meine, es könnte vermutlich auch eure Mutter gewesen sein, aber –«

»Aber sie war's nicht, hab ich Recht?«

»Nein.«

Mir war, als hätte man einen Eimer kaltes Wasser über mir ausgekippt. »Marjorie ist zur Beerdigung gegangen. Sie war da.«

»Das wusste ich nicht.«

»Er hatte eine Kriegsneurose. Ist bei einer Granatenexplosion durch die Luft geschleudert worden. Er hat sich nie davon erholt. Er hat oft geweint ... Sie haben ihn ignoriert. Mutter und Marjorie. Ich habe oft versucht, mit ihm zu reden, weil ich das ungerecht fand, aber ich wusste nie, was ich sagen sollte, also stand ich wortlos neben seinem Sessel, und er nahm meine Hand und hielt sie fest ... Weil seine Hände zitterten, verschüttete er ständig etwas, und dann wischten sie es von ihm ab, als wäre er ein Tischtuch. Anfangs beschimpfte sie ihn häufig. Mutter. Wir haben es mitangehört, wenn wir im Bett lagen. Sie beschwerte sich, dass sie sich sowohl um das Geschäft als auch um den Haushalt kümmern musste, sie sagte ihm, er solle sich gefälligst zusammenreißen. Er sagte nie auch nur ein Wort, er – er –« An der Stelle kamen mir die Tränen. »Er war ein so *netter* Mensch. Ich habe ihn oft mittags im Laden abgeholt, und er hat abgeschlossen, und wir sind dann gemeinsam zum Essen nach Hause gegangen, und ich wollte immer den ganzen Weg hüpfen, und das hat ihn nicht gestört, denn ihm war egal, was die Leute dachten. Gemeinsam sind wir die Straße entlanggehüpft, und manchmal haben wir auch so getan, als wären wir Pferde vor einem Wagen – wie viele Männer würden so etwas tun? Marjorie muss sich furchtbar für ihn geschämt haben. Aber das hatte sie von unserer Mutter. Eines Abends haben wir sie sagen hören: ›Mein Leben ist voller Enttäuschungen, und du bist die größte von allen.‹ Sie war ständig wütend, ständig enttäuscht, aber das war nicht seine Schuld. Es tut mir Leid, Arthur, mir ist bewusst, dass du mit Marjorie verheiratet bist, und ich habe das auch bisher keiner Menschenseele erzählt, aber zu erfahren, dass sie ihn verleugnet hat ... Das finde ich unerträglich. Er saß immer zitternd im Sessel, Arthur, und sie haben ihn mit Nichtachtung gestraft, und … Wie konnte sie dir bloß erzählen, er sei *tot*? Er ging nie mehr außer Haus, und da du kein einziges Mal bei uns zu Besuch warst … Ich dachte, du wüsstest es, darum habe ich dich gefragt. Ich hatte ja keine Ahnung.« Inzwischen hatte ich den Kopf in die Hände gestützt, und als ich wieder hochschaute, sah ich, wie Arthur mich anstarrte.

»Es tut mir so Leid, Tilly. Ich wünschte, ich hätte ihn kennen gelernt.«

»Er war ein guter Vater. Ich war immer sein Liebling. Und Marjorie war Mutters Liebling. Es war wie eine ausbalancierte Waage – zwei auf jeder Seite. Aber durch seine Krankheit wurde das Gleichgewicht zerstört.«

Arthur sagte nichts dazu, und plötzlich wurde mir klar, dass meine Beschreibung des Verhaltens meiner Mutter gegenüber meinem Vater genau der Art und Weise entsprach, wie Marjorie ihn behandelte. Ich glaube, das war Arthur auch aufgefallen, denn er sagte: »Was du zu Anfang gemeint hast – dass wir uns wie Kinder benehmen – das war eines der Dinge, die ich an Marjorie mochte. Sie wirkte irgendwie so – frisch. Sie hatte mit all dem nichts zu tun gehabt.«

»Mit was?«

»Dem Krieg. Ich hatte ihn zwar gut überstanden, aber dennoch wollte ich ihn möglichst schnell hinter mir lassen. Ihn vergessen. Da Marjorie ein paar Jahre jünger war als ich, dachte ich wohl, sie sei vom Krieg unbelastet, habe keine seelischen Schäden davongetragen – aber da habe ich mich offenbar geirrt.«

»Ja. Aber sie ist gut im Ignorieren und im Verleugnen von Tatsachen.«

»Das kannst du laut sagen.«

Wir saßen uns an dem kleinen Gartentisch gegenüber, und Arthur hob die Hand an mein Gesicht und wischte mit dem

Daumen eine Träne von meiner Wange. »Wo willst du hin, Liebling?«

Rückblickend würde ich sagen, dies war der Wendepunkt in unserer Beziehung. Der Moment, als er mein Gesicht berührte und mich Liebling nannte. Es gibt immer wieder solche Momente, nach denen etwas, das zuvor bloß eine vage Möglichkeit war, unausweichlich eintreten wird.

Ich sagte ihm, ich würde mir eine Bleibe suchen müssen, und er holte einen Schlüssel aus der Tasche und gab ihn mir. »Wofür ist der?«

»Ich habe eine Wohnung. In London.«

»Das wusste ich gar nicht ... Ich dachte immer, du übernachtest in deinem Club.«

»Das tu ich auch manchmal. Hör zu, Tilly ... ich habe es bisher nicht an die große Glocke gehängt.«

»Weiß Marjorie Bescheid?«

»Nein.«

»Empfängst du dort Damenbesuch?«

»Ja.«

»Dann wundert es mich nicht, dass Marjorie keine Ahnung von der Wohnung hat.«

»Es würde sie wohl kaum interessieren. Sie hat keine Verwendung mehr für mich.«

»Triffst du dich momentan mit jemand?«

»Nein.«

»Dann bietest du mir also an, deine Mätresse zu sein.«

»Das klingt mir zu klischeehaft. Oder hättest du das gerne? Federboas und tief dekolletierte Kleider?«

»Wohl kaum. Dafür fehlt mir die Oberweite.«

»Ich finde dich wunderschön.«

»Was wird, wenn ich London verlasse?«

»Du kannst den Schlüssel behalten. Ich habe noch einen.«

»Wo liegt die Wohnung?«

»In der Sloane Street. Hör auf zu fragen.«

Na ja, Sie können sich bestimmt ausmalen, was anschließend passierte. Es war sehr tröstlich – nicht nur für mich, sondern, ich glaube, auch für Arthur. Wie ich schon sagte, ich mochte ihn gerne, und ich hatte wahrhaftig schon mit etlichen Männern geschlafen, die ich nicht leiden konnte, deshalb war es eine angenehme Abwechslung. Das Sofa im Gartenhäuschen war allerdings nicht besonders geeignet. Es mag altmodisch von mir sein, aber ich ziehe ein Doppelbett jederzeit einer Chaiselongue vor, vor allem wenn die Polsterung zur Hälfte von Mäusen weggefressen ist. Gegen Ende hing mein Hintern dicht über dem Boden. Wir zupften uns gerade gegenseitig die Überreste alter Vogelnester von der Kleidung, da sagte Arthur: »Wie sieht deine finanzielle Lage aus?«

»Ich dachte, du hättest gesagt, ich würde nicht deine Mätresse sein.«

»Ja, aber trotzdem, wenn du noch länger keine Arbeit hast …«

»Ich werde kein Geld von dir annehmen, Arthur. Es ist schon schlimm genug, dass du für mein Dach über dem Kopf sorgst.«

»Das klingt ja sehr unabhängig.«

»Soll es auch, wenn du nichts dagegen hast.«

»Aber sag Bescheid, wenn du irgendetwas brauchst.«

»Ja, aber dasselbe gilt für dich. Mit Geld werde ich dir nicht unbedingt aushelfen können, denn ich habe nicht viel, aber wenn ich sonst etwas für dich tun kann …« Ich streckte ihm die rechte Hand entgegen. »Abgemacht?«

»Abgemacht.« Er schaute in den dunklen Garten hinaus. »Wir sollten uns jetzt wohl besser Gute Nacht sagen.«

»Lass uns getrennt reingehen. Du zuerst.«

»In Ordnung. Pass auf, dass du nicht in die Beete trittst.«

Ich nahm am nächsten Morgen, zusammen mit Arthur, den Zug nach London. Er ging zur Arbeit, ich in seine Wohnung. Marjorie hatte mich nicht gefragt, wo ich hinwollte. Ich blieb ein paar Wochen in der Wohnung, und als die Theater wieder öffneten, wurde ich von einer Repertoire-Bühne in Eastbourne engagiert. Ich spielte in *Mein lieber Brutus*, *Gefährliche Kurve* und – was mir besonders viel Spaß machte – die Titelrolle in *Adieu, Mrs. Cheney*. Ich teilte mir eine Wohnung mit meiner Freundin Phyllis Tiverton, die mir das Engagement vermittelt hatte, und sieben oder acht Monate sahen Arthur und ich uns überhaupt nicht. Er hatte mich in London ein paar Mal zum Essen ausgeführt – das war noch, ehe alle möglichen Dinge rationiert wurden –, und danach trafen wir uns erst wieder, als ich pünktlich zu Beginn der Bombardierungen zurückkehrte.

In letzter Zeit denke ich oft an den Krieg. Angesichts des bevorstehenden fünfzigsten Jahrestages der Kapitulation ist das auch gar nicht zu vermeiden. Die jungen Leute denken offenbar, dass jeder, der über fünfundsechzig ist, es für die besten Jahre seines Lebens hält und nichts lieber tut, als stundenlang darüber zu reden. Aber das stimmt nicht. Nichtsdestotrotz werden wir dieses Jahr permanent mit dem Thema traktiert – sogar Tommy Handley war wieder im Radio zu hören. Ich fand ihn schon damals nicht witzig, und heute erst recht nicht.

Letzte Woche war ein Team vom Lokalfernsehen bei uns. Wir sollten uns um das Klavier herumsetzen und »The Siegfried Line« singen, aber niemand kannte den Text. Da war so eine junge Frau, die mit einem Klemmbrett in der Hand vor uns herumstolzierte – höchstens fünfundzwanzig, aber Manieren wie ein Feldwebel –, und sie sagte: »Wieso erinnert sich denn keiner von Ihnen?« Ich sagte zu ihr: »Was erwarten Sie, es ist fünfzig Jahre her.« Sie drehte sich zu einer der anwesenden Pflegerinnen um und sagte: »Ich finde, die könnten sich ruhig ein bisschen mehr Mühe geben.« Dann sagte Ken Porter – er ist nicht ganz so verkalkt wie die meisten hier –, er glaube, ihm sei der Text wieder eingefallen, nur hat er leider Parkinson, deshalb musste ein anderer ihn aufschreiben, und während sie noch dabei waren, machte Bertie Gilchrist, der am Klavier saß, ein paar komische Zuckungen und fiel vom Hocker. Diese Fernsehleute sind wirklich ein mitfühlender Menschenschlag – Madame Klemmbrett schaute Bertie nur kurz an und sagte: »Was ist denn jetzt mit der ›Siegfried Line‹?«

Ich sagte: »Zum Teufel mit der ›Siegfried Line‹, der Mann hat einen Herzinfarkt!«

Dadurch habe ich Tiny kennen gelernt. Meinen neuen Freund.

Bertie wurde ins Krankenhaus gebracht, und Madame Klemmbrett sagte, sie würde am nächsten Tag mit ihrem Gefolge wiederkommen, um einen zweiten Versuch zu unternehmen, nur müsste jemand einen neuen Pianisten besorgen. Der Geschäftsführer – der Typ, der in Newquay mit mir auf der Bühne gestanden hatte – versprach, sein Möglichstes zu tun, und prompt kommt am nächsten Tag dieser kleine Kerl hereinmarschiert. Sehr adrett, mit einem lila Seidenschal und Haaren, deren schwarze Farbe geradezu absurd war, da er ansonsten aussah, als wäre er über siebzig. Er setzte sich ans Klavier, zog behutsam seine Ringe von den Fingern, legte sie in einer Reihe oben auf den Deckel und haute in die Tasten, dass es eine Freude war. Binnen fünf Minuten sangen alle aus voller Kehle mit, sogar ich. Nicht nur »The Siegfried Line«, sondern auch »Knees up Mother Brown«, »The Lambeth Walk«, »Run, Rabbit, Run« und so weiter. Das Klemmbrett war selig.

Ich fing beim Singen ein paar Mal den Blick des kleinen Kerls auf, und er nickte mir zu – er strahlte die ganze Zeit wie ein Honigkuchenpferd, als hätte er sich noch nie im Leben so gut amüsiert. Hinterher ging er ins Büro des Geschäftsführers, und ich schlurfte in den Wintergarten, um ein bisschen Ruhe zu haben, und ich hatte ihn schon fast vergessen, da tauchte er urplötzlich in der Tür auf, huschte wie ein Kobold zu mir herüber und ließ sich in den Sessel neben meinem fallen. »Schicke Frisur, Teuerste.«

Ich habe Ihnen doch erzählt, dass ich mir gerade die Haare hatte machen lassen, oder? Ich sagte: »Vielen Dank. Ihre ist auch nicht von schlechten Eltern.«

Er sagte: »Man tut, was man kann.« Er saß auf der Kante des Sessels, hatte die Hände mit den Handflächen nach unten unter die Oberschenkel geschoben, die Arme durchgestreckt, und ließ die Beine wie ein Schulmädchen baumeln. »Ich heiße Tiny.«

»Tilly.«

»Sie sind Schauspielerin, nicht wahr?«

Ich kam mir plötzlich vor wie Greta Garbo – nicht »Sie waren früher«, sondern »Sie *sind*«. »Ähm ... ja.«

»Toll. Ich bin überzeugt, wir werden uns prima verstehen. Ich war früher Tänzer – ist natürlich Urzeiten her. Ich spiele ab jetzt zweimal pro Woche hier. Norman hat mich darum gebeten.« Norman ist der Geschäftsführer. »Zuerst war ich etwas unschlüssig. Ich dachte: O Gott, was sind das nur für Tattergreise, die sind doch alle schon halb tot, aber dann sah ich Sie. Sind Sie oft in Musicals aufgetreten? Ich kenne ein paar hübsche Songs aus den alten Shows.«

»Bei ›Roll Out the Barrel‹ schienen Sie etwas Probleme zu haben.«

»Ich war bei der Marine, Schätzchen, und nicht bei der Luftwaffe. Auf einem Zerstörer. Wie wär's mit einem Drink?«

Aus der Tragetasche, die er dabeihatte, holte er zwei kleine Flaschen mit fertig gemixtem Gin Tonic und zwei Plastikgläser. »Na los, greifen Sie zu.«

»Ich bin so frei. Sie haben nicht zufällig ein paar Knabbereien in Ihrer Tasche?«

Das war nur als Scherz gemeint, aber er sagte: »Gestatten, mein Name ist Mary Poppins«, und förderte eine Packung Erdnüsse zutage. »Vorsicht mit den Dritten.«

»Ich muss doch sehr bitten. Meine Zähne sind alle echt!«

»Sie Glückliche. Sie glauben nicht, was ich schon für Ärger mit meinem oberen Gebiss hatte ... Diese Tante vom Fernsehen, das war eine blöde Kuh, was?« Wir lachten, und ich wusste, dass ich eine verwandte Seele gefunden hatte. Wir plauderten bis zur Essenszeit, und er versprach, mich am nächsten Tag besuchen zu kommen. Er sagte: »Ich mache mich jetzt auf die Socken. Ich lechze nach einer Zigarette. Rauchen Sie?«

»Ja, aber hier drin ist es nicht erlaubt. Ich muss jedes Mal in den Garten gehen.«

»Nicht so schlimm«, sagte er. »Dann gehen wir eben auf die Promenade.«

»Tja, da werden Sie mich wohl schieben müssen, denn so weit komme ich zu Fuß nicht mehr.«

»Oh«, sagte er, »kein Problem. Gutes Training für die Beinmuskulatur. Bis bald.«

Endlich wieder ein Freund. Ich war an dem Abend überglücklich. Seit ich vor vier Jahren hier eingezogen bin, habe ich niemanden gehabt, mit dem ich reden konnte – ich meine, *richtig* reden. Jedenfalls niemanden, in dessen Gegenwart ich ein bisschen Spaß hatte. Wenn ich in den Spiegel schaue, bin ich immer wieder überrascht, ein altes Gesicht zu sehen – ganz zu schweigen von den Regionen unterhalb des Halses, an die mag ich gar nicht denken, vor allem kurz nach dem Essen – denn innerlich bin ich immer noch eine junge Frau und will mich wie eine solche amüsieren. Ich weiß, was Sie jetzt sicher denken, aber damit hat es nichts zu tun – mir ist klar, zu welcher Fraktion Tiny gehört, oder für wie naiv halten Sie mich? Nein, was ich meine ist, dass ich sofort gespürt habe, wie ähnlich wir uns sind. Er ist ein alter Mann, aber im Geiste ist er immer noch der hübsche Junge, der allen den Kopf verdreht.

Das war einer der Gründe, warum ich nie geheiratet habe. Jedes Mal, wenn mich jemand fragte – was nebenbei bemerkt des Öfteren geschah –, sagte ich mir: Das würde bedeuten, dem Leben den Rücken zuzukehren, und dazu bin ich noch zu jung. Verstehen Sie mich nicht falsch, es waren allesamt charmante Männer. Ich weiß, ich vertrete komische Ansichten über die Liebe und was damit zusammenhängt, aber ich wusste tief im Innern, dass keiner von ihnen genau der Richtige war.

Es gab nur einen Mann, den ich geheiratet hätte, aber den hatte ich nicht verdient.

Jo

Gestern habe ich wirklich lachen müssen. Ich ging mittags an Mels Schule vorbei. Das passiert so gut wie nie, es ist nur so, dass Mum bald Geburtstag hat und ich ihr ein Video von *Der Doktor und das liebe Vieh* gekauft habe, weil sie die Sendung so gerne mag, aber dann sagte Mel, sie habe nicht genug Geld für ein Geschenk, also sagte ich, sie dürfe ihr das Video schenken und ich würde etwas anderes kaufen. Natürlich fiel mir spontan nichts ein, also beschloss ich, mich in ein paar Läden umzuschauen, und darum war ich dort. Es war ein ziemlicher Lärm, denn die jüngeren Kinder rannten herum und brüllten irgendwas, das ich nicht genau verstand. Zuerst dachte ich, es sei der Name einer Fußballmannschaft, aber irgendwie hörte es sich nicht so an – es klang mehr wie nä-nä-nä, und dann kam einer der Jungen ganz nah an den Zaun, und er zeigte auf ein anderes Kind und rief: »Bä-hin-därt! Bä-hin-därt!«

Ich musste einfach losprusten. Ja, ich weiß, das gehört sich nicht, aber es ist trotzdem ziemlich lustig, denn wissen Sie noch, wie die Kinder auf dem Spielplatz früher immer »He, du Spasti?« gesagt haben? Na ja, das dürfen sie jetzt nicht mehr, deshalb heißt es bei ihnen neuerdings »behindert«. Ich habe Mel abends davon erzählt, und sie meinte: »Klar, das sagt bei uns jeder«, und ich sagte: »Das solltet ihr nicht tun«, aber ich habe dabei gelacht, ich konnte nicht anders.

Ron fand es auch lustig. Sie wissen noch gar nicht, wer Ron ist, oder? Na ja, ich wollte es nicht gleich überall rumerzählen, denn ich kenne ihn eigentlich erst seit vorgestern. Ich bin nach der Arbeit ins Greyhound gegangen, das ist ein Pub, in dem ich mich manchmal mit einer Clique alter Freunde treffe, und an dem Abend war er auch da. Ich wusste in etwa, wer er ist, denn er war vor etlichen Jahren mit einem Mädchen aus meiner Schule zusammen, aber ich hatte mich nie zuvor mit ihm unterhalten. Wie auch immer, wir kamen ins Gespräch, und ich fand ihn supernett. Noch ist nichts zwischen uns passiert, aber wir sind heute Abend verabredet, nur wir beide, und Mel übernachtet bei Mum, also, wenn ich morgen früh übers ganze Gesicht strahle, dann wissen Sie, woran das liegt.

Lachen Sie nicht – er hat einen Fischwagen. Zusammen mit seinem Vater. Ron and Son. Sein Vater heißt nämlich auch Ron. Sie verkaufen keine Fish & Chips, sondern kalte Sachen – Schollen, Kabeljau, Schnecken, Fischfrikadellen und alles Mögliche andere, so wie ein Fischhändler. Sie haben sogar Aal in Aspik. Er sagte: »Ich wette, du hast noch nie Aal in Aspik gegessen.«

Ich sagte: »Igitt, nein.«

Er sagte: »Ich wette, dir würde das schmecken.«

Ich sagte: »Bestimmt nicht. Ich würde nie 'nen Aal essen, denn ich stell mir immer vor, dass die im Mund anfangen zu *zappeln*.« Er meinte daraufhin: »Ich krieg dich schon noch so weit, dass du einen isst«, und ich meinte: »Aber nur mit vorgehaltener Pistole.« Es war ein toller Abend, ich habe viel gelacht. Er erzählte, dass sein Vater und er, wenn sie morgens gegen vier nach Billingsgate fahren, den Fisch schon auf dem Parkplatz riechen können, der fast eine halbe Meile weit weg ist. Ich sagte: »Du riechst aber gar nicht so schlecht«, und ich fing an zu schnüffeln, denn ich kann den Trick, dabei mit meiner Nasenspitze so zu wackeln wie ein Hase. Fragen Sie mich bitte nicht, wieso, ich kann es einfach. Er sagte auch prompt: »Mach das noch mal, das sah echt niedlich aus«, und dann versuchte er, es nachzumachen. Es gelang ihm natürlich nicht, und ich sagte: »Hör auf, sonst denken die anderen Leute noch, ich stinke«, und da griff er nach meinem Handgelenk und schnüffelte daran, und ich sagte: »Lass das«, aber eigentlich fand ich es unheimlich schön.

Es war klasse, alle meine Freunde waren da, aber ich habe so gut wie gar nicht mit ihnen geredet, außer wenn ich an der Bar etwas zu trinken geholt habe. Als Ron kurz zum Zigarettenautomaten gegangen war, kam meine Freundin Karen zu mir herüber und meinte: »Ihr zwei, ihr scheint euch ja sehr gut zu verstehen.«

Ich sagte: »Ach, wir unterhalten uns bloß ein bisschen«, denn manchmal ist sie ein echtes Klatschmaul, allerdings kenne ich sie schon seit meiner Schulzeit, und sie war furchtbar nett zu mir, nachdem Sean sich verdrückt hat. »Wenn du mich fragst«, sagte sie, »sieht es nach wesentlich mehr aus. An der Bar wird schon über nichts anderes mehr geredet.«

Ich dachte, o Gott, das hat mir gerade noch gefehlt, deshalb sagte ich: »Wenn euch kein interessanterer Gesprächsstoff einfällt, dann tut ihr mir echt Leid«, aber Karen erwiderte bloß: »Schon Pläne für den Rest des Abends gemacht?«

Ich sagte: »Ja, ich werde Mel bei meiner Mum abholen.«

»Und dann?«

»Dann geh ich nach Hause.«

»Allein?«

»Nein, zusammen mit Mel.«

»Das habe ich nicht gemeint.«

»Ach so?«

Karen sagte: »Also, wenn du ihn nicht haben willst, nehme ich ihn. Ich finde ihn nämlich total süß.«

Ich sagte: »Von mir erfährst du kein Wort mehr«, aber natürlich fragte ich mich, wie es mit ihm weitergehen würde, denn er ist wirklich süß. Normalerweise stehe ich auf dunkelhaarige Männer, aber er hat wunderbar weiches blondes Haar und blaue Augen und wirkt eher jungenhaft. Es könnte sein, dass ich ein bisschen älter bin als er, sicher bin ich mir allerdings nicht. Und selbst wenn, was macht das schon? Ich hätte nichts gegen einen jungen Kerl einzuwenden.

Als der Pub zumachte, ließ er die anderen zuerst rausgehen, aber ich hatte irgendwie nicht den Eindruck, dass er etwas sagen wollte, er zog bloß seine Jacke an, ohne mich dabei anzuschauen. Doch dann fragte er plötzlich: »Kommst du noch mit zu mir?«

Ich sagte: »Heute geht's nicht«, weil Mel ja bei meiner Mum war und ich sie abholen musste und ich auf gar keinen Fall anrufen würde, um zu fragen, ob Mel über Nacht bei ihr bleiben könne, denn als ich das einmal gemacht habe, bin ich sofort von ihr ins Kreuzverhör genommen worden. Wo willst du hin? Mit wem? Was für ein Mann ist das? Der Typ stand direkt neben mir, und mir war das alles furchtbar peinlich. Ich habe es Ron erzählt – nicht das mit dem Anruf bei Mum, sondern nur, dass ich Mel abholen musste. Ich erzähle jedem Mann, den ich neu kennen lerne, gleich am Anfang von Mel. Allerdings mache ich nicht viel Aufhebens, sondern lasse es irgendwie ins Gespräch einfließen, denn manche Männer reagieren darauf ein bisschen komisch. So als befürchteten sie, dass ich sie ständig anflehen werde, mich zu heiraten, damit mein kleines Mädchen endlich einen Vater hat. Einer hat das sogar einmal wortwörtlich zu mir gesagt. Meine Antwort war: »Davon träumst du wohl, was?« Aber es hat keinen Zweck, zu verschweigen, dass ich ein Kind habe, irgendeiner meiner Freunde würde es ihm sowieso erzählen – nicht mit Absicht, denn ich glaube kaum, dass sie mich für ein Flittchen halten oder so, schließlich habe ich damals nichts getan, was sie nicht auch getan haben, ich habe bloß ... Na ja, was soll's.

Ron schien es nicht zu stören. Wenn ich es mir recht überlege, wusste er es wahrscheinlich schon, denn wir haben ein Menge gemeinsame Bekannte. Ich sagte zu ihm: »Du brauchst deinen Schönheitsschlaf, wenn du morgen wieder so früh aufstehen musst.«

Er sagte: »In Ordnung«, und er fasste mich am Oberarm, zog mich an sich und gab mir einen Kuss. Das hört sich vielleicht ein bisschen grob an, war es aber nicht, es war sehr schön. Dann fingen seine Kumpel an, von draußen nach ihm zu rufen und anzügliche Bemerkungen zu machen, zum Beispiel: »Kommt er endlich – oder ist er immer noch beim Vorspiel?« Diese Typen sind wirklich alle Idioten – na ja, nicht alle. Ich meine, mit ein, zwei von ihnen bin ich schon mal ausgegangen – Tony und Billi … Steve … oh, und Keith. Also, das sind doch mehr als nur ein, zwei, aber die anderen sind echte Idioten. Keith ist übrigens auch ein ziemlicher Idiot, wenn ich es mir recht überlege. Aber egal, Ron fragte mich jedenfalls: »Kommst du nächstes Mal mit?«, und natürlich habe ich Ja gesagt, und dann lud er mich für heute Abend zum Essen ein, worüber ich mich riesig gefreut habe.

Als wir rausgingen, war niemand mehr da – ich traue Karen durchaus zu, dass sie den anderen gesagt hat, ich würde mit zu Ron gehen. Ron bot an, mich nach Hause zu bringen, aber ich sagte, ich würde mir ein Minicar bestellen. Er sagte mehrmals: »Bist du dir ganz sicher?«, aber ich wollte nicht mit ihm mitgehen. Es klingt bestimmt blöd, aber es war hauptsächlich wegen Ron ein wundervoller Abend gewesen, und ich wollte es dabei belassen. Wissen Sie, ich hatte keine Lust, den Abend noch irgendwie zu verderben. Ich wollte allein sein, um in Ruhe nachzudenken. Ich weiß, das klingt komisch, denn eigentlich würde man doch erwarten, dass man sich in so einem Fall wünscht, das Ende möglichst lange hinauszuzögern, oder?

Ich habe einmal versucht, es Karen zu erklären, aber sie hat gesagt: »Das liegt daran, dass du alt wirst.« Ich sagte: »Du Miststück!«, und sie sagte: »Na gut, ich wollte es dir ja eigentlich nicht sagen, aber es liegt in Wahrheit daran, dass du nicht ganz dicht bist.«

Ron wartete gemeinsam mit mir, bis das Minicar kam, und da ich ein bisschen fröstelte, war er so lieb, mir seine Jacke um die Schultern zu legen und mich in den Arm zu nehmen. Als der Wagen kam, fragte er den Fahrer: »Kennen Sie die Straße? Ganz bestimmt?«, und wollte wissen, wie viel es kosten werde. Ich fand das total aufmerksam. Das Minicar war wie üblich der reinste Schrotthaufen, aber ich sagte dem Fahrer trotzdem, er solle warten, ich würde nur rasch meine Tochter holen. Ich wollte Mel etwas Gutes tun, denn normalerweise setzt mich jemand aus meiner Clique bei Mum ab, und Mel und ich gehen dann zu Fuß nach Hause, obwohl sie sich meistens vor Müdigkeit kaum auf den Beinen halten kann. Aber vorgestern plapperte sie ununterbrochen, und als wir zu Hause waren und ich in die Küche ging, um mir noch eine Tasse Tee zu machen, kam sie mir hinterher, statt sich gleich ins Bett zu legen. Ich nickte nur ab und zu geistesabwesend, während sie redete, weil ich immerzu an Ron dachte, aber dann hörte ich sie plötzlich sagen, dass sie glaube, von einem Mann verfolgt zu werden.

Ich sagte: »Bist du dir sicher?«, denn es ist schon seltsam für eine Zwölfjährige, so etwas zu sagen, obwohl sich ja einige echt kranke Typen auf den Straßen rumtreiben. Wie auch immer, ich fragte, ob sie wirklich *verfolgen* im Sinne von jemandem folgen meinte oder ob der Mann nur zufällig hinter ihr gegangen war, und sie sagte, sie sieht ihn nie in der Nähe der Schule, sondern immer nur abends, wenn sie auf dem Heimweg von einer Freundin ist. Ich sagte: »Vielleicht wohnt er in der Gegend«, denn in neun von zehn Fällen ist sie bei ihrer besten Freundin, Sonali heißt sie – die beiden sind fast unzertrennlich, ständig hocken sie zusammen –, aber Mel sagte: »Dann muss er gerade erst umgezogen sein, denn bis vor zwei Wochen habe ich ihn kein einziges Mal gesehen. In der Straße, wo Sonali wohnt, ist ein Haus verkauft worden, und da ist eine Familie eingezogen. Die Leute haben wir aber schon gesehen, und der Mann – der Vater – ist es nicht. Dieser andere Mann, der rückt mir nicht auf die Pelle oder so, ich merke einfach unterwegs, das jemand hinter mir ist, ich höre Schritte, oder wenn nicht, hab ich irgendwie so ein Gefühl, das kennst du bestimmt, man *weiß* einfach, da ist jemand. Ich trau mich nie, mich umzudrehen, aber wenn ich um eine Ecke gehe oder über die Straße und unauffällig kurz zur Seite schauen kann, dann sehe ich immer *ihn*.«

»Immer? Jedes Mal?«

»Nee, nicht jedes Mal, aber oft.«

»Das könnte reiner Zufall sein.«

»Ja, stimmt. Aber es ist irgendwie ... ganz schön unheimlich.«

Ich sagte: »Soll ich bei der Polizei anrufen? Die würden wahrscheinlich nichts unternehmen, aber –«

»Nein, denn wenn das bloß ein alter Mann ist, der spazieren geht, dann käm ich mir total bescheuert vor.«

»Du hast eben ›alt‹ gesagt, meinst du damit richtig alt oder nur älter als du?« Als ich in ihrem Alter war, habe ich jeden, der über zwanzig war, für mindestens hundert gehalten.

»Etwa so alt wie Oma.«

Ich sagte: »Sieht er normal aus?« Eine ziemlich blöde Frage, denn das ist ja gerade das Problem. Woran erkennt man einen Irren? Ich werd's Ihnen sagen, man erkennt ihn daran, dass er sich in der U-Bahn neben einen setzt. Aber mal im Ernst, man kann diese Leute nicht erkennen, oder? Eben ist so ein Kerl noch friedlich in den Supermarkt gegangen, und plötzlich schießt er um sich, und hinterher erzählen die Nachbarn dann immer: »Oh, er hat sehr zurückgezogen gelebt, ist nie unangenehm aufgefallen, hat nie mit jemandem Streit gehabt.« Also wirklich. Mel sagte: »Ja, er sieht völlig normal aus.«

»Hast du sonst noch jemandem davon erzählt?«

»Nur Sonali. Oma wollt ich's nicht sagen, die würde total ausrasten.«

Ich sagte: »Schlaues Mädchen.« Meine Mum regt sich über jede Kleinigkeit auf, ständig liegt sie im Clinch mit ihren Nachbarn, weil sie mit jemandem aneinander geraten ist. Ich weiß nicht, wie Colin es mit ihr aushält. Ich meine, sie ist meine Mutter, und ich liebe sie natürlich, aber sie kann einem den letzten Nerv rauben.

Mel sagte: »Ja, unsere Hurrikan-Oma«, denn das ist unser heimlicher Spitzname für Mum, und dann sagte sie: »Du verstehst doch, was ich meine? Was diesen Kerl angeht. Ich will keinen großen Aufstand machen, ich hab's dir bloß erzählt, weil ... also, weil ... Ich weiß auch nicht, ich wollte es dir einfach erzählen, okay? Wahrscheinlich ist an der Sache gar nichts dran, ich find's nur ein bisschen merkwürdig, und ... na ja. Ich kann's nicht erklären.«

»Vielleicht sollte ich trotzdem zur Polizei –«

»Nein!« Einen Moment lang dachte ich, Mel werde gleich anfangen zu weinen, obwohl das fast nie vorkommt. »Wenn du das tust, spricht es sich rum, und dann wird es sein wie letztes Jahr bei dem Mädchen von meiner Schule. Du weißt doch noch, was Tanya Perrin passiert ist?«

»Ja, natürlich erinnere ich mich, aber ich begreife nicht –«

»Sie haben echt üble Sachen über sie gesagt.«

»Wer?«

»Die Jungs. Und ein paar von den Mädchen aus ihrem Jahrgang. Und auch ein paar von den anderen. Sie haben gesagt, dass sie eine Nutte ist, und jemand hat es sogar auf ihre Tasche geschrieben.«

»Aber sie ist *vergewaltigt* worden.«

»Ja, aber die Leute haben gesagt, dass sie zuerst einverstanden war und es sich hinterher anders überlegt hat. Ein paar von den Jungs haben auch erzählt, sie hätten, na ja, du weißt schon, etwas mit ihr gehabt.«

»Und haben sie?«

»Nein! Sie haben das bloß behauptet, und sie haben alle gesagt, sie sei furchtbar eingebildet, und ... Es war wirklich schlimm.«

Ich sagte: »In Ordnung. Aber sag mir bitte sofort Bescheid, wenn du ihn noch mal siehst.«

»Klar, mach ich, keine Sorge.«

»Nein, du musst es mir versprechen. Hoch und heilig. Nimm gefälligst deine Nase aus dem Kühlschrank.« Sie hatte anfangs auf dem Abtropfbrett gesessen – dabei habe ich ihr das schon so oft verboten, weil die Spüle davon wackelig wird –, war dann aber runtergesprungen und hatte im Kühlschrank nach etwas zu essen gesucht.

»Da ist ja gar nichts drin.«

»Ich hatte keine Zeit, einkaufen zu gehen. Das mach ich morgen. Im Schrank ist noch eine Tüte Chips, die darfst du dir nehmen. Los, ab ins Bett mit dir, sonst kommst du morgen früh nicht aus den Federn.«

Ja, ja, ich weiß, Chips im Bett essen. Die beste Mutter der Welt. Von wegen.

Aber ich dachte mir, wen kümmert es, ob sie nach dem Zähneputzen noch etwas isst? Sie lebt, und sie ist auch nicht belästigt oder vergewaltigt worden, und das ist das Wichtigste.

Denn ich erinnere mich noch, wie es letztes Jahr war. Dieses Mädchen, Tanya Perrin, und ihre Familie taten mir unheimlich Leid, aber ich habe auch gedacht – ich weiß, das ist entsetzlich von mir – Gott sei Dank, dass es nicht Mel gewesen ist, denn ich würde sterben, wenn ihr etwas zustoßen würde. Obwohl, das stimmt natürlich nicht, denn ich würde für sie da sein wollen, aber Sie verstehen bestimmt, wie ich es gemeint habe. Tanya war ein bisschen älter als Mel jetzt ist, vierzehn war sie, glaube ich. Mel hat das damals sehr mitgenommen. Man hat den Kerl nicht erwischt, er läuft also immer noch frei herum. Ich kann nur hoffen, dass es nicht der Typ ist, der Mel verfolgt. Falls jemand sie verfolgt. Ich meine, sie war sich nicht hundertprozentig sicher, andererseits ist sie keine von denen, die so eine Geschichte erfinden, um sich interessant zu machen, und sie hat sich offenbar gut überlegt, ob sie mir davon erzählen soll. Und ich bin wirklich froh, dass sie es mir erzählt hat.

Obwohl ich eigentlich nichts unternehmen kann. Schließlich kann ich sie ja nicht einsperren, oder? Ich lasse sie allein nach draußen, seit sie sieben oder acht war – zuerst ist sie nur in die Läden bei uns in der Nähe gegangen, ohne unterwegs eine Hauptstraße überqueren zu müssen –, und jetzt, da sie älter ist, fährt sie mit ihren Freundinnen schon mal zum Einkaufen nach Hammersmith. Man hört oft von Eltern, die ihre Kinder überall hinfahren, aber das könnte ich gar nicht, selbst wenn ich wollte. Ich habe weder ein Auto noch einen Führerschein. Und ich fände es sowieso bescheuert, denn Kinder müssen doch lernen, selbstständig zu sein, oder? Was wird sonst aus ihnen, wenn sie groß sind? Mel muss abends immer relativ früh zu Hause sein, aber sie hat das Recht, ungestört Zeit mit ihren Freundinnen zu verbringen, und ich habe nicht vor, sie in Watte einzupacken. Mum hat das bei mir gemacht, sie war wirklich überängstlich, und Sie wissen ja, wohin das geführt hat. Aber es ist verdammt schwierig. Ich erinnere mich noch, wie es war, als ich sie nach der Geburt zum ersten Mal sah und nur den Wunsch hatte, sie für immer in den Armen zu halten.

Ich habe schon oft gedacht, dass ich gerne ein zweites Kind hätte. Ich würde allerdings nicht noch einmal eines allein großziehen wollen, und ich habe bisher keinen geeigneten Mann kennen gelernt. Vermutlich traue ich den Männern nicht, jedenfalls nicht hundertprozentig ... Ich meine, es wäre nett zu heiraten und so, aber was, wenn ich schwanger werde und er daraufhin abhaut? Ein Trauring würde ihn wohl kaum davon abhalten, oder? Ron mag ich wirklich sehr. Klar, ich bin verknallt in ihn, aber ich *mag* ihn auch. Er ist irgendwie ... ziemlich erwachsen. In meiner Clique sind wir alle Ende zwanzig, aber vor allem die Männer benehmen sich oft wie zu groß geratene Kinder, auch wenn sie selbst schon mehrfache Väter sind. Ron dagegen wirkt so verantwortungsbewusst. Zum Beispiel, als er mit dem Fahrer des Minicars gesprochen hat, da dachte ich, es scheint ihm ja wirklich wichtig zu sein, dass der Mann mich nicht übers Ohr haut. Und ich fand es einfach total nett von ihm, mich ein paar Mal zu fragen, ob es okay für mich ist, allein nach Hause zu fahren. Das werde ich Karen allerdings nicht erzählen. Neugierig wie sie ist, hat sie mich gleich am nächsten Morgen angerufen, um mich auszuhorchen. Sie sagte, Ron ist verheiratet, aber seine Frau hat ihn verlassen. Irgendwie mag ich ihn deshalb noch mehr. Wie ich schon zu Karen sagte, das haben wir gemeinsam, denn ich weiß genau, wie man sich fühlt, wenn man im Stich gelassen wird.

Ich freue mich riesig auf heute Abend. Vielleicht werde ich Gerald fragen, ob ich eine halbe Stunde früher gehen kann, damit ich noch genug Zeit habe, mich zurechtzumachen. Er ist manchmal ein ziemlicher Prinzipienreiter, aber ich habe ihn vor ein paar Tagen auch etwas früher nach Hause geschickt, deshalb wird er wahrscheinlich nichts dagegen haben. Oooh, ich kann es kaum erwarten, ich bin ja so aufgeregt!

Gerald

Sie hat Sommersprossen! Und es gibt noch eine Überraschung. Melanie – so heißt sie – ist die Tochter von Jo, meiner Kollegin. Was für ein Zufall! Ich war ganz aus dem Häuschen, als ich das herausgefunden habe. Jo nennt sie Mel, aber ich werde sie Melanie nennen. Der Name passt besser zu ihr – er hat einen so wundervollen Klang. Weich und cremig, wie Honig. Me-la-nie. Ich muss zugeben, ich wäre niemals auf die Idee gekommen, dass die beiden miteinander verwandt sind. Meine Detektivarbeit hat sich wirklich gelohnt – ich bin fast sicher, Sie werden Sherlock Holmes zu mir sagen, noch ehe ich zu Ende erzählt habe. Obwohl es gar kein spezielles Erfolgsgeheimnis gibt, man muss nur methodisch an die Sache herangehen und natürlich etwas Geduld haben.

Übrigens wird mir jetzt klar, dass ich großes Glück hatte, als ich am ersten Abend herausfand, wo sie wohnt. Und dass ich weiß, wessen Tochter sie ist, habe ich auch einem glücklichen Zufall zu verdanken. Ich bin immer sehr vorsichtig, wenn ich mich in der Nähe der Schule aufhalte, denn ich will nicht wieder Ärger mit der Polizei bekommen. Bis vor einem Jahr habe ich die Mädchen gerne beim Korbballspielen beobachtet – sie hatten samstagnachmittags Training, und manchmal bin ich an den Plätzen vorbeigeschlendert und habe ihnen zugeschaut. Ich bin zwar kein Sportfan, aber es war ein angenehmer Zeitvertreib. Ich habe meine Thermosflasche mitgenommen, mir unterwegs ein KitKat gekauft und mich dann auf eine Bank gesetzt und es gegessen. Ich habe die leere Verpackung immer mit nach Hause genommen, und ich habe nichts Unrechtes getan – auch wenn die Polizisten anderer Ansicht waren. Ein Mann hatte sich nämlich vor den Mädchen entblößt, und irgend so ein Wichtigtuer muss mich in der Nähe der Korbballplätze gesehen und es ihnen erzählt haben, denn sie glaubten, ich sei es gewesen.

Deswegen habe ich eine so schlechte Meinung von der Polizei. Steven Palfrey, der Mann, dem ich in der Militärabteilung begegnet bin, war einer von denen, die mich verhört haben. »So was würde ich nie tun«, habe ich ihm erklärt, aber er hat trotzdem ein paar sehr gemeine Dinge gesagt. Er hat sich über mich lustig gemacht, hat gesagt, ich sei nicht normal. Ich fand das ziemlich unangebracht. Er und ein anderer Polizist – sie haben mich nicht in Ruhe gelassen. Es war fast genauso wie damals, als sie mich wegen Vera verhört haben, und es kam mir vor, als würde ich das alles noch mal erleben. Sie wollten mir einfach nicht glauben, und ich war ihnen nicht gewachsen.

Sie ließen mich drei volle Stunden warten und boten mir nicht mal eine Tasse Tee an. Dann beschuldigten sie mich, ich hätte mich vor den Mädchen entblößt, sie sagten, man hätte mich in der Nähe des Sportplatzes gesehen und es gäbe Leute, die mich identifizieren könnten. Ich sagte ihnen, ich sei unschuldig, aber sie hörten gar nicht zu. Sie stellten mir abwechselnd immer wieder dieselben Fragen, bis ich durcheinander geriet, mein Verstand setzte regelrecht aus, sie hatten mich irgendetwas gefragt, und ich sagte: »Ich habe sie nicht angefasst«, und als sie »Wen?« sagten, merkte ich, dass ich statt der Mädchen, von denen sie redeten, Vera gemeint hatte. An der Leiche hatte sich jemand zu schaffen gemacht, müssen Sie wissen. Ich wurde ein ums andere Mal gefragt, ob ich sie angefasst hätte, aber ich konnte mich nicht erinnern, ich wusste nur, dass ich die Hand angefasst hatte, und dann sagte der Polizist – Palfrey –: »Haben Sie sich selbst angefasst?«, und ich verstand nicht, was er meinte, und bekam es mit der Angst und fing an laut zu rufen, und dann sagte er: »Wer ist Vera?«, und es war, als würde ich beides gleichzeitig erleben, die Vergangenheit und die Gegenwart.

Palfrey sagte, ich hätte ihren Namen gebrüllt. Er dachte, es sei eines der Mädchen von der Schule, und ich … ich sagte zu ihm: »Ich finde so etwas widerlich«, aber Polizisten hören einem einfach nicht zu.

Zwar durfte ich am Ende nach Hause, doch es ging mir hinterher wochenlang schlecht. Ich bin sogar beim Arzt gewesen, weil ich nicht schlafen konnte. Andauernd hatte ich Kopfschmerzen, und ich war unfähig, mit Jack zu sprechen. Wissen Sie, ich schämte mich. Ich wusste, dass er Bescheid wusste, und schließlich bin ich derjenige von uns beiden, dem die Möglichkeit gegeben wurde, ein Leben zu führen, aber ich habe mich in Schwierigkeiten gebracht, habe zugelassen, dass ich einer Tat beschuldigt worden bin, die ich nicht begangen habe.

Ich war seitdem nicht mehr in der Nähe der Korbballplätze, aber vor ein paar Tagen beschloss ich nach Feierabend, auf dem Heimweg einen kleinen Abstecher zu machen. Es war keiner meiner Musical-Abende, und es drängte mich offen gestanden nicht, nach Hause zu gehen. Ich komme momentan nicht besonders gut mit Mrs. Clarke aus. In der letzten Woche hatte sie jeden Tag irgendetwas an mir auszusetzen. Beim Sportplatz sah ich Melanie zusammen mit einem anderen Mädchen auf einer Bank sitzen. Weil ich mit meinen Gedanken woanders war, wäre ich beinahe direkt vor ihr entlangmarschiert, aber ich habe sie kurz vorher noch erkannt, und da die beiden ohne Punkt und Komma redeten, haben sie mich vermutlich nicht bemerkt. Ich habe mich auf eine andere Bank gesetzt, etwa fünfzig Meter hinter ihnen, und meine *Daily Mail* aufgeschlagen. Das ist einer der wichtigsten Grundsätze bei verdeckten Ermittlungen – man darf nicht den Eindruck erwecken, als sitze man untätig herum, man muss mit etwas beschäftigt sein.

Ich konnte nicht verstehen, was sie redeten, aber nach ein paar Minuten holte Melanie eine Zeitschrift aus ihrer Tasche, um sie dem anderen Mädchen zu zeigen, und dabei rutschte etwas, das wie ein Schulheft aussah, mit heraus und fiel unter die Bank. Keine von beiden bemerkte es, sie lachten bereits lauthals über einen Artikel.

Nach ein paar Minuten schaute das andere Mädchen plötzlich auf seine Uhr. Sie waren offenbar spät dran, denn sie rannten sofort weg, ohne das runtergefallene Heft zu sehen. Ich blieb noch ein paar Minuten sitzen, dann ging ich hinüber und schaute es mir an. Meine Sorge war offen gestanden, dass es ein Heft mit Schulaufgaben war und sie Ärger bekommen würde, weil sie es verloren hatte. Als ich es in die Hand nahm, hielt ich es zuerst für ein Tagebuch, aber es stand nicht viel drin, nur ein paar Gedichte. Da etliche Zeilen mehrmals wiederholt wurden, kam mir der Gedanke, dass es vielleicht die Texte von Popsongs waren. Auf dem Umschlag stand »Mel Farrell« und die Adresse in der Emneth Avenue. Als ich das las, war mir eigentlich schon klar, wer sie ist. Um jedoch ganz sicher zu gehen, habe ich am nächsten Tag in der Firma in dem Ordner nachgeschaut, in dem Name und Anschrift aller Angestellter verzeichnet sind, damit man sie notfalls auch zu Hause erreichen kann, und – Bingo! – die Adresse lautete: Jo Farrell, 41B Emneth Avenue. Ich habe mir für alle Fälle die Postleitzahl und die Telefonnummer aufgeschrieben.

Zu meiner Freude kann ich mitteilen, dass meine Sorge, Melanie habe vielleicht keine Freunde, überflüssig war, denn sie hat viele. Ich finde sogar, es könnte nicht schaden, wenn sie etwas weniger beliebt wäre. Es gibt ein Mädchen, mit dem sie besonders oft zusammen ist – eine kleine Inderin, die einen sehr netten, wohlerzogenen Eindruck macht, aber es gibt eine Gruppe anderer, die ich nicht besonders schätze. Ein paar von denen sind ziemlich ordinär. Jo erwähnte einmal, dass Melanie am Wochenende mit ihnen einkaufen geht – ich begleite sie dabei nicht, denn das Risiko, entdeckt zu werden, ist mir zu groß, aber es würde mich nicht überraschen, wenn sie in den Läden stehlen würden. Melanie würde so etwas natürlich niemals tun, aber einigen der anderen traue ich es durchaus zu. Ich begreife nicht, wieso Jo ihr den Kontakt mit ihnen nicht verbietet. Ich war schon mehrmals drauf und dran, mit Jo zu reden – ich könnte sagen, ich hätte Melanie und die anderen zufällig in einem Geschäft gesehen, aber vermutlich würde sie dem keine Beachtung schenken. Jo ist eigentlich sehr nett, aber genau wie viele andere Frauen heutzutage glaubt sie, ohne einen Mann auskommen zu können.

Ich gebe zu, dass mich diese ganze Sache ziemlich in Anspruch nimmt. Ich habe schon gleich zu Beginn beschlossen, den üblichen Ablauf meiner Abende zu ändern – ich habe gerne etwas um die Ohren, aber meine Zeit ist begrenzt, also habe ich aufgehört, mir *Oklahoma* anzuschauen. Die Entscheidung ist mir schwer gefallen, denn ich bin wirklich gerne hingegangen, aber ich musste mich für eines der beiden Musicals entscheiden, und die Dienstagabende in *Starlight Express* würde ich um nichts in der Welt aufgeben wollen. Zumal ich ja auch an meinen Rekord denken muss – 219 Vorstellungen, und ich habe keine einzige Woche ausgesetzt! Ich verspürte schon ein gewisses Gefühl der Leere, als ich das erste Mal an einem Donnerstagabend nicht zur U-Bahn ging, um ins Theater zu fahren, aber dann fand ich heraus, dass Melanie nach der Schule immer für ein paar Stunden mit zu ihrer indischen Freundin geht, und ich bin beruhigter, wenn ich darauf aufpasse, dass sie wohlbehalten zu Hause ankommt. Letzte Woche hat sie mich an einem Abend ganz schön auf Trab gehalten – sie schien vor irgendetwas Angst zu haben, denn sie drehte sich andauernd um, und ich hatte allergrößte Mühe, unentdeckt zu bleiben. Es ist ein Segen, dass überall am Straßenrand Autos parken, denn sonst hätte ich es wohl nicht geschafft. Aber sie sollte wirklich nicht so oft rennen. Die Pflastersteine in dieser Gegend sind in einem jämmerlichen Zustand, und sie könnte leicht einmal ausrutschen und sich wehtun. Ich habe tatsächlich schon überlegt, deshalb einen Beschwerdebrief an die Stadtverwaltung zu schreiben. Außerdem habe ich Probleme, mit ihr Schritt zu halten. Ich würde mich nicht unbedingt als dick bezeichnen, aber ich bin leider nicht mehr so dünn, wie ich es als junger Mann war, und sie legt meistens ein ziemlich flottes Tempo vor. Hinterher gehe ich immer sofort nach Hause und erzähle Jack vorm Zubettgehen von ihr. Ich weiß nicht, ob es an der Aufregung liegt, aber zurzeit fallen mir die Augen zu, sobald mein Kopf auf dem Kissen liegt.

Besonders gut gefällt mir an dieser neuen Entwicklung, dass ich mir nach wie vor mein Sandwich machen und es in die übliche Tupperware-Dose packen kann, um es später nach meiner Rückkehr zu essen. Ich schenke mir auch wie gehabt ein Glas Milch ein und lege die Spielkarte obendrauf. In vielerlei Hinsicht ist es, als würde ich noch immer ins Musical gehen, aber es ist schöner, weil es das wahre Leben und deshalb irgendwie befriedigender ist. Ich habe eine bessere, weil ungefährlichere Strecke vom Haus des indischen Mädchens bis zur Emneth Avenue ausgetüftelt, und da ich inzwischen die Namen der Zeitschriften kenne, die sie liest, habe ich mir überlegt, ob es möglich wäre, an den Tagen, an denen sie erscheinen, frühmorgens zum Zeitungskiosk zu gehen, sie zu kaufen und sie dann bei Melanie vor die Tür zu legen. So sieht mein Plan aus, allerdings habe ich noch ein paar Bedenken – einerseits will ich sie nicht von ihren Schulaufgaben ablenken, und andererseits habe ich Angst, Schwierigkeiten zu bekommen, falls mich jemand dabei beobachtet. Aber für mich zählt vor allem, dass ich am Leben eines anderen Menschen *beteiligt* bin, und das gefällt mir, obwohl ich zugeben muss, dass mir bei meinen Gedanken an Melanie des Öfteren meine Schwester Vera in den Sinn kommt, und das ist nicht immer angenehm. Denn es verleitet mich dazu, über Vera und Jack nachzudenken – und ich bin, um ehrlich zu sein, mehr als nur ein bisschen eifersüchtig auf die beiden. Zwar steht außer Frage, dass Jack und ich die besten Freunde sind, aber Vera ist früher als ich zu ihm gelangt, könnte man sagen, und ich habe immer noch das Gefühl, außen vor zu sein. Ich vermisse Vera anders, als ich Jack je vermisst habe, denn irgendwie war er immer bei mir. Aber meine Verbindung zu Vera brach mit ihrem Tod ein für alle Mal ab. Sie war immer zu Späßen aufgelegt, benahm sich nie wie eine von diesen strengen großen Schwestern. Leider hatte ihre Unbeschwertheit am Ende auch gewisse – nun ja, *bedauerliche* Folgen. Sich so aufzuführen, wie sie es getan hat, war nicht richtig. Hübsche Mädchen und Frauen glauben immer, sie könnten sich alles erlauben, und das ist schlimm, aber zum Teil lag es auch an meiner Mutter, die dadurch, dass sie sich an diesen Treece heranmachte, ein schlechtes Vorbild abgab. Ich mag über all das nicht nachdenken, denn es ist gar nicht angenehm.

Wo ich gerade bei Unerfreulichem bin, gestern fragte mich Jo aus heiterem Himmel, ob sie früher Feierabend machen dürfe. Da gestern Donnerstag war, passte mir das überhaupt nicht in den Kram, denn ich muss immer auf die Minute pünktlich aufbrechen, um rechtzeitig bei Melanie zu sein, aber da Jos Arbeitsmoral sonst immer untadelig ist, sagte ich, na gut, ausnahmsweise. Ich finde allerdings, sie hätte mir ruhig erzählen können, was sie vorhatte, ich traute mich jedoch nicht, sie zu fragen, denn womöglich wollte sie zum Arzt. Um halb vier verschwand sie also. Sie sagte, sie habe ihre gesamte Arbeit erledigt, aber wie nicht anders zu erwarten, rief um Viertel vor vier jemand wegen einer Bestellung an, die sie bearbeitet hatte, und ich brauchte über eine Stunde, um die Angelegenheit zu regeln, und deshalb war ich gezwungen, in großer Eile nach Hause zu hetzen und hastig die Vorbereitungen für meine spätere Rückkehr zu treffen. Als ich in der Straße ankam, wo das indische Mädchen wohnt, war ich schon ziemlich abgekämpft. Ich warte immer an der Ecke auf Melanie, denn dort stehen Büsche und ein paar hohe Bäume, hinter denen man sich verstecken kann. Leider führen dort die Leute ihre Hunde aus, und natürlich bin ich mitten in einen Haufen getreten. Das ist ein weiterer Punkt, den ich in meinem Brief an die Stadtverwaltung erwähnen werde, denn die Hundebesitzer sind eigentlich verpflichtet, die Haufen zu entfernen, aber das ist ihnen egal. Ich musste meinen Schuh mit meinem Taschentuch abwischen, das ich natürlich anschließend wegwerfen konnte, und war deshalb, wie Sie sich sicher vorstellen können, nicht gerade bester Stimmung. Und als Melanie schließlich aus dem Haus kam, ging sie nach links statt nach rechts, und ich hätte sie beinahe verpasst! Mir fiel plötzlich meine Idee für einen andere Strecke zu ihr nach Hause ein, und einen Moment lang glaubte ich fast, wir würden uns jetzt per Gedanken verständigen, genau wie Jack und ich. Ich war ganz benommen vor Aufregung, aber dann bog sie in eine mir unbekannte Straße ab, und ich begriff, dass sie gar nicht unterwegs nach Hause war. Mir schwirrte der Kopf, und ich konnte mich gerade noch davon abhalten, zu ihr zu laufen und sie zu fragen, was sie vorhatte.

Mir kam der Verdacht, dass sie sich vielleicht mit einem Jungen treffen wollte. Zuerst dachte ich, nein, sie ist noch viel zu jung, aber dann erinnerte ich mich, dass Vera damals kaum älter war, und es heißt ja immer, Mädchen seien heutzutage viel früher erwachsen. Ich hätte sie am liebsten aufgehalten, wusste aber nicht, was ich zu ihr hätte sagen sollen.

Vielleicht bin ich, ohne es zu merken, schneller gegangen, oder sie ist langsamer geworden, jedenfalls war ich plötzlich nur noch etwa drei Meter hinter ihr, und sie hatte offenbar meine Schritte gehört, denn sie drehte sich um und schaute mich direkt an. Da es eine ziemlich dunkle Straße war, konnte ich ihr Gesicht nicht genau erkennen, aber es kam mir irgendwie so vor, als würde sie lächeln. Das Ganze passierte so unerwartet, dass ich vollkommen fassungslos war, und ich fürchte, ich habe ein bisschen dämlich ausgesehen, denn sie sagte kein Wort, sondern ging noch ein paar Schritte den Bürgersteig entlang und klingelte dann an einer Haustür. Ich hatte keine andere Wahl als weiterzugehen, denn das Haus, vor dem sie stehen geblieben war, befand sich genau in der Mitte der Straße. Am Ende der Straße angekommen, bog ich ab und blieb stehen, unschlüssig, ob ich auf sie warten sollte oder nicht. Schließlich holte ich mein kleines Notizbuch aus meiner Tasche, schrieb alles, was ich wusste, hinein – »Painswick Road, auf halber Höhe, blaue Haustür, zwei Mülleimer« – und zückte dann meinen alten Stadtplan und lief so schnell ich konnte zu Emneth Avenue, um zu sehen, was sich dort tat.

Tja, in Nummer 41B brannte nirgendwo Licht, und das brachte mich auf den Gedanken, dass Jo ausgegangen war und Melanie deshalb bei den Leuten in der Painswick Road übernachten musste. Also kein Arzttermin, sondern eine Verabredung mit einem Mann! Statt Männern nachzulaufen, sollte Jo sich lieber um ihre Tochter kümmern. Und erzählen Sie mir jetzt bloß nicht, das seien alles Folgen des Feminismus, denn ich weiß, wovon ich rede. Mit meiner Mutter und diesem Künstler war es genau dasselbe. Sie hätte weniger Zeit damit verbringen sollen, ihm schöne Augen zu machen, und mehr Zeit damit, sich über Vera Gedanken zu machen, aber sie hatte nichts anderes im Kopf, als ihn zu umgarnen. Ich habe bisher geglaubt, Jo sei eine gute Mutter, aber nun zeigt es sich wieder einmal: Die Worte der Menschen stimmen nicht mit ihren Taten überein.

So war es auch bei meiner Mutter: Wenn ein Fotograf kam, wollte sie uns mit auf den Bildern haben. Dann schenkte sie uns ihre volle Aufmerksamkeit, legte uns die Arme um die Schultern und hielt ein Buch in der Hand, als hätte sie uns gerade etwas vorgelesen, aber es war alles nur vorgetäuscht. Wenn wir nicht taten, was sie von uns verlangte, strich sie uns das Taschengeld, und nur deshalb spielten wir mit. Bei unserem Hund funktionierte das natürlich nicht, er sollte auf den Aufnahmen zu ihren Füßen liegen; er stand jedoch immer wieder auf und lief weg, und das machte sie wütend, doch sie ließ es sich nicht anmerken, denn sie wollte nicht, dass der Fotograf einen schlechten Eindruck von ihr bekam. Vera und ich versuchten dann immer, uns nicht anzuschauen, denn sonst hätten wir angefangen zu lachen, und bei Vera war das immer ganz furchtbar. Ihre Schultern zuckten dann heftig, und sie tat so, als müsse sie gleich niesen. Und wenn sie Sammy sagte, er solle sich hinlegen, gehorchte er, denn er mochte sie von uns allen am liebsten.

Diese Erinnerungen verwirrten mich etwas, aber ich dachte, ich schaue kurz in der Painswick Road vorbei, um mich zu vergewissern, dass alles in Ordnung ist. Ich ging ein paar Mal an dem Haus vorbei, doch es war zu dunkel, um die Nummer oder sonst etwas erkennen zu können. Dann öffnete ein Mann die Vorhänge des Wohnzimmers und schaute mich böse an, deshalb beschloss ich, es dabei zu belassen, obwohl mir das offen gestanden gar nicht recht war. Zu Hause angekommen, ging ich nach oben, zog meinen Mantel aus und faltete wie üblich meine Plastiktüte zusammen, und dann ging ich hinunter in die Küche, um mein Abendessen aus dem Kühlschrank zu holen. Meine Gedanken kreisten immer noch um Vera und meine Mutter, deshalb war ich etwas abgelenkt und bemerkte erst, als ich einen Schluck Milch trinken wollte, dass das Pikass mit dem Gesicht nach *oben* auf dem Glas lag. Offenbar habe ich vor lauter Schreck das Glas fallen lassen, denn kurz darauf klirrte es laut, überall spritzte Milch hin, und Mrs. Clarke kam in die Küche gestürmt. Ich fragte sie, ob sie an meinem Glas gewesen war, und sie fing sofort an zu zetern: »Ich? Was fällt Ihnen ein? Ich würde Ihre Sachen nicht einmal mit einer Mistgabel anfassen!«, und noch andere Bemerkungen in derselben Art. Ich sagte: »Vielleicht habe ich mich ja auch geirrt«, denn so was kann ja passieren, wenn man in Eile ist, aber Mrs. Clarke sagte: »Machen Sie mir gefälligst keine Vorwürfe, weil Sie zu spät dran waren«, und als ich sagte, ich könne nichts dafür, sagte sie: »Oh, dann ist es wohl meine Schuld.« Da ich nicht reagierte, fuhr sie fort: »Dann habe ich vermutlich auch das Glas kaputtgemacht, oder? Das werden Sie bezahlen müssen.« Ich war völlig frustriert, nicht nur wegen der Milch, sondern vor allem wegen Melanie, weil ich es nicht geschafft hatte, meine Aufgabe ordentlich zu erfüllen, weil ich nicht wusste, bei wem sie war und warum. Die falsch herum liegende Karte und das zerbrochene Glas kamen mir wie schlechte Omen vor. Ich weiß nicht, was in mich gefahren ist, jedenfalls habe ich mich zu Mrs. Clarke umgedreht und gesagt: »Hauen Sie doch ab!«

Sie sagte: »Was fällt Ihnen ein, so mit mir zu reden? Sie wissen ja gar nicht, wie gut Sie es hier haben.«

Ich sagte: »Ich glaube nicht, dass ich es gut habe«, und sie sagte: »Das meine ich ja gerade, Sie haben es gut hier und wissen das nicht zu würdigen. Es dürfte für Sie nicht so leicht sein, ein anderes Zimmer zu finden.« Ich sagte zu ihr, wenn sie mich nicht in Ruhe ließe, würde ich mich womöglich auf die Suche machen, und das brachte sie zum Schweigen, und sie wischte nur noch rasch die verschüttete Milch auf, ehe sie sich wieder im Wohnzimmer vor den Fernseher setzte. Da ich inzwischen keinen Appetit mehr hatte, warf ich das Sandwich in den Abfalleimer und ging auf mein Zimmer. Ich war so niedergeschlagen, dass ich es nicht einmal fertig brachte, mich auszuziehen, also legte ich mich komplett angezogen aufs Bett. Ich schaute mir all die Dinge an, die mir gehörten, und dachte, seit fünfzehn Jahren wohne ich jetzt hier, ich will mir kein neues Zuhause suchen, ich will nicht allein leben – darum habe ich das Geld nicht angenommen, das mir Tante Tilly angeboten hat. Wissen Sie, ich bin klug genug zu erkennen, wie mich andere Menschen sehen. Mir ist klar, dass meine festen Angewohnheiten den Zweck haben, die Einsamkeit fern zu halten. Mein geregelter, genau geplanter Tagesablauf ist für mich eine Art Schutzwall. Ich war schon immer allein und habe mich früh damit abgefunden, dass die Einsamkeit ein Teil von mir, von meinem Leben ist. Ich glaube, es lag einerseits an Jack und andererseits an mir selbst. Als Kind habe ich mich oft gefragt, ob Jack auch einsam ist, aber er hat wenigstens Vera, die bei ihm ist. Und vielleicht fällt es ihm auch leichter als mir, Freundschaften zu schließen. Ich frage mich oft, ob er mich nach meinem Tod seinen Freunden vorstellen wird und sie dann auch meine Freunde sein werden. Das fände ich schön.

Gerald, 1944

Freitag, 1. September
Gestern habe ich von Jack geträumt. Er war zusammen mit ein paar Ratten in einem Zimmer und hat mit einem dicken Stock auf sie eingeschlagen. Ich wollte mit ihm reden, aber er sagte, er tut das im Auftrag des Luftschutzamtes und ich soll weggehen, denn es ist streng geheim. Ich rief laut, damit er mir zuhörte, aber er beachtete mich nicht, sondern brachte bloß weiter die Ratten um. Dann lief er durch eine Tür nach draußen und fuhr auf einem Fahrrad weg.
Ich bin im Wald herumgelaufen und habe Eric und Charlie getroffen. Sie spielten Spione fangen und sie sagten zu mir, du bist ein deutscher Spion. Ich sagte: »Bin ich nicht.« Charlie sagte: »Bist du doch.« Ich sagte: »Dann beweis es«, und er sagte: »Wir müssen das nicht beweisen, wir knallen dich einfach ab.« Es ist ein blödes Spiel, und ich weiß gar nicht, warum Charlie es spielt, denn er ist älter als wir.

Samstag, 2. September
Vera war mit ihrer Freundin Beryl in ihrem Zimmer, und die beiden haben sich hübsch gemacht, denn sie wollten ausgehen. Ich hatte Langeweile, darum habe ich gefragt, darf ich zuschauen, und sie haben Ja gesagt. Sie haben erzählt, was sie werden wollen, wenn sie groß sind. Beryl sagte, sie will in einem Büro arbeiten und einen reichen Mann heiraten und eine Motorjacht haben. Ich glaube nicht, dass ein reicher Mann sie heiraten wird! (Aber das habe ich ihr nicht gesagt.) Vera sag-

te, sie will nicht in einem Büro arbeiten, sondern Bilder malen, so wie Mr. Treece. Dann sagte Beryl zu mir: »Was willst du werden?« Ich sagte, ich will ein Ingeniör sein, denn das wollen die Zwillinge in der Schule werden. Ihr Vater ist ein Ingeniör und ist schon in vielen Ländern gewesen, deshalb ist das bestimmt ein schöner Beruf. Dann kam Mutter rein und war wütend auf Vera, weil sie ihre Lippen angemalt hat. Vera sagte, sie hat den Lippenstift von Beryl bekommen, aber ich weiß, dass das nicht stimmt, denn sie hat zu mir gesagt, ihr Freund Eddie hat ihn ihr geschenkt. Ich glaube, das ist wahr, denn Eddie ist ein amerikanischer Soldat und hat deshalb viel Geld. Er ist nett und auch sehr mutig, aber er fliegt kein Flugzeug.

Freitag, 8. September

Mutter war furchtbar böse, weil Vera ihre Tür offen gelassen hat und Sammy reingelaufen ist und aufs Bett gesprungen ist. Er hat an einem ihrer Bücher über die Mädchen in dem Berginternat gekaut, das auf dem Bett lag. Als Papa nach Hause kam, sagte er: »Es ist doch bloß der Einband beschädigt, man kann es immer noch lesen.« Dann sagte er zu Vera: »Für solche albernen Bücher bist du viel zu alt.« Vera sagte: »Und wenn schon, mir gefallen sie.«

Samstag, 9. September

Das Abendessen war lustig, denn Papa hat gesagt, die Koteletts stammen wohl von Mäusen, so klein sind die. Dann erzählte Mutter, Mrs. Paddick hat ihr gesagt, dass sie die Fleischrationen nicht weiter strecken kann, und Vater sagte: »Das Fleisch hier kann niemand strecken, es ist hart wie eine alte Schuhsohle.« Sie sagte: »Beschwer dich nicht, denn wenn das so weitergeht, müssen wir bald Walfleisch essen.« Papa sagte, dann kann sich wenigstens jeder ordentlich viel

nehmen, aber ein Wal ist zu groß für unseren Tisch, der Schwanz würde über den Rand hängen, und darüber haben wir lange gelacht. Aber als ich das Eric später erzählt habe, sagte er, das ist Blödsinn, denn niemand bekommt so viele Essensmarken, dass es für einen Wal reicht.
Ich habe meinen Kakao mit in mein Zimmer genommen und in diesem Tagebuch geschrieben, aber dann habe ich gehört, dass sie sich streiten, deshalb musste ich mich oben an die Treppe stellen und zuhören, um es Vera zu erzählen, wenn sie nach Hause kommt, denn wir haben uns beide versprochen, das zu tun. Ich habe den Anfang nicht gehört, aber ich glaube, sie haben sich über das Geschenk für Vera gestritten, denn sie hat bald Geburtstag. Ich hörte, wie Mutter sagte: »Ich glaube, es kostet 50 Pfund«, also haben sie vor, ihr ein ganz tolles Geschenk zu kaufen. Aber dann sagte Papa: »Dir ist sie wohl vollkommen egal!«, darum glaube ich, dass Mutter versucht, Vera eins auszuwischen, weil sie so ungezogen zu ihr war. Dann war nichts zu hören, bis Papa sagte: »Bist du dir sicher?« Mutter sagte etwas über einen Negerarzt in London, aber ich konnte nicht verstehen, was. Vielleicht gehört das zu der Geburtstagsüberraschung dazu, darum werde ich es Vera nicht erzählen, weil das würde alles verderben. Ich wollte abwarten, ob sie noch mehr sagen, aber dann machte Papa die Wohnzimmertür auf und ging zur Treppe, und ich bin in mein Zimmer gerannt. Ich habe ein paar Tropfen Kakao verschüttet, aber sie sind zum Glück auf dem dunklen Teppichmuster gelandet. Ich lag gerade erst im Bett, als Papa reinkam. Er sagte: »Ich wollte dir nur schnell Gute Nacht sagen, Sohnemann. Hoffentlich habe ich dich nicht gestört.« Das war nett von ihm, aber auch komisch, denn das tut er sonst nie. Er bleibt bis zum nächsten Wochenende bei uns. HURRA! Es ist schöner, wenn er da ist, auch wenn sie sich streiten.

Eric ist blöd, und das, was er mir erzählt hat, ist blöder Unsinn. Mrs. Paddick hat gesagt, Wale sind nicht rationiert.

Montag, 18. September
Ich bin in Veras Zimmer gegangen und habe mir ihren Zeichenblock und ihre Stifte genommen. Das habe ich getan, weil ihr die Sachen ganz wichtig waren. Fast so wichtig wie Sammy. Er ist traurig, weil er sie von uns allen am liebsten gemocht hat. Ich wünschte, er wäre an dem Nachmittag mit mir im Wald gewesen, denn dann wüsste er es. Ihm davon zu erzählen geht ja nicht, denn ein Hund kann Worte nicht verstehen.

Donnerstag, 21. September
Die Polizisten sind in Veras Zimmer gegangen und haben ein paar von ihren Sachen mitgenommen. Dann sind sie in mein Zimmer gegangen und haben alles unordentlich gemacht. Ich wollte aufräumen, aber sie haben gesagt, nein, lass das, und ich musste draußen warten, bis sie fertig waren. Sie haben Veras Zeichenblock und ihre Stifte in meinem Schreibtisch gefunden und sind damit zu mir gekommen und haben gefragt: »Warum hast du dir das genommen?« Ich hasse sie. Dann kam Mutter nach oben und sie sagte zu mir, du hast das gestohlen. Aber das stimmt nicht. Ich wollte die Sachen bloß für Vera aufbewahren, aber als ich versuchte habe, ihnen das zu sagen, konnte ich es nicht. Sie hören einem nie zu, wenn man etwas sagt. Sie stellen die ganze Zeit nur Fragen und immer wieder dieselben. Sie wollen, dass ich etwas Schlechtes über Vera sage, aber das tue ich nicht. Ich wollte mit Sammy raus in den Garten gehen, aber Mutter sagte: »Weich mir nicht aus.« Ich wollte nicht, dass die Polizisten mich entdecken, und als ich wieder in mein Zimmer kam, sah es dort furchtbar aus. Ich hasse die Polizisten, ICH HASSE SIE.

Freitag, 22. September
Die Polizei hat Veras Kleid im Wald gefunden. Es war verbrannt, aber nicht völlig, deshalb wussten sie, dass es ihrs ist. Wir mussten dann mit ihnen in den Wald gehen. Sie haben gefragt, wo wir spielen, und Eric sagte, dass er und seine Brüder nie in der Nähe der Hütte sind, aber das stimmt nicht. Charlie sagte hinterher, wehe, wenn du uns bei der Polizei verpetzt. Ich habe den Zeichenblock von den Polizisten zurückbekommen. Ach, hätte ich ihr doch bloß erzählt, dass sie ein großes Geschenk bekommen sollte.

Samstag, 23. September
Eric hat gesagt, Charlie hat gesagt, Vera hätte ein Baby im Bauch gehabt.

Mittwoch, 27. September
Eric sagt, er hat gehört, dass Mrs. Paddick gesagt hat, es war von einem amerikanischen Soldaten. Ich sagte, Vera hat bestimmt kein Baby im Bauch gehabt, aber er sagte trotzdem, es war so. Ich wollte nicht mit ihm sprechen, deshalb bin ich in meinem Zimmer geblieben. Als ich vor dem Essen zum Händewaschen ins Badezimmer ging, war Mutter dort. Sie hielt ihren Kamm unter den Wasserstrahl, weil sie sich die Haare kämmen wollte. Ich sagte: »Stimmt es, dass Vera ein Kind im Bauch hatte?« Sie gab keine Antwort, sondern kämmte sich mit dem Kamm. Sie fummelte mit den Haarnadeln rum und ich stellte mich ganz dicht neben sie und fragte sie noch mal: STIMMT DAS? Sie schaute mich an. Sie hatte Haarnadeln im Mund und spuckte sie ins Waschbecken. NEIN ES STIMMT NICHT und ich verbiete dir, so etwas je wieder zu sagen. Sie hielt mit einer Hand die Haare hinten am Kopf zusammen und mit der anderen packte sie meinen Arm und

sagte: »So etwas will ich nie wieder von dir hören, verstanden?« Sie hatte das Wasser nicht abgestellt, und es spritzte ihre Armbanduhr nass, und als sie das sah, sagte sie: »Los, verschwinde.«

Sie wollte ihr Haar zurechtmachen und Nadeln reinstecken, deshalb weiß ich nicht, ob es eine Lüge war.

Donnerstag, 28. September

Ich muss andauernd über eine Sache nachdenken. Ich vermisse Vera, aber es ist ungerecht, dass sie jetzt bei Jack ist und ich nicht. Das finde ich nicht gut, denn er ist nicht ihr Zwillingsbruder und ich sollte bei ihm sein und nicht sie.

Tilly

Tiny ist inzwischen schon mehrmals mit mir auf der Promenade gewesen. Es macht ihm offenbar nichts aus, den Rollstuhl zu schieben, und er nimmt auch meinen kleinen Nicky an der Leine mit. Das ist gut für *la figure,* meint er. Er redet ziemlich affektiert. Er sagt, das tue er immer, aber ich glaube, er trägt meinetwegen ein bisschen dicker auf als sonst, weil mir das so gut gefällt. Gestern schaute er nach dem Mittagessen vorbei. Als wir gerade aufbrechen wollten, erwähnte ich beiläufig, dass ich mir die Haare hatte machen lassen, für die Nägel aber keine Zeit mehr gewesen sei. Da sagte er: »Weißt du was, wir nehmen alles Nötige mit runter an den Strand, und ich lackier sie dir dort.« Es war einer von diesen wunderschönen Apriltagen, fast windstill, und ich saß in meinem Rollstuhl auf der Promenade, er hockte auf einem Bankende, hatte ein Frotteetuch über seine Knie gebreitet, auf denen meine Hände lagen, und malte mir die Fingernägel an. Sie sahen hinterher wunderbar aus, viel schöner als sonst. Als er fertig war, rauchten wir eine Zigarette, und er sagte: »Ich war im Laden, um wieder die kleinen Gin-Tonic-Flaschen zu kaufen, aber sie hatten keine mehr. Mir blieb nichts anderes übrig, als das Zeug in ein Marmeladenglas zu kippen und kräftig zu schütteln.« Er griff in seine Tragetasche und holte ein kleines Glas mit Schraubdeckel heraus. Ich sagte: »Na, hoffentlich hast du es vorher ordentlich ausgespült, sonst gibt es jetzt Gin mit Marmelade.« Auf dem Glas klebte nämlich noch das Etikett: Golden Shred. »Keine Sorge«, antwortete er, »es schmeckt bestimmt köstlich. Außerdem habe ich richtige Gläser mitgebracht. Das ist doch was anderes als diese elenden Styropordinger.«

Er schenkte ein, wir stießen an, und ich sagte nach dem ersten Schluck: »Ach, hast du einen Spritzer Zitronensaft reingetan?«

»Ja, als Ersatz für die Zitronenscheibe. Wusstest du übrigens, dass man die im Glas kaufen kann? Zitronenscheiben, meine ich.«

Ich erwiderte: »Wie? Eingelegt?«

»Nein! So wie Kirschen.«

»Aber Kirschen kann man doch einlegen, oder? Zumindest Sauerkirschen.«

»Ja, wirklich? Meine Mutter hat nie etwas anderes eingelegt als Pflaumen. Und da fällt mir ein, dass sie immer ein Stück Zitrone in das Weckglas getan hat. Vielleicht ...«

»Hausfrauen haben doch früher alles Mögliche eingelegt. Kohl, Blumenkohl, Eier ... Ach, erinnerst du dich an Soleier?«

»Die gibt es immer noch zu kaufen. In Fish-and-Chips-Buden. Aber natürlich nicht hier in Frinton. Weißt du, gerade erst ist wieder ein Antrag auf eine Lizenz abgelehnt worden. Man ist hier so etepetete, dass man niemals eine Fish-and-Chips-Bude genehmigen würde. Die könnte dem Niveau abträglich sein.« Tiny nickte. »Tja, der Antrag wurde rundweg abgelehnt. Wirklich schade, denn ich esse gerne mal einen Happen Kabeljau. Noch ein Schlückchen gefällig?«

»Ja, danke. Ich habe mir noch nie viel aus Fisch gemacht. Die Menschen stellen aber auch so merkwürdige Dinge damit an, findest du nicht? Ich erinnere mich, wie die Haushälterin meiner Schwester im Krieg gefülltes Sardinenbrot aufgetischt hat. Sie hat das Weiche aus einem Brot herausgekratzt, es zusammen mit Sardinen vermanscht und dann wieder in das Brot zurückgestopft. Anschließend hat sie noch irgend so eine helle

Soße darüber gegossen, und das war dann das Abendessen. Ekelhaft. Das kannst du dir nicht vorstellen.«

»Und ob ich das kann. Ich hatte mal eine Freundin, die öfters Walfleischcurry gekocht hat. Sei *froh,* wenn ich dir nicht erzähle, was das immer für Auswirkungen auf die Verdauung hatte ... Mir haben die Fische eigentlich immer Leid getan.«

»Wieso, weil sie im Kochtopf gelandet sind?«

»Nein, ich meine, als ich bei der Marine war. Wir haben wegen der U-Boote immer Wasserbomben geworfen. Wenn es viele auf einen Schlag waren, das nannten wir übrigens *einen Teppich legen,* gab es ein unheimliches Getöse, und das Meer, ja, es ... es *schüttelte* sich regelrecht, mir fällt kein besseres Wort dafür ein, und dann schossen hunderte Fische an die Oberfläche, alle möglichen Arten, und sie waren alle tot. Ich fand es immer unfair, dass sie auf diese Weise sterben mussten. Das hatten sie wirklich nicht verdient.« Tiny leerte sein Glas. »Dürft ihr euch eigentlich was kochen? Im ...?« Er deutete mit dem Kopf in Richtung Heim.

»Soll das ein Witz sein? Das erlaubt die Versicherung nicht. Es könnte ja sein, dass jemand von den alten Leutchen eine Pfanne auf dem Herd vergisst und deshalb das ganze Haus abbrennt. Aber ich hatte sowieso nie viel fürs Kochen übrig. Wenn jemand anders das übernahm, habe ich mit Vergnügen mitgegessen, aber für mich allein ...«

Bei diesem Thema musste ich daran denken, wie ich einmal bei Arthur in der Wohnung war und für ihn Abendessen machen wollte. Es war Ende 1940, und ich war gerade erst nach London zurückgekommen. Die Lage war ziemlich ernst, aber ich dachte mir: Die Luftangriffe können mich mal! Ich werde Arthur etwas Leckeres kochen, damit er sich freut, wenn er nach Hause kommt. Ich fand es sogar ganz nett, ein bisschen Hausfrau zu spielen, zumindest für ein paar Tage. Denn man wusste ja nie, ob einem nicht vielleicht schon im nächsten Moment eine Bombe auf den Kopf fallen würde.

Ich schälte gerade Kartoffeln, als ich die Sirene hörte, aber ich achtete nicht darauf, weil ich alles rechtzeitig fertig haben wollte. Ich stand vor dem Fenster an der Spüle und ließ die Schalen in einen Metalleimer fallen. Ich hörte ein paar Explosionen, die alle weit entfernt klangen, aber dann schienen sie immer näher zu kommen, und ich dachte: Langsam wird das doch etwas bedrohlich. Und als ich mir sicher war, dass sich die Einschläge in meine Richtung bewegten, war es bereits zu spät, um mich noch im Luftschutzbunker in Sicherheit zu bringen. Deshalb habe ich das Einzige gemacht, was mir spontan einfiel, und zwar habe ich mir den Eimer über den Kopf gestülpt und mich auf den Fußboden gekauert. Ich erinnere mich an ein gewaltiges Zischen und den Krach, als das Fenster zersplitterte, doch was dann gewesen ist, habe ich vergessen. Ich weiß nur, dass Arthur irgendwann in die Wohnung kam und mich unter dem Tisch entdeckte, übersät von Glassplittern und Staub und immer noch mit dem Ding auf dem Kopf. Ich hörte ihn sagen: »Tilly, o mein Gott, Tilly …« Er nahm den Eimer weg, und natürlich waren durch den Bombentreffer alle Lichter ausgefallen, sodass es ziemlich düster war, vor allem unter dem Tisch. Arthur schaute mich an. »Bist du heil geblieben?« Das war ich, aber ich fühlte mich doch ziemlich benommen, und deshalb stand ich nicht gleich auf. Arthur machte sich wohl Sorgen um mich, denn er berührte meine Wange, vermutlich um festzustellen, ob bei mir alles in Ordnung war, aber fast augenblicklich zuckte seine Hand zurück. Ich hörte ihn leise seufzen, ehe er sagte: »Keine Panik, das kriegen wir wieder hin, ich hol gleich einen Rettungswagen, das kriegen wir wieder hin, Tilly.« Er starrte mich an, während er das alles murmelte, doch inzwischen hatte ich meine Sinne wieder einigermaßen beisammen und sagte: »Ich brauche keinen Rettungswagen. Lass mich erst mal aufstehen.« Doch er antwortete: »Nein, beweg dich nicht, das ist der Schock, ich werd schon irgendwo einen Arzt auftreiben.«

Ich erwiderte: »Arthur, um Himmels willen, ich hab bloß ein paar Schnittwunden, mehr nicht.«

Er aber meinte: »Du irrst dich, dein Kopf, dein Gesicht ...«

Als er meine Hand nahm, spürte ich, dass er wie Espenlaub zitterte. Ich sagte: »Was ist mit meinem Gesicht?« Ich hob meine Hand zur Schläfe und ertastete etwas Weiches, Glitschiges. Da ich aber keinen Schmerz spürte, wischte ich einen Teil davon mit dem Finger ab und schaute ihn mir an – es war eine Kartoffelschale. Ich wandte mich an Arthur: »Wofür hast du das denn gehalten?«

Er sah mich leicht verdutzt an. »Na ja, ich konnte es ja nicht erkennen ... Ich dachte, es sei dein Gehirn.«

Ich sagte: »Danke, Kumpel. Ich bin vielleicht nicht das größte Genie, das diese Welt je gesehen hat, aber ich glaube schon, dass ich ein bisschen mehr im Kopf habe als nur Kartoffelschalen.« Ich glaube, ich habe Arthur nie wieder so schallend lachen gehört. Aber an diesem Tag hat jemand seine schützende Hand über mich gehalten, denn das Nachbarhaus lag in Schutt und Asche, und alle, die sich darin aufgehalten hatten, waren tot.

Nach diesem Ereignis mochte ich natürlich nicht länger in der Wohnung bleiben, und deshalb schlug Arthur mir vor, für einige Zeit raus nach Broad Acres zu fahren. Ich bezweifelte, dass Marjorie von der Idee sonderlich angetan sein würde, doch Arthur sprach mit ihr und meinte bei seiner Rückkehr, sie freue sich auf mich. Vermutlich hatte sie beschlossen, so zu tun, als hätte unser Streit nie stattgefunden, denn das wäre typisch für sie gewesen.

Eric, der evakuierte Londoner Junge, war noch immer in Broad Acres. Es waren sogar ziemlich viele von diesen Jungen auf dem Land geblieben, was mich angesichts des Empfangs, den man den meisten von ihnen bereitet hatte, wundernahm. Erics Mutter kam jeden Monat einmal zu Besuch, um nachzusehen, wie es Eric und seinen Brüdern ging. Mrs. Watkins. Sie saß jedes Mal stundenlang in der Küche, jammerte in einem fort, vertilgte alles Essbare in ihrer Reichweite und fuhr dann wieder nach Hause. Mir ist eigentlich nicht klar, warum sie sich überhaupt die Mühe machte zu kommen, denn ihren Söhnen schenkte sie so gut wie keine Aufmerksamkeit. Marjorie wollte nichts mit ihr zu tun haben, sodass Mrs. Paddick die Gastgeberin spielen musste, und Mrs. Watkins brachte unmissverständlich zum Ausdruck, dass sie erwartete, von vorne bis hinten bedient zu werden. »Die Regierung bezahlt Sie dafür, dass Sie das tun.«

Mrs. Paddick murmelte immer: »Als ob das bisschen Geld reichen würde«, aber sie ertrug Mrs. Watkins, weil sie Eric gerne mochte. Er war ein Engel, verglichen mit so einigen anderen von diesen Kindern. Da gab es zum Beispiel eine ganze Familie, die das Dorf terrorisierte, acht Kinder mit Topfhaarschnitt im Alter von vier bis zwölf, und alle schielten auf einem Auge. Wenn sie sich auf der Straße jemandem näherten, stellten sie sich mit untergehakten Armen im Kreis um diese Person auf und glotzten sie mit ihrem gesunden Auge an. Ich erinnere mich, wie Mrs. Paddick einmal am ganzen Leib zitterte, als sie nach einem Zusammentreffen mit ihnen zurückkam. Sie ließ sich normalerweise nichts gefallen, doch die Kinder hatten sie eine Viertelstunde auf der Straße festgehalten. Sie entkam ihnen nur, weil ein vorbeikommender Farmer damit drohte, sie zu überfahren, wenn sie den Weg nicht frei machten. »Ach, mir steht das Ganze bis hier«, sagte Mrs. Paddick zu mir. »Eins sage ich Ihnen, wenn dieser Krieg zu Ende ist – falls er je zu Ende ist –, dann bestehe ich auf einer Innentoilette. Ich schätze, die habe ich mir nach dem heutigen Tag verdient.« Hoffentlich hat sie sie bekommen, die gute Seele. Zugestanden hätte sie ihr auf jeden Fall.

Die Stimmung zwischen Marjorie und Arthur war schlechter denn je. Marjorie war derart gereizt, dass sie wie eine Furie aus ihrem Zimmer geschossen kam, wenn jemand auch nur das leiseste Geräusch machte. Ich hörte einmal, wie die Zugehfrau, die jeden Tag kam, sich bei Mrs. Paddick beschwerte, dass Marjorie sie angeschrien habe, weil sie mit ihrem Besen auf dem Flur gegen die Wand gestoßen war: »Die gnä' Frau hat sich heute den ganzen Tag wie ein nervöser Tiger aufgeführt.« Ich merkte mir diese wunderbare Beschreibung, weil ich sie Arthur auf keinen Fall vorenthalten wollte.

Mir ist nicht klar, ob Johnny Treece die Ursache oder das Symptom der Probleme zwischen den beiden war, aber er hatte eindeutig eine Menge damit zu tun. Arthur war nicht viel zu Hause, was für ihn wahrscheinlich nur von Vorteil war. Er arbeitete seit Kriegsbeginn als Freiwilliger im Luftschutzamt. Weil er so gut organisieren konnte, hatte er schon bald eine Menge Leute unter sich, und das nahm den Großteil seiner Freizeit in Anspruch. Ich stand Arthur in seiner Abneigung gegenüber Treece kaum nach, doch Marjorie hielt große Stücke auf ihn. Wir – das heißt sie und ich – stammten aus einer Welt, die man kaum intellektuell nennen konnte. Obwohl, eigentlich stimmt das nicht ganz, denn mein Vater war ein sehr intelligenter Mann, der eine Menge über Politik und Geschichte wusste, aber er war keiner dieser künstlerisch angehauchten Intellektuellen. Aber deren Welt hat mich sowieso nie besonders interessiert. Treece hielt ich übrigens von Anfang an für einen Blender, der andauernd davon sprach, dass England fast ausschließlich von Kleinbürgern mit kleinbürgerlichen Ansichten und kleinbürgerlichen Idealen bevölkert war. Ich dachte dann stets: Immerhin haben diese Kleinbürger die Größe, sich mit Hitler anzulegen. Aber das habe ich ihm nicht offen ins Gesicht gesagt. Marjorie wäre ausgerastet, wenn ich das getan hätte, denn sie war ihm mit Haut und Haaren verfallen. Sie erzählte in einem fort, was für ein begnadeter Künstler er sei, ich für meinen Teil konnte das jedoch nicht bestätigen. Er bemalte große Leinwände dick mit Ölfarbe, malte üppige lebensgroße Figuren in bedrückenden Farben. Sie stellten nach seiner Aussage Gut und Böse, Leben und Tod und so weiter und so fort dar. Ich bin keine Kunstkennerin, aber für mich schienen die Proportionen der Figuren auf den Bildern nie ganz zu stimmen – die Beine waren im Verhältnis zum Körper zu kurz, und damit sahen sie … na ja, ein bisschen lächerlich aus, wenn ich ehrlich sein soll. Treece hingegen war von der Qualität seiner Bilder restlos überzeugt. Apropos Selbstgefälligkeit: Treece erzählte mir, wahre Künstler erfüllten eine heilige Pflicht. »Die Menschen sind wie Schlafwandler, und wir haben die Aufgabe, ihnen die Augen zu öffnen.«

Ich fragte daraufhin: »Die Augen öffnen wofür?«

Er sah mich an, als wäre ich geistig zurückgeblieben, und sagte: »Für die Wahrheit natürlich. Für die Wahrheit und die Wirklichkeit.« Ich konnte mir nur mit Mühe das Lachen verkneifen, antwortete aber: »Ach so, *natürlich*.«

Wenn man seinen Worten glaubte, waren die Kritiker neidisch auf sein großartiges Talent, und deshalb äußerten sich alle verächtlich über ihn. »Jämmerliche Pygmäen« nannte er sie. Wissen Sie, mein Freund Tiny hätte zu ihm gesagt: »*Leck mich doch*.« Ich lernte Treece kennen, als mich Marjorie einmal zu ihm nach Hause mitnahm. Alle seine Kinder hoben damals auf seine Anweisung hin im Garten eine tiefe Grube aus.

Ich dachte, sie diene dem Schutz vor Luftangriffen – eine Art Schützengraben –, aber es stellte sich heraus, dass sie für seine Bilder gedacht war! Er wollte sie vor Bombenschäden bewahren. Also, ich bitte Sie ... Es war ihm egal, ob seine Frau und seine Kinder umkamen, solange nur seine bescheuerten Bilder in Sicherheit waren. Der Kerl war ein echter Egomane. Und Marjorie hat ihn sogar noch darin bestärkt, indem sie ihm einredete, dass wahrhaft große Künstler immer erst posthum die ihnen gebührende Anerkennung finden. Die beiden hatten die Idee, eine Art Zeitkapsel mit einigen seiner Bilder zu vergraben, die erst ein Jahrhundert später geöffnet werden sollte. Marjorie erklärte mir – allen Ernstes –, dass die Menschheit im Jahr 2041 moralisch so weit entwickelt sein würde, um Treece' Bedeutung würdigen zu können, denn große Kunst sei zeitlos. Ich antwortete: »Na, hoffentlich sind seine Bilder dann noch gut erhalten.«

Gott weiß, was Treece' Frau davon hielt. Nach allem, was ich von der Armen mitbekam, hatte sie kaum Zeit, über irgendetwas nachzudenken – so beschäftigt war sie damit, sich um ihre wuselige Kinderhorde zu kümmern. Sie war deutlich jünger als er, und jemand aus dem Dorf hatte Mrs. Paddick erzählt, sie sei eine seiner Schülerinnen gewesen. Nicht an einer Kunstakademie, sondern an einer Schule für höhere Töchter. Das Ganze war offensichtlich ein ziemlicher Skandal, denn Cynthia, so hieß sie, stand damals kurz vor ihrer Debütantinnen-Saison, und ihre Eltern unternahmen alles, um sie und Treece auseinander zu bringen, doch ohne Erfolg. Treece nannte sie Sinty. In einem fort hörte man ihn rufen: »Sinty, der Kleine will gefüttert werden! Sinty, die Kleine hat ein schmutziges Lätzchen!« Es kam ihm natürlich nie in den Sinn, auch nur einen Finger zu rühren, und seine Frau hatte auch keine Haushälterin oder so, denn seine Bilder fanden nicht gerade reißenden

Absatz. Marjorie kaufte ihm mehrere ab, was Arthur gehörig auf die Palme brachte, doch von dem, was Treece verdiente, hätte er sich eigentlich nicht einmal ein Kind leisten können, geschweige denn sechs, und offenbar dachten seine Schwiegereltern überhaupt nicht daran, ihnen unter die Arme zu greifen. Man sah Cynthia an, dass sie früher recht hübsch gewesen sein musste, doch zu der Zeit, als ich ihr das erste Mal begegnete, wirkte sie bereits ausgelaugt, ohne einen Funken Leben in sich.

Treece konnte sehr charmant sein, wenn er wollte, und ich bezweifle nicht, dass er sich bei Marjorie kräftig ins Zeug gelegt hatte. Als er sie um die Erlaubnis bat, Vera malen zu dürfen, ging es ihm meiner festen Überzeugung nach vor allem darum, sie für sich einzunehmen – seine Bewunderung für die Tochter sollte der Mutter schmeicheln. Arthur erzählte mir, dass Marjorie anfangs hellauf davon begeistert war, dass Vera ihm Modell saß. Erst als Treece anfing, Vera Zeichenunterricht zu geben, und immer mehr Zeit mit ihr verbrachte, regte sich Marjories Widerwille.

Vera hatte anfangs bestimmt keine Ahnung von all dem. Sie war ja erst zwölf oder dreizehn. Doch Treece wusste genau, was er wollte. Hatte er nicht schon einmal dasselbe getan, mit seiner Frau? Vera mochte ihn allein deshalb, weil sie bei ihm besser zeichnen lernte. Sie hatte schon von klein auf mit Begeisterung gemalt. Eine meiner frühesten Erinnerungen an sie ist, dass ich bei ihnen zu Hause im Wohnzimmer saß, in einer Zeitschrift blätterte und mein Blick dabei gelegentlich auf das kleine Wesen fiel, das zu meinen Füßen hockte und glückselig mit Buntstiften herumkritzelte. Ich glaube, sie hatte echtes Talent. Ich habe drei ihrer Bilder in meinem Zimmer hängen, Zeichnungen von ihrem Hund Sammy. Sie machte sie in dem Sommer, bevor sie umgebracht wurde.

Wenn ich je selbst eine Tochter haben sollte, dachte ich früher, dann sollte sie so sein wie Vera, denn sie war hübsch, klug, freundlich und beliebt. Sie kam mit allen gut zurecht bis auf Marjorie, und das war eindeutig nicht ihr Fehler. Wäre sie kein Adoptivkind gewesen, würde ich jetzt sagen, dass sie nach mir schlug, denn sie hatte genau wie ich eine besondere Vorliebe für Männer. Das war auch der Grund, warum ich Treece nicht die alleinige Schuld gab. Ich habe wegen meines Verhaltens nie ein schlechtes Gewissen gehabt, und ich vermute, Vera auch nicht. Es lag einfach in ihrer Natur, und bei mir war es dasselbe. Ich konnte John Treece nicht ausstehen, doch je öfter ich auf mein Leben zurückblicke und mir überlege, was ich alles falsch gemacht habe, desto weniger neige ich dazu, Schuldzuweisungen zu verteilen.

Marjorie ließ sich ihre Gefühle für Treece so deutlich anmerken, dass selbst Sammy, der Hund, begriffen haben muss, was los war. Ich erinnere mich an eine unschöne Szene – 1943 war das, im Winter, also muss Vera damals fünfzehn gewesen sein. Treece war extra vorbeigekommen, um Marjorie eine der Zeichnungen zu bringen, die er von Vera gemacht hatte. Angesichts des Aufhebens, das Marjorie veranstaltete, hätte man meinen können, es handle sich um einen Besuch des Königs, doch anschließend gab es aus diesem Anlass heftigen Streit. Marjorie hatte die Zeichnung auf den Kaminsims gestellt, aber kaum war Arthur nach Hause gekommen und hatte sie erblickt, verschwand sie wieder von dort. Er stand am einen Ende des Teppichs und sie am anderen, während ich in dem am weitesten entfernten Sessel saß und so zu tun versuchte, als wäre ich nicht da. Arthur sagte: »Schau dir das mal an! So sieht Vera doch gar nicht aus! Schau dir diese riesige Nase an, die er ihr verpasst hat! Damit sieht sie ja aus wie eine Jüdin!« Es war nicht gerade sehr nett, was er da sagte, aber die Menschen redeten damals so. Gleich darauf nahm er die Zeichnung, hielt sie mir entgegen und fragte mich nach meiner Meinung. Nun ja, mir war zwar nicht entgangen, auf welche Art Treece das Mädchen ansah, und ich fragte mich, ob er sie absichtlich unvorteilhaft dargestellt hatte, für den Fall, dass jemand argwöhnisch geworden war, aber das wollte ich lieber für mich behalten, deshalb antwortete ich: »Lasst mich aus dem Spiel, das geht mich überhaupt nichts an.«

Marjorie sagte: »Wie kommst du denn darauf? Nur keine Scheu, misch dich ruhig ein ... Schließlich sieht es ja ganz so aus, als hättest du dich auf Dauer bei uns eingenistet.«

»Sprich nicht so mit Tilly!«, fauchte Arthur, noch ehe ich etwas erwidern konnte. »Ach ja, deine heiß geliebte Tilly. Wir dürfen auf keinen Fall ihre Gefühle verletzen, nicht wahr?« Sie drehte sich zur Seite, um eine Zigarette aus einem Kästchen auf dem Kaminsims zu nehmen. Arthur und ich schauten uns an. Ich hob fragend die Augenbrauen, worauf er fast unmerklich den Kopf schüttelte. Das Ganze dauerte nur wenig länger als eine Sekunde, doch als ich zu Marjorie hinübersah, starrte sie mich unverwandt an, und mir war klar, dass sie es mitbekommen hatte. Und dass sie bisher völlig ahnungslos gewesen war. Ihre Bemerkung war einfach nur ... na ja, typisch Marjorie gewesen. Doch sie hatte begriffen, was hinter unserem kurzen Blickwechsel steckte. Diese Erkenntnis war an ihrem Gesichtsausdruck abzulesen, und ich erwartete, dass sie etwas sagen würde, aber sie blieb stumm. Ich blickte zu Boden, dann wieder zu ihr hoch, und mir war klar, dass sie wusste, dass ich wusste, dass sie es wusste.

Ich sagte: »Weißt du, Marjorie, wenn du mich hier nicht haben willst, reise ich morgen ab.« Doch das war ein Fehler, denn natürlich sprang Arthur sofort in die Bresche: »Nein! Du kannst so lange bleiben, wie du willst.« Er wandte sich wieder an Marjorie: »Solange sie hier ist, gibt es wenigstens eine Frau in diesem Haus, die sich nicht wie die letzte Zimtzicke aufführt.«

Marjorie ließ den Kopf sinken. Wer sie nicht kannte, hätte meinen können, sie würde gleich losheulen oder sich entschuldigen. Normalerweise verfuhr Marjorie immer nach der Devise »Angriff ist die beste Verteidigung« und reagierte mit Sarkasmus, wenn sie erkannte, dass sie im Unrecht war, doch hier handelte es sich um etwas anderes. Ich verstand nicht, wieso Arthur das Warnsignal übersehen hatte, aber mir war schon früher aufgefallen, dass er eine ziemlich lange Leitung hatte, wenn es um solche Dinge ging. Genau wie die meisten Männer. Man muss ihnen schon ein Plakat vor die Nase halten, damit sie kapieren.

Ich stand auf. »Lass nur, Arthur. Ich glaube, ich gehe besser.«

Marjorie sagte: »Ja, geh doch!« Dann drehte sie sich wieder zu Arthur um: »Du begreifst wirklich gar nichts, was?«

Er schaute einen Moment verdutzt drein, bevor er sagte: »Immerhin erkenne ich Schund, wenn ich ihn sehe!« Er zerknüllte die Zeichnung, die er immer noch in der Hand hielt, und warf sie ins Feuer. Marjorie versuchte natürlich sofort, sie herauszufischen, doch gerade, als sie eine Ecke davon zu fassen bekommen hatte, verwandelte sich das Blatt Papier in eine einzige Flamme. Sie stieß einen Schrei aus. »Du zerstörst alles, was du anfasst! Ich verstehe nicht, wie ich dich je habe heiraten können.«

Arthur sah zu, wie sie ihre verbrannten Finger mit der anderen Hand umschloss, und sagte dann: »Ich auch nicht.«

Ich betrachtete die beiden und dachte: Genug jetzt, mir reicht's. Dieser Vorfall widerte mich dermaßen an, dass ich nur noch wegwollte. Arthur flehte mich an zu bleiben, doch ich wusste, dass das unmöglich war. Er hatte Marjorie gesagt, er wünsche, dass sie jeden weiteren Kontakt mit Treece unterlasse. Vermutlich hatte er die Hoffnung, dass Marjorie sich zusammenreißen würde, wenn ich dablieb, aber ihm muss eigentlich bewusst gewesen sein, dass das eine Illusion war. Außerdem eignete ich mich ganz und gar nicht als Sittenwächterin – selbst wenn ich es gewollt hätte, was nicht der Fall war. Ich mag zwar einige Fehler haben, aber eine Heuchlerin war ich nie. Außerdem war es vollkommen gleichgültig, ob ich blieb oder nicht. Marjorie würde sowieso tun und lassen, was sie wollte, daran gab es keinen Zweifel.

Marjorie verlor mir gegenüber weder damals noch später auch nur ein Wort über diesen Vorfall. Das überraschte mich nur so lange, bis mir aufging, dass sie die Sache zwischen Arthur und mir als weitere Rechtfertigung für ihr Verhalten gegenüber John Treece benutzte.

Es fällt leicht, die Fehler anderer zu verurteilen, aber wenn es um eigene Fehler geht, tut man sich damit ungleich schwerer. Wissen Sie, ich hätte Arthur erzählen sollen, welche Absichten Treece hegte. Oder Vera warnen sollen: »Sieh dich vor, du spielst mit dem Feuer.« Aber ich habe es nicht getan. Es war für Vera und Gerald kein Vergnügen, in Kriegszeiten aufzuwachsen, und ich dachte: Sie hat ihr kleines Geheimnis, was ist daran so schlimm? Sie erinnerte mich sehr an mich selbst, als ich in ihrem Alter war, daher meine Nachsicht. Das Problem war, dass es niemanden gab, der auf sie Acht gegeben hätte. Ich ahnte nichts Böses, und Marjorie zeigte ihr sowieso die kalte Schulter, weil sie Treece für sich allein haben wollte. Der einzige Mensch, der das arme Mädchen wirklich als *Kind* betrachtete, war Arthur, und Arthur war die meiste Zeit nicht da. Treece war nicht mein Typ, war mir zu schmuddelig, aber er sah gar nicht mal schlecht aus, und irgendwo musste Vera sich ein bisschen Zuwendung holen.

Ich habe die beiden zufällig ertappt. Es war im Sommer nach dem Streit wegen der Zeichnung. Ich hatte ein Engagement gehabt, doch die Tournee endete vorzeitig, weil eines der Theater bombardiert worden war, und ich fuhr für ein paar Wochen nach Broad Acres. Eines Nachmittags ging ich allein im Wald spazieren. Auf einer Lichtung stand eine kleine Hütte, in der manchmal die Jungen spielten. Als ich mich ihr näherte, hörte ich von drinnen leise Stimmen. Ich konnte nicht erkennen, wer in der Hütte war, vermutete aber, es seien ein paar der evakuierten Kinder. Deshalb schlich ich ans Fenster und wollte gerade an die Scheibe klopfen, um die Kinder ein bisschen zu erschrecken, als ich sah, dass Vera auf einem über den Boden gebreiteten Teppich saß und dabei war, sich die Schuhe auszuziehen. Von dort, wo ich stand, war nur ein Teil des Innenraums der Hütte zu überblicken, und ich dachte, sie sei allein, bis ich sie sagen hörte: »Soll ich alles ausziehen oder nur meinen Schlüpfer?«

Ei, ei, ei, dachte ich, hat die Kleine etwa einen Freund? Ich trat rasch hinter einen Baum, um nicht entdeckt zu werden, denn ich wollte nicht, dass sie glaubte, ich spioniere ihr nach. Kurz darauf sah ich, wie ein Mann an eines der Fenster trat und ein Stück Stoff als Vorhang befestigte. Ich konnte sein Gesicht nicht sehen und wollte auch nicht das Risiko eingehen, den Kopf vorzustrecken, doch als ich ihn lachen hörte, wusste ich sofort, wer er war: John Treece.

Ich war mir nicht sicher, was ich tun sollte. Ich überlegte, auf Zehenspitzen davonzuschleichen, hatte aber Angst, sie könnten mich hören, denn der Baum stand direkt neben der Hütte, und ich konnte sie sehr deutlich hören. Treece sagte in etwa: »Was für ein nettes Häufchen.« Er muss Veras Kleidung gemeint haben. Dann sagte er: »Hör auf, da rumzumachen. Das blutet sonst noch.«

»Keine Bange. Ich bin schon so weit. Siehst du.«

»Um Himmels willen ... Nimm die Finger da weg.« Treece hörte sich ungehalten an, und ich erinnere mich, dass ich dachte: Na, das verspricht ja sehr romantisch zu werden.

Gleich darauf hörte ich ein klatschendes Geräusch, als habe er ihr auf den Schenkel geschlagen, und ihre Stimme: »He!«

Ich schob meinen Kopf hinter dem Baum hervor und sah seine Umrisse im Fenster. Er zog sich das Hemd über den Kopf und war dann nicht mehr zu sehen. Wahrscheinlich hatte er sich zu Vera auf den Teppich gelegt, denn das Nächste, was ich hörte, war: »Mein kleiner Liebling ...«, und dann: »Keiner macht es beim ersten Mal großen Spaß.« Ich wollte nicht noch mehr mitbekommen, hatte jedoch nach wie vor Angst, sie könnten mich hören, weshalb ich mich für die nächstbeste Lösung entschied: Ich rutschte am Baumstamm nach unten, bis ich auf der Erde saß, und hielt mir die Ohren zu. Es folgten mehrere dumpf klatschende Geräusche, dann hörte ich, wie Vera »Aua!«, sagte. Es klang dermaßen kindlich, als hätte ein ungezogener Junge sie im Klassenzimmer an den Haaren gezogen, dass ich vorhatte, in die Hütte zu stürmen, um Treece zu sagen, er solle sie gefälligst in Ruhe lassen, doch als ich mich hochgestemmt hatte, dachte ich: Was soll's, es ist sowieso zu spät.

Ich habe keine Ahnung, wie viel Zeit verging, bis ich hörte, dass die Tür zur Hütte aufging, und dann stand Vera auf der Schwelle, vollständig bekleidet, samt Schulranzen. Sie sagte: »Ich muss jetzt nach Hause.« Völlig leidenschaftslos. Jemand, der nicht mitangehört hatte, was eben geschehen war, hätte bestimmt angenommen, Treece habe ihr Zeichenunterricht gegeben, nicht aber sie entjungfert. Er sagte: »Ich treff dich morgen hier zur selben Zeit, einverstanden?«

»Nein, das geht nicht. Aber am Freitag kann ich kommen.« Nach einer Pause fügte sie hinzu: »Wenn du magst.«

Treece sagte: »Ich werde da sein.« Und ich dachte: Klar wirst du das, du alter Lüstling. Vera reckte ihm ihr Gesicht entgegen wie ein Mädchen, das einen Gutenachtkuss haben will, bückte sich dann, um ihre Socken stramm zu ziehen, und lief davon, wobei ihr der Schulranzen gegen die Hüfte schlug. Mir versetzte es einen Stich ins Herz, ihren Schulranzen so hin und her hüpfen zu sehen und ihren Federkasten darin klappern zu hören, und als ich Treece auf der Lichtung stehen und ihr hinterherblicken sah, wäre ich am liebsten aufgesprungen, um ihm den Marsch zu blasen ... Aber ich habe es nicht getan. Ich hatte ein deutliches Bild von mir selbst in Veras Alter vor Augen, denn auch ich hatte in diesem Alter meinen ersten Liebhaber gehabt. Ich hatte gerade die Schule beendet und mein erstes Engagement am Theater bekommen, und ich fand es furchtbar aufregend, dass ich endlich eine richtige Frau war, dass ich *es* getan hatte und niemand außer ihm und mir etwas davon wusste. Die Erinnerung an das prickelnde Gefühl von damals stieg in mir hoch, und ich dachte: Ich werde ihr das nicht verderben.

So habe ich das in dem Moment gesehen. Doch als ich nun auf der Promenade saß und nach all den Jahren wieder darüber nachdachte, war mir, als würde mir das Herz im Leib zerspringen. Gerade noch hatte ich fröhlich mit Tiny geplaudert, doch dann ging mir auf einmal die ganze Geschichte mit Vera durch den Kopf, und im nächsten Augenblick war ich in Tränen aufgelöst. Ich sagte zu Tiny: »Kümmer dich nicht drum, mir geht's gleich wieder besser.« Aber natürlich nahm er mich in die Arme, und das machte alles nur noch schlimmer. Ich sagte: »Wenn ich dir erzählen würde, was ich getan habe, würdest du mich verabscheuen.«

Er antwortete: »Nein, würde ich nicht. Wie könnte ich dich verabscheuen? Du bist doch meine Freundin.«

»Ach, Tiny, du kannst dir gar nicht vorstellen …«

»Na, so schlimm wird's schon nicht sein.«

»Und ob.«

»Ach, Schätzchen …«

Als ich ihn anblickte, sah ich in seinen Augenwinkeln zwei dicke Tränen, die kurz davor waren, ihm übers Gesicht zu kullern. Ich sagte: »Fang du nicht auch noch an, sonst hören wir nie wieder damit auf.«

»Tut mir Leid.« Tiny betrachtete mich für einen Moment, bevor er sagte: »Mädel, du hättest heiraten sollen.«

»Wieso sagst du das?«

»Um einen Kameraden zu haben. Diese gewisse andere Sache ist ja sehr schön … Aber man braucht jemanden, mit dem man reden kann. Du hast mit vielem allein fertig werden müssen, stimmt's?«

»Ja, vermutlich … Von dieser Warte aus habe ich das noch nie betrachtet.« Es stimmte. Aber ich wusste nicht, was ich dazu sagen sollte. Was man noch nie hatte, das vermisst man auch nicht, oder? Ich habe immer vieles verdrängt. Doch das, was Tiny sagte, ließ mich plötzlich an meinen Vater denken. Bevor er krank wurde, hat er oft zu mir gesagt: »Das Leben ist kein Spiel, Tilly. Du musst es ernst nehmen.« Ich dachte dann immer: Wieso eigentlich? Man lebt nur einmal, also sollte man sich ruhig ordentlich amüsieren.

Tiny sagte: »Ich zeig dir was.« Er holte eine Kunststoffgeldbörse aus der Tasche. Darin steckte ein Foto, von einem Mann. »Dennis. Mein Freund. Er ist letzten Juni gestorben. Wir waren fast dreißig Jahre zusammen.«

»Er hat hübsche Augen.«

»Du hättest ihn gemocht. Er war ein bisschen älter als ich, aber nicht viel. Ich dachte immer, er wird ewig bei mir sein.« Er beugte sich hinunter, um den Hund zu streicheln, deshalb konnte ich sein Gesicht nicht sehen. »Wir haben uns beide ab und zu ein kleines Abenteuer gegönnt, aber ... Er fehlt mir.«

»Ach, Tiny, es tut mir so Leid.«

»Nein, es braucht dir nicht Leid zu tun, denn er war ja *da*, weißt du. Dreißig Jahre ein glückliches Paar ... Wir haben uns geliebt. Mehr kann man sich nicht wünschen. Und nun ist er fort. Weißt du was, ich stecke ihn besser wieder ein.« Er schob die kleine Geldbörse in seine Jackentasche zurück. »Oh, sieh mal, wie spät es schon ist. Komm, gib Tiny deine Handtasche.« Er nahm meine Puderdose heraus und drückte sie mir in die Hand.

»Wirf mal lieber einen Blick auf dein Gesicht, bevor wir aufbrechen, und leg ein bisschen Puder auf. Du willst doch sicher nicht wie eine verheulte alte Schachtel aussehen, oder?«

»Das mit dem ›alt‹ brauchst du gar nicht so zu betonen.«

Auf dem Rückweg erzählte Tiny mir einen lustigen Witz. Während des Kriegs sucht ein Bischof ein öffentliches Pissoir auf. Als er sich erleichtert, betrachtet er die Schmierereien rundherum an den Wänden, Hitler dies und Hitler jenes, und wendet sich daraufhin an seinen Nachbarn: »Was, um alles auf der Welt, hat das hier zu bedeuten, guter Mann?«

Der Kerl antwortet: »Ich sag dir, was das bedeutet, Kumpel. Es bedeutet, dass Hitler es gehörig besorgt kriegen will, nich mehr und nich weniger!«

»Du meine Güte«, sagt der Bischof daraufhin tonlos, »was wird dem Mann als Nächstes einfallen?«

Es ist ein bisschen traurig, wenn einem jemand einen guten Witz erzählt, und man hat niemanden, an den man ihn weitergeben kann. Ich würde mir wahrscheinlich eine Mordanklage einhandeln, wenn ich den Witz hier drin jemandem erzähle – deshalb setzte ich mich vor den Schminkspiegel und erzählte ihn mir selbst. Und bevor ich zu Bett ging, sagte ich noch ein kleines Gebet auf, um Gott zu danken, weil er mir einen so wundervollen Freund geschickt hat.

»Ihre Kaninchenpastete ist wirklich erstklassig, Mrs. Peak«, sagte Tom, und die Haushälterin errötete. Die beiden Jungen starrten auf den reich gedeckten Tisch vor ihnen: Schinkenbrote, die großzügig mit Senf bestrichen waren, hart gekochte Eier, Salat, Bananen, selbst gemachte Limonade und ein prächtiger Schokoladenkuchen. »Wo ist Jill?«, fragte Peter. »Wenn sie sich nicht beeilt, verpasst sie noch die erste Mahlzeit unserer Ferien.«

In diesem Moment kam die Mutter von Jill und Peter mit besorgter Miene ins Esszimmer. »Hallo, Tante Fenella«, sagte Tom, »stimmt irgendetwas nicht?«

»Ich frage mich bloß, wo Jill bleibt«, sagte Mrs. Johnson. »Sie ist mit Scruff spazieren gegangen, während ihr Mr. Brown mit dem Kaminholz geholfen habt. Es sieht ihr gar nicht ähnlich, zu spät zum Tee zu kommen.«

»Hoffentlich ist sie bald hier«, sagte Peter. »Wir wollen ihr erzählen, was wir für morgen geplant haben.«

»Wir haben vor, mit dem Fahrrad einen Ausflug in den Wald zu machen«, erklärte Tom.

»Und dort im Teich zu schwimmen«, sagte Peter. »Darauf freue ich mich am meisten!«

»Ach herrje«, sagte Mrs. Johnson, »habe ich euch das nicht erzählt?«

»Was meinst du, Mutter?«, fragte Peter.

»Seit einiger Zeit darf man nicht mehr in den Wald«, antwortete Mrs. Johnson. »Der berühmte Wissenschaftler Dr. Andrews hat Pendene House gemietet. Er führt im Auftrag der Regierung streng geheime Experimente im Wald durch, und niemand darf ihn dabei stören.«

»Pendene House – ist das nicht die große Villa oben auf dem Berg?«, fragte Tom.

»Ja, das stimmt«, antwortete die Haushälterin voller Unbehagen. »Groß und unheimlich. Ich würde dort nicht wohnen wollen.«

»Weißt du, was das für Experimente sind, Mutter?«, erkundigte sich Peter.

»Nein«, sagte Mrs. Johnson, »aber sie müssen sehr wichtig sein, denn das Wissenschaftsministerium hat ein paar Männer hergeschickt, die ihm helfen sollen, und sie haben überall Schilder mit der Aufschrift ›Zutritt verboten‹ aufgestellt.«

»Das klingt ja hochinteressant«, sagte Tom. »Ich würde später auch gerne Wissenschaftler sein. Und du, Peter?«

Noch ehe Peter antworten konnte, hörte man trippelnde Schritte aus dem Küchenflur, gefolgt von einem lauten Kläffen, und dann kam ein munterer Foxterrier ins Zimmer gestürmt.

»Scruff!«, rief Peter. »Wo warst du? Und wo ist Jill?«

»Also, wirklich – », hub Mrs. Johnson an, denn der Hund durfte eigentlich nicht ins Esszimmer. Aber dann verstummte sie verblüfft, weil der Hund sich nicht friedlich neben Peters Stuhl hinlegte, sondern winselnd an Peters Beinen schnüffelte und ihm eine Pfote aufs Knie legte.

»Was ist los, alter Knabe?«, sagte Peter. Scruff wich zurück, schüttelte sich energisch und begann zu kläffen. »Meine Güte, wieso machst du so einen Lärm!«

»Was hat er nur?«, fragte Mrs. Johnson, während der Hund wieder zu Peter lief, den Schnürsenkel von einem seiner Schuhe ins Maul nahm und mit aller Kraft daran zerrte.

»Er will uns etwas sagen«, meinte Tom. »Wirklich zu schade, dass du nicht sprechen kannst, mein Guter.«

»Vielleicht hat er Hunger«, sagte Mrs. Peak. »Aber, ich weiß nicht – Jill hat gerade erst vorhin für ihn einen großen Knochen vom Schlachter geholt.«

»Jill!«, rief Peter. »Das ist es! Er will uns etwas über Jill sagen!«

»Ich glaube, er will, dass wir ihm folgen«, sagte Tom. »Dürfen wir gehen, Tante Fenella?«

»Ja, das ist wohl das Beste«, antwortete Mrs. Johnson, die ganz blass geworden war. Scruff lief im Kreis um die Jungen herum und versuchte, sie zur Tür zu treiben. »Wuff, wuff, WUFF!« Sein Frauchen steckte in Schwierigkeiten! Warum beeilten die beiden sich denn nicht?

Ein dreifaches Hoch auf Tom!, 1945

Jo

Tja, was soll schon gewesen sein? Aber Spaß beiseite ... ich war vorher furchtbar nervös. Ich meine, es ist ja nicht etwa so, dass ich noch nie eine Verabredung mit einem Mann gehabt habe, aber die letzte ist schon eine Weile her. Ich habe seit Ewigkeiten niemanden mehr kennen gelernt, der mir wirklich gefiel, und Mel hat sich früher immer ein bisschen komisch aufgeführt, wenn ich mit jemandem ausgegangen bin. Vermutlich lag es daran, dass wir immer zu zweit waren, sie und ich, und sie Angst hatte, ein Fremder würde sich zwischen uns drängen. Seit ein paar Jahren ist das aber zum Glück besser geworden. Ich hab's ihr aber trotzdem nicht erzählt, habe nur gesagt, ich gehe in den Pub. Aber sie ist ja nicht auf den Kopf gefallen; andauernd fragte sie mich irgendetwas, wieso ich mir extra die Haare frisiere, wieso ich mein schickstes Top anziehe und so weiter. Ich meine, ich wollte eigentlich keine große Sache draus machen, aber dennoch hatte ich echte Panik wegen meiner Zellulitis. Als ich im Bad war, kam Mel rein, und ich hab gemeint: »Guck dir mal meinen Po an, wie sieht der aus?« Sie seufzte: »Mum, bit-te ...«, während ich auf dem Klodeckel stand und versucht hab, mich von hinten im Spiegel zu sehen.

Ron ist mit mir in ein wirklich nettes Chinarestaurant gegangen, wo ich schon immer mal hinwollte, weil ich dort öfters vorbeikomme und es von außen toll aussieht. Drinnen gibt es einen kleinen Teich mit einer Fontäne und echten Fischen, und man muss über eine hübsche kleine Brücke gehen, um zu den Tischen zu gelangen. Ich wusste nicht, ob ich ihm anbieten sollte, die Hälfte zu bezahlen – manche Männer sind in dieser Hinsicht etwas merkwürdig, und ich wollte nicht, dass er glaubt, ich würde unbedingt erwarten, von ihm eingeladen zu werden. Aber als die Rechnung kam, schnappte er sie sich sofort, und da dachte ich, er wäre vielleicht beleidigt, wenn ich ihm anbieten würde, meinen Teil zu übernehmen; außerdem hatte er den Tisch bestellt und auch für uns das Essen ausgesucht. Also habe ich gar nichts gesagt, sondern bin mir kurzerhand die Nase pudern gegangen und habe ihm das Bezahlen überlassen, und ich glaube, das war ganz richtig so, denn er hat hinterher kein Wort darüber verloren. Er war wirklich sehr … irgendwie ein echter Gentleman, er hat zum Beispiel für mich den Stuhl unterm Tisch hervorgezogen, ehe ich mich hingesetzt habe. Ich hatte das Gefühl, dass uns die anderen Gäste beobachten … um die Wahrheit zu sagen, wir waren beide, glaube ich, ein bisschen verlegen, und die Tische standen ziemlich dicht beieinander, deshalb konnten alle mit anhören, was wir reden. Während wir auf das Essen warteten, erzählte er mir lang und breit die Geschichte, wie sein Vater ihren Fischwagen neu spritzen ließ und den Mann, der den Namen auf die Seitenwände malen sollte, beauftragt hat, darunter »Fangfrische Fische« zu schreiben. Sein Vater hat es ihm genau aufgeschrieben, aber der Typ hat das »r« vergessen und sich hinterher geweigert, den Fehler zu beheben, obwohl Rons Vater ausgerastet ist und gedroht hat, ihn zu verprügeln, deshalb heißt es also jetzt: »Ron & Son, fangfische Fische.« Ich fand das ziemlich komisch, nicht zuletzt, weil er es irgendwie so *trocken* erzählt hat, aber ich war mir nicht sicher, ob es lustig gemeint war, deshalb schaute ich auf mein Besteck hinunter, damit er mich nicht grinsen sah. Dann sagte er: »Fangfische Fische«, mit einer tiefen, leicht behämmert klingenden Stimme, also wusste ich, dass es okay war. Kurz darauf kam unser Essen, und er sagte: »Mach diesen Trick mit deiner Nase noch mal«, und das brachte dann *ihn* zum Lachen, und anschließend haben wir uns prima unterhalten.

Es war schön, aber während des gesamten Essens fragte er mich kein einziges Mal, ob ich später mit zu ihm kommen wollte. Als er um die Rechnung bat, dachte ich deshalb, vielleicht wollte er nur einen amüsanten Abend verbringen, vielleicht will er gar nichts von mir. Aber als ich mich draußen auf dem Bürgersteig für die Einladung bedankte, sagte er: »Hast du Lust, mit zu mir zu kommen?«

Ich dachte nur, worauf du dich verlassen kannst, denn er sah einfach toll aus mit seinen seidigen Haaren und seiner superschicken Lederjacke, aber ich sagte mir, *ruhig Blut, Mädchen!*

Dann fügte er jedoch hinzu: »Das einzige Problem ist – ich muss früh raus.«

Wer nichts wagt, dachte ich mir und sagte zu ihm: »Wie wär's, wenn wir zu mir gehen?« Das war kein Problem, denn ich hatte das Bett frisch bezogen, und die Wohnung war ausnahmsweise aufgeräumt.

Ron sagte: »Gute Idee, aber können wir uns ein Taxi nehmen? Mir hat nämlich heute Morgen jemand eine Kiste Schellfisch auf den Fuß fallen lassen, und das tut immer noch höllisch weh.«

Ich fing an zu lachen, ich konnte nicht anders. Ron wirkte ein bisschen gekränkt, deshalb sagte ich: »Hör mal, tut mir furchtbar Leid, aber irgendwie scheint es in deinem Leben andauernd um Fische zu gehen.«

»Ja, stimmt.« Er trat auf die Straße, um ein Taxi anzuhalten, und ich dachte, es wäre bei ihm so wie bei vielen anderen Männern, die total beleidigt sind, wenn man einen Witz über ihr Auto oder ihren Fußballverein macht, deshalb ging ich ihm nach, aber noch ehe ich etwas sagen konnte, meinte er: »Obwohl … manchmal geht's auch um die Wurst.« Dann kam ein

Taxi, und er winkte es heran, und als es anhielt, machte er mit einer Verbeugung die Tür auf und sagte: »Ein Bückling gefällig, gnä' Frau?«

Inzwischen lachten wir beide, und während wir einstiegen, meinte ich: »Na, du bist mir vielleicht ein toller Hecht.«

»Nein, eher ein Aal ... ein Zitteraal!«, und er fing an, mich zu kitzeln und sich mit mir zu balgen, und der Fahrer sagte: »Wohin soll's denn gehen, Leute?«

Während der ganzen Fahrt habe ich alle kleinen Fische aufgezählt, die ich kenne, zum Beispiel Sprotten und Sardinen, und er kam mir mit großen Fischen wie Wels und Schwertfisch, und so ging das weiter, bis wir bei mir zu Hause angekommen und in meinem Schlafzimmer gelandet waren.

Es war klasse – nicht nur, na ja, Sie wissen schon ... der Sex, sondern auch alles andere. Ich hatte mir wirklich große Sorge wegen meiner Zellulitis gemacht und mir vorgenommen, auf keinen Fall das Licht anzulassen, aber ich habe so viel gelacht, dass ich es völlig vergessen habe. Hinterher lagen wir dann da, und er nannte mir alle möglichen Fischnamen, die ich noch nie gehört hatte, und ich sagte: »Die hast du erfunden!«, und er antwortete: »Nein, hab ich nicht!«

Ich sagte: »Na schön, und was für ein Fisch bin ich?«

»Du bist ein ... Roter Knurrhahn.«

»So einer will ich aber nicht sein, der Name klingt ja schrecklich.«

»Wegen deiner Haarfarbe.«

»Meine Haare sind doch gar nicht richtig rot, sondern eher rötlichbraun. Und außerdem klingt mir Knurrhahn irgendwie zu ... knurrig.«

»Okay, dann bist du eben ein ... Papageifisch. Die sehen wirklich schön aus.«

»Schon besser. Solange ich kein Katzenhai bin.«

»Natürlich bist du das nicht. Übrigens sind die gar nicht so hässlich. Jedenfalls weniger hässlich als beispielsweise ein Petersfisch. Sie sind gefleckt.« Dann tauchte er unter die Bettdecke. »Vorsicht, hier kommt Flecki, der freche Katzenhai, und er hat's auf dich abgesehen!«

Am Ende habe ich bloß zwei Stunden geschlafen. Ron musste um halb vier aufstehen. Er hat sich zwar große Mühe gegeben, mich nicht aufzuwecken, aber das war kaum möglich, denn wir waren total verknäult. Ich tat so, als würde ich noch schlafen, denn ich fand es schön, ihm unbemerkt beim Anziehen zuzuschauen, aber dann bin ich doch aufgestanden und habe ihm eine Tasse Tee gekocht, und wir haben noch ein bisschen geplaudert. Als er weg war, hatte ich keine Lust, wieder ins Bett zu gehen, deshalb habe ich mir ein Schaumbad eingelassen, mich ins warme Wasser gelegt und an ihn gedacht.

Mir war klar, dass ich Karen anrufen musste, um ihr davon zu erzählen, aber ich habe es den ganzen Tag über immer wieder aufgeschoben, denn ich wollte es noch eine Weile für mich behalten, um das Gefühl auszukosten, das man nach der ersten Nacht mit jemand Neuem hat, und außerdem wär es gar nicht möglich gewesen, denn Gerald hatte eine wirklich merkwürdige Laune. Er hat ständig grundlos an mir rumgemäkelt, hat alle von mir bearbeiteten Bestellungen von meinem Schreibtisch genommen und noch mal überprüft, was zur Folge hatte, dass ich hinterher nichts mehr wiedergefunden habe. Gegen vier stand es mir bis hier, und ich wollte gerade rausgehen, um rasch eine Zigarette zu rauchen, als das Telefon klingelte. Karen war dran und legte sofort los: »Ich weiß, was du gestern getrieben hast.«

»Was? Woher?«

»Man hat dich gesehen. In einem Taxi. Zusammen mit Ron Russell.«

»Wer hat mich gesehen?«

»Donna. Sie hat mich gerade angerufen. Sie sagte, sie hätte euch gesehen, und ihr wart wild am Knutschen.«

»Tja, also …« Ich wusste nicht, was ich sage sollte, denn sie fragte: »Wie war's? Wie ist er denn so?«, und gleichzeitig kam Gerald herein und stellte sich dicht neben mich hin. Ich sagte: »Könnten Sie das bitte wiederholen?« und »Wann brauchen Sie die Sachen?«, weil ich so tun wollte, als sei ein Kunde am Apparat, und Karen antwortete: »Bist du jetzt völlig übergeschnappt oder was?« Ihre Stimme war so laut, dass er es wahrscheinlich gehört hat. Ich habe ihm gewinkt und mit den Lippen lautlos »Bin gleich fertig« geformt, aber er ist wie angewurzelt stehen geblieben und hat mich angestarrt, und ich wusste, er würde sich keinen Zentimeter vom Fleck bewegen, bis ich aufgelegt hatte. Karen fragte: »Was ist los? Ist jemand bei dir?«, denn sie ist manchmal ganz schön schwer von Kapee, also habe ich kurzerhand gesagt: »Ich sehe zu, was ich für Sie tun kann, und melde mich morgen wieder bei Ihnen«, und den Hörer aufgelegt. Natürlich stand er immer noch da. »Wer was das?«

»Ein Kunde mit einer Bestellung.«

Er sagte: »Aha«, als ob er mir nicht glaubte, aber ich hatte nicht vor, ihm die Wahrheit zu sagen. Denn es ist nicht etwa so, dass ich während der Arbeit andauernd Privatgespräche führe, und außerdem hatte Karen angerufen, also hat es die Firma keinen Penny gekostet. Und davon abgesehen ging es ihn auch überhaupt nichts an, also sagte ich: »Entschuldigen Sie mich bitte, ich muss auf die Toilette.« Das ist eine sichere Methode, ihn zum Schweigen zu bringen.

Um fünf Uhr habe ich fluchtartig das Büro verlassen, denn ich war furchtbar neugierig, ob Ron angerufen hatte, und ich wollte unbedingt vor Mel zu Hause sein, die angekündigt hatte, ihr Judokurs werde vielleicht ausfallen. Dummerweise verpasste ich den Bus um ein paar Sekunden, und als ich die Wohnung betrat, saß sie schon in der Küche. Sie hielt mir ein in Packpapier eingewickeltes Paket entgegen. Ich fragte: »Was ist das?«

»Keine Ahnung, aber es steht dein Name drauf. Es lag vor der Tür.«

Es sah aus wie von einem Schimpansen eingepackt, war kreuz und quer mit Unmengen von Klebeband bedeckt, deshalb habe ich zum Auspacken meine Nagelschere geholt. Drinnen war ein Plüschtier, ein großer blau-gelb gestreifter Fisch, und an seinem Kopf hing ein Kärtchen, auf dem »Lieber Papageifisch, die letzte Nacht war wunderschön, R.« stand, und darunter waren mehrere Küsse. Mel sagte: »Igitt. Hab ich's mir doch gedacht, dass du gestern gar nicht im Pub warst. Ach ja, auf dem Anrufbeantworter ist eine Nachricht für dich. Willst du sie dir anhören?«

Ich sagte: »Ja, gleich.« Ich versuchte, mir nicht anmerken zu lassen, wie sehr ich mich freute, aber Mel schien genau zu wissen, was los war. »Ich nehme an, du hast sie dir bereits angehört?«

»Schließlich hätte sie auch für mich sein können, oder? Allerdings kenne ich niemanden, der Ron heißt und am Telefon miaut. Ich dachte nur, das darf nicht wahr sein – Flecki, der freche Katzenhai. Du wirst ja ganz rot, Mum.«

»Ach, lass mich in Ruhe. Wie wär's, wenn du uns einen Tee kochst?« Ich ging ins Wohnzimmer – da ich befürchtete, Mel würde mir folgen, schloss ich mit Nachdruck die Tür hinter mir. Rons Nachricht war unheimlich nett. Nach Mels Bemerkung hatte ich mich auf etwas Unanständiges gefasst gemacht, aber er fragte mich bloß, ob ich Lust hätte, mich am Freitag mit ihm zu treffen. Ich sagte mir, ruf ihn am besten sofort an, ehe du noch ganz nervös deswegen wirst, und das tat ich dann auch. Wir haben uns im *Greyhound* verabredet. Anschließend sagte ich mir, du kannst es nicht länger aufschieben. Also ging ich zurück in die Küche, und Mels erste Bemerkung war: »Du hast nicht zufällig einen Mann kennen gelernt?«

Ihr Ton hörte sich leicht ironisch an, darum sagte ich: »Hättest du etwas dagegen, wenn es so wäre?«

»Nein! Du hättest es mir aber ruhig erzählen können. Sieht er gut aus?«

»Und ob.«

»Ganz bestimmt? Ich meine, er hat doch nicht etwa eine Glatze oder so?«

»Nein, er hat sogar eine Menge Haare.«

»Aber er gehört doch nicht etwa zu den Typen, die oben keine Haare haben und hinten einen Pferdeschwanz, oder? Das sieht nämlich total bescheuert aus.«

»Er sieht super aus.«

»Mum?«

»Was?«

»Hör mal, ich weiß, dass du es echt schwer hast, so allein mit mir. Wenn ich mir Sonalis Eltern angucke, die sind wie zwei gute Freunde, und du hast niemanden, deshalb ist für dich alles irgendwie komplizierter und … na, du weißt schon. Also, wenn er nett ist, ich meine, richtig nett, dann freut es mich für dich. Und ich finde, du bist eine tolle Mutter.«

»Oh, Mel …« Ich nahm sie in den Arm und drückte sie. Ich war unheimlich gerührt.

Sie drückte mich auch ein bisschen und sagte: »Ich schlage vor, du ziehst am Samstag das blaue Kleid an. Ich muss jetzt noch was für die Schule morgen fertig machen. Dein Tee ist übrigens inzwischen kalt.«

Ich stand nur da und dachte, sie ist wirklich ein liebes Mädchen. Wissen Sie, es ging mir nicht darum, dass ich mich irgendwie für eine besonders gute Mutter halte oder so, vielmehr war ich einfach stolz darauf, so jemanden als Tochter zu haben. Ich spürte, wie Tränen in mir aufstiegen, und ich dachte, geh dich besser schnell duschen, ehe du noch zu weinen anfängst. Den Fisch habe ich auf mein Bett gelegt. Wahrscheinlich halten Sie das für ziemlich blöd, aber ich habe das Kärtchen drangelassen.

Ich war so groggy, dass ich bei *Friends* vorm Fernseher eingeschlafen bin. Mel musste mich aufwecken, als sie reinkam, um mir Gute Nacht zu sagen. Ich hievte mich vom Sofa hoch und wollte mich selbst gerade auf den Weg ins Bett machen, als sie »Mu-hum?« sagte, in dem Ton, der typisch für sie ist, wenn sie etwas von mir will, deshalb sagte ich: »Ja-ha.«

»Ich hab dir doch neulich erzählt, dass ich glaube, dass mir jemand folgt. Weißt du, ich habe ihn gesehen. Von ganz nah, meine ich.«

»Was, heute?«

»Gestern Abend. Als ich auf dem Weg zu Oma war. Ich habe ihn an seinen Schritten sofort erkannt. Er war dicht hinter mir, aber ich habe mich nicht gefürchtet – jedenfalls nicht sehr, denn ich war schon bei Oma in der Straße und fast vor ihrem Haus, deshalb wusste ich, dass mir nichts passieren konnte. Na ja, ich hab mich also umgedreht, und da war dieser Mann und hat mich angestarrt.«

»Wie sah er aus?«

»Wie ein Mann eben. Ziemlich alt und ein bisschen bekloppt. Kein bisschen gefährlich oder so. Er hatte eine Plastiktüte dabei, die war irgendwie ausgebleicht, als hätte er sie in der Waschmaschine gewaschen. Und er hat sie nicht an den Griffen getragen, sondern oben mit der Hand zusammengequetscht.«

»Vergiss die Tasche, was war mit *ihm*?«
»Hmm, na ja ... du weißt schon.«
»Nein, Mel, das weiß ich *nicht*. Ist er groß?«
»Nein, mittelgroß, würd ich sagen.«
»Dick? Dünn?«
»Eher dick. Aber auch nicht richtig fett. Mollig.«
»Was ist mit seinem Gesicht?«
»Blass. Bekloppt – das hab ich doch schon gesagt. Aber er hat, glaube ich, nicht damit gerechnet, dass ich mich umdrehe, deshalb kann's sein, dass er sonst anders aussieht. Er hat irgendwie ein Mondgesicht. Aber es war schon ziemlich dunkel, deshalb konnte ich es nicht richtig erkennen.«
»Hat er irgendwas getan?«
»Meinst du, ob er mir sein ... Ding gezeigt hat? Nein, er ist bloß stehen geblieben, und ich bin dann gleich weitergegangen. Ich hab keine Schritte mehr von ihm gehört, aber ich habe mich auch nicht noch mal umgedreht. Ich war ja, wie gesagt, fast bei Oma vor der Tür.«
»Also, was ist, willst du, dass ich zur Polizei gehe?«
»Nein, es ist ja überhaupt nichts *passiert*. Aber ich sollte dir doch Bescheid sagen, wenn er wieder ... Ich meine, ich glaube nicht, dass er irgendwie *bösartig* ist. Ich wollte nur nicht, dass du denkst, ich habe das alles erfunden.«
»Oh, *Mel* ... natürlich glaube ich das nicht. Gerade deshalb bin ich ja der Meinung, wir sollten zur Polizei gehen.«
»*Nein,* Mum!« Inzwischen waren wir in meinem Schlafzimmer, und Mel saß in ihrem Morgenmantel auf dem Bett, spielte mit Rons Fisch herum und wirkte beunruhigt. Es war genauso wie letztes Mal, als sie mir erzählte, die anderen hätten alle gesagt, Tanya Perrin sei ein Flittchen, und ich deutlich merkte, wie nahe ihr das gegangen war. Das war schon eigenartig, denn sie hatte vorher nie darüber gesprochen, aber Mel

ist manchmal sehr in sich gekehrt. Es kommt vor, dass sie eine Ewigkeit über etwas nachdenkt und dann plötzlich, manchmal erst nach *Monaten*, mit der Sprache rausrückt und ich dann erst mal eine Weile brauche, bis ich ahne, wovon sie redet.

»Wieso nicht?«

»Ich will nicht, dass du dich aufregst, aber du hast mir gesagt, ich soll es dir erzählen, also hab ich's dir erzählt, okay? Ich finde es eigentlich nicht so wichtig.«

»Na schön, wenn du meinst, aber denk dran, Mel …«

»Ja, ich weiß, wenn ich ihn noch mal sehe, sage ich dir sofort Bescheid. Ich geh jetzt ins Bett. Reg dich nicht auf, okay?«

»Okay.«

Sie kam zu mir herüber und gab mir einen Kuss. »Gute Nacht, Mum.« Anschließend gab sie dem Papageifisch einen Kuss auf die Schnauze, sagte »Gute Nacht, *liebster* Papageifisch. Die letzte Nacht war wunder-wunderschön«, und lief laut kichernd in ihr Zimmer.

Natürlich habe ich anschließend senkrecht im Bett gesessen und mich gefragt: Was mache ich jetzt? Ich weiß, wieso Mel sagte, ich soll mich nicht aufregen, denn das erinnert mich daran, wie es war, als ich meiner Mutter wochenlang nichts von meiner Schwangerschaft erzählt habe, weil ich wusste, dass sie total ausrasten würde. Aber dieser Mann könnte ihr alles Mögliche antun – ich meine, es wäre für ihn ein Leichtes, sie ins Gebüsch zu zerren und … Er könnte sie umbringen. Er könnte – oh Gott, ich mag gar nicht darüber nachdenken. Denn wissen Sie, es könnte sein, dass es nur deshalb passieren wird, weil ich daran gedacht habe. Ich könnte schuld sein, dass es passiert. Ich weiß, das ist unsinnig, aber trotzdem … Allein schon bei dem Gedanken wird mir ganz übel.

Bestimmt werden Sie glauben, ich sei übergeschnappt, wenn Sie hören, was ich gleich sagen werde – aber als Mel mir erzählte, was passierte war, musste ich spontan an Gerald aus der Firma denken. Natürlich ist es hochgradig unwahrscheinlich, dass er es ist. Denn schließlich hat London – wie viele Einwohner? Zehn Millionen? Und ich weiß noch nicht einmal, ob Gerald hier in der Nähe wohnt. Wenn ich es mir recht überlege, weiß ich eigentlich gar nichts über ihn, außer dass er der Sohn von M. M. Haldane ist, und auch das habe ich nicht von ihm selbst erfahren, sondern von John, dem Lagerarbeiter.

Ich habe an ihn denken müssen, weil Mel sagte, der Mann habe ein Mondgesicht gehabt. Und wegen der Plastiktüte. Die Tüte, die Gerald immer dabeihat, sieht aus, als sei sie schon zehn Jahre alt. Außerdem hat Mel gesagt, er hat sie angestarrt – und Gerald glotzt ständig irgendjemanden an. Meistens mich. Manchmal, beispielsweise als ich heute Nachmittag mit Karen telefonierte, würde ich ihm am liebsten sagen, er soll sich gefälligst um seinen eigenen Kram kümmern, aber er ist schließlich mein Vorgesetzter, deshalb ... Ich könnte ohne weiteres herausfinden, wo er wohnt. Aber irgendwie kommt mir das etwas paranoid vor. Als würde ich jemanden ausspionieren. Ich bräuchte bloß im Adressenverzeichnis der Mitarbeiter nachzuschauen. Ich meine, wenn er weit weg wohnt, sagen wir mal in Catford, dann wird er sich wohl kaum abends hier in der Gegend herumtreiben, stimmt's? Vielleicht sollte ich Mel morgen sicherheitshalber zu Mum begleiten, ehe ich ausgehe. Ich werde Mum morgen anrufen und sie fragen, ob das okay ist.

Tilly

Von Veras Tod habe ich erst mit einer Woche Verspätung erfahren. Es war meine eigene Schuld, denn niemand wusste, wo ich war, und ich selbst habe nicht in Broad Acres angerufen.

Ich hatte einen ganz wunderbaren Mann kennen gelernt. Es war Ende Juni 1944, etwa sechs Wochen nach dem Vorfall in der Hütte, von dem ich bereits erzählt habe. Ich war danach wieder auf Tournee gegangen – ich hatte unheimliches Glück gehabt, ein Engagement zu bekommen, denn viele Theatertruppen hatten sich aufgelöst – und war mit einem Nachtzug auf der Rückreise nach London. Es war entsetzlich: ein Dritter-Klasse-Waggon voller Soldaten, und es ging nur sehr langsam voran. Ich hatte keinen Sitzplatz ergattern können, und bei jedem Halt drängten noch mehr Soldaten herein. Im Waggon sah man wegen der Verdunkelung die Hand vor Augen nicht, und immer wieder drängten sich verschwitzte Männer an mir vorbei und traten mir auf die Füße.

»Passen Sie doch auf!«

»Vorsicht, ihr Flegel, es ist eine Dame unter uns.«

»Achtung, wir halten wieder.«

»Wo sind wir?«

»Woher soll ich das wissen, verdammt noch mal? Hat jemand 'ne Kippe für mich?«

Einer der Soldaten gab ihm Feuer. Im Licht des Streichholzes konnte ich auf einmal die Gesichter derjenigen erkennen, die mich umringten. Die meisten von ihnen waren, ihrem Atem nach zu schließen, angetrunken, und sie alberten herum – bis auf einen Mann, der reglos mitten zwischen ihnen stand. Er war mir aufgefallen, als das Streichholz brannte, er schien sich an den Späßen der anderen nicht zu beteiligen, und ich hörte ihn auch kein einziges Wort sagen. Jedes Mal, wenn jemand ein Streichholz anzündete, konnte ich einen kurzen Blick auf sein Gesicht werfen: sonnengebräunt und sehr gut aussehend, schwarze Haare und Schnurrbart, und es kam mir so vor, als starrte er mich an.

Es war eine lange Fahrt, an deren Ende ich mehr tot als lebendig aus dem Zug taumelte. Eine Folge war, dass der Nagel einer meiner großen Zehen schwarz anlief und ein paar Wochen später abfiel, doch zu dem Zeitpunkt kümmerte mich das kaum.

Da ich mehrere Bezugsscheine für Kleidung zusammengespart hatte, machte ich mich auf den Weg zu den Galeries Lafayette in der Regent Street, in der Hoffnung, dort etwas Passables zum Anziehen zu finden. Wie durch ein Wunder entdeckte ich ein Kleid, das mir gefiel, und spazierte deshalb anschließend beschwingt die Straße hinunter, als ich plötzlich das Gefühl hatte, dass mir jemand folgte. Nun, es war helllichter Tag, und ich war nicht beunruhigt, zumal ich sowieso selten Angst hatte, nicht einmal während der Verdunkelungen, aber trotzdem schaute ich mich um – nur ein unauffällig kurzer Blick, mehr nicht: Und was glauben Sie, wen ich sah – den Mann aus dem Zug! Ich schlenderte gemütlich weiter, blieb irgendwann vor einem Kino stehen und betrachtete die Bilder in den Schaukästen, um zu sehen, ob er ebenfalls anhielt. Nach etwa fünf Minuten beschlich mich der Gedanke, dass ich mich getäuscht hatte – er war schließlich deutlich jünger als ich. Zwar habe ich immer jünger ausgesehen, als ich war, aber damals war ich schon Mitte dreißig, und ihn hatte ich auf etwa fünfundzwanzig geschätzt. Ich dachte: Dann eben nicht! und wollte gerade aufbrechen und nach Hause gehen, als ich bemerkte, dass er an der Hauswand lehnte und etwas auf eine Postkarte kritzelte. Sobald er sah, dass ich ihn beobachtete, lief er auf mich zu, drückte mir die Karte in die Hand und rannte ohne ein Wort davon. Als ich sie umdrehte, stand dort in Großbuchstaben und mit Bleistift geschrieben: ICH BIN IN SIE VERLIEBT. ICH HEISSE JOE. ICH WARTE MORGEN UM 18.00 HIER AUF SIE.

Na so was! Eigentlich war ich am nächsten Abend mit einer Freundin verabredet, doch ich sagte ihr kurzerhand ab, und als ich am Kino eintraf, war er schon da. »Ich hatte nicht geglaubt, dass Sie kommen würden.«

»Wie Sie sehen, bin ich hier.«

»Normalerweise mache ich so etwas nicht, herumlungern und Postkarten schreiben.«

»Tja, und ich ignoriere normalerweise Einladungen von Männern, die herumlungern und Postkarten schreiben. Nein, das stimmt nicht ganz ... von ›normalerweise‹ kann nicht die Rede sein, denn so etwas ist mir noch nie passiert.«

»Womöglich könnte aber eine Gewohnheit draus werden.«

»Ja, und das macht mir echte Sorgen. Meine Mutter hat mich nämlich vor gewissen Männern gewarnt, aber so einen wie Sie hat sie nie erwähnt.«

»Einen Postkartenschreiber?«

»Genau. Und Herumlungerer.«

»Ich fand Sie im Zug einfach wunderschön.«

»Und jetzt?«

»Noch viel schöner. Wie heißen Sie?«

»Tilly.«

»Also, Tilly, wie sieht's aus? Darf ich Sie ins Kino einladen?«

»Deswegen sind wir doch hier, oder?«

Es war ein Gaumont-Kino, an den Film erinnere ich mich

allerdings nicht mehr. Wir gingen hinauf in die Loge – dort oben saßen immer nur wenig Leute, weil die Gefahr größer war, dass man bei einem Bombenangriff getroffen wurde, und die Menschen ängstigten sich damals, denn die Deutschen hatten angefangen, ihre V-1-Raketen herüberzuschicken. Aber es war der Ort, an den Männer ihre Mädchen ausführten, um mit ihnen allein zu sein, weshalb sich dort immer einiges an Geturtel abspielte und man im Dunkeln bisweilen merkwürdige Geräusche hörte ... Ich glaube, ich kannte den Film schon, oder er gefiel uns nicht besonders, jedenfalls fingen wir an zu plaudern, und alle rundherum waren mit wer weiß was beschäftigt, deshalb störte es sie offenbar nicht, dass wir lachten und Zigaretten rauchten – damals war so etwas noch erlaubt –, und wir haben uns prima amüsiert. Ich nehme an, dass wir fast zwei Vorstellungen lang dort geblieben sind, denn es war ziemlich spät, als wir aus dem Kino kamen. Ich war gespannt, wie es weitergehen würde, denn er hatte bisher nicht mehr unternommen, als seinen Arm um mich zu legen. Er sagte: »Ich habe eine Woche Urlaub. Kann ich dich wiedersehen?«

»Tja, ich hab jedenfalls nicht vor wegzufahren.«

»Schön. Morgen also. Selber Ort, selbe Uhrzeit.«

»Du gehst wohl gern ins Kino, was?«

»Wir brauchen ja nicht reinzugehen, es ist nur ... Na ja, den Treffpunkt hier kann ich mir leicht merken.«

»Du könntest ihn dir auch auf eine Postkarte schreiben.«

»Die du hast, war meine letzte.«

Also kramte ich in meiner Handtasche nach einem Stück Papier, schrieb Joe und Tilly haben eine Verabredung darauf, fügte noch die Zeit, den Wochentag und die Adresse hinzu und gab ihm den Zettel. Er schaute ihn sich an, und weil ich merkte, dass er ein bisschen enttäuscht war, sagte ich: »Was ist los?«

»Auf meiner Nachricht stand noch was Persönliches.«

Ich sagte: »Ach so«, nahm ihm den Zettel wieder aus der Hand und schrieb VIELLEICHT DAUERT ES EINE GANZE WOCHE, BIS ICH MICH IN DICH VERLIEBT HABE darauf.

Joe las es und sagte: »Dann sollten wir uns wohl sicherheitshalber jeden Tag treffen.«

Am nächsten Abend gingen wir in ein Restaurant. Das Essen war nicht besonders, und als die Rechnung kam, hatte ich ein etwas ungutes Gefühl, weil ich wusste, dass Soldaten nicht viel Sold bekamen, aber Joe bestand darauf, mich einzuladen. Es goss wie aus Kübeln, als wir auf die Straße traten. Wir drückten uns in einen Hauseingang, weil wir hofften, es würde vielleicht bald aufhören – ziemlich optimistisch von uns, war es doch einer der regnerischsten Sommer, an die ich mich erinnern kann. Neben uns stand ein Ehepaar mit einem kleinen Mädchen, und wir unterhielten uns mit ihnen, als die Frau plötzlich rief: »Eine V-1!« Es war keine Zeit mehr, irgendwo Schutz zu suchen. Wir warfen uns einfach kreuz und quer übereinander in dem Hauseingang zu Boden. Die V-1-Raketen waren unbemannt, müssen Sie wissen, der Antrieb schaltete sich einfach irgendwann aus, das Ding fiel auf die Erde und – kawumm! Sie machten so ein tuckerndes Geräusch, wie ein Motorboot, dessen Maschine nicht ganz rund läuft … Wir hörten, wie dieses Ding immer näher kam, dann war es direkt über uns. Und dann schaltete sich der Antrieb aus. Daran kann ich mich am deutlichsten erinnern, an diese unvermittelte Stille, und man betete unwillkürlich: Bitte, Herr, mach, dass sie nicht auf mich herunterfällt, mach, dass sie nicht auf mich herunterfällt, oder etwas anderes in der Art – was natürlich sehr egoistisch war, denn die Folge wäre, dass es jemand anderen erwischte. Joe lag auf mir, der Vater des kleinen Mädchens lag auf ihm, ein großes Kuddelmuddel. Es folgten ein unglaublich lautes Krachen und ein Rattern, als würde jemand mit einem

Stock in einem Blecheimer hin und her schlagen, und wir spürten die Druckwelle im ganzen Körper. Joe rief: »Unten bleiben!«, und gleich darauf konnten wir vor lauter Rauch und Staub nichts mehr sehen. Als wir uns mühsam hochgerappelt hatten, sahen wir aus wie Kohlenträger, waren von Kopf bis Fuß voller Staub und Ruß. Man konnte nicht einmal bis zur anderen Straßenseite schauen, und bei jedem Schritt knirschten Glasscherben unter den Sohlen. Die andere Frau hatte eine große klaffende Schnittwunde auf der Wange. Wir sagten zu ihrem Mann, wir würden auf sie und das Kind aufpassen, während er Hilfe holte. Diese Frau wird mir ewig in Erinnerung bleiben, denn sie war wirklich tapfer. Wir halfen ihr, sich aufzusetzen und sich gegen einen Sandsack zu lehnen. Nach einer Weile machte ich mir Sorgen, denn sie hatte sich weder bewegt noch gesprochen. Also nahm ich ihre Hand und fragte sie, ob alles in Ordnung sei, was eine ziemlich blöde Frage war, denn das war eindeutig nicht der Fall. Das Blut floss nur so aus ihr heraus, lief über den Mantel, wo sich das Rot deutlich von dem hellen Staub abhob, doch sie – ich werde das nie vergessen – sagte zu mir: »Na, die Straße hat's ja ordentlich erwischt.«

Das Haus gegenüber war nur noch ein Schutthaufen. Ich glaube nicht, dass es in der Straße noch ein einziges heiles Fenster gab, und von den Vorhängen war nicht mehr übrig als ein paar kurze Fransen. Türen waren aus den Angeln gerissen worden, überall lagen Ziegelsteine herum, und Menschen schrien … Ein einziges Chaos.

Der Ehemann der Frau kam einige Zeit später zurück und brachte sie zu einer Erste-Hilfe-Station, denn die Besatzungen der Krankenwagen waren vollauf damit beschäftigt, jene Menschen zu versorgen, die man aus den Trümmern ausgrub. Es gab Männer, die nur für diese Arbeit zuständig waren, so genannte Räumkommandos, und es machte ihre Aufgabe natürlich nicht gerade leichter, dass es immer noch in Strömen regnete. Ich war ein bisschen benommen, und Joe wohl auch, denn wir standen an die fünf Minuten im Regen und versuchten, uns gegenseitig den Dreck von der Kleidung zu wischen. Dann sagte er etwas Albernes wie: »Schade, dass der Abend so Knall auf Fall zu Ende gehen musste«, und es war offensichtlich, dass er sich gleich verabschieden würde. Ich dachte nur: Das ist doch lächerlich. Also fasste ich mir ein Herz und sagte: »Warum kommst du nicht mit zu mir?«

»O nein, wo denkst du hin.«

Ich erwiderte: »Joe, wir sind gerade dem Tod knapp von der Schippe gesprungen und könnten beide ein Bad gut gebrauchen.«

Er sagte: »Na ja ... Dann zwinkerte er mir zu und meinte: »Du bist fest entschlossen, was?«

»Ja, und deshalb hat es keinen Sinn, sich zu zieren. Außerdem bin ich nicht gern mit dem Durchlauferhitzer allein.«

»Es ist vermutlich ein alter Durchlauferhitzer, oder?«

Ich sah ihm tief in die Augen und sagte: »Ja, ein stinkender alter Durchlauferhitzer. Ich habe eine Heidenangst vor ihm.«

»Tja«, meinte er da, »wenn das so ist, muss ich dir natürlich beistehen.«

Es war nicht Arthurs Wohnung. Ich teilte mir zu der Zeit eine Wohnung mit einer Schauspielerfreundin, Millicent Jones. Das mit dem Durchlauferhitzer stimmte natürlich nicht ganz, obwohl er immer einen unangenehmen Gasgeruch verströmte und man die Tür nicht offen lassen konnte, weil das Badezimmer vom Treppenhaus abging und einem deshalb zur Lüftung nur ein winzig kleines Fenster blieb, das sich zudem nur eine Handbreit öffnen ließ. Millie hatte eine Flasche Brandy auf den Tisch gestellt und einen Zettel dagegengelehnt, auf dem stand, ich könne mich bedienen, was wir dann auch taten.

Damit Sie gar nicht erst auf falsche Gedanken kommen, es war keineswegs so, dass wir uns zwischen Unmengen Schaum gegenübersaßen, so wie in einem Hollywoodfilm, denn es herrschte Krieg, falls Sie das vergessen haben. Zum einen war die Wanne nicht groß genug für zwei, zum anderen lud das Badezimmer nicht gerade zum langen Verweilen ein, denn es war dort bitter kalt und roch, wie schon erwähnt, nach Gas. Wenn Sie sich dann noch vergegenwärtigen, dass man das Wasser kaum mehr als zehn Zentimeter hoch einlaufen lassen durfte, werden Sie verstehen, dass das Ganze nicht viel mit Romantik zu tun hatte. Das Wasser war eine schwarze Brühe, als wir fertig waren, und wir sind danach auch nicht gleich ins Schlafzimmer gestürmt. Unsere Kleidung war völlig verdreckt, weshalb ich mir Millies Morgenmantel borgte und Joe meinen gab. Wir tranken noch ein Gläschen Brandy, und er spielte mir den Soldat im Schlafrock vor. Mit den Rüschen am Kragen und den langen behaarten Armen und Beinen, die aus dem Mantel herausragten, bot er einen wirklich komischen Anblick, und schon bald hielt ich mir den Bauch vor Lachen, allerdings spielte dabei auch der Brandy eine Rolle und die Freude, noch am Leben zu sein, denn manchmal haben solche Erlebnisse diese Wirkung.

Nach einer Weile machten wir es uns auf dem Wohnzimmerteppich gemütlich und plauderten, erzählten uns gegenseitig alles Mögliche, wie man das am Anfang eben so tut. Der Altersunterschied zwischen uns hatte mich zu Beginn sehr beschäftigt, doch schon bald hatte ich ihn vergessen. Ich erzählte Joe von meinem Vater und muss wohl sehr betroffen geklungen haben, denn er sagte: »Wenn du magst, erzähle ich dir auch etwas von meinem Vater.« Als ich meinte, dass ich es gerne hören würde, sagte er: »Bevor ich anfange, sollst du noch etwas wissen. Dass ich dich kennen gelernt habe, ist mit das Schönste, was mir je passiert ist, und nichts wird daran je etwas ändern können.«

Auf meine Frage, wie er das meine, antwortete er: »Vielleicht hast du ja kein Interesse mehr an mir, wenn du erst alles weißt.«

»Wenn ich was weiß?«

»Mein Vater war Hafenarbeiter.« Er sagte das ganz leise, als erwarte er, dass ich wegen der gesellschaftlichen Kluft, oder wie man das nennt, den Kontakt mit ihm sofort abbrechen würde. Weil ich wollte, dass er sich das sofort aus dem Kopf schlug, sagte ich: »Weißt du, Joe, selbst wenn dein Vater Zirkusclown wär', wär' mir das egal.«

»Bist du dir da sicher, denn ...« Daraufhin erzählte er mir die ganze Geschichte, wie er ein Stipendium fürs Gymnasium bekommen hatte und von den anderen Kindern dort in einem fort gehänselt worden war. Es sprudelte nur so aus ihm heraus, unaufhaltsam, und ich dachte: Er hat es noch nie jemandem erzählt. Von selbst wäre man auch nie darauf gekommen, denn er hatte seinen Akzent verändert, um sich seinen Mitschülern anzupassen, und sein Vater hatte geschimpft: »Was redest du denn so geschwollen, als hättst du 'ne Pflaume im Mund?« Er hatte sein Elternhaus so früh wie möglich verlassen, doch sein Vater war nach einem Unfall gelähmt gewesen und gestorben, bevor Joe die Möglichkeit gehabt hatte, sich mit ihm auszusöhnen. Mein Herz öffnete sich ihm mehr und mehr, denn ich selbst hatte mir all die Jahre vorgehalten, dass ich meinem Vater hätte beispringen müssen gegen meine Mutter, damals, nach seinem Nervenzusammenbruch, und auch, als er im Sterben lag. Der arme Joe, ich empfand tiefstes Mitgefühl für ihn.

Irgendwann wurde mir die Stimmung zu sentimental, also sagte ich: »Schluss mit dem Trübsinn. Weißt du was, ich erzähl dir mein peinlichstes Erlebnis überhaupt.« Also erzählte ich ihm diese Geschichte, teilweise wohl auch als eine Art Test, doch ohne Millies Brandy hätte ich mich garantiert nicht getraut, denn mir rollen sich heute noch die Fußnägel auf, wenn ich daran denke. Es passierte, als ich so ungefähr siebzehn war und eines meiner ersten Engagements hatte. Zurückhaltend war ich ja noch nie, aber die älteren Schauspieler und Schauspielerinnen der Truppe waren meine größten Idole, und ich hätte alles darum gegeben, so zu sein wie sie. Das Theater war in Manchester und meine Pensionswirtin eine echte Plaudertasche. Sie hatte mir die Geschichte vom Ältesten ihrer Freundin erzählt, der im Grand Hotel arbeitete, wo man einen neuen Speisesaal eingerichtet hatte mit Unmengen an austernfarbener Seide, mit französischen Möbeln und allem Schnickschnack. Jedenfalls hatte unsere Truppe ein neues Mitglied, einen Jungen etwa in meinem Alter, sehr schnuckelig, und ich war wild entschlossen, ihm zu zeigen, wie kultiviert ich war. Also erzählte ich ihm von diesem Speisesaal, als wäre ich dort gewesen, von den prächtigen Vorhängen und den Speisen und den Weinen: »Also, du musst *unbedingt* mal dort hingehen …« Der Junge sah wirklich beeindruckt aus, und ich fügte hinzu: »Außerdem sind die Möbel allesamt Lewis Cunt.«

Na, Sie können es sich ja vorstellen: *Totenstille*. Schlagartig drehten sich alle zu mir um. Der Junge scharrte betreten mit den Füßen. Ich wusste, dass ich etwas absolut Falsches gesagt hatte, aber mir war nicht klar, was, denn ich hatte nur wiedergegeben, was die Pensionswirtin zu mir gesagt und wie sie es ausgesprochen hatte, und ich war der Meinung gewesen, es handle sich um den Namen des Mannes, der die Stühle angefertigt hatte. Dass *cunt* »Fotze« bedeutet, wusste ich damals überhaupt nicht. Dann sagte jemand von den Älteren: »Ach so, du meinst *Louis Quinze* …«

Während ich redete, wurden Joes Augen groß wie Untertassen. Ich dachte: Jetzt habe ich es mir mit ihm verscherzt, ich hätte es ihm nicht erzählen dürfen, und ich war kurz davor, mich zu entschuldigen, weil ich so vulgär gewesen war, als Joe in schallendes Gelächter ausbrach. Ehrlich, ich befürchtete, er würde nie wieder aufhören – er hatte sich auf den Bauch gerollt und schlug mit der Hand auf den Boden wie ein Ringer, und die Tränen spritzen ihm regelrecht aus den Augen. Er sagte – das heißt, eigentlich stöhnte er es mehr: »Du meine Güte, ich kann nicht glauben, dass du das wirklich gesagt hast.«

»Aber ich hatte doch keine Ahnung, was das bedeutete. Und als es mir jemand erklärte, wäre ich vor Scham am liebsten im Boden versunken.«

»Aber nein, es ist klasse, ich habe schon seit Jahren nicht mehr so gelacht.«

Anschließend knutschten wir ein bisschen, und eines führte zum anderen, sodass ich schließlich sagte: »Komm, gehen wir ins Schlafzimmer.«

»In Ordnung, aber nur, wenn das Bett von deinem Freund Lewis stammt.«

»Sehr witzig. Ich hätte dir diese Geschichte niemals erzählen sollen. Das muss ich mir jetzt wohl bis in alle Ewigkeit anhören, was?«

»Wenn's nach mir geht, schon.« Joe hob mich auf seine Arme, als wäre er Rhett Butler in *Vom Winde verweht*.

Er war der beste Liebhaber, den ich je hatte. Wir trafen uns eine Woche lang jeden Tag, dann musste er wieder zurück zu seiner Einheit. Sie wurden nach Europa verlegt, denn kurz zuvor hatte die Landung in der Normandie stattgefunden, und die Truppen wurden dringend gebraucht, aber das war auch schon alles, was ich wusste. Als wir uns am Bahnhof verabschiedeten, hatte ich das unbestimmte Gefühl, ihn nie wiederzusehen – es war mehr als die übliche Besorgnis, eine bedrückend starke Vorahnung. Ich sagte: »Ich schick dir eine Postkarte«, denn das war zwischen uns zum Witz geworden, und er antwortete: »Was? Etwa so eine, wie du sie von mir bekommen hast?«

»Dafür brauche ich keine Postkarte. Ich liebe dich, Joe.« Damit drehte ich mich um und ging rasch davon, denn ich wollte nicht, dass er mich weinen sah.

Schon bald kam ein Brief von ihm, und ich dachte: Vielleicht sollte ich mir nicht so große Sorgen machen – schließlich zogen andauernd Männer an die Front und ließen Ehefrauen und Freundinnen zurück, und mit Sicherheit würde ein Großteil von ihnen zurückkehren. Mir war klar, dass Joe in Belgien war, doch aus seinem Brief erfuhr ich kaum mehr, als dass er sich furchtbar ärgerte, weil ihm die Zigaretten ausgegangen waren. Natürlich war es den Soldaten strengstens verboten, etwas Wichtiges zu schreiben, denn es konnte ja sein, dass die Briefe dem Feind in die Hände fielen. Ich erinnere mich aber an den Schluss seines Briefes: »Ich hoffe, dir gefällt die Farbe deiner Schlafzimmerdecke, denn du wirst sie dir oft anschauen müssen, wenn ich wieder bei dir bin. Und richte deinem Freund Lewis liebe Grüße von mir aus!« Als ich das las, musste ich lachen.

Er ist jedoch nie wieder bei mir gewesen. Ein paar Wochen später bekam ich Post von einem seiner Freunde. Joe hatte ihn offenbar gebeten, mir zu schreiben, falls ihm etwas zustoßen sollte. Ich hätte es sonst nie erfahren, da ich ja keine Familienangehörige war. Und zu dem Zeitpunkt, als ich den Brief bekam, wusste ich bereits, dass ich von Joe ein Kind erwartete.

Jo

Ich hatte keine Gelegenheit, Geralds Adresse zu überprüfen, denn er ist den ganzen Tag lang kaum einmal von seinem Schreibtisch aufgestanden. Er hat einen Riesenwirbel gemacht, weil ein großer Lkw voller ausgestopfter Tiere von einem Filmset zurückgekommen ist und ich beim Überprüfen der Ladung in der Lagerhalle festgestellt habe, dass ein Känguru fehlte. Als ich bei der Filmfirma anrief, sagte man mir, es sei verloren gegangen! Ich meine, wie kann ein ausgestopftes Känguru einfach so verloren gehen? Es ist ja nicht gerade besonders klein. Ich versuchte, die Angelegenheit zu regeln, ehe Gerald Wind davon bekam, aber natürlich hat er von meinem Teil des Telefongesprächs jedes Wort aufmerksam mitangehört, und kaum hatte ich aufgelegt, wollte er wissen: »Was fehlt denn? Was ist verloren gegangen?«

Als ich es ihm sagte, ist er fast an die Decke gegangen. »Wer war das? Diese Leute bekommen nie wieder etwas von uns geliehen!«

Ich sagte: »Dummerweise ist es einer unserer wichtigsten Kunden.«

Als ich wieder zu Hause war, habe ich meine Mum angerufen. Obwohl ich ihr nichts von Mels Verfolger erzählt habe, sagte sie, Colin könne sie um halb sieben abholen, das war für mich eine große Erleichterung. Ron wartete schon im Pub auf mich. Wir haben an der Bar ein Glas getrunken, und er amüsierte sich gerade köstlich über die Geschichte mit dem Känguru, als mir plötzlich ein Mann, der neben uns stand, auf die

Schulter tippte und sagte: »Entschuldigen Sie bitte, sind Sie Jo Farrell?«

Das war wirklich merkwürdig, denn als ich ein paar Minuten zuvor gehört hatte, wie er eine Bestellung aufgab, dachte ich, diese Stimme kennst du doch, aber ich konnte sie nicht einordnen. Ich sage also: »Ja, das bin ich«, und er sagt: »Tut mir Leid, aber ich habe zufällig mitgehört, was Sie eben erzählt haben, und ich dachte: Das muss Jo sein. Ich bin Paul Cosworth. Aus der Militärabteilung.«

Das war wirklich ein komischer Zufall. Seit ein paar Monaten telefoniere ich mindestens einmal die Woche mit ihm, um Bestellungen über irgendwelche Sachen aus dem Zweiten Weltkrieg an ihn weiterzuleiten, aber ich hatte keinen blassen Schimmer, wie er aussieht, weil ich noch nie drüben bei ihm war. Ich habe Ron und ihn einander vorgestellt, und wir haben einen freien Tisch ergattert, und nachdem wir eine Weile geplaudert haben, fragt Paul: »Wie kommst du eigentlich mit Gerald zurecht?«

»Frag bloß nicht.«

»So schlimm?«

Ron wollte daraufhin wissen, wer Gerald ist, und ich dachte mir, ich ziehe besser nicht allzu sehr über ihn her, denn das könnte ja irgendwie auf mich zurückfallen, aber Paul wusste etwas zu berichten, wovon ich gar keine Ahnung hatte, und zwar dass er sich seit Jahren Woche für Woche dieselben Musicals anguckt, und Ron meinte: »Bei dem ist wohl 'ne Schraube locker.«

Obwohl ich mir halbwegs sicher war, dass Gerald der Kerl ist, der Mel verfolgt, fand ich es ein bisschen übertrieben, dass Paul ihn beschrieben hat, als wäre er ein echter Spinner. Ich wollte ein gutes Wort für ihn einlegen, deshalb sagte ich: »Ach, er ist eigentlich ganz in Ordnung, bloß ein bisschen verschroben, mehr nicht.«

Ron meinte: »Na ja, solange er niemand was tut«, aber dann sagte Paul: »Ich habe einen Freund bei der Polizei, Steve heißt er, und der nimmt an, dass der gute alte Gerald ein Exhibitionist ist.«

»Das ist ein Scherz, oder?«

»Nein, ist es nicht. Steve hat erzählt, sie hätten ihn schon ein paar Mal verhaftet.«

»Wohnt Gerald eigentlich hier in der Gegend?«

»Ja, ich glaube schon. Er hat immer auf einer der Bänke bei der Schule gesessen und ... na, ihr wisst schon, seinen Schwanz rausgeholt.«

»Hat man ihn dabei erwischt?«

»Nicht in flagranti. Aber es gab immer wieder Beschwerden über einen Mann, der dort herumgelungert hat, und dann ist nicht weit davon entfernt ein Mädchen vergewaltigt worden.«

Mir wurde schlagartig flau im Magen. »Tanya Perrin?«

»Genau. Und im Zuge der Ermittlungen fiel der Verdacht irgendwann auch auf ihn.«

»Was – soll er das Mädchen vergewaltigt haben?«

»Das weiß ich nicht, aber sie glaubten, er habe etwas damit zu tun.«

»Hat man ihn angeklagt?«

»Nein, dafür war er zu schlau. Mein Freund Steve sagt, sie wären überzeugt gewesen, dass er es getan habe, sie hätten ihm aber nichts nachweisen können.«

»Gab es Zeugen?«

»Nein. Wie ich schon sagte, die Polizei hatte keine Beweise. Aber er kam letzte Woche zu mir in den Laden, während Steve zufällig da war, und als er ihn wiedererkannte, hat er sich in Windeseile verdrückt. Und Steve hat mir noch etwas erzählt – Geralds Schwester ist mit sechzehn umgekommen, kurz vor

Ende des Krieges, aber es war keine Bombe oder so. Sie wurde *ermordet.*«

Paul nickte zur Bekräftigung. Ich war völlig sprachlos. Ich konnte es kaum glauben.

»Hat man den Mörder gefunden?«, fragte Ron.

»Es war ein GI. *Angeblich.* Damals wurde man für so was noch aufgehängt, also wird man das nie endgültig klären können, aber es gibt einem doch zu denken, oder?«

»Wie alt ist er?«

»Wer, Gerald? Anfang sechzig, nehme ich an. Jo?«

»Wa- ja, stimmt, er geht demnächst in Rente.«

»Also, dann war er damals, wartet mal ...« Ron zählte mit Hilfe der Finger rückwärts. »... neunzehnhundertfünfundneunzig, fünfundachtzig, fünfundsiebzig ... so um die vierzehn. Höchstens fünfzehn. Ein bisschen jung, oder?«

»Nicht, wenn es bei ihm in der Familie liegt. Ich meine, vielleicht ist er ja als Kind missbraucht worden und hat dann später, als er etwas älter war, angefangen, dasselbe anderen anzutun ... Solche Menschen finden das ganz normal, oder? Die sind völlig verkorkst, krank im Kopf.«

Ron meinte: »Das kannst du laut sagen.«

»Soweit ich weiß, halten die das für ein Zeichen von Liebe.«

Ron stand auf. »Will jemand von euch noch was zu trinken?«

»Ja, für mich noch mal dasselbe.«

»Jo? Jo, ist mit dir alles in Ordnung? Du hast kaum einen Schluck getrunken.«

»Ja ... Bringst du mir bitte ein Mineralwasser mit?«

Ron ging zur Theke, und ich sagte zu Paul: »Du weißt doch, wer seine Mutter ist, oder?«

»Nein, aber wenn man ihn sich anschaut, dann muss sie ziemlichen Mist gebaut haben.«

»Sie war eine berühmte Kinderbuchautorin. M. M. Haldane.«

»Die Tom-Tyler-Bücher? Ich habe immer gedacht, die stammten von einem Mann.«

»Irrtum, Geralds Mutter hat sie geschrieben.«

»Nicht zu fassen!«

»Was ist nicht zu fassen?« Ron stellte die Gläser auf den Tisch.

Paul sagte: »Geralds Mutter war keine Geringere als M. M. Haldane.«

»Tom Tyler und seine Freunde?«

»Ganz genau. Merkwürdig, was?«

Paul fragte mich: »Woher weißt du das?«

»Von einem Kollegen in der Firma.«

»Bist du sicher, dass er dich nicht auf den Arm nehmen wollte? Ich meine, wenn sie seine Mutter war, müsste er doch eigentlich intelligent sein. Und außerdem reich. Jedenfalls kein mieser kleiner Sittenstrolch.«

Ich saß da und hörte zu, mein Magen krampfte sich zusammen, und ich dachte pausenlos: Soll ich es ihnen erzählen? Plötzlich schaute Ron mich an und fragte: »Geht's dir wirklich gut?«

»Nein, überhaupt nicht. Ich weiß nicht, was ich sagen soll. Es ist entsetzlich.«

»Ich weiß, Männer wie er sind der letzte Dreck. Ich finde es eine Zumutung, dass du mit ihm im selben Büro arbeiten musst.«

Paul sagte: »Ich verstehe, was du meinst, aber er hat es nur auf Kinder abgesehen, oder? Ich selber habe zwei, einen Jungen und ein Mädchen, und wenn denen etwas zustoßen würde, dann ...«

»Das ist ja gerade das Schlimme!« Ich war so in Panik, dass

ich nicht länger schweigen konnte. Die Geschichte über Mel und den Mann, der sie verfolgte, sprudelte nur so aus mir heraus. »Was soll ich denn jetzt machen? Als Mel mir erzählte, wie er aussieht, sah ich sofort Gerald vor mir, aber ich dachte, das kann nicht sein. Ich wusste nicht einmal, dass er hier in der Gegend wohnt. Ich habe ihn noch nie im Bus oder im Supermarkt getroffen, und auch nicht abends im Pub.«

»Ich glaube, solche Typen gehen nicht unter Leute«, sagte Paul. »Sie haben keine Freunde, zumindest nicht im üblichen Sinn. Sie treffen sich heimlich irgendwo, um sich an Fotos aufzugeilen und Informationen auszutauschen oder so. Und sie halten ständig nach Kindern Ausschau. Machen sich an sie ran, versuchen sie in die Finger zu kriegen.«

Ron sagte: »Dieser Kerl sollte nicht frei rumlaufen dürfen.«

»Das hab ich auch zu Steve gesagt: Man sollte ihn wegsperren, aber Steve meinte, das dürfen sie nicht. Sie dürfen so jemand nur vierundzwanzig Stunden lang festhalten, denn sonst geht das Gezeter los, von wegen Verletzung seiner Rechte und so.«

»*Seine* Rechte? Und was ist mit Mel? Hat sie denn keine Rechte? Was soll ich bloß tun? Er weiß bestimmt, wo wir wohnen – ich stehe nicht im Telefonbuch, aber es wäre ein Klacks für ihn, sich in der Firma meine Adresse zu besorgen. Ich hätte mir *seine* heute auch besorgt, wenn ich die Gelegenheit dazu gehabt hätte. Mein Gott, ich kann es immer noch nicht glauben, was soll ich bloß tun? Ich kann schließlich nicht rund um die Uhr auf sie aufpassen.« Ich konnte es wirklich nicht fassen. Ich meine, vor wenigen Minuten hatte ich noch ein gutes Wort für ihn eingelegt!

Wir sind dann nicht mehr essen gegangen. Ron und Paul waren klasse, wirklich mitfühlend. Ich habe mich auf die Toilette verzogen – ehrlich, mir war inzwischen so übel, dass ich glaubte, mich übergeben zu müssen, aber es war falscher Alarm, und als ich an den Tisch zurückkam, sagte Ron: »Wir haben uns was überlegt. Du suchst seine Adresse raus, und wir statten ihm dann einen Besuch ab und reden ein ernstes Wort mit ihm.«

Ich sagte zu Paul: »Aber er kennt dich doch, oder? Was ist, wenn er zur Polizei geht?«

»Keine Sorge, ich habe ja Steve.«

»Stimmt ... aber du hast gesagt, die Polizei hat nichts gegen ihn in der Hand.«

»Das ist vermutlich nur eine Frage der Zeit. Die Polizei kann erst aktiv werden, wenn er wirklich etwas getan hat, deshalb ist es unsere Aufgabe, ihn rechtzeitig davon abzuhalten. Überleg mal, Jo, selbst wenn er erwischt wird und man ihn verurteilt, bekommt er vielleicht sechs Monate, und anschließend kann er wieder tun und lassen, was er will. Das kotzt mich echt an.«

Ron sagte: »Es wird ihm eine Lehre sein. Wir werden ihn uns mal vorknöpfen.«

»Ja, wir sorgen dafür, dass ihm der Arsch gehörig auf Grundeis geht. Er wird deine Tochter anschließend garantiert nicht mehr belästigen.«

»Aber was ist, wenn er doch zur Polizei geht?«

»*Er*? Sehr unwahrscheinlich. Ich hab dir doch gesagt, kurz nachdem er Steve im Laden gesehen hatte, war er wie ein geölter Blitz durch die Tür hinaus. Er hatte es plötzlich furchtbar eilig.«

Ron sagte: »Und er wird wohl kaum zu den Bullen gehen und sagen: ›Diese beiden Männer haben gedroht, mir die Fresse zu polieren, wenn ich weiterhin kleinen Mädchen auflauere‹, oder?«

»Nein, wahrscheinlich nicht ...«

»Na also. Ich weiß, es klingt abgedroschen, aber solche Leute verstehen keine andere Sprache.«

Danach fühlte ich mich etwas besser – wenigstens war mir nicht mehr übel. Wir tranken noch ein Glas, und Paul erzählte uns von den Militärdekorationen, die er für den Jahrestag des Kriegsendes im Mai plant. Ich fragte mich, wie ich es aushalten soll, Gerald am Montag in der Firma zu begegnen, denn ich will nicht einmal auf demselben *Planeten* sein wie er, und im selben Büro schon gar nicht. Ich sagte zu Ron, dass ich ihn anrufe, sobald ich die Adresse herausgekriegt habe, und dann tauschten er und Paul ihre Telefonnummern aus. Er sagte: »Alles Weitere regeln wir unter uns. Je weniger du weißt, desto besser.«

Das war mir ganz recht, denn ich wollte, ehrlich gesagt, lieber nicht allzu viele Fragen stellen. Paul ist ein ziemlicher Schrank, und Ron ist auch nicht gerade ein Zwerg, aber sie hatten nur gesagt, sie würden ein ernstes Wort mit ihm reden, von verprügeln oder Ähnlichem war nicht die Rede gewesen. Es heißt immer, dass Männer wie Gerald Hilfe und Behandlung brauchen, und das ist ja auch schön und gut, aber wenn so einer hinter Ihrem Kind her wäre, dann würden Sie doch auch alles nur Erdenkliche tun, um es zu schützen. Ich weiß, man soll das Recht nicht in die eigene Hand nehmen, aber wie Paul schon sagte, die Polizei kann in diesem Fall nichts unternehmen, und deshalb bleibt uns nichts anderes übrig.

Gerald

Das Fiasko mit der Milch hat mich offen gestanden ziemlich mitgenommen, vor allem war ich von mir selbst enttäuscht. Mir fiel wieder ein, wie ich mich mit vierzehn gefühlt hatte, als ich zum Air Training Corps wollte, man mir dort aber sagte, ich sei nicht gut genug, und ich stattdessen zu den Home-Guard-Kadetten musste. Mutters Tom Tyler gehörte zum Air Corps – das Buch war im Jahr zuvor veröffentlicht worden, deshalb lag mir natürlich viel daran, und ich wusste, es war auch Jacks Wunsch, aber es hat nicht sollen sein. Es war im selben Jahr, in dem Vera ... ein paar Monate später muss es gewesen sein. Tag für Tag flogen amerikanische Bomber über unser Haus hinweg – ich weiß noch, wie Mutter sich beschwerte, sie könne wegen des Lärms nicht schreiben. Vera und ich zählten immer die Flugzeuge, die aufstiegen und später zum Stützpunkt zurückkehrten. Manchmal kamen nicht alle zurück, und das jagte Vera jedes Mal große Angst ein, denn sie kannte viele der Piloten. Mir passte es nicht, dass sie ihnen ständig schöne Augen machte, und ich fand, dass sich das nicht gehörte. Trotzdem mochte ich die Amerikaner – wir mochten sie alle, denn wir kannten sie vorher nur aus den Hollywood-Filmen. Wir dachten, sie wären alle groß, tapfer und reich, aber sie glaubten, sie könnten einfach zu uns kommen und sich benehmen, wie es ihnen gefiel, denn das geschieht, wenn Menschen maßlos werden. Die Wollust kann aus einem guten Menschen einen schlechten machen, so ist das bei Vera gewesen, und die Amerikaner haben das ausgenutzt.

Erics Bruder Charlie hat überall rumerzählt, dass sie mit mehreren Männern zusammen gewesen ist, und er hat sogar behauptet, er habe sie mit einem von ihnen in der Hütte gesehen. Ich habe ihn einen Lügner genannt und mich mit ihm geprügelt. Es war allerdings, wie ich zugeben muss, ein sehr kurzer Kampf – Charlie hat mich mit dem ersten Boxhieb k.o. geschlagen, denn er war ein Jahr älter und wesentlich stärker als ich. Ich wusste nicht, wie viel von dem, was er gesagt hatte, stimmte, aber ich wollte nicht, dass es stimmte, darum bin ich auf ihn losgegangen. Dann kam auch noch die Sache mit ihrer Schwangerschaft heraus. Mutter stritt es ab, obwohl sie doch hätte wissen müssen, dass ich früher oder später die Wahrheit erfahren würde. Ich verstehe, warum sie es geheim halten wollte, denn die Leute im Ort konnten ziemlich herzlos sein, sie machten Bemerkungen wie »Sie hat es nicht besser verdient«, und in der Schule sagten ein paar von den Jungen zu mir: »Deine Schwester war eine Hure.« Noch so jung, aber schon eine schmutzige Fantasie. Ich wusste damals gar nicht, was eine Hure ist, aber mir war klar, dass sie widerliche Dinge tut. Als ich etwas älter war, sind natürlich an gewissen Orten Frauen auf mich zugekommen und haben sich mir angeboten, und ich habe ihnen jedes Mal gesagt, sie sollen mich in Ruhe lassen, aber sie ließen sich nicht so leicht abweisen. Allesamt sexbesessen.

Ich muss aufhören, über diese Dinge nachzudenken, denn es entsteht dadurch ein Riesendurcheinander in meinem Kopf, und dann gerät alles außer Kontrolle. Es fällt mir schwer, aber ich muss damit aufhören, sonst kommt es mir vor, als sei die Welt ein einziges Chaos, in dem es nur um Sex geht, und dann weiß ich überhaupt nicht mehr, woran ich bin, und wenn ich bedenke, was Vera passiert ist, dann ist jeder Mensch in Gefahr. Darum habe ich mit dem Album für Melanie begonnen –

der Einfall kam mir aus heiterem Himmel. Und zufällig ist die Farbe des Einbands himmelblau. Ich bin in mehreren Läden gewesen und habe schließlich ein sehr schönes Album gefunden – das außerdem im Preis herabgesetzt war! Ich habe fünfzig Pence gespart, das war wirklich Glück. Gleich als ich es sah, wusste ich, dass es wie gemacht für meinen Zweck war, und ich muss sagen, dass sich meine Stimmung seitdem erheblich gebessert hat. Es bringt nichts, zu viel über die Vergangenheit nachzugrübeln. Ich weiß, Jack ist derselben Meinung, denn es ist mir in den letzten paar Tagen wieder gelungen, mit ihm zu sprechen, und er hat mich wirklich sehr aufgemuntert. Natürlich habe ich auch eine gewisse Verantwortung übernommen, das lässt sich nicht leugnen, aber ich bin froh, weil er weiß, dass ich ihn dieses Mal nicht enttäuschen werde. Positives Denken nennt man das. Man sollte sich stets bemühen, das Erfreuliche an einer Sache zu sehen.

Ich habe einige von mir selbst aufgenommene Fotos eingeklebt, eines von dem Haus in der Emneth Avenue 4 und ein paar Bilder von Melanie und ihren Freundinnen. Na ja, das stimmt nicht ganz, denn auf einem davon waren die Mädchen zu sehen, mit denen sie immer einkaufen geht, und die kommen mir nicht in mein Album, deshalb habe ich Melanie ausgeschnitten und den Rest weggeworfen. Es gibt auch ein hübsches Foto von ihr und der kleinen Inderin, wie sie zusammen eine Straße hinuntergehen. Die meisten Aufnahmen sind leider etwas verschwommen, aber ich bin schon froh, dass es mir überhaupt gelungen ist, sie zu machen. Ich ziehe wirklich den Hut vor den Geheimagenten, denn mir war bisher nicht klar, wie schwierig es ist, jemanden unbemerkt zu fotografieren. Ich überlege, ob ich mir eine Polaroidkamera kaufen soll – das würde eine Stange Geld kosten, aber ich glaube, es würde sich lohnen. Ich bräuchte mir keine Sorgen mehr zu machen, ob irgendein Trottel die Filme verschlampt, die ich in der Drogerie abgebe – das wäre ein großer Vorteil, denn die Leute, von denen man dort bedient wird, sehen immer so aus, als dösten sie vor sich hin. Als ich im Lokalteil der Zeitung einen Artikel über eine Ausstellung zum Jahrestag des Kriegsendes gesehen habe, die in Melanies Schule gezeigt wird, habe ich ihn auch eingeklebt. Ich fand das eine hübsche Ergänzung. Gewissermaßen eine Brücke zwischen Vergangenheit und Gegenwart. Ein spezielles Foto ist besonders gut gelungen, wenn ich das so sagen darf. Ich habe es gemacht, als sie in der Emneth Avenue um die Ecke bog. Auf der anderen Straßenseite ist eine Reihenhauszeile, die aber in der Mitte von einem schmalen Fußweg unterbrochen ist, der zur Hauptstraße führt. Ich habe keine Ahnung, wieso man diesen Weg überhaupt angelegt hat, aber er hat sich für mich in den letzten Wochen als sehr nützlich erwiesen. Am Ende steht nämlich ein großer Baum, hinter dem man sich gut verstecken kann. Komisch, ich bin bestimmt schon hundert Mal an der Stelle vorbeigegangen bin, ohne den Durchgang zu bemerken – dank meiner neuen Aufgabe achte ich viel mehr auf meine Umgebung –, und ich habe einen schönen Schnappschuss gemacht, eine Profilaufnahme. Man sieht ihr Gesicht, das Haar, das ihr in den Nacken fällt, und ihre Schultern. Ich habe es neben ein altes Foto von Vera geklebt, und ich hatte mich tatsächlich nicht getäuscht, denn die beiden sehen sich wirklich ähnlich. Meine Aufnahme ist in Farbe und die von Vera schwarzweiß, aber trotzdem …

Ich bin mir sicher, wenn kein Krieg gewesen wäre, hätte mehr über Vera in den Zeitungen gestanden. In der Gegend, in der wir wohnten, wurde natürlich viel darüber berichtet, aber ich meinte mehr die überregionalen Blätter. Dort beschäftigte man sich fast ausschließlich mit dem Kriegsgeschehen auf dem Festland und in Übersee. Außerdem herrschte Papierknappheit, deshalb bestand jede Ausgabe nur aus ein paar Seiten. Ganz anders als heutzutage! Ich lese regelmäßig Zeitung. Ich finde, man sollte Bescheid wissen, was in der Welt vor sich geht, aber manche Dinge ... ich hätte nichts dagegen, in dieser Sendung mit den Politikern aufzutreten, *Any Questions* oder wie die heißt. Ich würde denen gehörig die Meinung sagen. Es ist schon sonderbar, vor einer Woche war ich so niedergeschlagen, dass ich nicht einmal im Traum daran gedacht hätte, aber jetzt bin ich wieder obenauf. Sogar die Ankündigung von Jo, dass sie morgen wieder früher Feierabend machen will, konnte mir nicht die Stimmung verderben. Ich habe in letzter Zeit bei der Arbeit die Zügel etwas schleifen lassen, da ich mit so vielen anderen Dingen beschäftigt war, und angesichts der vielen zusätzlichen Bestellungen und der Nachlässigkeit der Lagerarbeiter, die andauernd irgendetwas an den falschen Platz zurückstellen, ist es höchste Zeit für eine kleine Inventur. Ich werde deshalb das übliche Sandwich und das Glas Milch vorbereiten, damit ein Imbiss bereitsteht, wenn ich spät von der Arbeit nach Hause komme.

Gerald, 1944

Freitag, 29. September
Die Polizisten waren wieder bei uns, um mit Mutter zu sprechen. Das ist ungerecht, denn ich will auch alles erfahren, aber sie haben mich rausgeschickt. Ich habe das Recht dazu, denn sie war meine Schwester, UND ICH HABE SIE GEFUNDEN, aber das ist ihnen egal.

Montag, 2. Oktober
Es gibt schon wieder Neuigkeiten, aber niemand erzählt mir etwas. Das ist ungerecht, denn ich bin doch kein Spion. Als ich von der Schule nach Hause kam, saß Mrs. Everett in der Küche, darum habe ich mein Glas Milch nach draußen auf die Treppe mitgenommen, denn ich weiß, dass sie und Mrs. Paddick nichts erzählen, wenn ich dabei bin. Mrs. Paddick hat zu Mrs. Everett gesagt, dass Eddie Veras Handtasche gestohlen hat und sie bei ihm gefunden wurde. Mrs. E. sagte: »Ich begreife nicht, warum er das getan hat. Die Yankees verdienen doch in einer Woche mehr als unsere Jungs in einem Monat.« Mrs. Paddick sagte: »Sie hat ihn bei einem Tanzabend auf dem Luftwaffenstützpunkt kennen gelernt, zu dem sie mit Beryl gegangen ist, die ist übrigens ein echtes Luder, wenn Sie mich fragen, und ich weiß wirklich nicht, was sich Mrs. Haxton dabei gedacht hat, es Vera zu erlauben.« Dann sagte sie: »Oh, das arme Lämmchen, ich hätte mit so etwas nie gerechnet.« Mrs. Everett sagte: »Mich wundert das überhaupt nicht. Diese Kerle sind ständig betrunken, gerade letzte Woche ist

wieder einer von ihren fabelhaften Jeeps bei uns in der Hecke gelandet.«

Mrs. Paddick sagte, Mutter hat zu ihr gesagt, wenigstens war es kein Neger, denn das hätte sie nicht ertragen, und Mrs. Everett sagte: »Das fände ich nicht so schlimm, einige von den schwarzen Jungen haben sehr gute Manieren.«

Dienstag, 3. Oktober

Ich habe mich wieder draußen vor die Küche gesetzt und Mrs. Paddick hat gesagt: »Die Polizei sollte sich mal mit diesem Mr. Treece unterhalten. Wenn Sie mich fragen, mit dem Mann stimmt etwas nicht.« Und Mrs. Everett sagte: »Er ist ein schmieriger Kerl.« Mrs. Paddick sagte: »Zeichenstunden!« Dann schnaubte sie und sagte: »Ich halte viel von Anstand und Sitte. Manche Leute wissen einfach nicht, was sich gehört.« Aber dann musste ich niesen und sie kam nachsehen, wer das war, und sagte: »Los, verschwinde.« Das sagen alle andauernd zu mir. Ich fand es komisch, was sie über Mr. Treece erzählt hat, denn er ist ein netter Mann. Er sagt immer so lustige Sachen.

Mittwoch, 4. Oktober

Mrs. Paddick sagte, die Polizei hat Eddie verhaftet. Mrs. Everett meinte zu ihr: »Endlich, das wurde aber auch Zeit.« Mrs. Paddick: »Na, wenn sie da mal den Richtigen haben.«

Donnerstag, 5. Oktober

Eric hat zu mir gesagt, ich darf mich mit ihm und Charlie und Johnny nach der Schule im Wald treffen. Ich bin hingegangen und Charlie hat gesagt, wir müssen zur Hütte, obwohl die Polizisten uns das verboten haben, aber als wir ankamen, war sie leer. Ich fragte Charlie, ob er die Sachen gestohlen hat, denn es lagen Decken und Kissen darin, aber er sagte, die Polizisten haben sie mitgenommen. Auf dem Boden war ein Fleck, und er sagte, das ist Blut, aber er hat gelogen, denn es war bloß Farbe. Ich wollte raus aus der Hütte, aber Charlie sagte, wir müssen noch bleiben. Er schob den Riegel vor die Tür, und ich dachte, er will mich verprügeln, weil ich gemeint habe, dass er ein Dieb ist, aber er sagte: »In der Nacht, in der deine Schwester umgebracht wurde, hat hier jemand geschlafen.« Ich fragte: »Woher weißt du das?“, und er sagte: »Weil ich es gesehen habe.« Ich fragte ihn, wer es war, und er sagte, er weiß das nicht, weil die Person in die Daunendecke eingewickelt war. ich sagte, das kann auch ein Stück Holz gewesen sein, denn diesen Trick hat Tom einmal in einem Buch benutzt, aber Charlie sagte, dafür war es zu dick, und dann sagte ich, wie konntest du das denn sehen, es war doch dunkel, und wir haben uns darüber gestritten, bis ich ihn gefragt habe, was er im Wald gemacht hat. Das wollte er mir nicht sagen, also hat er bestimmt gewildert. Er sagte: »Sie war mit all den Männern hier, mit denen sie es getrieben hat«, und dann habe ich ihn mit der Faust geschlagen und er hat mich mit der Faust geschlagen, und dann sind die drei weggerannt. Hinterher saß ich allein dort, und Mr. Treece kam und hat mich ausgeschimpft, weil ich in der Hütte war. Ich war wütend, deshalb sagte ich: »Die Polizisten haben gesagt, niemand darf hier sein«, und damit meinte ich IHN, und er sagte, er will dort arbeiten, aber er hatte überhaupt keine Farben bei sich, also hat er bestimmt nur rumgeschnüffelt.

Freitag, 6. Oktober
Ich habe versucht, ins Haus zu kommen, ohne dass jemand mich sieht, denn ich hatte mich geprügelt und mein Hemd war zerrissen, aber Mrs. Paddick war in der Diele und sie sagte:

»Was ist mit deinem Gesicht passiert?«, und sie hat sich schrecklich aufgeregt, weil ich verletzt war. Sie hat mir befohlen, mit ihr in die Küche zu gehen, und sie hat etwas auf die Wunde getan, und sie hat mich gefragt, ob ich mich wegen Vera geprügelt habe. Ich sagte, ja, und sie sagte: »Achte nicht auf das, was dieser Charlie erzählt.« Ich habe gar nicht erzählt, wer mich geschlagen hat, denn ich wollte nicht petzen, deshalb fragte ich: »Woher wissen Sie das?«, und sie sagte: »Das braucht dich nicht zu interessieren.« Alle benehmen sich immerzu so, als ob sie oberschlau sind und mehr taugen als ich, weil sie irgendein tolles Geheimnis haben, und das bin ich Leid, deshalb sagte ich: »Eric hat gesagt, Sie haben gesagt, Vera hatte von dem Amerikaner ein Baby im Bauch, aber das war gelogen.«
»Dann hat Eric heimlich gelauscht.«
»Aber Sie haben eine Lüge über Vera erzählt!«
Sie sagte leise: »Ich dachte, deine Mutter –« und hörte dann auf zu reden. Dann sagte sie: »Es war keine Lüge.«
Ich sagte zu ihr: »Ich habe alles aufgeschrieben, was Sie gesagt haben«, und sie sagte: »Wenn es dir hilft, Kleiner«, als ob ich ein Baby bin, das keine Ahnung hat. »Ich könnte den Polizisten zeigen, was sie gesagt haben.«
Mrs. Paddick sagte: »Aber die wissen es doch längst. Sie waren schließlich diejenigen, die es uns erzählt haben.«
Das ist wirklich schlimm, weil es bedeutet, dass es stimmt. Und es ist noch viel schlimmer.

Samstag, 7. Oktober
Mrs. Paddick ist bloß eine dumme alte Frau, die so tut, als ob sie alles weiß, aber sie weiß nicht, was Eric mir erzählt hat. Er hat an dem Abend Mutter draußen im Garten gesehen. Sie hat Sammy ausgeführt. Es war schon spät, und sie hat laut

mit Sammy geredet, weil er nicht mitkommen wollte. Sie musste ihn hinter sich herziehen. Erics Zimmer geht nach vorne raus, deshalb ist er aufgewacht. Ich sagte: »Warum ist sie mitten in der Nacht ausgegangen?« Er sagte: »Das weiß ich doch nicht.« Er sagte, sie ist die Straße hinunter gegangen und lange weggeblieben, aber er wusste nicht, wie lange, denn er hat sich wieder ins Bett gelegt.

Montag, 9. Oktober

Gestern gab es wieder Streit. Papa ist abends aus London gekommen, ohne dass wir es wussten. Eric und ich haben in der Küche gegessen, als ich ihn hörte. Ich bin gleich in die Diele gelaufen. Mutter zog gerade ihren Mantel an. Sie sagte: »Ich habe heute gar nicht mit dir gerechnet. Ich gehe noch mal kurz zu Johnny Treece und esse nachher auf meinem Zimmer.« Er war sauer, denn er sah ein bisschen aus wie Sammy, wenn er knurrt und dabei die Zähne zeigt. Er hielt sie an beiden Armen fest. »Du gehst nirgendwohin.« Sie sagte, entschuldige mich bitte, und wollte an ihm vorbei, aber er sagte: »Zieh den Mantel wieder aus.« Er brüllte mich an, ich soll in die Küche gehen, und ich gehorchte und machte die Tür hinter mir zu, aber ich hatte immer noch das Gefühl, gleich fliegt das Haus in die Luft. Er legte ihr die Hand auf den Rücken und schob sie ins Wohnzimmer, jedenfalls sah es so aus, aber genau weiß ich es nicht, denn ich konnte nur durch die kleine Scheibe in der Küchentür gucken, durch die alles ganz wellig aussieht.
Als wir aufgegessen hatten, sagte Eric, er geht zu Charlie. Ich fragte, darf ich mit, aber er sagte nein, deshalb bin ich nach oben gegangen. Jack war nicht da. Ich bin noch mehr allein als sonst, seit Vera nicht mehr da ist. Ich habe einmal zu Papa gesagt, es ist ungerecht, dass alle anderen Leute Geheimnisse haben, nur ich nicht, und er sagte, es ist kein Ge-

heimnis, wenn noch ein anderer davon weiß, sondern nur dann, wenn nur man selbst es weißt und es niemand erzählt. Ich verstand, was er meinte, aber das gefällt mir nicht. Eben ist unten ein Glas kaputtgegangen, deshalb nahm ich eine Tasse von der Fensterbank und warf sie an die Wand, und das klirrte laut, aber niemand ist gekommen. Ich könnte das ganze Zimmer kaputtmachen, und sie würden bloß sagen, verschwinde.

Dienstag, 10. Oktober
Mutter hat nicht mit uns gefrühstückt. Papa musste zu einer Versammlung vom Luftschutzamt fahren, und Mrs. Paddick und ich gingen mit ihm nach draußen und winkten ihm. Er war schon auf der Straße, als er den Rückwärtsgang einlegte und zurückkam und noch einmal auf Wiedersehen sagte, und er gab mir einfach so 10 Shilling. Wir gingen wieder ins Haus, und in dem Moment kam Mutter in ihrem Mantel nach unten und ging weg.
Ich weiß nicht, wieso ich diesen Gedanken hatte, vielleicht, weil ich mein Taschengeld nie von ihm bekommen habe, und 10 Shilling ist viel zu viel, und ich bekomme es immer am Samstag und nicht Dienstag. Und auf dem Rücksitz des Wagens ein Koffer, aber er sagte, er will nur zu einer Versammlung. Oder der Gedanke ist von Jack. Ich fragte also Mrs. Paddick, ob er wiederkommt, und sie sagte: »Ich weiß es nicht, mein Kleiner.« Dann holte sie eine Tafel Schokolade aus ihrer Schürze und sagte: »Ich wollte sie eigentlich für später aufbewahren, aber du kannst sie auch jetzt gleich haben.«

Jo

Ehrlich, ich weiß nicht, wie ich die letzten drei Tage überstanden habe. Den ganzen Tag saß Gerald mir gegenüber, und ich musste immerzu daran denken, was er getan hat, und innerlich schrie ich ihn an: »Sie mieses Schwein!«, und ich war mehrmals kurz davor, ihm offen ins Gesicht zu sagen, was ich von ihm halte. Eigentlich verabscheue ich Gewalt, aber ich hätte ihn am liebsten grün und blau geschlagen … doch stattdessen habe ich die nette Kollegin gespielt – ja, Gerald, in Ordnung, Gerald, danke, Gerald. Ich habe keine Ahnung, wie lang ich das noch durchhalte, es bringt mich um den Verstand.

Ron hat mich vom Pub nach Hause gebracht, und während ich im Minicar saß, zählte ich an den Fingern ab, was Mel in der nächsten Woche nach der Schule vorhaben würde. »Montag ist Judo, Dienstag geht sie zu meiner Mum – ich werd sie anrufen und fragen, ob Colin sie von der Schule abholen kann. Am Mittwoch hat sie einen Termin beim Zahnarzt, bleiben also nur noch –«

»Jo? Beruhig dich bitte ein bisschen, ja?«

»Das *kann* ich nicht!«

»Hör mal, wir haben abgemacht, dass wir niemandem davon erzählen, stimmt's? Paul und ich kümmern uns –«

»Ja, aber was ist, wenn ich seine Adresse nicht rauskriege? Wenn sie nicht auf der Liste steht? Es geht um *meine* Tochter, Ron, sie ist mein Ein und Alles, und wenn ihr etwas zustößt, dann –« Ich spürte, wie mir die Tränen kamen, aber ich war machtlos dagegen und fing prompt auf der Rückbank des Minicars an zu heulen, und Ron nahm mich in den Arm und sagte: »Ganz ruhig, es ist alles in Ordnung« und so weiter, aber ich hatte das Gefühl, nichts würde je wieder in Ordnung kommen.

Sonntagvormittag habe ich mich mit Mel zusammengesetzt, um mit ihr zu besprechen, was sie nach der Schule machen wird, und ich habe ihr eingeschärft, nirgends allein hinzugehen. Sie verdrehte genervt die Augen und sagte, ich soll mich abregen – aber ich glaube, sie hat begriffen, worum es mir ging. Den Plan von Paul und Ron habe ich natürlich mit keinem Wort erwähnt.

Am Montag habe ich dann in der Mitarbeiterliste nachgeschaut, während Gerald in der Lagerhalle war, und ich habe Ron auf seinem Handy angerufen, um ihm die Adresse durchzugeben. »Ich habe im Stadtplan nachgeschaut. Es ist nur eine halbe Meile von hier entfernt.«

»Ich fahr heute Abend dort vorbei und komme dann hinterher zu dir. Bist du zu Hause?«

»Ja, klar. Bei der Gelegenheit kannst du auch gleich Mel kennen lernen.«

»Prima. Ich melde mich vorher noch mal. Wahrscheinlich bin ich etwa um neun bei euch.«

Mich machte das alles halb wahnsinnig, ich konnte an nichts anderes mehr denken, deshalb bin ich, als ich zu Hause war, hektisch hin und her gelaufen, habe geputzt, gebügelt, nur um mich irgendwie abzulenken, aber um halb acht war ich kurz davor, die Wände hochzugehen, und Mel schaute mich misstrauisch an und fragte: »Was ist denn mit *dir* los?« Ich wusste, ich durfte es ihr nicht erzählen, aber ich wollte unbedingt mit jemandem darüber sprechen. Fast hätte ich es meiner Mum erzählt, als sie anrief, aber ich tat es nicht, denn ich dachte: Sie wird im Dreieck springen, und das ertrage ich nicht, und außerdem hat Ron ja gesagt, ich soll es für mich behalten.

Als Ron endlich vor der Tür stand, so gegen Viertel vor zehn, war ich das reinste Nervenbündel. »Wo warst du die ganze Zeit?«, fragte ich, aber er meinte nur: »Lass mich doch wenigstens rein.« Wir gingen also in die Küche, wo Mel schon auf uns wartete. Ich hatte ihr gesagt, dass er vorbeikommen würde, aber sie war eindeutig etwas verlegen.

Ron sagte zu ihr: »Du musst Mel sein. Wow, schicke Fingernägel!«, denn sie trug ihren grünen Nagellack.

»Danke. Mum findet die Farbe schrecklich.«

»Na toll. Habt ihr vor, euch gegen mich zu verbünden? Willst du was zu trinken, Ron?«

»Ich nehm ein Bier, wenn du eins hast.« Dann wandte er sich an Mel: »Zeig noch mal her.« Sie streckte ihm die Hände entgegen. »Doch, mir gefällt die Farbe. Sieht aus wie Aalsoße.«

»Wie was?«

»Das ist eine Soße aus der Brühe, in der man Aale gekocht hat. Man tut viel Petersilie rein, darum ist sie grün.«

»Igitt!«

»Schmeckt wirklich lecker. Fleischpastete mit Kartoffelbrei und Aalsoße, das haben die Leute früher viel gegessen.«

Ich sagte zu Ron: »Du hast wohl nichts als Aale im Kopf, was?«

Daraufhin schaute er mich mit einem schelmischen Grinsen an. »Ich habe euch ein paar mitgebracht.«

»Hast du nicht!« Ich war mir nicht sicher, ob er das ernst meinte.

»Hier drin.« Er hielt ein Plastiktüte hoch. »Sie leben noch. Aale schmecken frisch am besten.«

»Und was soll ich mit ihnen machen?«

»Die Haut abziehen.«

»Sehr witzig.«

»Es ist kinderleicht. Moment mal, ich zeig's dir. Man muss

aufpassen, denn die Biester sind glitschig und zappeln manchmal wie wild.« Er steckte seine Hand in die Tüte, und ich hätte schwören können, dass ich gesehen habe, wie sich drinnen etwas bewegte. Im Bruchteil einer Sekunde war ich draußen im Flur, und Mel ging hinterm Kühlschrank in Deckung und schrie: »Nein!«

Dann zog er seine Hand wieder heraus und hielt zwischen zwei Fingern eine Krabbe oder so was.

Ich sagte: »Du hast mich ganz schön reingelegt.«

»Eure Gesichter hättet ihr mal sehen sollen!«

»Ich wusste gar nicht, dass du so schnell rennen kannst, Mum.«

»Übrigens, ehe ich's vergesse – das sind Riesengarnelen. Wir haben sie heute Morgen frisch geholt. Wenn ihr sie in den Kühlschrank tut, sind sie morgen noch wunderbar.«

Mel fing an zu lachen. »Mum hatte bestimmt nicht vor, sie in eine Blumenvase zu stecken.« Das sollte wohl eine Anspielung darauf sein, dass Männer meistens einen Blumenstrauß mitbringen, und einen Moment lang befürchtete ich, Ron würde glauben, es wäre unhöflich von ihm, das nicht getan zu haben, aber er sagte: »Okay, nächstes Mal bringe ich Blumen mit. Für euch beide. Einverstanden?«, und Mel erwiderte postwendend: »Wahrscheinlich Seerosen.«

»Ja, warum nicht? Die würden jedenfalls gut zu deinen Aalnägeln passen.«

»Okay, ist ja schon gut, ich mach den Lack ab. Darf ich deinen Entferner nehmen?«

»Danke, dass du fragst.« Zu Ron sagte ich: »Normalerweise verzichtet sie darauf.«

»Bääh …« Mel streckte mir die Zunge raus, dann drehte sie sich zu Ron um und sagte sehr damenhaft: »Es war mir eine Freude.«

»Mir auch.«

Sobald sie weg war, sagte ich: »Was hast du herausgefunden?«

»Also, ich bin mit dem Wagen zu der Adresse gefahren.«

»Doch nicht mit dem Fischwagen? Was, wenn –«

»Nein, ich habe noch einen Lieferwagen.«

»*Und?*«

»Ich habe ihn ins Haus gehen sehen – aber es war noch eine Frau dort. Ich dachte, du hättest gesagt, er lebt allein.«

»Das habe ich auch angenommen. Er hat noch nie jemanden erwähnt. Er wird wohl kaum verheiratet sein, oder? Ich kann mir nicht vorstellen, dass ein …« Ich wollte das Wort nicht aussprechen. »Wie auch immer. Wenn ich mir überlege, was Paul von ihm erzählt hat – dass er sich immer wieder dieselben Musicals anguckt. Ich meine, welche Frau würde es mit so einem Mann aushalten?«

»Keine Ahnung … Für mich sah es so aus, als sei sie der ›Walross-Typ‹, wie mein Vater es immer nennt.«

»Vielleicht die Putzfrau.«

»Unmöglich. Es war neun Uhr abends, und sie saß vor dem Fernseher.«

»Dann eben seine Untermieterin.«

»Das schon eher. Oder seine Vermieterin. Aber egal, jedenfalls können wir ihm keinen Besuch abstatten, wenn außer ihm noch jemand im Haus ist.«

»Ich werde wahnsinnig. Was soll ich nur tun, Ron? Mir kommt es so vor, als breche alles über mir zusammen –«

»Warte mal. *Warte* mal. Wie wär's, wenn wir zu euch in die Firma kommen?«

»*Was?*«

»In der Abteilung, in der du arbeitest, seid ihr doch bloß zwei oder drei Leute, stimmt's?«

»Drei.«

»Du, Gerald ... und wer noch?«

»Neville. Er ist der Chef, aber er ist momentan im Urlaub. Mein Gott, das hatte ich völlig vergessen.«

»Also nur du und Gerald?«

»Ja, bis Ende der Woche.«

»Wann hast du normalerweise Feierabend?«

»Um fünf. Gerald auch. Die Lagerarbeiter gehen schon um halb fünf.«

»Gut. Das heißt, wenn du sagst, du musst früher gehen ... dann wäre unser spezieller Freund eine halbe Stunde lang allein in der Firma, oder?«

»Ja, aber –«

»Ist sonst noch jemand da? Wachmänner?«

»Nein, die kommen erst später. Und es ist kein firmeneigener Sicherheitsdienst, denn die Männer kontrollieren auch andere Gebäude. Aber ist das nicht zu riskant?«

Ron schüttelte den Kopf. »Das ist ein Klacks. Paul weiß doch bestimmt, wo wir hinmüssen.«

»Meinst du unser Büro? Ich weiß nicht. Ich habe ihn neulich im Pub zum ersten Mal gesehen, aber er müsste eigentlich schon öfters bei uns gewesen sein.«

»Okay. Ich rufe ihn gleich an. Welcher Tag?«

Ich entschied mich für Donnerstag, und dann sagte er, er wolle versuchen, Paul auf dessen Handy zu erreichen, und deshalb ging ich zu Mel. Die Tür war zu – sie telefonierte, und da sie garantiert mit Sonali redete, blieb ich stehen, um zu hören, ob sie etwas über Ron sagte. Ich weiß, es gehört sich wirklich nicht, die Gespräche der eigenen Tochter zu belauschen – aber ich hoffte so sehr, dass die beiden sich mögen. Ich habe praktisch den Atem angehalten, weil ich befürchtete, sie würde ihn einen Penner nennen, aber das tat sie nicht. Sie sagte gerade:

»Nein, ehrlich, er ist ganz okay ... Ich weiß, ich war auch echt überrascht ...« Dann muss Sonali sie gefragt haben, wie Ron aussieht, denn sie fuhr nach einer Pause fort: »Ach, gar nicht so schlecht. Hübsche Augen. Und seine Haare sehen ein bisschen aus wie die von Gary Barlow, aber blonder ... Egal, er ist irgendwie ... voll nett ... Was, von Null bis Zehn? Hmm, mindestens Sieben. Vielleicht sogar Siebeneinhalb.«

Ich weiß, es ist albern, aber ich habe tatsächlich »Ja!« gerufen – im Flüsterton natürlich – und die Faust in die Luft gestreckt. Filmschauspieler oder Popstars bekommen zwar manchmal eine Acht oder eine Neun von den beiden, aber den Jungs in der Schule oder irgendwelchen Männern, die sie kennen, geben sie normalerweise kaum mehr als eine Zwei – Siebeneinhalb war deshalb fantastisch. Und ich war auch wirklich froh, dass Ron sich nicht zu sehr ins Zeug gelegt hatte, nicht krampfhaft darauf aus gewesen war, sich bei Mel beliebt zu machen, denn ich finde es immer furchtbar peinlich, wenn ein Mann das tut und ich genau sehe, wie Mel denkt: Oh nein, so ein Schleimer ...

Dann streckte Ron den Kopf durch die Küchentür. Unsere Wohnung ist nicht sehr groß, müssen Sie wissen, und alle Zimmer gehen von dem kurzen Flur ab.

»Hast du ihn erreicht?«

»Ja. Donnerstag geht klar.«

»Was habt ihr –«

»Hör mal, Jo. Wir haben doch abgemacht, dass es besser ist, wenn du nicht zu viel darüber weißt.«

»Ja, ich weiß, aber –«

Ron schüttelte den Kopf. »Keine Sorge, wir werden ihn nicht gleich umbringen, obwohl ich große Lust dazu hätte. Du, Jo ...«, er umarmte mich, »... ich kann nicht hier bleiben, denn ich muss noch ein paar Dinge erledigen, aber ich rufe dich morgen an, okay?« Er ging rückwärts Richtung Tür und zog mich mehr oder weniger hinter sich her.

»Ja …«

»Mach nicht so ein besorgtes Gesicht!« Er klang richtig fröhlich. »Du wirst schon sehen, es wird alles klappen.« Dann gab er mir einen Kuss auf die Wange, rief über meinen Kopf hinweg: »Nacht, Mel! War schön, dich kennen zu lernen!«, ging zur Tür hinaus und lief pfeifend die Treppe hinunter. Kurz darauf kam Mel aus ihrem Zimmer. »Ach, ist er schon weg?« Sie klang ziemlich enttäuscht.

»Er muss morgens immer früh aufstehen.« Ich war ehrlich gesagt auch etwas enttäuscht. Er hatte zwar nicht gesagt, dass er über Nacht bleiben würde, aber … Ich weiß auch nicht, plötzlich hatte ich das Gefühl, nach Entschuldigungen für sein Verhalten zu suchen. Vermutlich war ich bloß ein bisschen gekränkt, weil er es plötzlich so eilig gehabt hatte.

Mel zuckte mit den Achseln. »Was soll's. Er ist in Ordnung. Für jemand, der so alt ist, finde ich ihn sogar irgendwie ganz süß.«

Wahrscheinlich lag es an der Sache mit Gerald, aber mir war total mulmig zu Mute.

»Mum? Was ist los?«

»Ach nichts.«

»Hattest du Angst, dass ich ihn nicht mag? Keine Sorge, ich finde ihn toll.«

»Ich bin froh, dass er dir gefällt. Komm jetzt, Schatz, du müsstest schon längst im Bett liegen.«

Es war erst halb elf, und ich war noch gar nicht müde, aber mir kam es plötzlich so vor, als sei der Abend vorbei, deshalb räumte ich noch kurz in der Küche auf und ging dann ebenfalls ins Bett. Das Buch, das ich gerade las, war zwar spannend, aber ich konnte mich nicht auf die Geschichte konzentrieren.

Einschlafen konnte ich jedoch auch nicht. Mir war, als nage etwas an mir – ich weiß nicht genau, was es war, irgend so ein komisches Gefühl, das ich einfach nicht loswurde.

Tilly

Ich verstehe bis heute nicht, wie das passieren konnte. Ich hatte jedes Mal ein Pessar benutzt, und Joe hatte natürlich Pariser – wie alle Soldaten –, sodass man doch hätte meinen sollen, dass ich mir keine Sorgen zu machen brauchte. Allerdings kursierten Gerüchte, die Regierung habe die Hersteller von Verhütungsmitteln angewiesen, einen gewissen Prozentsatz der Produktion mit Mängeln zu versehen, damit die Geburtenrate nicht sank. Ich halte das jedoch für unwahrscheinlich, denn man hatte ja nur Interesse an möglichst vielen ehelichen Kindern, nicht an den anderen, aber wer weiß? Wie dem auch sei, was hätten wir groß tun können? Die Dinger zuvor mit Wasser füllen? Eine bessere Methode, die Stimmung zu ruinieren, dürfte es kaum geben …

Das Kind auszutragen kam nicht infrage. So viel stand von Anfang an fest. Mehrere Wochen lang redete ich mir ein, die Natur würde auch ohne mein Zutun ihren Lauf nehmen, bis ich der Wahrheit ins Auge sah und mich mit Gin voll laufen ließ, in der Hoffnung, dadurch das Problem zu lösen. Ich war allein in der Wohnung und heulte mir wegen Joe die Augen aus. Als Millicent nach Hause kam, lag ich laut schnarchend auf dem Sofa und schlief mit der leeren Flasche im Arm meinen Rausch aus. »Du hast sie wie ein Baby gehalten«, bemerkte sie am nächsten Morgen, und natürlich fing ich da wieder zu heulen an, und ich erzählte ihr, in welcher Patsche ich steckte.

»Chinin« war ihr spontaner Kommentar. Sie kannte eine Frau, bei der es drei Mal gewirkt hatte und die darauf schwor.

Sie hatte die Tabletten in der Apotheke gekauft – man bekam sie ohne Rezept, fünfzig Stück kosteten sieben Shilling und sechs Pence –, sie zusammen mit Rizinusöl eingenommen, und es hatte prompt gewirkt. Wunderbar, dachte ich und marschierte am nächsten Tag in eine Apotheke, aber – ich hätte es ahnen müssen: ausverkauft. Die Armee hatte die gesamten Vorräte beschlagnahmt, und ich stand wieder ganz am Anfang.

Natürlich war allgemein bekannt, dass es Privatkliniken gab, die das Kind wegmachten und irgendeine andere Behandlung auf die Rechnung schrieben. Ich hatte sogar von einer Frau aus der Women's Auxiliary Air Force gehört, die von ihrer Dienststelle zu einer Abtreibung verdonnert worden war – ihr Mann war an der Front, und sie hatte eine Affäre mit ihrem Kommandeur gehabt. Und ich bin überzeugt, dass sie bei weitem nicht die Einzige war. Doch die Kliniken nahmen etwa fünfundsiebzig Pfund dafür, was für mich völlig unerschwinglich war. Am Ende fand Millicent für mich eine Engelmacherin. Sie hatte bei ihren Freundinnen herumgefragt – es gab viele Frauen, denen schon mal jemand in einer solchen Notlage geholfen hatte – und bekam den Namen einer gewissen Mrs. Pavey genannt. Ich habe keine Bedenken zu verraten, wie sie hieß, denn sie ist bestimmt längst tot, und außerdem ist es inzwischen legal. Man kann zu seinem Arzt gehen und sagen: »Ich will das Kind nicht haben«, und das war's. Ich behaupte keineswegs, dass es ein Zuckerschlecken ist, aber verglichen mit damals … Wie auch immer, die Frau hatte zwar keine medizinische Ausbildung, aber sie war schon etlichen Frauen behilflich gewesen, und Millie meinte, sie nehme nur zwei Pfund, was ziemlich genau dem Betrag entsprach, den ich mir leisten konnte. »Millie, du bist ein echter Schatz. Wo wohnt sie?«

»In Camden Town. Aber sie will zu dir kommen.«

»Was, hierher? Warum kann sie es nicht bei sich machen?«

»Wahrscheinlich, weil ihre Nachbarn dich sehen könnten.«

»Ja, aber *unsere* Nachbarn sehen sie doch auch, wenn sie zu uns kommt.«

»Schon, aber wenn bei ihr regelmäßig Frauen …« Millie wirkte mit einem Mal etwas betreten. »Es könnte jemand Verdacht schöpfen und … na ja, die Polizei könnte …«

»Die *Polizei*? Wieso? Verdammt noch mal, sie macht das doch nicht jede halbe Stunde bei einer anderen, oder? Und die Nachbarn könnten doch auch denken, dass sie den Frauen die Haare frisiert!«

»Ach, weißt du …« Millie stockte, und mir fiel auf, dass sie meinem Blick auswich.

»Was hat sie dir denn nun *wirklich* erzählt?«

»Ach … du solltest es wohl besser wissen. Sie meinte, wenn irgendwas … du weißt schon, schief läuft … dann …« Millie atmete tief durch, bevor sie hastig mit dem Rest herausrückte. »Sie sagte, sie könne es nicht riskieren, eventuell eine Leiche bei sich zu Hause zu haben.«

»Oh.«

Millie fuhr fort: »Du *musst* es ja nicht tun. Ich meine, du könntest es zur Adoption freigeben oder … na ja, und es gibt wahrscheinlich auch Männer, denen es nichts ausmachen würde …«

»Was für Männer? Und welcher Verrückte adoptiert mitten im Krieg ein Kind? Red keinen Unsinn, Millie. Joe wird nie mehr zurückkehren, und ich habe keine andere Wahl. Und selbst *wenn* er je zurückkäme … Ach, ich weiß nicht. Aber egal, er kommt sowieso nicht zurück.«

»Tut mir Leid. Ich hab nur gedacht, wenn wirklich das Risiko besteht … von dem Mrs. Pavey gesprochen hat …«

»Hör auf! Darüber will ich keine Sekunde nachdenken. Lass uns einfach … lass uns was trinken, Millie. Eigentlich solltest du mir sagen, dass ich mich zusammenreißen soll, und nicht umgekehrt.«

Millie ging noch einmal zu Mrs. Pavey. Die beiden verabredeten, dass sie zu uns in die Wohnung kommen würde. Aus irgendeinem Grund war das aber nicht sofort möglich. Zwischen dem Gespräch und dem vereinbarten Termin lagen mehrere Tage, und sie waren das reine Grauen. Ich bemühte mich, nicht an das Baby zu denken, aber natürlich war das unmöglich, und jedes Mal, *wenn* ich daran dachte, hatte ich wieder Joe vor Augen, und das war ... Selbst nach all den Jahren fällt es mir schwer, die Erinnerung an diese Tage zu ertragen. Außerdem hatte mir das, was Millie mir erzählt hatte, Angst eingejagt, zumal mir nicht so recht klar war, wie die Sache vor sich gehen würde. Natürlich hatte ich schon von Frauen gehört, die so was hatten machen lassen – nicht nur Schauspielerinnen, sondern auch Ehefrauen, die schon etliche Kinder hatten und nicht noch eines wollten, aber ich hatte keine Ahnung von den Einzelheiten. Ich wollte es möglichst schnell hinter mich bringen. Ich kann nicht behaupten, dass ich so etwas wie eine Verbindung zu dem Kind spürte – jedenfalls nicht im eigentlichen Sinn. Obwohl ich mehrmals ein und denselben Traum hatte. Es war merkwürdig, denn ich wusste, wo der Traum herrührte, er basierte auf einem Vorfall, den ich ein paar Jahre zuvor mitangesehen hatte, bei der ersten Welle deutscher Bombenangriffe, aber ich bin mir sicher, dass ich damals kein einziges Mal davon geträumt habe. Ein Kleinkind war aus einem Haus, das einen schweren Treffer abbekommen hatte, auf die Straße geschleudert worden, und durch den Aufprall war es ... aufgeplatzt. Die winzigen Innereien, die zerfetzt auf dem Boden lagen, und das Entsetzen, das mich bei dem Anblick ergriff ... die Erinnerung daran holte mich in diesem Traum wieder ein, aber dann wurde es völlig irreal, denn ich hockte neben dem Baby auf der Straße und bemühte mich krampfhaft, aus den Teilen des Körpers eine Art menschliches Puzzle zusammenzusetzen – aber es gelang mir nicht. Manche Teile sahen aus, als bestünden sie wie bei einem richtigen Puzzle aus dicker Pappe, andere wiederum waren echte Gliedmaßen aus Haut, Muskeln und Knochen, deshalb passten sie nicht zusammen, und wenn ich sie ansah, fiel mir auf, dass sie verdreckt waren oder die Zehennägel geschnitten werden mussten, und für mich stand zweifelsfrei fest, dass all dies nur geschah, weil ich nicht auf das Kind Acht gegeben hatte, dass es deshalb in so einem Zustand war und ich es nicht retten konnte.

Millie war sehr lieb zu mir – ich weckte sie nachts andauernd auf, denn wir schliefen während der Bombenangriffe dicht nebeneinander im Keller, und sie nahm mich dann immer in den Arm. Sie war mir die beste Freundin, die ich mir wünschen konnte, doch ich bemerkte, dass sie immer nervöser wurde. Wieder und wieder fragte sie mich: »Was ist, wenn etwas schief geht?«

Ich sagte: »Weißt du, du brauchst nicht hier zu sein, wenn die Frau kommt.«

Sie reagierte darauf jedes Mal sehr heftig und sagte: »Aber ich kann dich doch nicht allein lassen.«

Ich erwiderte: »Es ist besser so. Sollte wirklich etwas schief gehen, hängst du nicht mit drin. Du kannst behaupten, du hättest keine Ahnung gehabt.«

Ich war fest entschlossen, mir nicht anmerken zu lassen, wie sehr ich mich ängstigte. Sie willigte schließlich ein und ging, als es so weit war, zu ihrer Schicht beim Women's Royal Voluntary Service, während ich zu Hause blieb und auf das Eintreffen der Frau wartete. Ich war dermaßen mit den Nerven runter, dass ich zusammenzuckte, als es klingelte.

Sie war eine füllige ältere Frau mit rundem Gesicht, umrahmt von straff sitzenden, fettigen grauen Locken. Sie wirkte gleichzeitig freundlich und resolut, ähnlich wie die meisten Krankenschwestern. Ich weiß noch, dass ich auf ihre Tasche starrte und mich fragte, was da wohl drin war.

»Würden Sie mich bitte reinlassen? Ich habe nicht vor, den ganzen Tag hier draußen stehen zu bleiben.« Sie drängte sich an mir vorbei in den Flur.

»Ach so, ja, natürlich. Mrs. Pavey?«

»Genau. Und Sie sind vermutlich Mrs. Haldane.«

Ohne nachzudenken sagte ich: »Nein, Miss Haldane.«

Als sie das hörte, veränderte sich ihre Miene deutlich. »Ach *so.*« Sie verzog das Gesicht, als wäre sie gerade in einen Hundehaufen getreten. »Das hat mir Ihre Freundin nicht gesagt. Bei unverheirateten Frauen mache ich so etwas eigentlich nicht. Das gehört sich nicht, finde ich.«

Wäre ich nicht so verzweifelt gewesen, hätte ich sie mir garantiert vorgeknöpft und ihr etwas vom Glashaus und den Steinen erzählt, aber so, wie die Dinge lagen, griff ich zu einer Notlüge. »Er war Soldat. Wir waren verlobt.« Ich trug einen hübschen Ring mit einem blauen Stein, ein Geschenk von Arthur, und ich hob die Hand, um ihn ihr zu zeigen.

»Ist er gefallen?«

Ich nickte. »Er hat es nicht mehr erfahren.«

Sie schaute immer noch ein wenig argwöhnisch drein – ich habe Ihnen ja bereits erzählt, dass ich jünger wirkte, als ich war, aber ich sah eindeutig nicht wie ein unschuldiges Mädchen aus, und mir kam der Gedanke, dass sie mich vielleicht für eine Prostituierte hielt. »Bitte helfen Sie mir.«

Einen Moment lang fürchtete ich, sie könnte sich weigern, doch ihre Gesichtszüge entspannten sich, und sie sagte: »Ich weiß nicht. Wieso haben Sie ihn bereits vor der Hochzeit rangelassen? Schon schlimm genug, dass man es hinterher tun muss.« Offenbar hatte sie meine Verzweiflung erkannt, denn sie sagte: »Ich werde Ihnen helfen. Aber Sie verraten niemandem, was ich getan habe und wie ich heiße. Ist das klar? Niemandem.«

Ich versprach ihr, keiner Menschenseele etwas zu erzählen, worauf sie sagte: »Also gut, holen Sie ein Handtuch und breiten Sie es auf dem Bett aus. Dann machen Sie sich untenherum frei und legen sich hin.«

Die Wohnung war nicht groß. Ich hörte, wie sie in der Küche hin und her lief und den Wasserhahn aufdrehte. Als sie ins Schlafzimmer kam, trug sie eines von Millies Tabletts. Darauf stand eine Schüssel voll Wasser. Karbolgeruch breitete sich aus, und ich weiß noch, wie ich dachte: Was immer sie gleich tun wird, wenigstens wird es dabei hygienisch zugehen.

Sie kniete am Fußende des Betts nieder. Ich lag auf dem Rücken, hob dann aber den Kopf und sah, wie sie ihre Tasche öffnete und einen schwarzen Gummischlauch hervorholte, der sich in der Mitte zu einem Ballon weitete und an einem Ende eine Tülle hatte. »Es kann doch nichts passieren, oder?«

»Tja, Liebes, es ist ja schon was passiert, und das geht auf Ihre Kappe, oder? Aber bei mir hat's noch nie eine Panne gegeben, und ich wüsste nicht, warum es ausgerechnet bei Ihnen eine geben sollte.«

Ich setzte mich auf. »Was meinen Sie mit Panne?« »Na ja, ein gewisses Risiko ist immer dabei. Wissen Sie, wenn Luft mit reinkommt, dann könnte es für Sie unangenehm werden ... Aber ich weiß genau, was ich tue, und ich koche die Sachen vorher immer aus, damit sie auch sauber sind.«

»Aber ...«

»Was ist, junge Frau, soll ich's tun oder nicht? Wenn nicht, bin ich umsonst quer durch London gefahren, und ...«

»Ja! Ja, fangen Sie an. Tun Sie … weswegen Sie hergekommen sind. Entschuldigung.«

»Vertrauen Sie mir. Wenn ich Sie wäre, Liebes, würde ich die Augen zumachen«, sagte sie glucksend, »und an England denken.«

Ich konnte an nichts anderes denken als an Joe. Mrs. Pavey schob dieses Ding mit dem Seifenwasser drin in mich hinein, und obwohl es wehtat, war es nicht so schlimm wie befürchtet. Um ehrlich zu sein, war ich sogar erleichtert, dass es weder ein Haken noch ein Stück Baumrinde noch eines der anderen Dinge war, die ich mir ausgemalt hatte, nichts, das mich innerlich verletzten konnte, denn ich hatte alle möglichen Geschichten gehört … Danach sagte sie: »So, das müsste reichen.« Sie riet mir, mich eine Weile nicht zu bewegen, und machte alles sauber. Sie wollte offenbar so schnell wie möglich weg, noch bevor es losging. Da ich mein Portemonnaie mit dem abgezählten Geld neben dem Bett bereitgelegt hatte, brauchte ich nur die Hand auszustrecken und konnte Mrs. Pavey das Geld in die Hand schütten. Ich weiß noch, dass sie fragte, ob ich statt der vielen Münzen Scheine hätte. Dann sagte sie: »Ich finde allein hinaus. Und denken Sie dran: Falls Sie ins Krankenhaus müssen, kennen Sie mich nicht, und ich kenne Sie nicht.«

Ich habe keine Ahnung, wie lange ich dalag, aber ich erinnere mich, dass ich mich auf die linke Seite drehte und die Knie anzog, weil ich Schmerzen bekam. Ich spürte, wie mir Tränen über die Nase liefen und dass sich auf dem Kissen bereits ein feuchter Fleck ausgebreitet hatte. Zuerst tat sich gar nichts, ich spürte nur einen Schmerz – keinen scharfen, sondern eine Art Krampfen tief in meinem Innern. Eigentlich wie bei der Monatsblutung, wenn sie ungewohnt heftig ausfällt. Doch später fühlte es sich an, als würde sich in mir drin etwas lösen … *ab-*

brechen ist vielleicht das passendste Wort dafür. Und dann wusste ich, dass die Fehlgeburt eingesetzt hatte, denn binnen kurzem war mein Rock, den ich wieder nach unten gezogen hatte, klitschnass. Ich merkte, dass die Flüssigkeit in die Tagesdecke sickerte, und ich versuchte aufzustehen, um ins Bad zu gehen, aber ich fühlte mich so matt und benommen, dass ich mich gleich wieder setzen musste.

Als ich da auf der Bettkante kauerte, stieß ich mit dem Fuß gegen etwas Hartes. Mrs. Pavey hatte eine große Emailleschüssel mit blauem Rand aus der Küche mitgebracht und ans Bett gestellt. Ich beugte mich vor, um sie mir zu nehmen und zwischen meine Beine zu halten. Ich schaffte es gerade eben noch, ehe ... Ich spürte, wie etwas aus mir herausglitt, aber ich hielt die Augen geschlossen und legte mich gleich danach wieder aufs Bett, wo Millie mich fand, als sie nach Hause kam. Das war das Nächste, an das ich mich erinnere – ihr Gesicht war dicht über meinem, und sie sagte unablässig meinen Namen ... Als ich die Augen aufschlug und mich nach der Schüssel umschaute, war sie nicht mehr da. Millie musste den Inhalt in die Toilette geschüttet haben.

Ich bin danach offenbar wieder eingeschlafen, aber ich fühlte mich am nächsten Morgen so schwach, dass ich größte Mühe hatte, aus dem Bett zu kommen. Auf dem Weg in die Küche musste ich mich an den Möbeln festhalten. Weil ich furchtbaren Durst hatte, griff ich nach dem Wasserkessel, und ich wollte gerade den Hahn aufdrehen, da fing ich erneut an zu bluten. Ich rief Millie, die nach einem kurzen Blick auf mich das Tischtuch vom Tisch zerrte und mir befahl, mich nicht vom Fleck zu rühren. Ich hielt mich am Rand der Spüle fest, während sie den Stoff zusammenknüllte und ihn mir zwischen die Beine stopfte, um die Blutung zu stoppen. Sie sagte: »Ich gehe einen Arzt holen.«

Ich erwiderte: »Nein, das darfst du nicht!«, aber sie lief hinaus und kam mit einem der Nachbarn zurück, einem Sanitäter, der meinte: »Sie müssen ins Krankenhaus.« Er verständigte einen Kollegen, und sie legten mich auf eine behelfsmäßige Krankentrage, die bloß aus zwei Holzstangen mit einem Stück Sackleinwand dazwischen bestand, banden mich fest und trugen mich die Treppe hinunter. Ich kann mich kaum noch daran erinnern, ich weiß nur, dass ich im Flur auf den Fliesenfußboden schaute und dachte: Wie gut, dass er rot ist, da fallen Blutflecken nicht so auf …

Als ich nach der Ausschabung aus der Narkose erwachte, hörte ich mit an, wie der Arzt zu der Krankenschwester sagte, ich hätte eine unvollständige Abtreibung gehabt. Ich versuchte ihnen zu sagen, dass ich nichts getan hatte, aber ich verlor immer wieder das Bewusstsein und weiß nicht, ob sie mich gehört haben. Und selbst wenn, dann haben sie mir nicht geglaubt, denn als die Krankenschwester am nächsten Tag nach mir sah, sagte sie: »Lassen Sie sich das eine Lehre sein. Sie haben Ihr Leben leichtfertig aufs Spiel gesetzt. Ich an Ihrer Stelle würde in Zukunft einen großen Bogen um die Männer machen.« Ich durfte nach Hause. Als ich die Stufen vor dem Krankenhaus hinunterstieg, sah ich Arthur. Obwohl ich ziemlich wackelig auf den Beinen war, hätte ich am liebsten laut losgelacht. Gerade eben hatte die Schwester mir noch eingeschärft, den Männern aus dem Weg zu gehen, und schon stand einer vor mir, um mich in Empfang zu nehmen.

Ich sagte: »Wieso bist du hier?«, weil er so wütend dreinschaute.

Er antwortete: »Deine Freundin hat angerufen. Sie dachte, du würdest sterben. Sie war vollkommen aufgelöst … Zum Glück hatte sie mich am Apparat und nicht Marjorie.« Er führte mich zu seinem Auto – wegen seiner Arbeit für das Luftschutzamt kam er immer noch an Benzin – und sagte: »Was hast du dir nur dabei gedacht, so eine dahergelaufene Engelmacherin an dir herumpfuschen zu lassen? Warum bist du nicht zu mir gekommen?«

»Na ja ... es war nicht von dir.«

»Und wenn schon! Ich habe dir gesagt, wenn du irgendetwas brauchst ... Wie konntest du nur so *dumm* sein?«

»Ach, Arthur ...« Ich war nicht einmal in der Lage zu weinen. Es kam mir so vor, als wäre etwas in meinem Inneren erloschen. Ich fühlte mich hohl und leer.

»Seit zwei Tagen suche ich dich überall. Ich hatte keine Ahnung, wo du steckst.«

»Warum?«

»Vera ist tot, Tilly. Sie ist ermordet worden.«

Ich starrte ihn nur an, ohne zu begreifen.

»Ich hätte dich wirklich gebraucht, Tilly.«

»Ich ... ich weiß nicht, was ich sagen soll.«

Vor meinem inneren Auge sah ich mich selbst im Wald, bei der Hütte, an jenem Nachmittag, als ich Vera und Treece belauscht hatte, und mich überkam das furchtbare, beklemmende Gefühl, dass es jetzt zu spät war und ich es nicht wieder gutmachen konnte.

»Willst du nicht wenigstens fragen, was geschehen ist? Kümmert dich das denn gar nicht?«

»O ja, doch ... Erzähl.«

»Sie ist erschlagen worden. Mit einem Holzpflock. Gerald hat sie im Wald gefunden.«

»Warum?«

»Man weiß nicht, warum. Oder wer es getan hat. Sie war ...« Er zögerte, und mir wurde klar weshalb.

»Schwanger?«

»Ja. Marjorie hat es aus ihr rausbekommen. Sie wollte aber

partout nicht sagen, von wem. Marjorie glaubt, dass es einer dieser verfluchten Amerikaner war.«

Ich schloss die Augen. »Ich habe dich im Stich gelassen, Arthur. Es tut mir Leid.«

Er fuhr mich nach Hause. Er machte keine Anstalten, mit nach oben zu kommen, und ich bat ihn auch nicht darum. Er berührte nur kurz mein Knie und sagte: »Für dich waren die letzten Tage bestimmt auch schlimm.«

Ich erwiderte: »Arthur, es tut mir so Leid ...« Ich wusste, dass es kein Trost war, aber ich fand keine besseren Worte. In meinem Innern war für nichts anderes Platz als für die bleierne Schwere in meiner Brust, das Wissen um den schrecklichen Fehler, den ich begangen hatte ...

Als ich in Arthurs Gesicht blickte, das ganz abgespannt aussah, und er zu mir sagte ... Er dachte, ich würde mich dafür entschuldigen, dass ich mich nicht gemeldet hatte. Aber das war es nicht. Es ging um etwas viel Schlimmeres. Ich hatte ihn im Stich gelassen. Und Vera. Mein Gott, hätte ich damals doch bloß geahnt, was passieren würde ...

Ich würde es Ihnen nicht verübeln, wenn Sie mich für eiskalt hielten, aber bei den Leuten vom Theater heißt es immer: »The show must go on!« Und es stimmt. Auch wenn das bedeutet, dass man bestimmte Dinge aus seinen Gedanken verbannen muss. Täte ich das nicht, könnte ich mich selbst nicht ertragen ... und die Erinnerung an manche Dinge, die ich getan habe.

Gott hat mir Joe weggenommen, als Strafe dafür, dass ich nicht auf Vera Acht gegeben habe.

Gerald

Als ich sie kommen hörte, war ich gerade dabei, die Teekannen zu zählen. Wir haben über hundert Stück, zum Teil sind sie kunstvoll verziert oder haben eine originelle Form, beispielsweise die eines Autos oder eines Löwen. Ich bin kurz mit dem Staubwedel über sie rübergegangen und habe sie gleichzeitig auf Beschädigungen überprüft. Es ist schon komisch, aber bevor die Tür aufging, dachte ich, ich sollte das öfter tun, denn es macht Spaß, richtig zu arbeiten, ohne dass einen jemand dabei stört.

Mein erster Gedanke war, dass es eine verspätete Anlieferung war. Ich nahm an, Jo habe vergessen, es auf der Anschlagtafel zu notieren, und der Fahrer sei durch den Haupteingang gekommen, weil die Tore an der Laderampe bereits verschlossen waren. Natürlich konnte ich niemanden sehen – wegen der vielen Regale, der an Gestellen aufgehängten Sachen und der riesigen altmodischen Küchenherde, Waschmaschinen und anderen ähnlich klobigen Geräten kann man meistens nicht einmal bis ans Ende des Ganges gucken, geschweige denn quer durch die Lagerhalle. Ich fand es allerdings eigenartig, dass der Fahrer sich nicht irgendwie bemerkbar gemacht hatte – das tun diese Männer eigentlich immer. Ich mag es nicht, wenn Leute glauben, sie könnten bei uns einfach so herumspazieren, denn man weiß ja nie, ob sie dabei etwas einstecken, deshalb legte ich den Staubwedel hin und ging den Gang hinunter. Ich weiß nicht genau, wieso ich nicht »Hallo« oder »Komme schon« rief, aber ich glaube, ich ahnte bereits, dass irgendetwas nicht stimmte. Vielleicht, weil ich die Schritte von zwei Personen hörte, obwohl selbst bei großen Lieferungen normalerweise niemand den Fahrer begleitet.

Ich war gerade am Ende des Ganges um die Ecke gebogen, als eine Stimme »Da ist er!« rief, und ich sah, wie zwei Männer – große, kräftige Männer – in meine Richtung gerannt kamen. Der vordere hatte eine Art Kricketschläger in der Hand, und beide trugen schwarze Wollmasken mit Augenlöchern. Sie näherten sich in einem derartigen Tempo, dass ich sie nur verschwommen wahrnahm – und sie führten eindeutig Übles im Schilde. Ich stand neben einem Regal mit Kaffeemaschinen und anderen elektrischen Küchengeräten, und ich nahm ohne zu überlegen einen der Gegenstände – er war aus beigem Plastik, wahrscheinlich war es eine Teemaschine –, schmiss ihn den Männern entgegen und rannte so schnell ich konnte zum hinteren Ende der Lagerhalle. Ich hörte einen Aufprall, das Klirren von Glas und einen Fluch, also schien ich einen Treffer gelandet zu haben, aber sie waren immer noch hinter mir her und sie holten auf ... Plötzlich sah ich einen hüfthohen Korb voller Plastikzitronen vor mir. Er ragte ein Stück in den Gang hinaus, und ich kippte ihn im Vorbeilaufen um, in der Hoffnung, meine Verfolger auf diese Weise zu stoppen. Das gelang mir auch, aber nur für einen Moment – einer von ihnen stieß gegen ein Regal, und ich hörte, wie es hin und her schwankte, und ich betete darum, dass es nicht umfallen möge, denn wenn eins umkippt, reißt es die daneben mit – wie Dominosteine –, und dann würde unser gesamtes Geschirr zu Bruch gehen. Bei diesem Gedanken sah ich rot, und ich griff mir das Erstbeste, was mir ins Auge fiel. Es war unser großes orangefarbenes Fischernetz, an dem nachgemachte Hummer und künstlicher Seetang befestigt sind. Es hing an zwei Stangen, und ich riss es kurzerhand herunter. Hinter mir hörte ich kurz darauf ein Grunzen und lautes Gepolter, und als ich über die Schulter blickte, sah ich, dass einer von beiden auf dem Boden lag – sein Fuß hatte sich im Netz verfangen – und der andere über ihn gestolpert war.

Ich kam zwar unversehrt am hinteren Rand der Lagerhalle an, aber um zur Tür zu gelangen, hätte ich zur anderen Seite hinüberlaufen müssen, und ich geriet zunehmend außer Puste. Ich wusste, dass sie mich in Kürze erwischen würden, doch beim Anblick der Parkuhren hatte ich eine Idee. Wir haben etwa dreißig Stück, sämtliche Modelle, die je in England aufgestellt worden sind, und wir bewahren sie dicht vor der Rückwand auf, zusammen mit Kaninchenställen, Telefonzellen und anderen Platz raubenden Sachen. Als ich den Zwischenraum hinter ihnen sah, zögerte ich keine Sekunde, sondern ging auf die Knie und krabbelte schnurstracks dorthin. Die Männer bogen um die Ecke, aber ich war mir sicher, dass sie mich vorläufig nicht entdecken würden – ich verharrte regungslos auf allen vieren und versuchte, lautlos zu atmen. Die eine Seite meines Gesichts war gegen die Glasscheibe einer alten roten Telefonzelle gepresst – und mir ging ständig die unsinnige Anweisung »Drücken Sie Knopf A« durch den Kopf. Unsinnig, weil es heutzutage keinen Knopf A mehr gibt, den man drücken könnte, und das Telefon sowieso schon seit Jahren außer Betrieb war.

Die Schritte näherten sich. Einer der Männer sagte: »Er muss hier irgendwo sein«, dann herrschte Stille. Ich hörte, wie mein Herz pochte, und ich dachte: *»Gleich ist es so weit, gleich …«*

»Ist er vielleicht hinter den Sachen da?«

»Da passt der Fettsack garantiert nicht rein.«

Ich dachte, da habt ihr euch aber getäuscht, und schloss die Augen und hoffte inständig, dass sie weggehen würden, aber dann kamen sie noch näher, und es ertönte ein lautes Klacken, das sich anhörte, als würde einer von beiden mit dem Holzschläger über die aufgereihten Parkuhren fahren. In meinem Kopf hallte das Geräusch wider, und meine Knie schmerzten wegen des harten Betonbodens – ich hatte Angst, jeden Moment zusammenzubrechen, aber ich hielt die Arme gestreckt und die Augen fest geschlossen ... Dann muss der Mann mit dem Schläger eines der Regale getroffen haben, denn etwas fiel scheppernd zu Boden. Aus der Richtung des Aufpralls zu schließen, war es ein Kochtopf – wenigstens nichts leicht Zerbrechliches. Dann sagte einer der beiden: »Überall dieses verdammte Gerümpel!«

Ich hatte angenommen, die Kerle seien Vandalen, denen irgendwelche Drogen den Verstand vernebelt hatten, aber dann hörte ich meinen Namen, und mir drehte sich der Magen um; mein Mund füllte sich mit Speichel, und ich dachte, ich müsse mich gleich übergeben. Sie flüsterten: »Ge-rald, Ge-rald, Ge-rald«, fast wie ein Singsang, und ihre Stimmen wurden lauter und lauter, sie kamen näher und näher, und mir rauschte das Blut immer stärker in den Ohren, und dann rief einer der beiden: »Hey, du Sittenstrolch!«

Hinter mir wurde etwas Schweres über den Boden geschleift – einer der Kaninchenställe. Ich konnte mich nicht rühren – der Zwischenraum war für mich zu schmal zum Umdrehen.

»Gerald, wo bist du?«

»Wenn er hier ist, wird er irgendwann rauskommen müssen.«

»Na, wo ist er denn, unser kleiner Sittenstrolch?«

»Jetzt könnten wir ein Frettchen gut gebrauchen.«

»Das fände er wahrscheinlich klasse.«

»Dir würd's wahrscheinlich Spaß machen, es dem armen Tier ordentlich zu besorgen, was, Geraldo?«

Danach hörte ich es mehrmals laut rumsen, als sie die Parkuhren hochhoben und auf den Boden warfen und einer der Männer sagte: »Oh, guck mal, ich kann seinen dicken Arsch sehen.« Galle stieg mir bis in die Kehle – es war so eng, dass ich nicht einmal in der Lage war, meinen Kopf herumzudrehen, um sie anzuschauen. Ich wusste nicht, was sie vorhatten, aber da ich befürchtete, dass sie mich verprügeln würden, stützte ich mich auf die Ellbogen und legte die Hände zum Schutz auf den Hinterkopf.

»Sieh an, wir hatten uns schon gefragt, wo du wohl bist.«

»Mir hat es schon immer Spaß gemacht, Verstecken zu spielen.«

»Gerald machen Kinderspiele auch Spaß, stimmt's, Gerald?«

»Jedenfalls macht es ihm Spaß, mit Kindern zu spielen.«

»Das war schon so, als er noch ein kleiner Junge war.«

»Hast immer gerne Spiele mit deiner Schwester gespielt, oder?«

»So blieb's in der Familie ...«

»Sie ist aber nicht mehr da, hab ich Recht? Darum musstest du dir jemand anders suchen ... und hast dir Mel Farrell ausgesucht.«

»Guck mal, er zittert wie Wackelpudding. Es gefällt dir wohl nicht so gut, wenn der Mitspieler genauso groß ist wie du selbst, was?«

Ich legte die Hände auf die Ohren, um nicht mehr zuhören zu müssen. Ich hatte furchtbare Angst, die Kontrolle über meine Eingeweide zu verlieren und mich zu besudeln.

»Wir wissen über dich Bescheid, Gerald.«

»Über deine Spielchen.«

Sie schwiegen. Mir dröhnte der Kopf, aber ich hörte trotzdem, wie sie sich bewegten, und dann zischte es, als ließe einer von ihnen den Schläger probehalber durch die Luft sausen. »Der Herr Lehrer wird dir jetzt eins mit dem Rohrstock überbraten.« Gehässiges, wieherndes Lachen. Ich hob den Kopf und versuchte, den Mund zu bewegen. Ich wollte ihnen sagen, dass sie sich irrten, und sie bitten, mir nicht wehzutun, aber ich brachte kein Wort heraus. Ich muss jedoch irgendein Geräusch gemacht haben, denn einer meinte: »Oh, ich glaube, er will etwas sagen.«

»Zu dumm, dass wir nicht zuhören.«

»Du warst ein ungezogener Junge, Gerald, und darum bekommst du jetzt den Hintern versohlt.«

Ich wollte unbedingt weg, doch als ich mich aufzurichten versuchte, spürte ich einen stechenden Schmerz im Kreuz – vermutlich, weil ich so lange reglos ausgeharrt hatte. Also blieb mir nichts anderes übrig, als auf Händen und Knien rückwärts in Richtung der Männer zu krabbeln, aber kaum hatte ich mich ein paar Zentimeter bewegt, trat mir einer von ihnen brutal auf den Unterschenkel. Tränen schossen mir in die Augen. »Bitte hören Sie auf, Sie tun mir weh …«

Dann sah ich aus dem Augenwinkel, dass der Mann, der den Schläger in der Hand hielt, weit ausholte – »Lass dir das gefälligst eine Lehre sein, Gerald, und halte dich von Mel Farrell fern, du perverser Kinderschänder!« –, und ehe ich mich versah, versetzte er mir mit voller Wucht einen Schlag auf den Hintern, und ich flog nach vorne. Das Letzte, woran ich mich erinnere, ist der verschwommene Anblick von etwas Rotem und das klirrende Geräusch, als ich mit der Schläfe gegen die Telefonzelle krachte.

Danach muss ich eine Weile ohnmächtig gewesen sein, denn ich weiß noch, dass ich beim Aufwachen vor Dunkelheit nicht die Hand vor Augen sehen konnte, mir jeder Knochen wehtat und ich nicht wusste, wo ich war. Es dauerte eine Weile, bis es mir wieder einfiel. Ich spürte den harten Boden unter mir und hatte ein klebriges Gefühl um die Augen herum. Als ich die Hand ans Gesicht hob, ertastete ich etwas Feuchtes, aber erst nach einigen Sekunden wurde mir klar, dass es Blut war – und dann erinnerte ich mich plötzlich an alles. Es war völlig still in der Lagerhalle, also waren die Männer vermutlich verschwunden, doch ich brauchte bestimmt fünf Minuten, bis ich mich aufgerichtet hatte, und dann überlegte ich mir, dass ich besser das Licht anschalten sollte, und tastete mich deshalb an der Rückwand entlang zum Schalter. Ich habe keine Ahnung, wie weit ich schon gekommen war, als ich mit einem Gegenstand zusammenstieß – einem alten blechernen Reklameschild für Spratt's Puppy Biscuits, das dort an der Wand hängt –, und ich muss mit ziemlicher Wucht dagegen geknallt sein, denn das Schild löste sich an einer Seite aus der Halterung, und eine der scharfkantigen Ecken fiel auf meine Schulter und zerriss meinen Pullover. Ich verlor das Gleichgewicht, prallte gegen ein Regal und hörte, wie auf der anderen Seite etliche Dinge herausrutschten und auf dem Boden zersprangen.

Als ich den Lichtschalter erreichte, war ich in einem schlimmen Zustand. Mein Kopf pulsierte vor Schmerz, und ich zitterte am ganzen Leib. Nachdem ich das Licht angemacht hatte, sah ich die Verwüstung, all die Sachen, die verstreut auf dem Boden herumlagen und … *zerstört* … waren. Ich hatte das Gefühl, als wäre die ganze Welt aus den Fugen geraten, in die Luft geflogen, und ich sah keine Chance, dass sie je wieder in Ordnung kommen würde, nicht nur wegen der ganzen Sachen, die die Männer kaputtgemacht hatten, sondern auch wegen der Demütigung und der Schimpfworte. Sie hatten mich einen Kinderschänder genannt, aber das bin ich nicht, und ich würde so etwas niemals tun. Ich hörte die Stimme des Mannes in meinem Kopf, Sittenstrolch, Sittenstrolch, und die anderen

Gemeinheiten, die er und der andere gesagt hatten, als hätte ich etwas Schlimmes getan, aber das stimmt nicht. Ich glaube, der eine von beiden war Steven Palfrey, der Polizist, denn die Stimme kam mir bekannt vor. Er ist ein Rüpel, aber er kann sich alles erlauben, weil er bei der Polizei ist. Er glaubt, er kann einfach herkommen und mir so etwas antun, obwohl er kein Recht dazu hat, denn er weiß, die anderen Polizisten werden ihn schützen. Sie würden mir gar nicht zuhören. Das, was sie denken und sagen, ist abscheulich. Sie können jeden beschuldigen, ganz wie es ihnen gefällt, auch wenn er unschuldig ist, und sie wollen die Menschen nur verletzen, ihnen das Gefühl geben, machtlos und unbedeutend zu sein und … *Melanie*.

Er sagte, ich soll mich von Mel Farrell fern halten, aber ich würde ihr nie im Leben wehtun. Sie ist meine Freundin, und ich liebe sie … und er sagte über Vera: »Hast immer gerne Spiele mit deiner Schwester gespielt.« Ja, das habe ich, aber es war vollkommen normal, und nicht so, wie er es gemeint hat, denn so etwas ist widerlich, und überhaupt war das mit Vera nicht meine Schuld. Sie hätte nicht mit den Männern mitgehen sollen, denn das war ungehörig, und ich würde so etwas nie tun. Es ist wie damals, als sie mich fragten, ob ich Veras Leiche angefasst oder etwas Bestimmtes getan habe, obwohl ich nichts getan hatte. Es ist ungerecht, dass ich immer die Schuld bekomme, als würde ich hinter allem stecken, auch wenn das nicht so ist. Es IST UNGERECHT, denn es war ihre eigene Schuld, ich habe es nicht getan, und jetzt geht wieder alles drunter und drüber, und durch meinen Kopf braust ein Wirbelsturm und vernichtet alles.

Ich rief nach Jack. Er war nicht da, aber ich wusste, dass er es mit angesehen hatte, und nun glaubt er, ich sei zu nichts nütze. Ich weiß noch, wenn *sie* mich als kleiner Junge dabei erwischte, wie ich mit ihm redete, sagte sie immer gehässig: »Er kann dich doch gar nicht hören.« Aber sie irrte sich, er kann mich hören, und er hat es gesehen, weil er alles sieht, auch, dass sie mich geschlagen haben und meine Hose ganz schmutzig geworden ist …

Dann wollte ich ein paar von den Sachen vom Boden aufheben. Eines meiner Lieblingsstücke, eine Gipsfigur von Laurel & Hardy, war in kleine Stücke zerbrochen. Ich nahm die übrig gebliebenen Teile in die Hand, aber man kann die Figur nicht kitten, denn die Hälfte davon bestand nur noch aus Krümeln. Die Teile in meiner Hand waren zu nichts mehr nütze. Nichts ist zu etwas nütze, und ich bin zu nichts nütze, und Jack verachtet mich.

Jo

Ich bin völlig ratlos. Ron hat gestern Abend nicht angerufen. Als ich nach der Arbeit auf dem Weg nach Hause war, dachte ich, ich will jetzt auf keinen Fall allein sein, doch ich wusste, dass Mel länger in der Schule bleiben würde. Sie bereiten dort etwas zur Feier des Kriegsendes vor, eine Collage, die sich über alle vier Wände eines Raumes erstreckt, und weil Mel gut in Kunst ist, hilft sie mit. Um sie musste ich mir momentan keine Sorgen machen. Einerseits war Gerald ja noch in der Firma, und andererseits hatte Sonalis Mutter versprochen, die beiden Mädchen später mit dem Auto abzuholen. Mum zu sehen hätte ich nicht ertragen, deshalb habe ich Karen besucht, aber sie hat seit kurzem einen neuen Freund und hat von nichts anderem gesprochen, und ich habe immer nur »Ja, ja« gesagt, ohne richtig zuzuhören, bis sie schließlich fragte: »Was ist denn mit dir los? Ist dir 'ne Laus über die Leber gelaufen oder was?«

Ich sagte: »Nein, es ist nichts.« Eigentlich hätte ich ihr gerne alles erzählt, aber ich sagte bloß, ich sei müde. Dann begann sie, über Ron zu reden, und ich sagte mir: *Da liegt ja gerade das Problem,* aber ich habe es für mich behalten. Die Sache war die: In mir hatte sich mehr und mehr ein Unbehagen breit gemacht, mir gefiel es nicht, dass er und Paul sich Gerald vorknöpften. Ich weiß, das ist bescheuert von mir, denn als die beiden es vorgeschlagen haben, war ich ganz begeistert von der Idee, aber inzwischen … na ja, es kam mir ein bisschen so vor, als würden sie sich … wie Kinder auf dem Schulhof gegen einen Schwächeren verbünden.

Ich meine, klar, ich war wegen Gerald wirklich außer mir. Wenn ich ihn in Gedanken vor mir sah, wuchsen ihm regelrecht *Hörner und ein Schwanz,* als sei er das Böse in Person, und bei dem Gedanken, dass er vorhat, Mel etwas anzutun, habe ich natürlich Panik bekommen … aber echte *Beweise* haben wir keine. Und Ron und Paul – im Pub haben sie zwar nicht gesagt: »Lass uns den Mistkerl verprügeln«, aber als Ron gestern bei mir war, reagierte er irgendwie ausweichend, als das Thema darauf kam, was sie vorhatten. Ich wollte es gar nicht so genau wissen, aber ich fand ihn fast ein bisschen zu … *gnadenlos,* und seine blauen Augen wirkten auf einmal ganz kalt. Das ist mir deswegen aufgefallen, weil sie sonst immer liebenswert funkeln, und als er sich verabschiedete, schien er in Gedanken woanders zu sein. Vermutlich hat das gar nichts zu bedeuten, es ist auch nur so ein Gefühl …

Jedenfalls hat er mich nicht angerufen, und als ich versucht habe, ihn auf seinem Handy zu erreichen, war es abgeschaltet, und eine andere Telefonnummer habe ich von ihm nicht. Und als ich dann heute Morgen bei der Firma ankam, war der Parkplatz voller Peterwagen, und es herrschte ein Riesendurcheinander. Neville war auch da, frisch zurück aus dem Urlaub. Er wartete offenbar schon auf mich, denn er sagte: »Hallo JF, da sind Sie ja endlich.«

Ich dachte: Was soll das denn heißen?, und sah auf meine Uhr. »Ich bin doch nicht zu spät, oder?«

»Nein, nein, auf die Minute pünktlich, aber ich habe leider eine schlechte Nachricht. Bei uns ist heute Nacht eingebrochen worden.«

Ich traute meinen Ohren nicht. »Nein!«

»Ich fürchte doch.«

Mir blieb der Mund offen stehen. Ich dachte, es können unmöglich die beiden gewesen sein, aber dann sagte Neville:

»Komisch ist nur, dass nichts geklaut worden ist. Im Büro sind die Einbrecher nicht gewesen, also hatten sie es nicht auf die Computer abgesehen, und Bargeld ist bei uns auch nicht zu holen. Ehrlich gesagt, Jo, ich habe keinen blassen Schimmer, was das sollte. Leider haben sie in der Lagerhalle schlimm gehaust.«

»Haben *Sie* das heute Morgen entdeckt?«

Er nickte. »Ich hatte mir gedacht, ich geh am ersten Tag ein bisschen früher hin, und als ich mich mal kurz in der Lagerhalle umschauen wollte, musste ich feststellen, dass es dort aussah, als hätte eine Bombe eingeschlagen. Also hab ich unsern Freund und Helfer angerufen, und der kümmert sich jetzt um alles. Na ja, ums Aufräumen natürlich nicht.«

»Verdammter Mist.«

»Sie nehmen mir die Worte aus dem Mund. Ich schlage vor, Sie warten noch, bis die Polizei das Feld geräumt hat, und machen dann eine Liste mit all den Sachen, die kaputtgegangen sind. Etliches davon werden wir nicht ersetzen können, aber die Versicherungsfritzen wollen bestimmt eine genaue Aufstellung haben. Wie schön, wieder in der Firma zu sein.« Neville verdrehte die Augen. »Aber was soll's, am besten mache ich mich gleich an die Arbeit.« Er verschwand, und ich stand allein mitten auf dem Parkplatz und dachte: *Oh Gott ...*

Die Polizisten ließen mich erst um elf in die Lagerhalle, und ehrlich, ich traute meinen Augen nicht. Ich wusste gar nicht, wo ich anfangen sollte. Überall zerbrochenes Geschirr. Ich hatte die Inventurliste dabei und stocherte in den Scherben herum, um herauszufinden, was was war ... und ununterbrochen dachte ich: Ich kann einfach nicht glauben, dass Ron und Paul das getan haben, denn es war das reinste Grauen. Und ich fragte mich immer wieder, was mit Gerald passiert war. Etwa eine Stunde später kam Neville nach unten. »JF, ich hab Neuigkeiten für Sie. Wie es scheint, war GH gestern Abend hier und ist verdroschen worden. Er musste ins Krankenhaus.«

»Hat es ihn ... schlimm erwischt?«

»Kopfverletzung. Leichte Gehirnerschütterung, nehme ich an. Das ist wohl auch der Grund, warum er nicht bei den Bullen angerufen hat. Machen Sie bitte kein so besorgtes Gesicht – er wird schon keine bleibenden Schäden davontragen. Ein paar Tage Bettruhe, dann ist er wieder auf dem Damm.«

»Wissen Sie, was genau passiert ist?«

»Na ja, offenbar hat er kräftig eins auf die Rübe bekommen. Soll wie ein Löwe gekämpft haben, das behauptet jedenfalls seine Vermieterin. Aber egal, ob das stimmt oder nicht, jedenfalls haben sich die Kerle anschließend ziemlich hastig aus dem Staub gemacht. Die Wunde sah wohl ziemlich übel aus und musste genäht werden.«

»Hatten die Einbrecher ein Auto?«

»Keine Ahnung. Die Polizei hat nichts davon erwähnt.«

»Sie haben also nicht ihn selbst gesprochen, sondern nur mit seiner Vermieterin?«

»Ja. Eine gewisse Mrs. Clarke. Sie wird später noch mal anrufen und einen Lagebericht durchgeben.«

Nach ein paar Stunden kam er dann erneut an, erzählte mir, Gerald sei aus dem Krankenhaus entlassen worden, und fragte mich, ob es mir etwas ausmache, ihm seine Thermoskanne und seine Sandwich-Dose zu bringen. »Das ist ihm anscheinend furchtbar wichtig. Na, Sie kennen ihn ja ... Wie auch immer, ich habe versprochen, er kriegt die Sachen noch heute, und ihm gesagt, Sie würden damit vorbeikommen. Ich dachte mir, Sie würden ihn gerne sehen. Muntern Sie ihn ein bisschen auf.« Und er schaute mich mit seinem strahlendsten Lächeln an. Ehrlich, wie hätte ich ihm diese Bitte abschlagen können? Es hätte einen sehr merkwürdigen Eindruck gemacht, denn schließlich ist er ja mein Chef. Also sagte ich: »Klar, kein Problem«, und Neville meinte noch, ich sollte mir Geld aus der Portokasse für ein Taxi und eine Schachtel Pralinen nehmen, und die ganze Zeit über dachte ich: Was, wenn das eine Falle ist und Gerald vorhat, mir die Polizei auf den Hals zu hetzen? Was, wenn Ron oder Paul meinen Namen erwähnt haben? Und selbst wenn nicht, wenn sie von Mel gesprochen haben, dann wird er doch bestimmt in der Lage sein, zwei und zwei zusammenzuzählen – ich meine, Gerald ist zwar verschroben, aber dumm ist er nicht. Außerdem hat Ron mich nicht, wie versprochen, angerufen. Aber natürlich durfte Neville davon nichts wissen, deshalb tat ich so, als wäre alles in bester Ordnung, und er sagte noch: »Grüßen Sie ihn schön von mir«, und ich antwortete: »Wird gemacht.«

Am Ende war es halb so schlimm, denn ich habe ihn überhaupt nicht zu Gesicht bekommen. Seine Vermieterin war sehr nett. Ron hat sie mit einem Walross verglichen, aber ich fand, sie sah ganz hübsch aus – für eine alte Frau. Sie sagte, Gerald schläft, und bat mich auf eine Tasse Tee herein. Irgendwie konnte ich das nicht ablehnen. Ich meine, ich habe ihr meinen Namen genannt, und sie hat daraufhin nicht gesagt: »Oh, Sie sind also diese abscheuliche Person, die an allem schuld ist«, oder etwas in der Art, aber ich war trotzdem ziemlich nervös. Ich dachte, sie hat ihm doch bestimmt gesagt, wer die Sachen bringen wird, und ich rechnete die ganze Zeit damit, dass er plötzlich durch die Tür kommt und mich wild beschimpft. Wir haben uns in die Küche gesetzt. Es ist schon komisch, denn Mrs. Clarke ist äußerst *penibel,* genau wie Gerald. Und es sah bei ihr auch so aus, wie ich mir Geralds Zuhause immer vorgestellt habe – obwohl ich natürlich nie besonders viele Gedanken an ihn verschwendet habe –, denn es passte alles haargenau. Die Einrichtung war altmodisch, aber sehr *gepflegt,* und es gab jede Menge sonderbarer Dinge zu sehen, zum Beispiel hatte sie lauter Büchsen, auf denen Tee, Kaffee, Zucker, Reis und so weiter stand, und diese Büchsen hatten kleine selbst gemachte Deckel. Nicht etwa gehäkelt oder aus Stoff, sondern aus glatter Alufolie mit rechtwinklig abgeknickten Rändern, wodurch sie irgendwie einem Häubchen ähnelten.

Sie sah, wie ich die Büchsen anschaute – man konnte die Etiketten kaum erkennen –, und sie sagte: »Oh, ich weiß genau, was wo drin ist. Ich stelle sie jedes Mal wieder an dieselbe Stelle zurück«, und das hätte ebenso aus Geralds Mund stammen können. Und als sie den Tee servierte, musste wirklich alles perfekt sein.

Sie brannte darauf, mir zu erzählen, was passiert war, und ich hätte am liebsten »Immer mit der Ruhe« gesagt, aber sie hatte sich eindeutig schon seit einer Ewigkeit mit niemandem mehr unterhalten und war deshalb nicht zu bremsen. »Oh«, sagte sie, »es war einfach furchtbar. Ich bin in die Küche gekommen, um ein Glas Wasser zu trinken, gegen eins muss das gewesen sein, und Mr. Haxton saß genau da, wo Sie jetzt sitzen« – sie zeigte auf den Stuhl, als erwartete sie von mir, dass ich ehrfürchtig davor niederknie oder so – »und er war blutüberströmt. Ich konnte kein Wort aus ihm herausbringen, so mitgenommen war er, sein Pullover war zerrissen, und sein Gesicht, das hätten Sie sehen sollen! Als hätte ihn ein Tiger angefallen, so wie in diesen Sendungen, wo gezeigt wird, wie wilde Tiere Jagd auf …« Ich saß da, starrte sie an und versuchte, mir Gerald als *Gnu* vorzustellen – völlig absurd –, und dann fuhr sie fort: »Ich habe auf der Stelle ein Minicar gerufen, um mit Mr. Haxton ins Charing Cross Hospital zu fahren, und natürlich sprach der Fahrer kein Wort Englisch und kannte den Weg überhaupt nicht. Es ist immer dasselbe mit diesen Kerlen – alles illegale Einwanderer, und die meisten haben bestimmt nicht einmal einen Führerschein. Mr. Haxton war kreidebleich und hielt sich die ganze Zeit den Kopf – er blutete nicht mehr, aber ich hatte trotzdem zur Sicherheit zwei Plastiktüten aufgeschnitten und an seinen Schultern festgesteckt –, und ich habe aufgepasst, dass der Fahrer nicht falsch abbiegt, vor allem, weil es ja rund um den Bahnhof Hammersmith dieses grauenvolle Einbahnstraßengewirr gibt, das einem wirklich den letzten Nerv raubt. Wir sind dreimal im Kreis herumgefahren, und der Kerl hat pausenlos in seiner komischen Sprache auf mich eingeredet: bongo, pongo, zongo, so klang es jedenfalls für mich, und natürlich konnte ich mir keinen Reim drauf machen. Schließlich hielt er unter der Überführung an, drehte sich um und machte eine der hinteren Türen auf – als wolle er uns aus dem Wagen werfen ... Na ja, es war mir von Anfang nicht ganz geheuer gewesen, mitten in der Nacht das Haus zu verlassen und zu so einem Kerl ins Auto zu steigen, und nun sagte ich zu ihm: ›Schämen Sie sich denn nicht, dass Sie vor einer alten Frau und einem schwer verletzten Mann Angst haben? Wir steigen erst aus, wenn wir beim Krankenhaus sind, und eher bekommen Sie auch kein Geld von uns!‹ Er murmelte irgendetwas vor sich hin: bongo, mongo, fongo oder so ähnlich, aber er hat uns hingebracht. Und als wir dort angekommen waren, also, ich sage nur: widerlich, überall Dreck und lauter Betrunkene, und man hat uns fast zwei Stunden warten lassen. Die Wunde musste mit sechs Stichen genäht werden, aber wissen Sie, was? Er hat nicht mal mit der *Wimper* gezuckt. Die Schwester brauchte ihm kein einziges Mal zu sagen, dass er stillhalten soll. Er war die Fassung selbst. Aber es hätte leicht noch schlimmer kommen können, *viel* schlimmer. Er hat Glück gehabt, dass er noch lebt.«

»Hat Ger..., hat Mr. Haxton Ihnen erzählt, was passiert ist?«

»Nein, leider nicht, zumindest nicht direkt. Aber er war ja auch kaum ansprechbar, als ich ihn hier vorfand, und im Auto hat er auch nicht viel gesagt. Vermutlich hatte er eine Art Schock … Im Krankenhaus erzählte er mir dann, dass er von zwei Männern angegriffen worden war. Zuerst dachte ich an einen Überfall auf der Straße, aber als ich heute Morgen Ihren … wie heißt er noch gleich … angerufen habe, hat er mir erzählt, dass man gestern Abend bei Ihnen in der Firma eingebrochen hat und es nur Mr. Haxton zu verdanken ist, dass nichts gestohlen wurde. Man traut sich ja ehrlich gesagt schon gar nicht mehr allein auf die Straße.«

So wie sie das erzählte, hätte man meinen können, es sei alles ein spannendes Abenteuer gewesen. Ich saß da und dachte, *verdammte Scheiße,* denn am liebsten hätte ich zu ihr gesagt: »Wissen Sie was, Sie kennen höchstens die halbe Wahrheit, er ist nämlich ein Kinderschänder und hat es auf meine Tochter abgesehen«, aber gleichzeitig breitete sich ein flaues Gefühl in meinem Magen aus. Das lag allerdings bestimmt auch an dem vielen Tee. Mrs. Clarke hat mir mindestens ein halbes Dutzend Mal nachgeschenkt, obwohl ich jedes Mal »Nein, danke, wirklich nicht …« gesagt habe. Und immerzu dachte ich: Angenommen, ich irre mich … denn irgendwie bin ich ja diejenige, die ihm das angetan hat. Ich meine, ich habe es zwar nicht selbst getan, aber das spielt eigentlich keine Rolle, oder? Am Ende war ich ganz schön durcheinander.

Insgesamt war ich etwa eine halbe Stunde bei Mrs. Clarke, obwohl es mir viel länger vorkam. Den größten Teil des Nachmittags verbrachte ich damit, Neville beim Sichten der Versicherungsschäden zu helfen, aber ich kann nicht gerade behaupten, mit den Gedanken bei der Sache gewesen zu sein. Zum Beispiel musste ich eine Filmfirma anrufen, um den Leuten dort mitzuteilen, dass wir eine ihrer Bestellungen nicht ausführen können, denn sie brauchten Geschirr für eine große Bankett-Szene, und von dem einzigen Service, das in Frage kam, war nicht mehr viel übrig, also sagte ich am Telefon: »Es tut uns wirklich Leid, aber wir können nicht liefern«, und wollte gerade erklären, wieso, aber am anderen Ende hieß es bloß: »Einen Moment bitte, ich verbinde Sie weiter«, in diesem übertrieben höflichen Ton, den solche Leute benutzen, wenn sie insgeheim denken: Was will die blöde Kuh? Ehrlich, ich habe es drei verschiedenen Personen erzählt, ehe mir auffiel, dass ich die falsche Firma angerufen hatte! Dieses Geschirr war auch das Einzige, über dessen Verlust sich Neville ernsthaft aufgeregt hat, denn es war original viktorianisch und unersetzlich. Er meinte zu mir: »Ich möchte nicht wissen, was GH sagen wird, wenn er das erfährt – bringen Sie es ihm möglichst schonend bei, ja?«, und ich habe bloß genickt und gedacht: *Bitte kein Wort mehr über Gerald.*

Als ich nach Hause kam, war Ron da – er und Mel waren in der Küche. Sie saß auf dem Ablaufbrett, obwohl ich ihr das ausdrücklich verboten habe, ließ die Beine baumeln und plauderte angeregt mit ihm. Was flirten angeht, hat sie wirklich Talent – von wem sie das wohl hat? An dem Blick, den sie mir zuwarf, als ich hereinkam, sah ich deutlich, dass sie überlegte, ob ich mit ihr schimpfen oder nichts sagen würde, weil Ron da war.

Also wirklich. Aber es war ein netter Anblick, sie wirkte irgendwie heiter und glücklich. »Guck mal, Mum, die Blumen. Sind die nicht hübsch?«

Ron sagte: »Für jede einen Strauß«, und ich sah die beiden Sträuße roter Rosen auf dem Küchentisch liegen. Richtige Blumen, kein halb verblühtes Zeug aus irgendeinem Vorgarten. Aber ich wollte unbedingt unter vier Augen mit Ron sprechen, deshalb meinte ich nur: »Oh ja, stimmt, vielen Dank«, und legte sie in die Spüle. Dann sagte ich zu Mel: »Du musst doch bestimmt noch Hausaufgaben machen.« Sie schaute mich mit so einem … gewissen … Ausdruck an, aber sie meckerte nicht, und kaum war sie durch die Tür, habe ich mich auch schon zu Ron umgedreht.

»Was zum Teufel ist passiert? Und komm mir jetzt bloß nicht damit, dass es besser ist, wenn ich nichts darüber weiß, denn die Lagerhalle war heute Morgen halb verwüstet, überall liefen Polizisten herum, und dann habe ich auch noch erfahren, dass Gerald im Krankenhaus am Kopf genäht werden musste.«

»Hast du irgendwas gesagt?«

»Wo denkst du hin? Natürlich nicht. Mein Gott, Ron, ihr habt behauptet, ihr wolltet ihm nur Angst einjagen – von Schädel einschlagen war nicht die Rede!«

»Wir sind nicht mal in die Nähe seines Kopfes gekommen. Er ist schlicht und einfach umgefallen.«

»Was? Ein Blick auf euch hat also genügt, und er ist ohnmächtig geworden? Das glaubst du doch selbst nicht.«

»Wenn du wüsstest – er hat uns wie ein Wilder mit allen möglichen Sachen beworfen. Die Verwüstung geht auf sein Konto, nicht auf unseres – jedenfalls größtenteils. Aber das ist ja auch das reinste Labyrinth bei euch, ich begreife nicht, wie ihr es überhaupt schafft, euch zurechtzu…«

»Versuch nicht, das Thema zu wechseln. *Was* ist passiert?«

»Jetzt reicht's mir aber, Jo! Wir haben dir einen Gefallen getan, also beschimpf mich nicht.«

Er sah aus, als sei er stinksauer auf mich, und ich dachte, vielleicht habe ich etwas zu heftig reagiert, deshalb sagte ich: »Tut mir Leid, aber der Tag heute war echt grauenvoll. Ich musste zu ihm hinfahren, um ihm seine Tupper-Dose zu bringen –«

»Seine *was*?«

»Die Dose, in der er immer die Sandwiches für die Mittagspause aufbewahrt. Seine Vermieterin – er wohnt übrigens tatsächlich zur Untermiete – hat Neville angerufen und gesagt, er möchte sie haben, weil er ein paar Tage zu Hause bleiben wird, und natürlich musste ich sie ihm vorbeibringen.«

»Was fällt diesem Neville ein, von dir zu verlangen, den Laufburschen für Gerald zu spielen – du hättest ihm sagen sollen, er kann dich mal.«

»Wie stellst du dir das vor? Er ist mein Chef, und außerdem dachte er, er tut mir einen Gefallen.«

»Hast du ihn gesehen?«

»Nein, Gott sei Dank nicht. Nur seine Vermieterin. Sie konnte sich gar nicht wieder einkriegen. Wenn man ihr zuhörte, hätte man glatt glauben können, dass es das Aufregendste war, was ihr in ihrem gesamten Leben passiert ist.«

»War es wahrscheinlich auch.«

»Aber sie ist echt nett. Gerald wird sich wegen des Porzellans furchtbar aufregen. Aber mir wird nichts anderes übrig bleiben, als es ihm irgendwann zu erzählen.«

»Was ist bloß in dich gefahren? Wir haben versprochen, Gerald den Marsch zu blasen. Paul und ich. Und jetzt, wo wir es getan haben, benimmst du dich, als täte er dir Leid. Das ist doch unglaublich! Ich meine, wärst du lieber das Risiko eingegangen, dass er deine Tochter vergewaltigt?«

»Nein, natürlich nicht, aber –«

»Kein Aber. Wir haben ihn uns vorgeknöpft, und ich wette, er wird in Zukunft einen großen Bogen um Mel machen.«

»Und was, wenn er zur Polizei geht?«

»Wie ich schon sagte, da besteht keine Gefahr. Na komm, setz dich und trink ein Glas. Ich habe eine Flasche Weißwein mitgebracht. Steht im Kühlschrank.«

»Warst du schon lange hier? Bevor ich gekommen bin, meine ich.«

»Ich weiß nicht, vielleicht fünf Minuten. Warum fragst du?«

»Ich habe mich bloß gewundert, wegen des Weins im Kühlschrank und so weiter.«

»Ah ja. Die Flasche steht in der Tür.«

Ich holte sie heraus. »Sie ist ja ganz kalt. Also, die muss viel länger als nur ein paar Minuten da drin gewesen sein.«

»Ähm, nein, ich hab sie schon kalt im Laden gekauft. Hör mal, heute Morgen hat mir im Großmarkt jemand einen tollen Witz erzählt. Willst du ihn hören?«

»Was?« Ich suchte gerade in der Schublade nach dem Korkenzieher und war deshalb abgelenkt. »Lass mich nur rasch die Flasche aufmachen … Ja, natürlich, schieß los.«

»Also, ein Typ war im Pub und hat ein paar Gläser zu viel getrunken. Er steigt trotzdem ins Auto, und weil er Schlangenlinien fährt, hält ihn ein Polizist an und fragt: ›Entschuldigen Sie, Sir, haben Sie etwas getrunken?‹ ›Wie kommen Sie darauf?‹, antwortet der Mann. ›Sitzt hier etwa eine fette Schnepfe im Auto?‹«

»Häh? Oh, ich verstehe, sehr gut. Wirklich.« Ich gab ihm ein Glas Wein. Ich fand es nicht besonders witzig, um ehrlich zu sein, aber Ron schüttete sich aus vor Lachen und wiederholte ein paar Mal: »Sitzt hier etwa eine fette Schnepfe im Auto?«

Ich meine, ich weiß, dass Ron Recht hatte, was Gerald angeht, aber ich hätte doch gerne von ihm erfahren, was wirklich passiert ist. Es war nicht meine Absicht gewesen … *pampig* zu sein, aber obwohl er anschließend wirklich nett zu mir war, kam es mir so vor, als wäre er immer noch eingeschnappt, weil ich ihn so angefahren hatte.

Das hat mich irgendwie beschäftigt, und ich wäre gerne für eine Weile allein gewesen, aber Ron war nun mal da und hatte ja schließlich auch Blumen und Wein mitgebracht, deshalb mochte ich ihn nicht einfach rauswerfen.

Er blieb schließlich über Nacht, und es war auch sehr schön, aber … Na ja, der entscheidende Punkt war, glaube ich, dass er ein bisschen eingeschnappt war, weil er fand, ich hätte ihnen gegenüber dankbarer sein müssen. Verstehen Sie mich bitte nicht falsch, er hat sich nicht hingestellt und gesagt: »Schaut alle her, ich bin der große Held«, aber trotzdem … ich meine, er hat mich in den Arm genommen und gesagt: »Jetzt wird alles gut«, und ich dachte, tja, wird es das *wirklich?*

Gerald

Ich habe keine Ahnung, wie ich nach Hause gekommen bin. Offenbar bin ich in die Küche gegangen, denn dort saß ich, als Mrs. Clarke hereinkam. Sie trug ihren Morgenmantel. Sie sagte: »Wissen Sie eigentlich, wie spät es ist?« Ich dachte, sie wird gleich anfangen zu schimpfen, doch stattdessen sagte sie: »Oh, Mr. Haxton. Was ist mit Ihnen passiert?«, und ihre Stimme klang schon viel freundlicher, überhaupt nicht wütend. Aber dann merkte ich, dass ich weinte, und ich dachte, sie wird mich eine Heulsuse nennen, eine Memme, und weil ich das nicht wollte, legte ich mir die Hände aufs Gesicht. Sie ging hinaus. Kurz darauf kam sie zurück und schob etwas über den Tisch, und als ich nach unten schaute, sah ich, dass es ihre Kleenex-Schachtel mit dem rosa Überzug und der Spitzenborte war.

Zuerst wollte ich mir gar keines nehmen, denn ich weiß, dass es ihre besondere Schachtel ist, die immer auf dem Fernseher steht, aber sie sagte: »Nur keine Scheu, Mr. Haxton, greifen Sie zu.«

Ich sagte: »Es tut mir Leid, wenn ich Sie aufgeweckt habe.«

»Das macht doch nichts«, sagte sie mit sanfter Stimme. »Um die Wahrheit zu sagen, ich schlafe nicht mehr so gut wie früher. Das geht vermutlich allen Leuten so, die langsam älter werden.« Es klang, als sollte es ein kleiner Witz sein, und ich schaute hoch, weil ich mit so etwas überhaupt nicht gerechnet hatte. Dann sagte sie: »Die Wunde in ihrem Gesicht sieht ziemlich schlimm aus. Lassen Sie mich doch mal einen Blick darauf werfen«, und sie befeuchtete ein paar von den Kleenex-Tüchern mit Wasser und tupfte das Blut ab. »Ich glaube, das muss genäht werden. Sie sollten besser ins Krankenhaus fahren. Wissen Sie was, ich lege eins meiner Taschentücher drauf und klebe es mit ein paar Streifen Elastoplast fest.« Wegen der Stickerei fühlte sich der Stoff ein bisschen kratzig an, und als ich versuchte aufzustehen, fing um mich herum alles zu schlingern an, deshalb setzte ich mich wieder. »In Ihrem Zustand können Sie unmöglich allein dorthin fahren. Ich rufe ein Minicar, und dann ziehe ich mir rasch etwas anderes an. So wie ich jetzt aussehe, kann ich wohl kaum auf die Straße gehen. Rühren Sie sich nicht vom Fleck, bis ich zurück bin.«

Die Notaufnahme war voller Menschen, die Lärm machten und herumrannten. Das grelle Licht tat mir in den Augen weh, und der Fußboden war furchtbar dreckig. Die Plastikstühle waren auch nicht viel sauberer und für mich sehr unbequem, weil ich blaue Flecken auf dem Po hatte. Mrs. Clarke hat die Sitze mit ihrem Taschentuch abgewischt und gesagt: »Man fasst hier am besten möglichst wenig an. Heutzutage haben ja so viele Leute dieses Aids, und ehe man sich's versieht, hat man sich angesteckt.« Sie holte uns zwei Kaffee aus dem Automaten, aber wir mochten ihn beide nicht trinken.

Sie versuchte, eine der Schwestern dazu zu bewegen, mich sofort dranzunehmen, aber die Schwester meinte, ich sei kein echter Notfall und wir müssten warten. Mrs. Clarke sagte zu mir: »Also wirklich! Wenn *Sie* kein Notfall sind, wer dann?« Aber wenig später wurde ein junger Mann auf einer Trage mit Rädern an uns vorbeigerollt, der in einer üblen Verfassung war, und sie sagte: »Na gut, ich sehe ein, dass der dringender einen Arzt braucht.« Was auch wirklich stimmte, denn er sah aus, als sei er dem Tode nah.

Ich sagte: »Es tut mir Leid, dass ich Ihnen so viele Umstände bereite. Ich kann es verstehen, wenn Sie sich einen anderen Untermieter suchen wollen.«

Sie sagte: »Das würde mir nicht einmal im Traum einfallen, Mr. Haxton. Ich weiß, dass es in letzter Zeit einige Meinungsverschiedenheiten zwischen uns gab, aber im Großen und Ganzen kommen wir doch gut miteinander aus, oder? Wissen Sie, ich glaube, es würde mir sehr schwer fallen, mich an jemand anderen zu gewöhnen.«

Ich hatte meine Hände im Schoß liegen, und sie beugte sich zu mir herüber und tätschelte mir kurz den Handrücken. Für einen Moment war ich offen gestanden etwas fassungslos, denn ich kann mich nicht erinnern, wann mich zuletzt jemand auf diese Weise berührt hat. Aber danach fühlte ich mich auf einmal ein ganzes Stück besser, und ich sagte: »Nennen Sie mich doch bitte Gerald. Ich finde, wir kennen uns schon lange genug, nicht wahr?«

»Ja, und Sie müssen mich Doreen nennen.« Natürlich wusste ich, dass das ihr Vorname war, denn ich hatte ihn auf Briefen an sie gesehen, aber ich wäre niemals ... Es hatte sich bisher wohl einfach keine Gelegenheit dazu ergeben. Sie sagte: »Das ist ja heute auch allgemein so üblich. Wissen Sie, Mr. –«

»Gerald!«, unterbrach ich sie, und sie lachte.

»Entschuldigung, Gerald. Da ist etwas, das ich Ihnen gerne sagen würde ... Wenn ich in den letzten Wochen häufig etwas ... *gereizt* gewesen bin, dann liegt das nur an diesem bevorstehenden Jahrestag und all den Kriegserinnerungen ...«

Ich sagte: »Das geht mir genauso. Ich wünschte, man würde diese Zeit ein für alle Mal vergessen.«

»Ich weiß, einige Leute reden gerne darüber, und das will ich ihnen auch gar nicht verbieten, aber für mich war es eine schlimme Zeit. Ich hatte eine Schwester, müssen Sie wissen, eine Zwillingsschwester. Pam. Robinson. Das ist mein Mädchenname. Doreen und Pam Robinson. Unzertrennlich und immer quietschfidel, hieß es bei den Leuten in der Nachbarschaft über uns. Wir wurden evakuiert, aber wir kamen in verschiedene Familien, und das war für uns so furchtbar, dass unsere Mutter uns zurückgeholt hat. Und dann starb Pam bei einem der Bombenangriffe. Sie war zu Besuch bei meiner Tante, die nur ein paar Straßen entfernt wohnte. Bei uns gingen alle Fenster zu Bruch, und ich weiß noch, wie Mutter sagte: ›Hoffentlich ist Pam nichts passiert‹, und als die Entwarnung kam, sind wir hingelaufen, und die halbe Straße lag in Schutt und Asche. Beide waren tot. Aber ich habe all die Jahre nicht aufgehört, an sie zu denken. Nach dem Krieg sind wir umgezogen, doch wir sind im selben Viertel geblieben und hatten deshalb weiterhin Kontakt mit unseren ehemaligen Nachbarn, und einer von ihnen hat meine Mutter und mich eines Tages mit zu der Frau genommen, die inzwischen in unserem Haus wohnte. Mutter fragte sie, wie es ihr gefiele, und sie sagte: ›Oh, danke, sehr gut‹, aber dann sagte sie: ›Etwas ist allerdings sonderbar, es gibt hier ein kleines Mädchen‹, und als Mutter sie fragte, wie sie das meinte – denn die Frau hatte keine Kinder – sagte sie, sie glaube, es sei eine Art Geist, aber kein bösartiger, sondern bloß ein kleines Mädchen, dass im Haus umherlaufe. Und ich sagte: ›Das ist Pam. Sie sucht nach mir.‹ Es war für mich völlig einleuchtend, aber natürlich sagte Mutter zu mir: ›Red doch keinen Unsinn.‹ Ich habe ihr das nicht übel genommen, denn ich glaube, so etwas kann man nur dann wirklich verstehen, wenn man auch ein Zwilling ist. Entschuldigung, haben Sie irgendetwas, Mr. – ich meine, Gerald?«

»Nein, nichts. Alles in Ordnung. Was Sie da eben über Ihre Zwillingsschwester gesagt haben – das verstehe ich nur zu gut. Ich habe nur noch nie jemanden gekannt, der … Es wird Sie vermutlich überraschen, aber ich bin auch ein Zwilling, allerdings ist mein Bruder schon bei der Geburt gestorben, und ... irgendwie habe ich das Gefühl, dass er immer bei mir ist. Ich rede oft mit ihm, nur leider ... leider können andere Leute das nicht verstehen.«

»Du meine Güte, ich rede ständig mit Pam! Allerdings nur in Gedanken, nicht richtig. Aber ich weiß, was Sie meinen, Sie reden nicht darüber, weil Sie Angst haben, die Leute könnten Sie für etwas wunderlich halten. Als ich Victor geheiratet habe, Victor Clarke, nahm ich natürlich seinen Nachnamen an, und ich hatte daraufhin das Gefühl, dass Pam und ich uns ein bisschen voneinander entfernten, deshalb sagte ich zu ihr: ›Ich hoffe, du bist einverstanden.‹ Denn ich war einsam, müssen Sie wissen. Als ich Victor kennen lernte, dachte ich, es würde alles anders werden, und wir waren auch sehr glücklich. Aber trotzdem kam es mir immer so vor, als würde mir etwas fehlen. Ich meine damit nicht, dass ich mich krank fühlte, obwohl einige vielleicht sagen würden, ich sei krank im Kopf.« Sie lachte und fuhr fort: »Nein, mir fehlte innerlich etwas. Wenn man Hunger hat, fühlt sich der Magen leer an, stimmt's? Bei mir war es aber nicht nur der Magen, sondern irgendwie der ganze Körper ... Und nach dem Tod von Victor ging es mir einfach grauenvoll. Aber eigentlich wollte ich nur sagen: Jedes Mal, wenn ich jetzt eine dieser vielen Fernsehsendungen über den Krieg sehe, in denen die Leute erzählen, wie großartig es damals war, muss ich automatisch an Pam denken, und das bedrückt mich.«

»Ja, das kann ich gut verstehen. Sonderbar, ich habe nicht damit gerechnet, je einem Menschen zu begegnen, dem es ähnlich geht wie mir. Ich meine, ich habe nicht geglaubt, der Einzige zu sein, ich wusste, dass es noch andere geben muss, die ... oh, mein Gott, ich bin schon völlig verwirrt. Aber ich kenne das leere Gefühl, von dem Sie gesprochen haben. Ich kenne es nur zu gut.«

»Ja, es ist schön zu wissen, dass man nicht allein auf der Welt ist.«

Dann rief die Schwester meinen Namen. Ich sagte zu Doreen: »Es dauert bestimmt nicht lange«, aber die Schwester meinte: »Ihre Frau kann gerne mitkommen, wenn sie möchte …« Das gefiel mir, die Vorstellung, dass Doreen meine Frau ist, und ihr muss es ähnlich gegangen sein, denn sie errötete ein wenig. Aber ich fand es besser, die Sache richtig zu stellen, um weitere Missverständnisse zu verhindern, und außerdem dachte ich, was mache ich, wenn man mich auffordert, mich in Doreens Gegenwart auszuziehen? Aber noch ehe ich den Mund aufmachen konnte, hatte sie schon gesagt, sie würde mitkommen. Im Behandlungszimmer warf die Schwester einen kurzen Blick auf das Taschentuch, das mit den Elastoplast-Streifen an meinem Kopf festgeklebt war, und sagte: »Ich versuche, es kurz und schmerzlos zu machen, aber wahrscheinlich wird es trotzdem ein bisschen ziepen.« Ehe ich wusste, wie mir geschah, hatte sie mit einem Ruck an dem Taschentuch gezogen und hielt es in der Hand. »Oh, tut mir Leid«, sagte sie, »aber ich habe ein paar Haare mit rausgerissen.«

»Sie hätten ruhig ein bisschen besser aufpassen können«, sagte ich. »Schließlich habe nicht mehr besonders viele.«

Beide lachten darüber, doch dann sagte die Schwester: »Ich fürchte, Sie werden bald noch weniger haben, denn wie es aussieht, kommen wir nicht drum herum zu nähen, und dann müssten wir ein paar davon abrasieren.«

Ich hatte erwartet, dass der Arzt der Schwester bloß die Anweisung geben würde, die Wunde zu nähen, aber stattdessen stellte er mir alle möglichen Fragen. Ich erzählte ihm, ich sei hingefallen, aber er war äußerst hartnäckig, wollte wissen, ob ich bewusstlos gewesen sei und wie lange und auf was für einen Untergrund ich gefallen sei. Das war mir alles sehr unangenehm, denn ich wusste nicht, was ich antworten sollte, und da Doreen dabei war und zuhörte, fing ich ein bisschen zu stammeln an. Hinzu kam noch, dass ich ziemlich verkrampft auf dem Stuhl saß und er mich vermutlich aus diesem Grund mehrmals fragte, ob ich noch andere Verletzungen habe. Ich sagte: »Nein, meine Gelenke sind bloß ein bisschen steif, schließlich bin ich ja auch nicht mehr der Jüngste«, und damit schien er zufrieden zu sein. Ich sollte geröntgt werden, um zu sehen, ob mit meinem Schädel alles in Ordnung war, und als die Schwester mich den Gang hinunterführte, hörte ich, wie der Arzt Doreen fragte, ob es einen Streit gegeben hätte, und bei dem Gedanken, dass der Arzt glaubte, ich sei in eine Prügelei verwickelt gewesen, wurde mir noch unbehaglicher als ohnehin schon.

Die Schwester hielt mich am Arm fest, und ich versuchte mich loszumachen, um zurück in das Behandlungszimmer zu gehen und zu hören, was der Arzt über mich sagte, und ich glaube, ich bin dabei gegen eine der Liegen auf Rädern gestoßen, denn es krachte, und ich rutschte aus. Plötzlich stand die Schwester über mir und sagte: »Sollen wir Ihnen einen Sitzwagen holen?« Ehe ich in der Lage war, mich hochzurappeln, tauchte einen zweite Schwester auf, und die beiden bugsierten mich in so einen Sitzwagen. Ich versuchte wieder aufzustehen, denn mein Po tat weh, und jetzt auch mein Rücken, aber sie ließen es nicht zu und schoben mich eilig den Gang entlang. Ich muss wohl irgendetwas gerufen haben, denn der Arzt kam aus dem Zimmer gerannt, und alle starrten mich an. Ich sagte: »Lassen Sie mich in Ruhe, ich will nach Hause«, aber sie brachten mich zum Röntgen und legten mich unsanft auf einen Tisch. Es war zum Verzweifeln, denn ich konnte nicht hören, was sie redeten. Sie dachten bestimmt schlecht über mich, und meine Freude über das nette Gespräch mit Doreen war wie weggeblasen; stattdessen schwirrte mir wieder der Kopf, und ich hatte große Angst, ich dachte, sie rufen die Polizei, und dann kommt dieser Mr. Palfrey. Was dann passierte, weiß ich ehrlich gesagt nicht, denn das Nächste, woran ich mich erinnere, ist, dass ich in einem Bett aufwachte, mit nichts anderem am Leib als einer Art Baumwollhemd, das hinten offen war, und neben mir standen die Schwester und Mrs. Clarke – Doreen – und starrten mich an.

Die Schwester fragte mich nach meinem Namen. Einen Moment lang dachte ich, sie hätte ihn vergessen, aber dann wurde mir klar, dass es ein Test sein musste, denn als Nächstes fragte sie mich: »Wissen Sie, wer unser Premierminister ist?« Ich kann zu meiner großen Freude berichten, dass ich beide Fragen richtig beantwortet habe! Anschließend bin ich eingeschlafen, aber eine andere Schwester weckte mich ein paar Stunden später auf und maß Blutdruck. Auch sie fragte mich, wie ich heiße.

Doreen kam am Vormittag vorbei, um mich abzuholen. Die Schwester hatte gesagt, ich dürfe nach Hause, aber ich muss in zehn Tagen zum Arzt, damit er die Fäden zieht, das bedeutet also, ich werde noch mehr Zeit in der Firma fehlen als ohnehin schon, denn man hat mir im Krankenhaus gesagt, ich soll einige Tage im Bett bleiben und mich ausruhen. Ich sagte zu Doreen: »Das wäre doch alles nicht nötig gewesen.« Sie hat nämlich sogar in der Firma angerufen, um Bescheid zu sagen, dass ich nicht kommen kann. Es gab noch einen schlimmen Moment, als die Schwester meinte: »Der Bluterguss auf Ihrem Allerwertesten, der ist ja wirklich riesig.« Sie muss ihn gesehen haben, als sie mich auszog.

Während wir draußen vor dem Eingang auf das Minicar warteten, sagte Doreen: »Sie sind gar nicht gestürzt, stimmt's?«

»Nein.« Es war mir herausgerutscht, ehe ich es verhindern konnte, und sofort fiel mir ein, wie sie mit dem Arzt im Behandlungszimmer gesprochen hatte, und ich geriet wieder in Panik.

»Der Mann, mit dem ich am Telefon gesprochen habe – Neville Soundso?«

»Das muss Neville Rigby gewesen sein, mein Chef.«

»Also, er sagte, die Polizei sei bei ihm. Letzte Nacht ist jemand Unbefugtes in der Firma gewesen. In der Lagerhalle, hat er gesagt.« Doreen verstummte und schaute mich an. Daran hatte ich gar nicht gedacht. Die Verwüstung. Bestimmt würde alles herauskommen. Mir wurde übel. Ich konnte mich kaum auf Doreens Worte konzentrieren. »Dieser Neville meinte, angesichts der Schäden glaube er nicht, dass es Rowdys waren. Er sagte, es sähe eher so aus, als hätte ein Kampf stattgefunden. Es gäbe keine Spuren eines Einbruchs, und der Eingang sei nicht abgeschlossen gewesen.« Sie schaute mich erneut an. Sie wollte mir die Gelegenheit geben, ihr die Wahrheit zu sagen, aber ich konnte nicht. Ich wusste, es war unmöglich, ich war mir sicher, auch wenn ich Melanie gar nicht erwähnen würde, wenn ich versuchen würde, ihr zu erzählen, dass mich zwei Männer überfallen hatten, würde ich schon nach den ersten Worten die Fassung verlieren, und dann – und dann …

Doreen nahm mich am Ellbogen. »Sie sind ja kreidebleich. Kommen Sie, setzen Sie sich.« Sie führte mich zu einer Bank und setzte sich neben mich. Ich schloss die Augen. Ich konnte sie nicht anschauen.

»Gerald … es stört Sie doch nicht, wenn ich Sie weiterhin Gerald nenne, oder?«

»Nein. Nein, ich bitte Sie sogar darum … Doreen.«

»Gut. Nun denn. Ich weiß nicht sehr viel über Sie, und niemand ist vollkommen, aber ich habe Sie immer für einen anständigen Menschen gehalten. Sonst hätte ich Sie auch gar nicht als Untermieter in meinem Haus geduldet. Sie haben doch nichts getan, das … ähm, irgendwie ungehörig war, oder?«

»N-nein. Ich danke Ihnen, Doreen. Danke, dass Sie mir das gesagt haben. Aber –«

»Vergessen Sie das ›aber‹. Sind Sie von jemandem angegriffen worden? In der Lagerhalle?«

Ich nickte mit geschlossenen Augen, denn ich spürte, wie sich hinter den Lidern die Tränen sammelten.

»Warum haben Sie mir das nicht erzählt? Ich hätte bei der Notrufnummer angerufen. War das der Grund dafür, dass Sie letzte Nacht das Wort ›Polizei‹ gerufen haben?«

»Was habe ich?«

»Als Sie zum Röntgen gebracht wurden, haben Sie etwas gerufen, und irgendwie ging es dabei um die Polizei.«

»Ich will nicht, dass die Polizei benachrichtigt wird. Ich will mit Polizisten nichts zu tun haben.«

»Tja, ich wüsste nicht, wie Sie das verhindern können, denn die werden bestimmt mit Ihnen reden wollen. Was haben Sie gegen Polizisten?«

»Die … die glauben …«

Doreen seufzte. »Tut mir Leid, ich wollte nicht aufdringlich sein. Sie brauchen es mir nicht zu erzählen. Übrigens wollte Ihr Chef mit Ihnen sprechen, aber ich habe gesagt, das sei unmöglich. Außerdem habe ich ihm gesagt, dass Sie ihn erst anrufen, wenn Sie sich dazu in der Lage fühlen, und keine Sekunde früher. Man nutzt Sie in Ihrer Firma aus, diesen Eindruck hatte ich schon immer.«

»Das war sehr nett von Ihnen, Doreen. Eine Frage habe ich aber noch: Was hat der Arzt letzte Nacht zu Ihnen gesagt?«

Sie antwortete nicht gleich, und als ich sie anschaute, wirkte sie verlegen. »Das war ein lächerliches Missverständnis, ich meine, er glaubte, wir wären ... nun ja, Mann und Frau, und er hatte den Verdacht, dass Sie während eines Streits zwischen uns beiden ...« Sie zeigte auf ihren Kopf.

»Ach herrje.«

»Keine Sorge, ich habe das sofort richtig gestellt. Also ehrlich, man muss sich wirklich fragen, was heutzutage in manchen Ehen vor sich geht ... Sehen wir zu, dass wir hier wegkommen. Zu Hause mache ich Ihnen eine schöne Tasse Tee.«

»Da fällt mir ein – ich glaube, ich habe meine Thermosflasche und meine Tupperware-Dose im Büro liegen lassen.«

»Das ist kein Problem, ich habe diesem Neville sowieso versprochen, ihn noch einmal anzurufen und ihm zu berichten, wie es Ihnen geht ... Du meine Güte, es dürfte doch zu machen sein, dass jemand die Sachen vorbeibringt – das ist wohl das Mindeste, was Ihre Kollegen für Sie tun können.«

»Ich glaube, Sie sollten ihm sagen, dass ich dort war.«

»Na ja ... nur wenn es Ihnen recht ist.«

»Es bleibt mir wahrscheinlich nichts anderes übrig ... Es ist wirklich sehr nett von Ihnen, Doreen, dass Sie all das für mich tun. Natürlich bezahle ich die Telefonate. Und die Fahrten mit dem Minicar.«

»Darüber reden wir später. Erst einmal bringen wir Sie nach Hause. Wissen Sie was, mir fällt gerade ein ... ich habe schon seit einer Weile eine angebrochene Dose Horlicks im Küchenschrank stehen. Ein Glas Malzmilch wird Ihnen gut tun, und vielleicht genehmige ich mir ebenfalls ein kleines Schlückchen. Ich weiß gar nicht, wann ich zuletzt welche getrunken habe. Oh, schauen Sie, da kommt unser Wagen. Das wurde aber auch Zeit.«

Tilly

Nicky ist letzte Nacht gestorben. Sein Kissen liegt in einer Ecke meines Zimmers, aber er kommt immer zu mir ans Bett, wenn ich morgens aufwache – er ist das Erste, was ich sehe, wenn ich die Augen aufschlage, seine kleine schwarze Nase und seine Augen, die zu mir aufblicken wie zwei glänzende Johannisbeeren … aber heute Morgen war er nicht da. Als ich ihn so zusammengerollt daliegen sah, wusste ich gleich, dass irgendwas nicht stimmt, und ich drückte auf den Knopf, um jemanden zu holen, denn ohne Hilfe kann ich nicht aufstehen, und erfuhr, dass er tot ist. Ich hatte ihn schon, seit er ein paar Wochen alt war, und er ist mir immer ein guter Freund gewesen, und ich war natürlich sehr traurig, aber auch ein wenig erleichtert. Er war schon seit einiger Zeit ein bisschen tatterig, und ich wollte nicht, dass er leidet, deshalb war es sicher das Beste für ihn, friedlich einzuschlafen und nicht wieder aufzuwachen.

Als ich dann gewaschen und angezogen im Rollstuhl saß, hat eine der Pflegerinnen ihn mir auf den Schoß gelegt, und ich habe ihm zum letzten Mal das Fell gebürstet. Er sah so niedlich aus, fast wieder wie ein Welpe. Wir waren beide in Tränen aufgelöst, denn sie hat ihn meistens gefüttert und ziemlich verwöhnt. Er wird mir sicher schrecklich fehlen, aber so ist das nun mal mit Hunden, sie sind uns nur für eine kurze Zeit geliehen. Sie sagte: »Er war so ein fröhlicher kleiner Schlingel.«

»Ich glaube, er hatte ein schönes Leben bei mir.«

»Aber natürlich. Er hatte Sie furchtbar gern, das sah man sofort.«

Ich sagte: »Hoffentlich ist er im Himmel glücklich. Meinen Sie, ich werde ihn irgendwann wiedersehen?«

»Oh ja«, sagte sie, »da bin ich mir ganz sicher.«

»Ich hoffe, ich werde ihn sehr bald wiedersehen ...«

»Nicht doch«, sagte sie. »Wir werden Sie bestimmt noch eine ganze Weile bei uns haben.« Ich weiß, dass es nett gemeint war, aber sie ist noch zu jung, um zu verstehen, wie schrecklich es ist, wenn man alt wird und die Freunde einer nach dem anderen sterben. Die Pflegerin ließ mich eine Weile mit Nicky allein. Es mag vielleicht albern klingen, aber ich wollte mich noch in Ruhe von ihm verabschieden. Gegen elf kam dann Tiny vorbei. Er sagte: »Ich habe es unten schon gehört. Es tut mir so Leid, Tilly ... Wie geht es dir?«

»Alle waren sehr nett zu mir. Ich darf ihn unten im Garten beerdigen. Unter seinem Lieblingsbaum. Ich dachte, ich lege ihm vielleicht noch eins von seinen Spielzeugen dazu, damit er Gesellschaft hat. Er konnte es noch nie leiden, allein zu sein.«

»Ach, Schätzchen, wein bitte nicht. Er ist doch gar nicht allein, er ist jetzt im Himmel, bei all den anderen Hunden.«

»Ja, aber ohne mich. Ach, Tiny, ich werde ihn doch wiedersehen, oder? Ich könnte es nicht ertragen, wenn ...«

»Natürlich wirst du ihn wiedersehen! Hör mal, wenn ich das nächste Mal mit Dennis rede, dann sag ich ihm, er soll sich um Nicky kümmern, okay? Ich rede jeden Abend vorm Einschlafen mit ihm – er macht das bestimmt gerne, er war ein großer Hundefreund.«

»Ja, wirklich?«

»Oh ja, er wollte immer einen haben, aber wir wohnten damals in einer Mietwohnung, weißt du, und da durfte man keine Tiere halten. Mit das Erste, was er sagte, als wir in den Bungalow zogen, war: ›Jetzt können wir uns endlich einen Hund anschaffen‹, und das hätten wir auch getan, aber dann wurde er krank.«

»Ach Tiny, du bist so lieb … Er wird mir schrecklich fehlen.«

»Das weiß ich, Schätzchen, aber du hast ja noch mich. Ich hab zwar keinen Schwanz zum Wedeln, aber immer noch besser als gar nichts, stimmt's?«

»Eine feuchte Nase hast du auch nicht.«

»Nur wenn's regnet.«

»Ach, Tiny … Würde es dir was ausmachen, ihn für mich nach unten zu bringen? Ich weiß, er konnte dich gut leiden.«

»Na klar, mach ich.« Er nahm mir Nicky vom Schoß.

»Auf meinem Bett liegt eine Decke, am Fußende – die mit dem Schottenkaro – darin kannst du ihn einwickeln. Und sein Spielzeug liegt auf dem Kissen … der Quietscheknochen.«

»Den steck ich ihm zwischen die Vorderpfoten, hier, siehst du. Falls er ein bisschen dran herumnagen will … So, ich bring ihn nur kurz runter ins Büro, und dann komm ich wieder hoch, und wir gehen ein bisschen an die frische Luft, in Ordnung?«

Tiny schob meinen Rollstuhl die Promenade entlang, aber es entpuppte sich als keine gute Idee, weil ich mich dauernd nach Nicky umsah, deshalb blieb er nach einer Weile stehen und sagte: »Hör mal, wie wär's, wenn wir zu mir gehen, und ich mache uns einen Happen zu essen?«

»Na ja, wenn es dir nicht zu viel Mühe macht …«

»Keineswegs! Es ist nur fünf Minuten von hier – und du hast ja auch noch nie gesehen, wie ich wohne.«

»Nein.«

»Wir haben das Häuschen zusammen gekauft, Dennis und ich. Unser erstes eigenes Heim – und das letzte, wie sich leider herausgestellt hat.«

»Was hat Dennis eigentlich gemacht?«

»Er war Bibliothekar. Als ich ihn kennen lernte, war er im Victoria-and-Albert-Museum beschäftigt. Hat dort katalogisiert. 1961 war das.«

»Hast du damals noch getanzt?«

»Nein, zu der Zeit war ich nur noch hinter der Bühne. In der Garderobe. Bei Weihnachtsmärchen und so was – oh, guck mal ... die Kinder da drüben auf dem Spielplatz, sind die nicht entzückend?«

Wir kamen an einer Schule vorbei, wo ein paar kleine Mädchen seilsprangen und dazu ein Lied sangen. Das erinnerte mich an Vera. »So was sieht man heutzutage nicht mehr oft.«

»Nein, es ist wirklich eine Schande ... die Kinder spielen kaum noch auf der Straße. Als ich klein war, konnten wir noch hingehen, wohin wir wollten. Das war noch eine richtige Kindheit.«

»Ach, ich weiß nicht ... In der Erinnerung kommt einem sowieso alles immer viel schöner vor, oder? Aber wenn ich an einige Dinge denke, die damals passiert sind ... und dann war da ja auch noch der Krieg. Meine Nichte Vera, die ist auch immer mit ihren Freundinnen seilgesprungen, und sie hatten so ein kleines Liedchen, das sie immer sangen: ›On the mountain stands a lady, Who she is I do not know, All she wants ist gold and silver, All she wants is a nice young man.‹«

»Wollen wir das nicht alle, einen netten jungen Mann?«, sagte Tiny, und wir mussten beide kichern, und dann sagte er: »Dennis konnte es nicht leiden, wenn ich so etwas gesagt habe. Er hasste es, wenn ich affektiert redete. Er sagte dann immer: ›Hör auf, Daniel, du hörst dich an wie eine Tunte‹, und ich hab gesagt: ›Aber Süßer, das bin ich doch auch.‹ Und anschließend habe ich eine Weile extra dick aufgetragen, nur um ihn zu ärgern. Damit konnte ich ihn jedes Mal auf die Palme bringen.«

»Ist das dein richtiger Name – Daniel?«

»Ja. Daniel Sidney, das muss man sich mal vorstellen! Grauenhaft, was? Dennis war der Einzige, der mich so nannte.«

»Das ist doch noch harmlos. Ich heiße Mathilda Gladys.«

»Für mich siehst du überhaupt nicht nach einer Gladys aus.«

»Das höre ich gern. Wie bist du eigentlich zu deinem Spitznamen gekommen?«

»Das war während meiner Zeit bei der Marine. Auf meinem ersten Schiff. Randvoll mit Männern, die alle ihre Liebste vermissten ... Ich hatte trotzdem kaum mit Vorurteilen zu kämpfen ... ›Du erinnerst mich an ein Mädchen‹, haben sie oft zu mir gesagt, diese großen, knackigen Kerle, und manchmal hat es auch den einen oder anderen Kuss gegeben, oder ein bisschen – du weißt schon –, aber es war ganz harmlos, wirklich, ganz unschuldig ... Sie haben mich auch immer in Schutz genommen, denn es wurde viel geflucht, verstehst du, jedes zweite Wort war ein Schimpfwort, aber wenn ich vorbeikam, hieß es immer: »Hey, da kommt Tiny, also pass auf, was du sagst!‹ Was nicht heißen soll, dass ich irgendwie bevorzugt behandelt worden wäre, ich habe genauso für mein Vaterland gekämpft wie jeder andere auch, und ich bin immer stolz darauf gewesen. Oh ja, ich war immer im Einsatz, auf die eine oder andere Art. Aber es sind auch wirklich schreckliche Dinge passiert. Einmal sind wir im Konvoi gefahren, und da war auch ein Öltanker dabei – einer von unseren –, der muss von mehr als einem Torpedo getroffen worden sein, denn der ist komplett in die Luft geflogen. Es war Nacht, und der ganze Himmel war hell erleuchtet, wie zu Silvester, alles stand in Flammen, und wir mittendrin, Freiwild für die Deutschen. Wir konnten insgesamt ungefähr zwanzig Leute retten. Sie waren komplett von Dieselöl getränkt, und ihre Haut sah aus ... wie Schinkenspeck, wie gebratener Schinkenspeck, ich weiß nicht, wie ich es sonst beschreiben soll, weil sie überall diese schrecklichen Brandwunden hatten. Viele von ihnen sind gestorben. Seit dieser Zeit habe ich jedenfalls meinen Spitznamen. Ich schätze, ich hab ziemlich Glück gehabt – na klar, es war sowieso ein Riesenglück, bis zum Schluss ohne einen Kratzer davonzukommen, aber ich meinte eher die Haltung der Leute mir gegenüber. Ich habe nämlich nie so getan, als wäre ich was anderes, als ich bin. Na ja, es hätte mir sowieso niemand abgekauft, wenn ich den harten Kerl gemimt hätte, oder? Sei einfach du selbst, hat meine Mutter immer gesagt. Wenn ich allerdings tatsächlich ein harter Kerl gewesen wäre, dann wäre sowieso alles ganz anders gewesen.«

»Warum sagst du das?« Während er sprach, hatte ich die ganze Zeit an Gerald denken müssen, der auch anders war und deshalb von vielen abgelehnt wurde, während Tiny offenbar allseits beliebt war. Die Persönlichkeit eines Menschen spielt zweifellos eine große Rolle, aber es muss auch noch andere Gründe haben …

»Na ja, ich glaube, das liegt daran, dass die Leute sich nicht gern bedroht fühlen. Ich meine, soweit ich weiß, hat es bei mir nie einen Moment gegeben, in dem mir klar geworden wäre, dass ich bin, was ich bin – einfach deshalb, weil ich es schon immer wusste. Aber was sollte ich machen? Es war illegal, so zu sein, wie ich war, jedenfalls damals. Aber, wie gesagt, ich habe trotzdem nie so getan, als wäre ich irgendwas anderes. Schon in der Schule bin ich in meinen kurzen Hosen tuckig herumgetrippelt, und die Leute haben gelacht, oder vielleicht habe ich ihnen auch Leid getan … Aber wenn jemand wirklich anders ist, dann kann das eine eigenartige Wirkung auf andere Menschen haben. Ich habe das bei einigen meiner Freunde erlebt, die haben Ärger mit der Polizei bekommen. Dennis ist das auch passiert, deshalb hat er sich nie offen dazu bekannt. All die Jahre hatte keiner seiner Bibliothekskollegen auch nur die geringste Ahnung, dass er mit einem Mann zusammenlebte. Da sind wir.« Er blieb vor einem hübschen kleinen Häuschen mit Bleiglasfenstern stehen.

»Tiny, das ist ja wunderschön!«

»Ja, ganz nett, nicht wahr? Komm, wir gehen rein. Also, was hältst du von einem Omelett? Ich kann dir ein erstklassiges Arnold-Bennett-Omelett zaubern, du weißt schon, mit geräuchertem Schellfisch und so. Absolut köstlich.«

»Es ist wirklich lieb von dir, dir solche Mühe zu machen.«

»Unsinn! Ich werde allerdings ein Weilchen etwas abgelenkt sein, aber wir stellen einfach deinen Rollstuhl hier in die Tür, dann kannst du mit mir plaudern, während ich koche. Einen trockenen Sherry als Aperitif?«

»Unbedingt.«

»Also gut, worüber wollen wir reden?«

»Tja, wenn ich ehrlich sein soll ...«

»Ja, mein Mädchen?«

»Ich wollte dich um etwas bitten.«

»Alles, was du willst. Nur zu.«

»Eigentlich geht es um Gerald.«

»Um deinen Neffen?«

»Genau. Tiny ... ich werde ja nicht ewig leben – na ja, niemand von uns wird das, aber jetzt, wo Nicky gestorben ist ... also, ich weiß halt nicht, wie viel Zeit mir noch bleibt, und deshalb wollte ich dich fragen, ob du dich wohl um ihn kümmern könntest, wenn ich nicht mehr da bin?«

Tiny zog die Augenbrauen hoch. »Nun ja, meine Liebe, was ich bisher von ihm gehört habe, klang nicht unbedingt so, als wäre ich nach seinem Geschmack.«

»Es ist bloß ... als ich neulich so niedergeschlagen war, da hast du gesagt, du würdest mich nicht verabscheuen, egal, was ich getan habe, aber wenn ich dir jetzt erzähle ...«

»Hör zu, Tilly, wenn ich eins gelernt habe in meinem Leben, dann ist es, andere Menschen nicht zu verurteilen, das kannst du mir glauben. Erzähl mir ruhig alles, was du willst. Keine Sorge, es wird mich schon nicht aus den Latschen hauen – viel mehr Sorgen macht mir momentan der Inhalt dieser Pfanne. Warte kurz, nur noch eine Minute, dann bin ich ganz Ohr.«

Während wir das Omelett aßen, erzählte ich ihm von Vera und Johnny Treece, davon, wie sie starb und der GI gehängt wurde, und wie Arthur fortging und was für eine Wirkung das auf Gerald hatte, und Tiny sah mir in die Augen und sagte: »Du musst es mir nicht erzählen, wenn du nicht willst, aber da ist doch noch mehr, oder nicht?« Und ehe ich mich's versah, brach ich auch schon wieder in Tränen aus, weinte um Nicky und Gerald und Vera und Arthur und Joe und um mein Baby und ... um alles und jeden. »Oje, ich führe mich wirklich albern auf – das muss an dem vielen Sherry liegen. Ich hätte besser auf sie aufpassen müssen, Tiny, auf Gerald und auf Vera. Und auf Arthur. Ich habe sie im Stich gelassen. Alle drei.«

»Nein, hast du nicht. So was darfst du nicht sagen, Schätzchen. So was darfst du nicht mal denken.«

»Aber es stimmt doch. Ich werde dir alles erzählen, Tiny, das habe ich noch nie getan – ich habe es Arthur versprochen –, aber nur, wenn du mir schwörst, dass Gerald es niemals erfährt. Wenn ihr euch begegnet, nachdem ich ..., wenn du mit ihm sprichst ... dann darfst du ihm auf keinen Fall davon erzählen.«

Tiny dachte einen Moment lang nach, dann stand er auf, nahm ein Foto vom Kaminsims und legte es auf den Tisch.

»Das ist Dennis, stimmt's?«

»Ja. Hör zu, alles, was du mir jetzt erzählst, wird unter uns bleiben, zwischen dir und mir und Dennis.« Er legte die Handfläche auf den Rahmen. »So. Keine Silbe davon wird diesen Raum verlassen. Ich gebe dir mein Wort.«

Nachdem sie einige Minuten durch die feuchten, düsteren Gänge geirrt waren, kamen sie in eine Höhle mit trockenem Sandboden. »Ich schlage vor, wir setzen uns einen Augenblick hin und überlegen uns, was wir tun wollen«, sagte Tom. »Es muss einen Weg nach draußen geben, sonst wären die Männer –« Er verstummte, denn Scruff hatte die Ohren aufgestellt und fing an zu knurren.

»Hörst du irgendetwas?«, fragte Peter.

»Wenn ja, dann hat er wirklich gute Ohren«, sagte Jill. »Ich höre nämlich überhaupt nichts.«

»Moment mal!«, sagte Tom. »Was war das?«

Kurz darauf hörten es alle drei – ein leises, bedrohliches Brüllen. Die Herzen der Kinder begann schneller zu schlagen.

»Was für ein schreckliches Geräusch!«, sagte Jill. »Das muss das Ungeheuer sein. Wisst ihr noch, die Bauersfrau hat uns davon erzählt.«

»Ungeheuer!«, sagte Peter abfällig. »So etwas Dämliches hätte ich nicht einmal von einem Mädchen erwartet. Es gibt keine Ungeheuer.«

»Was immer es für ein Geräusch ist«, sagte Tom, »jedenfalls kommt es von dort drüben. Halt Scruff gut fest, Jill.«

Aber dazu war es zu spät! Blitzschnell lief der aufgeregte Hund in die Richtung, aus der das Brüllen kam. Ohne auf die Rufe der Kinder zu achten, sauste er durch den dunklen, übel riechenden Tunnel.

Jills Gesicht wurde kreidebleich. »Tom«, sagte sie, »angenommen, das Ungeheuer – oder was es auch sein mag – greift ihn an? Ich finde, die Geräusche klingen furchtbar gefährlich.«

»Das Beste wird sein, wir folgen ihm«, sagte Tom, obwohl ihm etwas mulmig zu Mute war. »Los, mir nach!«

Sie rannten durch den Tunnel dem Brüllen entgegen, das lauter und lauter wurde. Plötzlich blieb Tom, der vorauslief, stehen. »Da liegt etwas im Weg!«, rief er. »Es fühlt sich an wie ein großer Stein.« Scruff winselte und kratzte zu seinen Füßen, und sein wedelnder Schwanz schlug ihm gegen die Beine.

»Was ist los?«, rief Jill. »Ich kann überhaupt nichts sehen.«

»Warte eine Sekunde. Ich mache meine Taschenlampe an«, sagte Peter.

»Auf den Gedanken hättest du ruhig schon früher kommen können«, entgegnete Jill spitz. Sie trat einen Schritt zurück und stieß mit ihm zusammen. Polternd fiel etwas zu Boden. »Was war das?«

»Die Taschenlampe. Sie ist mir runtergefallen.«

»Du Trottel.«

»Alles in Ordnung, ich habe sie«, sagte Tom. »Ich glaube, sie ist noch heil. Versuchen wir doch mal –« Er schaltete sie an, und die Kinder konnten gerade noch sehen, wie Scruffs Schwanz durch einen Spalt in der riesigen Felsplatte verschwand, die ihnen den Weg versperrte.

»Oh nein!«, schrie Jill. »Ihm wird etwas Schlimmes zustoßen, das weiß ich genau!«, und sie trommelte mit den Fäusten gegen den Felsen. »Tom! Peter! Wir müssen ihn retten!« Plötzlich verstummte das Brüllen, und ein sonderbares Klicken ertönte. Dann hörten die Kinder ein Surren, und die Felsplatte glitt ganz langsam in eine Vertiefung in der Tunnelwand. Vor ihnen tat sich ein kleiner Raum auf.

»Das ist ja unglaublich!«, sagte Tom. Jill war so froh, Scruff wiederzusehen, dass sie auf die Knie fiel und ihn umarmte.

»Also«, sagte Peter, »ich habe noch nie von einem Ungeheuer gehört, das klickende Laute von sich gibt, du etwa, Tom? Und ich bin bestimmt noch nie einem begegnet, das so aussah!«

In einer Ecke stand ein Tisch, auf dem sich ein merkwürdiger Apparat befand. »Ich frage mich, was das wohl ist.«

»Das ist sicher ein Tonbandgerät«, sagte Tom. »Ich bin überzeugt, die Männer haben es hier aufgestellt, um die Dorfbewohner fern zu halten. Sie wollen nicht, dass jemand herkommt und ihre üblen Machenschaften entdeckt.«

»Wir müssen unbedingt hier raus«, sagte Jill.

»Ja«, sagte Tom, »und zwar möglichst schnell, ehe – he, was ist das?«

Plötzlich ertönte erneut das Surren, und die drei Kinder wirbelte herum und sahen voller Entsetzen, dass die Felsplatte wieder in ihre ursprüngliche Position zurückglitt. Sie rannten los, aber es war zu spät – als sie beim Ausgang des Raums ankamen, war er bereits versperrt.

Die Kinder stöhnten auf. »Wir sitzen in der Falle!«, sagte Peter. »Was um alles in der Welt sollen jetzt wir tun?«

»Du, Tom«, sagte Jill mit leiser Stimme. »Ich habe nasse Füße.«

»Ich bitte dich, Jill«, sagte Peter. »Wir haben jetzt wirklich keine Zeit, uns über deine Füße Gedanken zu machen.«

»Nein, es stimmt, was sie sagt«, meinte Tom. »Meine Füße sind auch nass, und gerade eben waren sie noch völlig trocken.«

»Seht mal!«, rief Jill. »Da drüben! Der Spalt in der Wand! Da läuft Wasser durch!«

Sie hatte auch diesmal Recht. Graugrünes Meerwasser

strömte durch eine Öffnung im Fels in den Raum. In wenigen Minuten würde es ihre Knöchel umspülen und dann ihre Knie und dann – Tom war kein Feigling, aber in diesem Moment hatte er eine Heidenangst.

Tom eilt zu Hilfe, 1948

Gerald

Heute Abend habe ich die Vorstellung von *Starlight Express* verpasst. Viereinhalb Jahre lang habe ich keine Woche ausgesetzt. Noch sechs Monate, dann hätte ich einen persönlichen Rekord aufgestellt, fünf Jahre dasselbe Musical, aber dazu wird es nun nicht mehr kommen. Bei alldem, was passiert ist, hatte ich völlig vergessen, welcher Tag heute ist, und als es mir wieder einfiel und ich auf die Uhr schaute, da war es zu spät.

Etwas verstehe ich jedoch nicht: Wenn Jo mir die Männer auf den Hals gehetzt hat, wieso hat sie mir dann eine Schachtel Pralinen vorbeigebracht? Doreen sagte, sie hätten nett miteinander geplaudert. Es gab keinen Grund, mich von Melanie fern halten zu wollen, überhaupt keinen. Ich habe mir überlegt, Jo das zu sagen, ihr zu erklären, dass ich Melanies Freund bin und ich auf sie aufpasse, ich habe sogar daran gedacht, ihr von Vera zu erzählen ... aber das hätte keinen Zweck. Ich weiß genau, was sie sagen würde. Denn die Menschen sind heutzutage alle gleich, hinter allem vermuten sie etwas Unanständiges. Das ist immer das Erste, was ihnen einfällt – widerliche Fantasien. Diesen Weg werde ich auf keinen Fall einschlagen – ich habe gesehen, wohin er führt. Schmutz, wohin man schaut. Überall Menschen mit schmutziger Fantasie.

Dieser Palfrey ist der Schlimmste von allen, und diese Sache trägt eindeutig seine Handschrift. Ich habe mir das genau überlegt: Er kennt Paul Cosworth, und Jo kennt Paul, weil beide für Channing & Mason arbeiten ... das ist die Verbindung. Anders kann es nicht sein. Kein Wunder, dass er sein Gesicht verhüllt hat; er sollte sich schämen, quält Unschuldige und zerstört den Besitz ehrlicher Menschen, statt Verbrecher zu jagen, aber einer wie er kann ja tun, was ihm gefällt ... mich dazu bringen, dass ich meine Vorstellung verpasse. Mich von Melanie fern halten. Mir die Freude an der Arbeit nehmen, denn die ist mir ein für alle Mal vergangen. Wenn ich daran denke, wie froh ich bisher zu Beginn jeder Woche war, wieder in der Firma zu sein, die Kollegen zu treffen – ich habe mich in dieser Hinsicht immer für einen Glückspilz gehalten, denn das ist nicht jedem vergönnt. Aber das ist jetzt aus und vorbei.

Die zwei Tage, die ich zu Hause geblieben bin – ich sollte mich ausruhen, hatte der Arzt gesagt. Damit ich wieder zu Kräften komme, und ich hätte es auch genossen, denn Doreen war sehr nett zu mir, aber ich habe mir die ganze Zeit Sorgen gemacht, was sein würde, wenn ich wieder hinmüsste. Am ersten Morgen kam ich mir vor wie auf dem Weg in die Löwengrube, und noch dazu ohne Jacks Beistand. Ich hatte gehofft, mein Gespräch mit Doreen im Krankenhaus hätte ihn versöhnlich gestimmt, denn er sieht es gerne, wenn ich mit anderen Leuten gut auskomme, aber er ist nicht zurückgekehrt. Ich habe versucht mir einzureden, es liege daran, dass ich Doreen von ihm erzählt habe – ein Bruch der Vertraulichkeit –, aber das ist es nicht. Es geht um diese andere Sache ... Er ist deswegen böse auf mich. Ich habe nichts getan, und das habe ich ihm auch gesagt, aber er hört nicht auf mich. Er mag Melanie, das weiß ich genau, und ich dachte, wir würden uns gemeinsam um sie kümmern. Ich dachte, er würde mir helfen wollen.

Es war alles sehr unerfreulich. Jo war nicht da, aber Neville kam sofort aus seinem Büro herüber. Ich weiß nicht, was ich erwartet hatte, aber ich war überrascht, wie herzlich er mich begrüßte. »Hallo, GH. Schön, dass Sie wieder an Bord sind. Wie fühlen Sie sich?«

»Danke, ich komme schon zurecht.«

»Oh, natürlich ... Mir stellt sich allerdings eher die Frage, ob *wir* ohne *Sie* zurechtkommen. In den letzten beiden Tagen ...« Er schüttelte den Kopf. »Wenn dieser elende Jahrestag vorbei ist, mache ich drei Kreuze. Sie glauben gar nicht, wie viele Bestellungen bei uns eingegangen sind. Na ja, immerhin klingelt die Kasse. Aber lassen Sie es bitte langsam angehen – schließlich wird nicht jeden Tag einer von uns in Ausübung seines Dienstes verletzt. Ihre Vermieterin hat mir erzählt, Sie hätten sich heldenhaft geschlagen.«

»Also, ich weiß nicht, woher sie das hat.«

»Immer schön bescheiden bleiben, was, GH? Wie wär's mit einer Tasse Kaffee?«

»Nein danke, ich habe meine Thermosflasche dabei.«

»Ach ja, richtig, das hatte ich ganz vergessen. Übrigens, falls Sie sich schon gefragt haben, wo Jo bleibt – sie ist beim Zahnarzt. Wird gegen halb elf hier sein. Und ich bin gerade auf dem Weg zu einer Sitzung. Schaffen Sie es, für eine Weile allein die Stellung zu halten?«

»Ja, kein Problem.«

»Prima! Also, auf geht's.« Dann schaute er die Stelle auf meinem Kopf an, wo man mir um die Naht herum das Haar abrasiert hatte, und sagte: »Wissen Sie, was – manche Leute würden für so eine Frisur viel Geld bezahlen.«

»Selber schuld.«

Er wirkte etwas erstaunt, als ich das sagte, aber dann meinte er: »Ja, stimmt ... Sie haben Recht. Sollte bloß ein Witz sein. Oh, beinahe hätt ich's vergessen: Die Polizei hat angerufen. Es wird jemand vorbeikommen, um Ihnen ein paar Fragen über den Einbruch zu stellen. Irgendwann in den nächsten Tagen, hieß es.«

Ich bekam einen mächtigen Schreck. »Aber was soll ich denen denn erzählen? Ich erinnere mich an gar nichts. Wegen der Kopfverletzung.«

»Die werden trotzdem mit Ihnen sprechen wollen. Es geht um Informationen aus erster Hand, könnte man sagen. Aber Sie brauchen sich keine Sorgen zu machen – die Sache wird Sie vermutlich nur ein paar Minuten von der Arbeit abhalten. Na, ich merke schon, Sie sind ganz erpicht darauf, endlich loszulegen, also lass ich Sie jetzt besser allein. Jo hat die eiligen Bestellungen mit einem gelben Klebezettel versehen … es sind die da, auf der linken Seite.«

»Oh … ja. Vielen Dank.«

»Also, bis dann. Und übertreiben Sie's bitte nicht gleich.«

Ich betrachtete den dicken Stapel, den Jo mir hinterlassen hatte, und blätterte ihn ein paar Mal durch, aber ich konnte mich nicht aufraffen anzufangen. Außerdem klingelte es auf beiden Leitungen gleichzeitig, und die Anrufer bombardierten mich mit Fragen. Ich hatte große Mühe, mich zu konzentrieren, und bekam Kopfschmerzen, deshalb beschloss ich nach etwa einer halben Stunde, runter in die Lagerhalle zu gehen, um zu gucken, wie es dort aussah, aber als ich den Fuß der Treppe erreicht hatte, war ich regelrecht in Panik, ich schwitzte, und mein Herz pochte laut. Ich dachte, ich falle gleich in Ohnmacht. Neben dem Fuß der Treppe sind zu Dekorationszwecken ein paar Bauchrednerpuppen auf Gartenstühlen um einem Tisch gruppiert, der mit Geschirr und Essen aus Pappmaché gedeckt ist, damit es wie eine richtige Teeparty aussieht. Ich nahm eine der Puppen weg und setzte mich auf ihren Stuhl.

Eigentlich wollte ich für einen Moment die Augen zumachen, aber dann hörte ich Schritte, und als ich die Augen wieder öffnete, stand John, einer der Lagerarbeiter, direkt vor mir. Er sagte kein Wort, aber die Nähe zu ihm jagte mir Angst ein, denn er hat eine unangenehme, rüde Art und macht bei jeder Gelegenheit ordinäre Bemerkungen. Er musterte mich, und dann rief er über die Schulter: »Hier!«, und zwei seiner Kollegen kamen an, und dann standen sie zu dritt da und starrten mich an. Mir gefiel ihr Anblick überhaupt nicht. Ich versuchte, den Stuhl zurückzuschieben, um aufzustehen, aber die Lehne stieß gegen die Treppe. John beugte sich zu mir herunter. »Gerald, alter Kumpel ...«

»Ich bin nicht euer Kumpel. Denn wenn ich es wäre, würdet ihr euch nicht über mich lustig machen.«

»Wir machen uns doch gar nicht über Sie lustig.« Und er drehte sich zu den anderen um. Beide schüttelten den Kopf. »Wir wollten bloß sehen, wie's Ihnen geht.«

»Glaubt ja nicht, ich wüsste nicht ... Ich weiß, was ihr euch über mich erzählt.«

»Gerald! Wir erzählen nichts über Sie. Wir haben uns Sorgen um Sie gemacht.« Er schaute erneut zu den anderen hinüber. »Stimmt doch?« Sie nickten. »Wieso sollten wir uns über Sie lustig machen ... Wir waren echt betroffen, als wir hörten, was passiert ist.«

»Dann seid bitte so freundlich und macht Platz, damit ich wieder nach oben gehen kann.«

»Sollen wir Ihnen helfen? Sie sehen ziemlich mitgenommen aus ...«

»Danke, ich komme allein zurecht.«

Während ich die Treppe hochstieg, hörte ich einen von ihnen sagen: »Armer alter Kerl, der hat ja ordentlich was abgekriegt.«

Ich setzte mich wieder an meinen Schreibtisch. Von unten hörte ich Geräusche und war mir sicher, dass die drei mit den Puppen herumalberten, denn einer von ihnen sagte mit verstellter Stimme »Hallo, hallo«, und ich wäre am liebsten zur

Treppe gegangen, um nach unten zu rufen, dass sie das sein lassen sollen, aber mir fehlte die Kraft dazu. Vermutlich war es bloß ein unglücklicher Zufall, aber als ich die Augen aufschlug und John über mir stehen sah, da dachte ich … Plötzlich hörte ich die Stimme von Jo. Anscheinend war sie durch die Lagerhalle gekommen, denn sie sagte: »Passt auf, das Ding ist wertvoll.« Nach kurzem Gelächter – zweifellos über mich – sagte einer der Männer: »Er ist oben«, und dann: »Willst du ihn denn nicht begrüßen?«

Ich hatte keine Ahnung, was nun passieren würde. Mein Mund war trocken, und mir war mit einem Mal entsetzlich übel. Ich hörte sie die Stufen hochgehen – ich kann von meinem Schreibtisch aus das obere Ende der Treppe sehen, aber ich wollte nicht, dass sie den Eindruck hatte, ich würde auf sie warten, darum beugte ich mich über den Stapel Papier und tat so, als hätte ich sie nicht gehört. Sie kam näher, und dann sagte sie: »Hallo, Gerald, wie geht es Ihnen?« Ohne den Kopf zu heben, sah ich sie im Türrahmen stehen beziehungsweise einen Teil von ihr, denn ich sah nur ihren Rock und ihre Beine, nicht aber ihr Gesicht. Ich hätte ihr so gerne gesagt, dass ich keine Gefahr für Melanie bin, aber ich wusste genau, dass es mir niemals gelingen würde, sie davon zu überzeugen. Tränen schossen mir ohne Vorwarnung in die Augen, und damit sie es nicht sah, beugte ich mich nach unten, als wollte ich etwas aus einer der Schreibtischschubladen holen. Dann sagte sie: »Ich glaube, ich kümmere mich als Erstes um diese Aufträge hier«, und ich hörte, wie sie die Stufen wieder hinunterlief.

Dann rief die Polizei an. Es war nicht Palfrey, sondern eine Frau. Energische Stimme. Ich sagte ihr, dass ich mich an nichts erinnere, aber sie bestand trotzdem darauf, zu mir zu kommen. Kaum hatte ich zugestimmt – was blieb mir auch anderes übrig? –, tat sie natürlich zuckersüß. »Ich werde Ihre Zeit auch nicht lange in Anspruch nehmen, Mr. Haxton. Nur ein oder zwei Fragen.« Ich kenne die Tricks dieser Leute. Sie glauben, dass sie leichtes Spiel mit mir haben und ich all ihre Fragen bereitwillig beantworten werde, nur weil eine Frau sie stellt. Aber ich habe den Spieß einfach umgedreht. Ich habe ihr erzählt, dass die Männer eine Pistole hatten. Ich sagte zu ihr, sie hätten es auf den Inhalt des Safes abgesehen gehabt, und als sie von mir erfahren hätten, dass er nicht in der Lagerhalle steht, hätten sie mich niedergeschlagen.

Daran wird Palfrey gehörig zu kauen haben. Wenn er glaubt, ich tappe in seine Falle und erzähle der Polizei von Melanie, dann hat er sich geschnitten.

Jo

Ich kann es einfach nicht fassen. Es ist der reinste Albtraum. Man liest immer wieder diese Geschichten in der Zeitung, aber ich habe nicht eine Sekunde geglaubt, dass uns so etwas zustoßen könnte. Es geht um Mel. Sie ist weg. Spurlos verschwunden.

Zuerst dachte ich, dass ich mich im Tag geirrt hatte und sie in der Schule war, um bei diesem Kunstprojekt mitzuhelfen, aber als ich dort anrief, klingelte es eine Ewigkeit, und dann nahm ein Mann ab, vermutlich der Hausmeister, und er meinte: »Nein, hier ist niemand.« Ich sagte: »Sind Sie sich sicher?«, und er antwortete: »Hundertprozentig. Ich bin ganz allein hier.« Daraufhin überlegte ich, wo sie sonst sein könnte, und ich rief Mum an, um zu hören, ob sie vielleicht zu ihr gegangen sei. Kaum hatte ich »Ich weiß nicht, wo sie ist« gesagt, kam von meiner Mum natürlich: »Du gehst sofort zur Polizei, hörst du!«, und ich sagte: »Es ist okay, jedes Kind kommt mal zu spät von der Schule nach Hause.« Es gelang mir schließlich, sie etwas zu beruhigen, und ich hörte Colin im Hintergrund sagen: »Reg dich ab, Polly« – denn so heißt meine Mum – »ihr wird schon nichts passiert sein.« Als Nächstes habe ich bei Sonali angerufen. Ich habe mir gedacht, vielleicht hat Mel, die dösige Kuh, vergessen, welcher Tag ist, und ist mit zu ihr gegangen … Zuerst sprach ich mit ihrer Mutter, und sie meinte: »Nein, bei uns ist sie nicht«, und ich dachte: *Was?* Ich also: »Kann ich bitte mit Sonali sprechen?«, und sie kam an den Apparat und sagte, sie sei nicht zusammen mit ihr von der Schule nach Hause gegangen. Daraufhin ich: »Wieso?«, denn das tun sie normalerweise immer. Sonali erzählte, Mel habe noch in einen Laden gehen wollen, und als ich fragte, in welchen, meinte sie: »Ich weiß nicht ... sie wollte ein Geschenk kaufen.« Ich fand, dass sie irgendwie, nun ja, herumgedruckst hatte, deshalb dachte ich, das ist ja merkwürdig, und ich überlegte fieberhaft, wen wir kennen, der demnächst Geburtstag hat, aber mir fiel niemand ein. Dann dachte ich: Was nun? Am Ende rief ich Ron an, nicht weil ich hoffte, dass ich von ihm erfahren würde, wo sie steckt, sondern um einfach nur mit ihm zu reden und weil ich von jemandem hören wollte, dass ich mir unnötig Sorgen mache und alles gut werden wird oder etwas in der Art. Aber sein Handy war abgeschaltet, also wurde nichts draus.

Anfangs war ich ziemlich sauer auf sie. Ich dachte immer wieder: *Was fällt ihr ein?* Aber als es später und später wurde und sie immer noch nicht zu Hause war, bekam ich es mit der Angst. Die Sache ist die, ich habe immer zu ihr gesagt: »Ich bin keine Spielverderberin, aber ich will immer wissen, wo du bist, okay?« Und sie hat sich bisher dran gehalten. Sie gehört bestimmt nicht zu den Kindern, die auf die Frage der Eltern, was sie vorhaben, nur »Ihr könnt mich mal« antworten und sich dann verkrümeln und tun, was ihnen passt. Ich würde nie behaupten, dass Mel keine Fehler hat, aber, *bei Gott,* so eine ist sie nicht.

Um halb elf rief dann Sonali an und fragte: »Kann ich bitte mit Mel sprechen?«

»Sie ist immer noch nicht da! Hat sie sonst noch irgendwas gesagt, wo sie hinwollte? Denn ich mache mir inzwischen große Sorgen.«

»Na ja ...«

»Hör mal, Sonali, du kriegst bestimmt keinen Ärger, das schwöre ich dir, ich will bloß wissen, wo sie ist.«

Daraufhin meinte Sonali: »Also, ich weiß nichts Genaues, ich kann Ihnen keinen Namen sagen oder so …«

»Soll das heißen, dass sie nach der Schule mit jemandem verabredet war?«

»Ja, aber das war heute nicht das erste Mal … mehr weiß ich eigentlich auch nicht.«

»Wann hat das mit den Verabredungen angefangen?«

»Vor einer Woche etwa.«

»Hat sie einen Freund oder was?«

»Nein, ich glaube nicht … Das ist wohl nicht direkt ein Freund.«

»Was meinst du mit *nicht direkt?*«

»Na ja, … sie hat in letzter Zeit öfters einen Typen erwähnt. Ich weiß nicht, wer er ist, und wenn ich sie frage, sagt sie immer nur: ›Ach, du kennst ihn sowieso nicht‹, und einmal hab ich zu ihr gesagt: ›Das glaube ich dir nicht, denn wenn es einer der Jungs aus der Schule ist, dann kenne ich ihn bestimmt. Zumindest vom Sehen.‹ Aber sie meinte, es sei niemand von unserer Schule, und tat dann irgendwie total geheimnisvoll.«

»Aber du bist dir sicher, dass sie heute mit ihm verabredet war?«

»Ja. Das ist aber auch alles, was ich weiß. Hören Sie, es tut mir Leid, dass ich Ihnen das nicht schon vorhin erzählt habe, aber als Sie anriefen, dachte ich, Mel ist wahrscheinlich gerade auf dem Weg nach Hause. Und ich wollte sie nicht verpfeifen …«

»Das ist schon Ordnung, Sonali. Ich bin nicht sauer auf dich, und ich werde auch nicht mit Mel schimpfen. Ich will bloß, dass sie wohlbehalten zurückkommt, mehr nicht.« Ich dachte, ich müsste gleich anfangen zu weinen, deshalb versuchte ich den Atem anzuhalten, als sie sagte: »Keine Sorge, es geht ihr bestimmt gut.«

»Ja, also dann … gute Nacht, Sonali.«

Kaum hatte ich den Hörer aufgelegt, klingelte es. »Mel! Bist du das?«

»Nein, ich bin's, Ron. Alles in Ordnung?«

»Nein, ganz und gar nicht. Es ist wegen Mel. Sie ist noch nicht zu Hause.«

»Bisschen spät, was? Wo steckt sie?«

»Ich habe keinen blassen Schimmer. Das ist ja gerade das Problem. Ich bin schon ganz krank vor Sorge.«

»Entspann dich, Jo. Sie ist alt genug, wahrscheinlich ist sie einfach mit ein paar Freundinnen unterwegs.«

»Sie ist nicht alt genug, sie ist erst *zwölf!* Und außerdem habe ich ihre Freundinnen angerufen.«

»Was, alle?«

»Nein, bloß Sonali –«

»Aber sie hat doch nicht nur die eine Freundin, oder? Ich schlage vor, du rufst noch ein paar mehr an.«

»Ja, das könnt ich machen, aber sie hätte mir bestimmt Bescheid gesagt, wenn sie sich mit denen treffen wollte.«

»Nicht unbedingt. Vielleicht haben sie spontan beschlossen, ins Kino zu gehen oder so.«

»Und ich habe deren Telefonnummern auch gar nicht.«

»Hat Mel denn kein Adressbuch? Wenn ja, dann liegt es bestimmt in ihrem Zimmer, oder?«

»Weiß nicht.«

»Los, geh nachschauen. Ich bleibe so lange dran.«

Also lief ich in Mels Zimmer und durchwühlte rasch alle Schubladen, fand aber nichts.

»Fehlanzeige. Und bei der Auskunft brauche ich es erst gar nicht zu versuchen, denn ich kenne die Nachnamen der Mädchen nicht.«

»Was ist mit Mels bester Freundin – wie heißt sie noch gleich?«

»Sonali.«

»Genau die. Hat sie vielleicht die Nummern?«

»Könnte sein …«

»Tja, dann ruf sie noch mal an und frag sie.«

Ich schaute auf die Uhr. Es war inzwischen fünf vor elf, aber ich dachte, das ist ein Notfall, also wählte ich Sonalis Nummer, und diesmal ging ihr Vater ran. Nachdem ich ihm erklärt hatte, was los war, sagte er, er werde nachschauen, ob die Namen in ihrem Adressbuch stehen. Sonali hatte die Telefonnummern von Abbey, Tara und Channelle, und ich rief bei den dreien an, aber Mel war bei keiner von ihnen. Es war jedes Mal mehr oder weniger dasselbe Gespräch – mit einem Elternteil –, und alle meinten: »Sie sollten die Polizei benachrichtigen«, und »Ist jemand bei Ihnen?« Sie klangen wirklich mitfühlend, aber ich sagte: »Ich komme schon zurecht«, denn ich wollte noch mal in Ruhe scharf nachdenken, falls Mel mir irgendetwas erzählt hatte und mir nur entfallen war, was. Die Polizei einzuschalten, das hätte bedeutet, endgültig die Möglichkeit zu akzeptieren, dass etwas Schlimmes passiert war, und das wollte ich nicht, denn … Ich saß da, und diese Gedanken schwirrten mir unablässig durch den Kopf, und gleichzeitig sah ich vor meinem geistigen Auge, wie Mel von einem widerlichen Mann ins Gebüsch gezerrt wurde und … Ich konnte nicht mehr klar denken.

Inzwischen war es fast Mitternacht, aber Ron hatte gesagt, ich könne ihn jederzeit anrufen, egal wie spät es sei, also tat ich es und sagte: »Ich muss zur Polizei gehen«, woraufhin er meinte – ich dachte, ich höre nicht richtig: »Findest du nicht, dass du ein bisschen überreagierst?« Ich sagte: »Wie bitte?« Immerhin ging es um meine Tochter. Es war ja nicht etwa so, als wäre … ich weiß auch nicht … ein Hamster entlaufen. Dann sagte er: »Ich würde erst mal in aller Ruhe abwarten.«

»Das kann ich nicht, dazu mache ich mir viel zu große Sorgen um sie – oh mein Gott, Ron, glaubst du vielleicht …«

»Was?«

»Na ja, ich dachte eben an Gerald … Was, wenn es eine Art Racheakt ist? Was, wenn er sie verschleppt hat und sie nicht wieder freilässt, weil er mich für das bestrafen will, was ihr, du und Paul, ihm angetan habt?«

»Ich habe dir doch gesagt, dass wir ihn nicht …«

»Verdammt noch mal, Ron, er musste ins Krankenhaus! Als ich ihn in der Firma gesehen habe – ich hatte Neville gesagt, ich hätte morgens einen Zahnarzttermin, denn ich wusste nicht, ob ich die Begegnung mit ihm durchstehen würde, aber später musste ich dann hingehen – er sah schrecklich aus. Und er war wirklich sehr … verschüchtert, hat mir nicht in die Augen geschaut … allerdings habe ich ihm auch nur wenig Gelegenheit dazu gegeben, denn ich fand es unerträglich, mit ihm im selben Raum zu sein. Aber er ist immer noch nicht ganz genesen, also wäre er wahrscheinlich körperlich gar nicht in der Lage –«

»Moment mal. Du hast doch erzählt, dass er eine Kopfverletzung hat, oder?«

»Ja. Sie musste genäht werden.«

»Der Aufprall könnte natürlich gewisse Folgen gehabt haben. Vielleicht ist er seitdem, na, du weißt schon …«

»Seine Vermieterin hat mir erzählt, er sei ziemlich verwirrt gewesen, als er zu Hause ankam, aber das bedeutet ja noch nicht … Er hat der Polizei erzählt, dass ihr eine Pistole dabeigehabt habt.«

»Eine *was?*«

»Eine Pistole. Er sagte, ihr hättet ihn damit bedroht. Ich habe das nur zufällig mitangehört, denn die Tür stand offen, und ich war auf der Treppe – stimmt das?«

»Das mit der Pistole? Nein, wir hatten keine dabei. Er spinnt. Ich wette, er ist jetzt völlig plemplem.«

»Aber vergiss nicht: Sonali hat gesagt, Mel wäre mit jemandem verabredet gewesen und hätte öfters über ihn gesprochen. Das dürfte wohl kaum *Gerald* gewesen sein, oder?«

»Mel hat gesagt, dass sie eine Verabredung hat? Aber –«

»Habe ich dir das etwa nicht erzählt? Also, Sonali sagte, sie glaubt, Mel hat eine Verabredung mit einem Typen, aber sie weiß nicht, wer er ist, denn Mel hat sehr geheimnisvoll getan.«

»Hat sie sonst noch was gesagt?«

»Nur, dass Mel ihr erzählt hat, es sei niemand, den sie kennt, mehr nicht.«

»Es könnte also fast jeder sein ... falls es den Typ überhaupt gibt.«

»Was meinst du mit ›falls es ihn gibt‹?«

»Na ja, vielleicht hat sie ihn erfunden. Um ihre Freundinnen zu beeindrucken, um erwachsen zu wirken.«

»So was macht Mel nicht. Da bin ich mir sicher.«

»Jo, du solltest dich mal fragen, wie gut du sie wirklich kennst. Kinder erzählen ihren Eltern nicht immer alles – ich jedenfalls habe das früher nicht getan.«

»Ich schon.«

»Tatsächlich? Als du damals Mel bekommen hast ... wusste deine Mutter vorher, dass du mit jemand geschlafen hast?«

»Ja, natürlich wusste sie – oh, ich verstehe, was du meinst. Nein, das hat sie nicht gewusst, aber ich verstehe nicht, was das –«

»Da hast du's.«

»Was hab ich? Willst du etwa darauf hinaus, dass sie schwanger ist?«

»Nein.«

»Worauf willst du dann hinaus, Ron? Erst sagst du, es war Gerald, und eine Minute später sagst du, sie ist mit einem Kerl durchgebrannt – hör mal, ich halte es nicht mehr aus. Ich rufe die Polizei an.«

Ich wollte gerade erneut den Hörer abnehmen, als Mum anrief. »Ich versuche schon den ganzen Abend dich zu erreichen, aber bei dir war immer besetzt. Ist sie wieder da?«

»Nein, sie ist –«

»Hast du die Polizei benachrichtigt?«

»Nein, aber ich wollte –«

»Schluss mit den Ausreden! Ich lege jetzt den Hörer auf, und dann rufe *ich* bei denen an, und dann komme ich sofort zu dir.«

Ich erinnere mich, wie ich auf die Uhr schaute und dachte: Halb eins, normalerweise wäre sie vor über sieben Stunden nach Hause gekommen. Eine andere Bedeutung von Zeit gab es für mich nicht mehr, mir war egal, ob es Zeit war, zu Abend zu essen oder ins Bett zu gehen oder was auch immer. Zeit hieß für mich nur noch Zeit ohne Mel.

Etwa zehn Minuten später rief mich eine Beamtin vom Polizeirevier an. Sie nannte mir ihren Namen und dann sagte sie: »Bei uns hat eine Mrs. Farrell angerufen. Es geht um eine Melanie Farrell, die offenbar nicht nach Hause gekommen ist ...«

»Ja, das stimmt. Sie hätte nach der Schule herkommen sollen, aber bis jetzt ist sie nicht aufgetaucht.«

Die Polizistin fuhr fort: »Mrs. Farrell hat uns Ihre Telefonnummer gegeben – sie ist Ihre Mutter, ist das richtig?«

»Ja.«

»Und Sie sind Melanie Farrells Mutter?«

»Ja, das bin ich.«

»Wie heißen Sie bitte?«

»Jo. Joanne Farrell.«

»Wenn Sie jetzt bitte so freundlich wären, mir zu berichten, was passiert ist.«

Also, obwohl ich ziemlich durcheinander war, dachte ich: Geht es vielleicht noch ein bisschen herablassender? Dennoch fing ich an ihr zu erzählen, was ich wusste, und schon bald unterbrach sie mich und fragte, ob Mel und ich uns heute Morgen gestritten hätten. Ich sagte: »Nein«, und daraufhin sie: »Und gestern?«

»Auch nicht.«

»Und während der letzten Tage?«

»Hören Sie, wir verstehen uns bestens, okay? Wann begreifen Sie das endlich?«

Woraufhin sie nur bemerkte: »In Ordnung, ganz wie Sie meinen, doch ich muss diese Fragen leider stellen, denn oft sind familiäre Probleme der Grund, wieso Kinder weglaufen.«

»Das mag ja sein, aber ich erinnere mich nicht mal, wann es zuletzt eine Auseinandersetzung zwischen uns gegeben hat. Heute Morgen zum Beispiel wirkte sie richtig glücklich, irgendwie voller Lebensfreude, wissen Sie?«

»Tja, das könnte vielleicht – hat sie einen neuen Freund?«

»Sie ist erst zwölf.«

»Ich fürchte, das ist heutzutage kein Hinderungsgrund mehr.«

»In diesem Haushalt schon!«

Dann hatte sie doch tatsächlich den Nerv zu sagen: »Möglicherweise hat sie deshalb Geheimnisse vor Ihnen.«

Beinahe hätte ich ihr gesagt, sie solle sich zum Teufel scheren, aber dann fiel mir wieder ein, was Sonali mir erzählt hatte, deshalb sagte ich: »Also, ich gebe es nur ungern zu …«, und ich berichtete, was Sonali mir erzählt hatte, und sie kam mir mit der alten Leier, dass Kinder ihren Eltern nicht immer alles sagen. Das übliche Blabla. Ich hatte das Gefühl, für sie war die

Sache klar, aber sie musste noch die restlichen Fragen auf ihrer Liste abhaken, denn anschließend sagte sie: »Lebt Melanies Vater mit Ihnen zusammen?«

»Ich habe Melanies Vater nicht mehr gesehen, seit sie vier Monate alt war.«

»Was ist mit Melanie? Sieht sie ihn regelmäßig?«

»Soll das ein Witz sein?«

»Er hat überhaupt keinen Kontakt zu Ihnen?«

»Wir wissen nicht einmal, wo er wohnt.«

»Leben Sie mit einem Partner zusammen?«

»Nein.«

»Haben Sie momentan eine Beziehung?«

»Ja, ich bin mit einem Mann befreundet.«

»Aber Sie wohnen nicht mit ihm zusammen?«

»Nein. Das habe ich doch schon gesagt, oder?« Und ich dachte bloß: Wie wär's, wenn Sie aufhören würden, mir diese bescheuerten Fragen zu stellen, und sich stattdessen auf die Suche nach meiner Tochter machen?

»Sie sind also eine allein erziehende Mutter?«

»Ja!« Mir lag auf der Zunge zu sagen: In was für einer Welt leben Sie eigentlich? Gibt es dort keine allein erziehenden Mütter?

»Sind Sie heute Abend mit Ihrem Freund ausgegangen?«

»Nein, bin ich nicht – und selbst wenn, dann hätte ich Mel nicht allein gelassen. Das tu ich nie.«

Dann hat sie versucht, mich zu beruhigen: »Ein Großteil der vermissten Kinder taucht binnen kurzem wieder auf«, sagte sie und hat die üblichen Vorschläge gemacht: Mels Freunde anrufen, in ihrem Zimmer nachschauen, ob etwas fehlt und so weiter, und ich habe nur geantwortet: »Schon geschehen.« Schließlich meinte sie: »Viele Anhaltspunkte sind das leider nicht. Ich schlage vor, Sie geben mir eine Beschreibung von ihr durch, damit ich sie an alle Streifenwagen weiterleiten kann. Mehr können wir momentan nicht tun.«

Daraufhin sagte ich: »Warten Sie. Es gibt da noch etwas.« Und ich erzählte ihr von Gerald. Alles, auch das mit Ron und Paul. Plötzlich war sie ganz Ohr.

Ich hatte ein schlechtes Gewissen deswegen, weil es mir vorkam, als würde ich die beiden verpfeifen. Schließlich hatten sie mir bloß helfen wollen, doch ich dachte, sollte es da irgendeinen Zusammenhang geben, dann ist es das wert, selbst wenn Ron deswegen mit mir Schluss macht. Geralds Verletzung habe ich allerdings nicht erwähnt, sondern nur gesagt, dass sie ein ernstes Wort mit ihm geredet haben. Und da ich immer noch nicht genau weiß, was eigentlich passiert ist, war das auch nicht direkt eine Lüge. Nachdem ich ihr die drei Namen buchstabiert hatte, fragte sie: »Dieser Mr. ... Haxton – Sie sagten, er ist der Polizei bekannt?« Also erzählte ich ihr, dass man ihn verhaftet hatte, weil er ein Exhibitionist ist und sich vor Kindern entblößt hat, und sie sagte mir, sie werde das überprüfen, und bat mich, sofort auf der Polizeiwache anzurufen, falls Mel in der Zwischenzeit nach Hause kommt. Und dann sagte sie mir doch tatsächlich, ich solle versuchen, ein paar Stunden zu schlafen!

Das war am Mittwoch – jetzt ist Donnerstagabend, und sie ist immer noch weg. Colin war ein echter Schatz. Er hat für mich in der Firma angerufen und überall im Viertel nach ihr gesucht. Mum war auch sehr lieb – sie hat Essen gekocht –, allerdings habe ich keinen Bissen heruntergebracht. Die Polizistin war hier, und um ehrlich zu sein, sie ist gar nicht so arrogant, wie ich anfangs gedacht habe. Sie hat mir versichert, dass sie tun, was sie können. Sie waren in der Schule und haben mit den Lehrern und den Kindern aus Mels Klasse gesprochen. Sonali hat schon zweimal angerufen und furchtbar geweint, denn das arme Mädchen glaubt, sie sei schuld. Ich habe versucht, ihr zu erklären, dass das Unsinn ist, und das ist ja auch die Wahrheit, aber dann habe ich mir automatisch die Frage gestellt: Wer ist schuld daran? Und die Antwort war jedes Mal dieselbe: ich. Wäre ich doch bloß ein bisschen *aufmerksamer* gewesen. Aber ich habe immerzu an Ron gedacht, und dann an die Sache mit ihm und Paul und Gerald. Ich weiß, ich habe das natürlich für sie getan, aber trotzdem …

Heute Nachmittag klingelte das Telefon, und Paul war dran. Er sagte, er habe in der Firma angerufen, weil er mit mir über eine Bestellung sprechen wollte, und Neville habe ihm erzählt, was los sei. Er klang wirklich betroffen: »Ich wage gar nicht, mir vorzustellen, wie du dich fühlst. Wenn es eins von meinen Kindern wäre …« Ich heulte so sehr, dass ich ihn kaum verstand. Dann fragte er: »Hast du der Polizei von Gerald erzählt?«

»Ja, tut mir Leid, ich wollte euch nicht in Schwierigkeiten bringen, aber –«

»Red doch keinen Stuss! Du hast genau das Richtige getan. Hör zu, ich rufe gleich meinen Freund Steve an.«

»Welchen Steve?«

»Steve Palfrey, den Polizisten. Du weißt doch, er ist derjenige, der mir das über Gerald erzählt hat.«

»Aber was ist mit –«

»Meinst du unseren Besuch bei euch in der Firma? Das kann ich mit ihm klären. Er findet solche perversen Typen genauso widerlich wie ich.«

»Du glaubst also, Gerald hat etwas damit zu tun?«

»Ja, das ist doch nur logisch, oder? Am liebsten würde ich bei ihm zu Hause vorbeigehen, aber –«

»Nein, lass das. Du weißt ja, dass er neulich ins Krankenhaus musste, oder? Und Mels Freundin hat gesagt, Mel wäre mit jemandem verabredet gewesen, in den sie verknallt war, und das wird doch wohl kaum Gerald gewesen sein, oder?«

»Vergiss nicht, Jo, diese Männer sind sehr gewieft – die kennen jede Menge Tricks. Ich bin sicher, Mel ist ein vernünftiges Mädchen, aber sie ist noch sehr jung –«

»Aber ich habe ihr immer gesagt, sie soll nicht mit fremden Männern reden – und, na ja, sie hätte ihn doch bestimmt wiedererkannt. Als sie mir davon erzählt hat, dass sie jemand verfolgt, hat sie den Mann ziemlich gut beschrieben – deshalb bin ich überhaupt erst auf Gerald gekommen.«

»Vielleicht hat er ihr Briefe geschickt. Diese Typen lassen sich alles Mögliche einfallen.«

»Ja, und trotzdem ... als ich die Polizistin vorhin fragte, was sie wegen Gerald unternehmen wollen, hat sie bloß gesagt, sie wird das überprüfen und man soll keine voreiligen Schlüsse ziehen. Es klang, als glaube sie mir nicht.«

»Das Beste wird sein, ich rufe sofort Steve an. Ich werde auch mit Neville reden, und dann ... ich weiß, so was sagt sich immer leicht, aber versuch, dir nicht allzu große Sorgen zu machen. Du musst Mel zuliebe stark sein. Es ist erst ein Tag vergangen. Bestimmt bekommst du sie wohlbehalten zurück.«

»Paul ... tu, was du tun kannst ... Sie fehlt mir so furchtbar.«

»Natürlich. Ich verstehe dich. Lass mich nur machen.«

Ich werde langsam verrückt – ich stelle mir vor, was passiert sein könnte, male mir alles Mögliche aus, und es wechselt von einem Moment zum nächsten ... ständig muss ich an diese furchtbaren Geschichten über Kinderschänder denken und sehe im Geiste Bilder, die ich sofort zu verdrängen versuche, denn was bringt das, aber es gelingt mir nicht, es gelingt mir einfach nicht. Immer wieder schaue ich auf die Uhr und denke: Schon wieder eine Stunde vergangen, und immer noch kein

Lebenszeichen von ihr. Ich kann nichts essen, ich kann nicht schlafen, ich bin wie gelähmt. Ich will meine Kleine wiederhaben, sonst nichts.

Tilly

Ich griff quer über den Tisch nach Tinys Hand, und dann hatte ich plötzlich so ein merkwürdiges Gefühl, einen stechenden Schmerz in der Brust. Ich hörte, wie er in scharfem Tonfall fragte: »Stimmt was nicht, Tilly?«

Einen Moment lang war mir, als hätte mein gesamter Körper aufgehört zu funktionieren, aber dann ließen der Schmerz und das komische Gefühl wieder nach, und ich fühlte mich wieder einigermaßen gut. »Kein Grund zur Beunruhigung – nur eine kleine Verdauungsstörung.«

»Das liegt bestimmt an Arnold Bennett, der ist dir nicht bekommen.«

»Ja, muss wohl.«

»Soll ich dir eine Tablette holen? Oder ... ich weiß was! Magnesiummilch. Die hilft mir immer am besten.«

»Nein, bleib hier. Hat doch keinen Sinn mehr, jetzt wo es vorbei ist.«

»Na gut, wenn du meinst ...«

»Keine Sorge, ich werde dir hier schon nicht unter den Händen wegsterben. Zumindest heute nicht. Was ich sagen wollte ... Es geht nicht darum, ob ich dir vertraue, Tiny, denn das tue ich – es ist einfach nur die Vorstellung, es überhaupt jemandem zu erzählen. Ich will nicht, dass Arthurs Geist mich verfolgt.«

»Das wird er auch nicht, Schätzchen. Ich hab doch gesagt, es bleibt alles innerhalb dieser vier Wände.«

»In Ordnung, dann also los: Wo war ich stehen geblieben?«

»Warte mal ... du hast erzählt, dass dieser GI gehängt worden ist und dass Geralds Vater weggegangen und nie mehr zurückgekommen ist.«

»Richtig. Ich hatte mich in einen Soldaten verliebt und war von ihm schwanger geworden. Ich sah keine andere Möglichkeit, als das Kind wegmachen zu lassen, und hinterher war ich ziemlich deprimiert, vor allem, als ich gehört hatte, was mit Vera passiert war, denn das war ungefähr zur gleichen Zeit gewesen, verstehst du? Es kam mir fast wie ... wie der Kindermord von Herodes vor, es war so schrecklich, und ich hatte es einfach geschehen lassen, ich kann dir gar nicht sagen ...«

»Komm, jetzt holst du erst mal dein Taschentuch raus und wischst dir die Tränen ab, und dann schieb ich meinen Stuhl zu dir rüber, siehst du, damit ich deine Hand halten kann. So ist es schon besser, oder? Lass dir Zeit, so viel du willst.«

»Ich weiß, dass es niemandem hilft, wenn ich jetzt deswegen Tränen vergieße, das wird sie auch nicht zurückbringen, weder Vera noch Joe noch ...«

»Joe? War das dein Soldat?«

»Ja, aber er ist gefallen, das war ja der Grund, weshalb ...«

»Du brauchst dich vor mir nicht zu rechtfertigen, Tilly. Es muss scheußlich für dich gewesen sein, so ganz allein. Ich wünschte, wir hätten uns damals schon gekannt.«

»Du hättest nicht viel Freude an mir gehabt. Weißt du, als Arthur mir erzählte, dass Vera schwanger gewesen war, da hatte ich das Gefühl, als würde ich das Ganze noch mal durchleben. Er glaubte, das Kind wäre von diesem Amerikaner gewesen, das glaubten alle. Sie dachten, dass er sie deshalb ... dass sie es ihm gesagt hatte, er sie aber nicht heiraten wollte und sie sich deshalb gestritten hätten. Die Polizei fand ihre Handtasche bei seinen Sachen. Ein paar Wochen nach ihrer Ermordung wurde er verhaftet und kurz darauf vor Gericht gestellt.

Er hat seine Unschuld beteuert. Bis zum Schluss. Ich war bei der Verhandlung nicht dabei – na ja, Marjorie hatte mir untersagt zu kommen, aber ich wäre sowieso nicht hingefahren. Ich wusste vorher schon, dass das Ganze nur eine Farce sein würde. Das wussten wir alle. Na ja, wenn ich ›alle‹ sage, dann meine ich natürlich nicht die Polizei, obwohl das Beweismaterial ziemlich dürftig war – nur so genannte Indizien. Aussagen von Leuten, die glaubten, ihn gesehen zu haben. Treece war einer von ihnen. Er behauptete, er hätte von seinem Garten aus gesehen, wie ein amerikanischer Soldat in den Wald ging. Sein Garten grenzte zwar tatsächlich an den Wald, aber es war alles erstunken und erlogen.«

»Woher wusstest du das?«

»Ich wusste es einfach. Genau wie Marjorie und Treece … und natürlich Arthur. Die drei hatten sich vorher abgesprochen, was sie sagen würden. Aber statt etwas zu unternehmen, bin ich untätig zu Hause geblieben.«

»Hat Marjorie dir deshalb verboten zu kommen? Weil sie Angst hatte, du würdest die Wahrheit sagen?«

»Nein, das hatte sie schon vor der Verhaftung getan. Ich hatte ihr nämlich geschrieben, nachdem Arthur mir von Veras Tod erzählt hatte. Ich mochte mich in meinem Zustand nirgendwo blicken lassen, also schrieb ich ihr einen Brief, um ihr mein Beileid auszusprechen und ihr zu erklären, dass ich krank gewesen sei. Was ich gehabt hatte, erzählte ich ihr nicht, obwohl Arthur es natürlich wusste. Außerdem kündigte ich an, in der darauf folgenden Woche vorbeikommen zu wollen, und falls ich irgendetwas für sie tun könnte … Ein paar Tage später bekam ich einen geharnischten Antwortbrief, in dem sie mir vorwarf, ich hätte mich mit Arthur gegen sie verbündet. Sie behauptete, ich würde ihr nur schaden wollen und wäre schon immer neidisch auf sie gewesen und noch einige andere ähnliche Vorwürfe. Ich weiß nicht mehr, ob sie tatsächlich gesagt hat, alle hätten sich gegen sie verschworen, aber das war die eigentliche Botschaft, und sie ließ keinen Zweifel daran, dass mein Besuch unerwünscht sei. Ich erinnere mich, dass sie irgendwas darüber schrieb, dass sie von John Treece enttäuscht sei, aber Vera hat sie, soweit ich weiß, mit keinem Wort erwähnt. Es war ein unglaublicher Ausbruch von … *Hass*, und noch dazu aus heiterem Himmel. Ich war so schockiert, dass ich den Brief nur ein einziges Mal gelesen habe. Danach hab ich ihn zerrissen, und ich weiß noch, dass ich extra auf die Straße gegangen bin, um ihn dort in einen Abfalleimer zu werfen, weil ich die Papierschnipsel nicht bei mir in der Wohnung haben wollte.

Mir war das alles völlig unverständlich. Einen Moment lang dachte ich, die Affäre zwischen Arthur und mir sei der Grund, denn dann hätte ich ihre Reaktion verstanden … aber auch darüber verlor sie kein einziges Wort. Ich weiß noch, wie überrascht ich darüber war. Sie nannte mich eine Verräterin und noch manches andere, aber es gab keine konkreten Vorwürfe, obwohl es gar nicht Marjories Art war, um den heißen Brei herumzureden, wenn sie mit jemandem abrechnen wollte, deshalb war ich ziemlich verblüfft. Und natürlich auch gekränkt, weil ich ihnen gerne beigestanden hätte und sie mich auf diese brutale Weise abblitzen ließ, ohne jede Erklärung. Ich verstand nicht, was das alles mit Vera zu tun hatte, aber der Tonfall ihres Briefes war so unmissverständlich, dass ich es nicht wagte, sie anzurufen, deshalb wartete ich darauf, dass Arthur sich bei mir meldete. Das tat er dann auch, einige Tage später, um mir mitzuteilen, die Polizei habe einen Amerikaner namens Eddie Mayo verhaftet. ›Er hat offenbar schon früher mal Ärger gehabt. Mit seinem Kommandeur, nicht mit der Polizei. Hat Kameraden bestohlen.‹

›Ist er Pilot?‹

›Nein, er gehört zum Bodenpersonal. Es heißt, er sei etwas beschränkt. Denkt sich andauernd irgendwelche albernen Geschichten aus, um bei den anderen Eindruck zu schinden. Es wundert mich nicht, dass so einer mit einer Minderjährigen anbändelt. Ich sage dir, Tilly, wenn ich den Kerl in die Finger kriegen könnte, nur für fünf Minuten …‹

›Ist sich die Polizei ihrer Sache sicher?‹

›Ziemlich sicher. Der Mistkerl hatte sie zu einem Tanzabend auf dem Stützpunkt eingeladen, aber dann hat er sie offenbar überredet, mit ihm in den Wald zu gehen. Er schwört natürlich, sie habe ihn versetzt. Ich hatte Marjorie gesagt, dass ich so etwas nicht dulde, dass Vera noch zu jung für solche Veranstaltungen sei, und erst recht, wenn Amerikaner dabei wären, aber sie hat das nicht gekümmert. Sie war viel zu sehr damit beschäftigt, diesem verdammten John Treece schöne Augen zu machen.‹

Ich fragte: ›Bist du sicher?‹

›Sie ist völlig verrückt nach ihm! Das muss dir doch aufgefallen sein.‹

›Das schon, aber woher willst du wissen, ob er ihre Gefühle auch erwidert?‹

›Das ist sicher nett gemeint von dir, Tilly, aber du brauchst mich nicht zu schonen.‹

›Glaub mir, das habe ich auch nicht vor. Es gibt da etwas, das ich dir sagen muss, Arthur. Ich hätte es dir schon vor langer Zeit sagen sollen.‹

Und dann erzählte ich ihm von Treece und Vera. Ach, Tiny … du kannst dir nicht vorstellen, wie oft ich dieses Gespräch in Gedanken noch einmal durchgegangen bin und mir gewünscht habe, ich hätte den Mund gehalten. Ich hätte es ihm niemals sagen dürfen. Das heißt, natürlich hätte ich es ihm sagen sollen, und zwar an dem Tag, an dem ich entdeckte, was los war, denn dann würde Vera heute vielleicht noch leben – aber nicht zu dem Zeitpunkt, an dem ich es tat. Das Leben von Eddie Mayo hätte ich durch Schweigen zwar auch nicht gerettet … Ich dachte damals, ich könnte wenigstens einen Teil des Schadens wieder gutmachen, aber stattdessen hab ich nur noch mehr Schaden angerichtet. Ich will nicht behaupten, dass Unwissenheit immer ein Segen ist, aber glaub mir, in diesem Fall …«

»Aber das konntest du doch noch gar nicht wissen, als du damals mit ihm gesprochen hast, oder? Du kannst dir nicht für alles die Schuld geben.«

»Sei bitte nicht so nachsichtig mit mir, Tiny, das will ich nicht. Ich erzählte Arthur also von Vera und John Treece, und auf einmal wurde es ganz still am anderen Ende der Leitung. Ich schrie in den Hörer, er solle endlich etwas sagen, denn ich hatte furchtbare Angst, er würde schnurstracks zu dem Kerl gehen und ihn umbringen. Schließlich fragte er: ›Hat Marjorie davon gewusst?‹

›Ich glaube nicht, dass sie es wusste, aber sie war eifersüchtig auf Vera, weil sie so viel Zeit mit ihm verbrachte. Ich weiß nicht, ob sie zwei und zwei zusammengezählt hat, aber von mir hat sie es jedenfalls nicht erfahren, falls du das meinst.‹

›Ach, das ist also der Grund, warum …‹, fing er an, doch er sprach nicht weiter. Nach einer Pause sagte er noch: ›Mein Gott.‹ Sonst nichts. Mein Gott. Und dann legte er auf.

Danach habe ich ungefähr eine Woche lang nichts von Arthur gehört. Bis er eines Nachts bei mir auftauchte – ich wohnte damals noch mit Millicent zusammen, und wir schliefen beide schon. Sie war es, die den Krach gehört hat. Ich habe davon überhaupt nichts mitbekommen, bis sie kam und mich weckte und mir sagte, dass ein Mann im Wohnzimmer auf mich wartete. Ich muss wirklich sehr fest geschlafen haben, denn Millicent sagte, er hätte mit den Fäusten gegen die Tür getrommelt, und die Frau von oben hätte sich über das Geländer gebeugt und gezischt: ›Ich muss doch sehr bitten!‹ Kennst du das: Man ist noch im Halbschlaf und fühlt sich richtig wohl, aber dann holt einen die Wirklichkeit ein, und man muss an etwas Deprimierendes denken, das einem alle Freude raubt ...«

Tiny nickte. »Und ob ich das kenne. Mir geht das jeden Morgen so. Ich wache auf und fühle mich großartig, bis mir dann einfällt, dass Dennis nicht mehr bei mir ist.«

»Ja, genau das meine ich. Ich hätte schwören können, dass Millie gesagt hatte, Joe würde auf mich warten, und ich hatte vergessen, dass er tot war, genau wie es dir immer geht. Außerdem spielte das Wunschdenken natürlich eine Rolle. Ich sprang also aus dem Bett, rannte zum Spiegel und versuchte, mein Haar in Ordnung zu bringen, das vom Schlafen ganz zerdrückt war, bis ich plötzlich Arthur im Spiegel sah. Er lehnte im Türrahmen meines Schlafzimmer und beobachtete mich. Er war wie immer tadellos gekleidet, aber der Ausdruck auf seinem Gesicht ... Er muss auch meinen Gesichtsausdruck gesehen haben, denn er sagte: ›Hast du gedacht, ich wäre dein momentaner Liebhaber?‹

Ich ließ den Kamm fallen und drehte mich zu ihm um. Ich spürte, wie ich rot wurde, und ich wusste nicht, was ich sagen sollte. ›Nein, nein ... ich war nur ein bisschen durcheinander. Ich bin gerade erst aufgewacht.‹

›Tut mir Leid, dich zu enttäuschen‹, sagte er. Ich glaube, ich habe noch nie jemanden gehört, der so sarkastisch klang.

›Möchtest du eine Tasse Tee? Oder irgendwas anderes? Ich weiß nicht, was wir dahaben, aber ich könnte –‹

›Nein, danke.‹

›Ganz sicher? Ich für meinen Teil könnte einen Schluck Alkohol gut gebrauchen. Komm, wir gehen rüber in die Küche.‹ Und ohne nachzudenken, wandte ich mich wieder dem Spiegel zu und zupfte noch ein bisschen an meinem Haar herum.

›Was soll das? Ich denke, du erwartest keinen Besuch mehr … Ich gehe schon mal in die Küche. Du kannst ja nachkommen, wenn du fertig bist.‹ Er drehte sich auf dem Absatz um, und ich hörte, wie er den Flur entlangging.

Mir war klar, dass Arthur mit mir noch ein Hühnchen zu rupfen hatte, und das konnte ich ihm auch nicht verübeln. Mein Herz pochte, und es dauerte einige Minuten, bis ich mich in der Lage fühlte, zu ihm zu gehen. In der Zwischenzeit beschäftigte ich mich damit, Lippenstift aufzulegen, aber meine Hand zitterte so sehr, dass ich ihn verschmierte, und als ich ihn wieder wegwischen wollte, blieb ein Fleck auf meinem Kinn zurück. Ich weiß noch, wie ich mich vom Spiegel abwandte, dann über die Schulter zurückblickte, die Falten in meinem Gesicht und mein zerzaustes Haar sah und dachte: ›Es fängt überall an zu bröckeln …‹

Als ich in die Küche kam, saß Arthur am Tisch. Er hatte eine Flasche mit einem bräunlichen Inhalt gefunden und schenkte mir ein Glas davon ein. Er sagte nichts, nickte nur mit dem Kopf in Richtung des Glases. Ich setzte mich ihm gegenüber und umschloss es mit beiden Händen, damit er nicht merkte, in welchem Zustand ich war. Er starrte auf die Tischplatte – vermutlich nur ein paar Minuten, aber mir kamen sie wie Stunden vor, während ich darauf wartete, dass er endlich etwas sagte, und schließlich fragte er bloß: ›Willst du denn nichts trinken?‹

›Immer mit der Ruhe, ich bin doch gerade erst aufgewacht. Hör zu, wenn du irgendwas brauchst, dann …‹

Er fing einfach an zu reden, als hätte ich gar nichts gesagt. ›Als du vorhin an deinem Haar herumgefummelt hast, hattest du große Ähnlichkeit mit Marjorie. Ihr habt eine Menge gemeinsam. Komisch, dass mir das bisher nie aufgefallen ist. Ihr müsst mich alle beide wirklich sehr verachten.‹

›Hör auf, Arthur.‹

›Ihr beide immer mit euren Geheimnissen, und der dumme kleine Arthur ist völlig ahnungslos. Sag mal, haltet ihr mich eigentlich für schwachsinnig?‹

›Hör auf!‹

›Weißt du was? Dasselbe hat Marjorie auch zu mir gesagt. Haargenau dasselbe.‹

›Du machst mir Angst, Arthur … Was ist denn los?‹

›Hast du das etwa schon vergessen?‹

›Das meinte ich nicht. Du bist doch gekommen, um mir etwas zu erzählen, oder?‹

›Ja. Erinnerst du dich noch an den Abend, an dem wir zum ersten Mal … im Gartenhäuschen in Broad Acres? Wir haben uns gegenseitig versprochen, dem anderen Bescheid zu sagen, wenn wir Hilfe brauchen. Du hast mir versprochen, ich könne jederzeit zu dir kommen, wenn ich Hilfe bräuchte … oder sagst du das zu jeder deiner Männerbekanntschaften?‹

›Bitte, Arthur …‹

›Was denn nun, ja oder nein? Muss ich mich erst noch in der Schlange anstellen? Vorher ein paar Lebensmittelgutscheine abliefern?‹

›Ich weiß, dass du wütend bist, und ich weiß auch, warum du wütend bist, aber jetzt bist du ungerecht!‹

›Ach ja?‹

›Ja! Ich habe nie behauptet, ein … eine Heilige zu sein, doch wenn ich ein Versprechen gebe, dann halte ich es auch!‹

›Aber du hast mir nicht die Chance gegeben, *mein* Versprechen zu halten – du bist nicht zu mir gekommen, als du Geld brauchtest, stimmt's?‹

›Ich hab dir doch gesagt, es war nicht …‹

›Es war nicht von mir. Ja, ich weiß. Und ich hab dir gesagt, dass es für mich keine Rolle gespielt hätte. Du hast mir nicht vertraut.‹

›Es tut mir Leid. Ich hab doch gesagt, dass es mir Leid tut. Es ist bloß so, dass die meisten Männer …‹

›Aber ich bin nicht wie die meisten Männer! Tilly, ich dachte, wir wären Freunde, du und ich. Und jetzt …‹ Er hielt inne. ›Ich weiß nicht, was ich tun soll. Wenn ich auch dir nicht vertrauen kann, dann weiß ich wirklich nicht, wie ich diese Sache durchstehen soll …‹

›Du *kannst* mir vertrauen. Was immer zwischen uns beiden gewesen ist, wir sind miteinander verwandt, Arthur, und wir müssen uns gegenseitig helfen. Ich habe mir in der Vergangenheit weiß Gott einiges zuschulden kommen lassen, aber wir müssen jetzt nach vorne blicken … Es wird allerdings nicht gerade einfach sein, nachdem Marjorie mir gesagt hat, dass sie nie wieder mit mir sprechen will, aber wir müssen es versuchen.‹

›Wann hat sie das gesagt?‹

›Sie hat es nicht gesagt, sie hat mir einen Brief geschrieben. Letzte Woche. Sie hat mich eine Verräterin und noch alles Mögliche andere genannt und mir vorgeworfen, ich hätte mich von Anfang an mit dir gegen sie verbündet … Ich verstehe das alles nicht, und ich kann dir nicht helfen, wenn du mir nicht sagst, was los ist.‹

›Ich bin weiß Gott nicht hergekommen, um dir Vorwürfe zu machen, Tilly. Aber als ich dich vorhin so sah, da wurde mir klar, wie sehr … Es hat keinen Sinn.‹ Er schüttelte den Kopf. ›Ich werde dir alles erzählen.‹«

Gerald

Es ist fast schon dunkel und wird immer kühler. Ich will nach Hause, aber ich kann nicht. Es ist gemein, mich von meinem Zimmer fern zu halten. Ich habe bis Ende des Monats dafür bezahlt, also habe ich das Recht, dort zu sein. Ich bin nie mit der Miete im Rückstand, darauf achte ich – Doreen weiß, dass sie ihr Geld immer pünktlich bekommt –, aber das zählt alles nicht, wenn die Polizei im Spiel ist. Sie sind nämlich bei mir gewesen. Ich habe Doreen von einer Telefonzelle aus angerufen, und sie hat mir berichtet, was passiert ist. Die Polizisten haben gesagt, es sei egal, ob ich dabei bin, denn sie haben einen Durchsuchungsbefehl. Sie haben mein Zimmer auf den Kopf gestellt, und Doreen sagte, sie haben Sachen von mir mitgenommen. Mit anderen Worten: Sie haben mich bestohlen. Sie sagte, sie habe gesehen, wie einer von ihnen mein Fotoalbum in eine Tüte gesteckt hat, und ich mache mir keine Hoffnung, es je zurückzubekommen. Das ist Willkür, diese Leute verbreiten Lügen über mich, wühlen, ohne um Erlaubnis zu fragen in meinen persönlichen Sachen, kommen einfach ins Haus und schnüffeln herum wie eine Meute Hunde. Doreen hat gesagt, sie hat schon zweimal staubgesaugt, seit sie weg sind, aber es ist immer noch nicht wieder wie vorher.

Wenn sie sich das Album anschauen, werden sie es garantiert so hinbiegen, dass alle denken, es sei etwas Schmutziges, denn sie suchen doch nur nach einem Vorwand, um mich in Schwierigkeiten zu bringen. Doreen weiß, dass ich nichts Unrechtes getan habe. Sie hat zu ihnen gesagt, sie sollen mich in

Ruhe lassen, aber sie hätte ebenso gut mit einer Wand reden können. Ich fragte sie, ob sie wisse, wie sie geheißen haben – sie konnte sich nicht an die Namen erinnern, aber sie sagte, sie wären sehr ungehobelt gewesen, und sie will sich beschweren. Aber eines ist sicher – Palfrey war dabei. Bei der Vorstellung, dass er in meinen Sachen herumstöbert, sie alle anfasst und dabei seine schmutzigen Gedanken denkt – bei dieser Vorstellung wird mir übel. Ich habe heute nicht zu Abend gegessen, deshalb habe ich mir einen Schokoriegel gekauft, aber auch den bringe ich nicht hinunter. Und ich bin ohne Pullover aus dem Haus gerannt – und natürlich besteht keine Hoffnung, dass ich ihn mir noch holen kann –, deshalb friere ich. Ich dachte, es könne alles nicht noch schlimmer werden, aber nun sitze ich hier auf dieser Bank, und sie suchen nach mir.

Aber ich glaube, ich habe einen guten Platz gewählt, denn ich beobachte aufmerksam die Umgebung, und es ist bisher noch kein Polizist aufgetaucht. Ich habe einen Streifenwagen gesehen, aber ich hatte meine *Daily Mail* griffbereit und habe sie mir noch rechtzeitig vors Gesicht gehalten. Die Tricks für verdeckte Ermittlungen, die ich mir in den letzten Monaten beigebracht habe, kommen mir sehr zupass. Ich habe schon darüber nachgedacht, ob es vielleicht günstiger wäre, wenn ich mir eine größere Zeitung kaufen würde, aber diese Zeitungen lassen sich oft nur umständlich zusammenfalten, und man stößt leicht andere Leute an, wenn man sie ausbreitet – das ist mir in der U-Bahn schon mehrmals passiert –, und zieht dadurch die Aufmerksamkeit auf sich. Ich würde auch gerne eine Mütze aufsetzen, denn ich habe bemerkt, dass die Leute die genähte Wunde anschauen. Der Arzt hat jedoch gesagt, frische Luft täte ihr gut, das ist also ein Argument dagegen, aber … So viele Überlegungen auf einmal, das wird mir zu viel. Ich habe die Menschen beobachtet, die vorbeigekommen sind. Zuerst waren es Leute in Bürokleidung, vermutlich auf dem Weg von der Arbeit nach Hause, und dann gingen etliche in die andere Richtung. Vermutlich zu einer abendlichen Verabredung – ein paar von ihnen sah ich schon zum zweiten Mal, allerdings waren sie nun zwangloser gekleidet. Dann liefen die verschiedensten Leute sowohl in die eine als auch in die andere Richtung, und es war schwer, den Überblick zu behalten. Ich fragte mich, ob ich jemanden anhalten sollte, um mich nach einer Unterkunft für die Nacht zu erkundigen, aber ich hielt es für besser, kein Risiko einzugehen, und außerdem schienen es alle sehr eilig zu haben. Einer von ihnen sprach mich allerdings an. Er gehörte zu einer Gruppe junger Kerle, die an mir vorbeigingen, und ich dachte schon, sie wären verschwunden, aber dann kehrte einer von ihnen zurück, und ich wurde etwas nervös, denn er und die anderen hatten einen ziemlich ungestümen Eindruck gemacht, und ich befürchtete, es könne Ärger geben, aber er sagte bloß: »Ist mit Ihnen alles in Ordnung?« Er sah nicht aus wie ein Polizist, eher wie ein Student, aber es hätte durchaus eine Falle sein können. Ich hielt es daher für ratsam, ihm zu antworten, und ich sagte: »Ja, alles in Ordnung.«

»Ganz bestimmt?«

»Ja, danke der Nachfrage.«

Er ließ mich allein, aber ich sah, wie er den Kopf schüttelte, während er zurück zu den anderen ging. Ich erwog für einen Moment wegzurennen, aber sie entfernten sich, ohne noch einmal stehen zu bleiben. Ich bilde mir ein, ich hätte einen von ihnen etwas über »ein Fall für die Fürsorge« sagen hören – nicht sehr schmeichelhaft, aber vermutlich lag es an der Wunde. Ich fand, ich hatte die Situation gut gemeistert, aber mir war bewusst, dass es höchste Zeit war aufzubrechen. Ich gebe gerne zu, dass ich auch einige Probleme mit dem Sitzen habe, denn der Bluterguss auf meinem Po tut immer noch weh, und meine Gelenke sind von der Kälte schon ganz steif. Ich wollte Doreen noch einmal anrufen, für den Fall, dass sie sich Sorgen um mich machte, aber ich befürchtete, die Polizei könnte wegen der Sache mit Melanie bei ihr sein.

Sie haben behauptet, ich hätte sie belästigt. Palfrey ist nicht selbst gekommen, dazu ist er zu schlau, er hat stattdessen die Frau geschickt, die mir die Fragen über die Männer in der Lagerhalle gestellt hat. Ich hatte es bei der Arbeit kaum ausgehalten – das lag nicht nur an den Kopfschmerzen, sondern auch daran, dass ich Angst davor hatte, die ganze Zeit mit Jo im selben Zimmer zu sein, und ständig überlegte, was die anderen wohl über mich redeten. Dann erschien Jo heute Morgen nicht bei der Arbeit, und Neville kam zu mir und sagte mir, Melanie wird vermisst und die Polizei ist eingeschaltet worden. Ich war fassungslos, aber ich wusste, dass es nicht passiert wäre, wenn ich auf sie aufgepasst hätte.

Ich sagte zu Neville, dass ich mich nicht gut fühle und nach Hause möchte. Ich dachte, er würde vielleicht nicht einverstanden sein, aber er sagte, ich soll mich ein bisschen ausruhen und morgen früh wiederkommen. Also ging ich nach Hause, und ich lag gerade auf meinem Bett, als es an der Haustür klingelte. Ich stand auf und öffnete die Tür, denn mein Zimmer ist direkt oben an der Treppe, und man hört deshalb, was unten gesagt wird. Ich konnte nicht sehen, wer es war, aber weil Doreen sagte: »Oh, kommen Sie doch herein«, dachte ich, es sei Besuch für sie, aber dann kam sie zu mir nach oben, und ich erfuhr von ihr, dass es zwei Polizisten waren, die mich sprechen wollten. Sie sagte: »Die beiden haben ein paar Fragen an Sie. Es geht noch einmal um den Einbruch, nehme ich an.« Ich musste mich vor Schreck aufs Bett setzen, deshalb meinte sie: »Ich sage den beiden, dass es Ihnen nicht gut geht und Sie nicht in der Lage sind, mit ihnen zu reden.«

Ich sagte: »Das hat wahrscheinlich keinen Zweck«, aber sie ging trotzdem nach unten, um es zu versuchen. Ich schaute über das Geländer und sah die Polizistin im Flur stehen. Sie sagte gerade zu Doreen: »Wir müssen dringend mit ihm sprechen.« Daraufhin kam Doreen wieder nach oben, und ich beschloss, zu ihnen zu gehen, denn sonst wären sie ungehalten geworden, und die Frau wäre in mein Zimmer gekommen, und das wollte ich nicht.

Doreen meinte, wir dürften uns ins Wohnzimmer setzen und sie würde uns Tee machen. Ein männlicher Kollege begleitete die Polizistin, aber sie hat immerzu geredet und ihn gar nicht zu Wort kommen lassen. Sie stellte lauter Fragen und gab mir überhaupt keine Gelegenheit, über die Antworten nachzudenken. Zuerst sagte sie: »Wir müssen nur noch ein paar Punkte klären«, aber dann fragte sie mich, ob ich Melanie Farrell kenne. Ich sagte: »Man hat mir erzählt, dass sie vermisst wird«, und sie sagte: »Wer hat Ihnen das erzählt und wann, und warum sind Sie nicht bei der Arbeit, und wieso kennen Sie Melanie, obwohl Sie ihr doch nie begegnet sind?« Ich antwortete: »Ich weiß, wer sie ist, denn ich kenne sie vom Sehen«, aber sie hörte nicht auf, wollte wissen, wann ich sie zum ersten Mal gesehen habe und ob ich ihr jemals nachgegangen bin, und das brachte mich ganz durcheinander. Ich wurde so nervös, dass ich nicht mehr klar denken konnte. Dann begann sie über die Männer in der Lagerhalle zu sprechen und darüber, dass ich gesagt hätte, die beiden hätten ein Pistole gehabt, und sie fragte mich, ob ich die Pistole wirklich gesehen hätte und ob die Männer gedroht hätten, mich zu erschießen, und ich schaffte es nicht mehr, auf meine Worte zu achten, denn als sie sagte: »Die beiden haben Sie aufgefordert, sich von Melanie fern zu halten, stimmt's?«, sagte ich »Ja«, obwohl ich das gar nicht wollte, aber sie hat es aus mir rausgelockt, und auch danach hörte sie mit dem Fragen nicht auf, und ich weiß gar nicht mehr, was ich ihr am Ende alles erzählt habe. Ich habe versucht, ihr zu erklären, dass das alles nichts als Lügen sind und ich nichts Schlimmes getan habe, aber sie wollte mir nicht glauben, und ihr Kollege saß die ganze Zeit da und schaute mich böse an. Ich sah, dass die Tür offen stand, und ich hatte Angst, dass Doreen alles hören könnte und schlecht über mich denken würde, deshalb sagte ich: »Bitte sprechen Sie nicht so laut«, und die Frau fragte: »Warum?« Ich sagte: »Ich will nicht, dass meine Vermieterin hört, was Sie sagen, denn sie wäre darüber nicht erfreut.«

Aber es war zwecklos. Sie fragte mich, ob ich wisse, wo Melanie ist, und dann mischte sich der Mann ein. Er sagte, es sei eine ernste Angelegenheit und ich müsse ihnen die Wahrheit sagen. Ich sagte: »Mir ist klar, dass es eine ernste Angelegenheit ist, und wenn ich irgendetwas wüsste, würde ich es Ihnen erzählen, aber ich weiß nichts. Und außerdem hätten Sie gar nicht herzukommen brauchen, denn ich würde Melanie niemals etwas antun.«

Der Mann sagte: »Glauben Sie denn, dass ihr jemand etwas angetan hat?«

Ich sagte: »Sie wird vermisst, also ist das wohl zu befürchten.« Das ist die Wahrheit, trotzdem ließen sie nicht locker, sie fragten mich, ob ich ihr etwas angetan habe und warum ich ihr gefolgt sei. Ich sagte: »Ich höre mir das nicht länger an, Sie haben kein Recht, mich zu beschuldigen.«

Doreen kam mit dem Tee, und auch sie sagte zu ihnen, sie sollen mich in Ruhe lassen. Sie meinte: »Mr. Haxton hat nichts Unrechtes getan. Wieso tun Sie nicht das, wofür Sie bezahlt werden, und klären Verbrechen auf, statt herzukommen und ihn mit Fragen zu quälen?« Sie sagten, sie kämen bald wieder, um erneut mit mir zu reden, und dann würden sie auch mit ihr reden wollen. Dann sagten sie zu mir, ich soll nicht wegfahren. Ich weiß, was das bedeutet – sie werden versuchen, mir die Schuld in die Schuhe zu schieben, und dahinter steckt dieser Palfrey.

Hinterher musste ich Doreen erzählen, dass ich Melanie niemals etwas antun würde, denn sie hatte mich gefragt, was los sei und warum die Polizei da gewesen wäre. Ich versuchte, es ihr zu erklären, aber es fiel mir furchtbar schwer – das Schlimmste ist, dass ich all das mit solchen Leuten schon früher erlebt habe, damals wegen Vera, und dann nach dieser Sache während meines Wehrdienstes. Davon habe ich Doreen jedoch nichts erzählt. Als Tante Tilly mich danach im Krankenhaus besuchte, konnte ich es ihr auch nicht erzählen, denn der Grund war, dass mir dieser Feldwebel immerzu widerliche Worte direkt ins Ohr gebrüllt hat. Er hat gerufen: »Das Wertvollste an dir hat man nach der Geburt weggeschmissen!« Damit meinte er Jack, denn er ist das Wertvollste an mir, und er ist tot. Ich konnte das nicht vergessen, es ging mir immer wieder durch den Kopf, immer dieselben Gedanken, und ich wusste, ich werd sie nicht los – es sei denn, ich bin auch tot. Wenn ich tot bin, kann ich mit Jack zusammen sein, habe ich gedacht, und dann kann der Feldwebel so lange schreien, bis ihm der Kopf abfällt, aber ich werde ihn nicht hören. Ich wollte bloß, dass es aufhört. Aber es hat nicht geklappt. Jemand hat mich entdeckt und das Seil durchgeschnitten, und ich kam ins Krankenhaus.

Tante Tilly fragte: »Warum hast du das getan?«, und ich antwortete: »Ich will darüber nicht sprechen, also lass mich in Ruhe.« Sie sagte, Papa werde mich besuchen kommen. Darüber habe ich mich gefreut, denn ich hatte ihn zuletzt vor über fünf Jahren gesehen, wann genau, wusste ich nicht, denn ich hatte irgendwann aufgehört zu zählen. Aber er kam nicht, und als ich entlassen wurde, sagte Tante Tilly, er habe einen Autounfall gehabt und sei gestorben, deshalb habe ich ihn nie mehr wiedergesehen.

Vera und Papa haben das Glück, bei Jack zu sein, aber ich habe es nicht geschafft. Tante Tilly sagte, ich solle eine Weile bei ihr wohnen, sie würde sich um mich kümmern und alles würde gut werden. Das habe ich ihr nicht geglaubt, aber ich war überzeugt, ich müsste die Zähne zusammenbeißen, denn das würde Jack tun, aber was für einen Sinn hat es gehabt, wenn das alles nur dazu geführt hat, dass mir jetzt das hier passiert?

Nachdem die Polizisten das Haus verlassen hatten, habe ich Doreen gesagt, dass ich einen Spaziergang mache. Ich wusste, sie würden wiederkommen, und ich hatte Recht. Doreen hat gesagt, sie sind gekommen und haben alle möglichen Sachen aus meinem Zimmer mitgenommen. Ich werde Tante Tilly davon erzählen, und vielleicht lässt sie mich wieder bei sich wohnen. Ich könnte einen Bus bis zum Bahnhof Liverpool Street nehmen und dann mit dem Zug nach Frinton fahren, und genau das werde ich jetzt tun.

Tilly

Arthur lockerte seine Krawatte und holte seine Zigaretten aus der Tasche seines Jacketts. »Schenkst du mir bitte auch ein Glas ein? Weißt du, Tilly, das alles ... es hat mir gezeigt, was für ein entsetzlicher Heuchler ich gewesen bin.«

»Warum sagst du das?«

»Was ich an dir immer am meisten bewundert habe, Tilly, ist deine Einstellung zum Leben. *Carpe diem,* und zum Teufel mit den Folgen. Nur ist das wohl momentan für keinen von uns eine Alternative, aber ... es ist eine Sache, wenn es um die ehemalige Geliebte geht, aber wenn es die eigene Tochter ist, dann ist es doch etwas völlig anderes. Ich weiß, wie das in deinen Ohren klingen muss, und es tut mir auch Leid, aber ...«

»Das ist schon in Ordnung, Arthur.«

»Als du es mir erzählt hast, wollte ich es erst nicht glauben – ich konnte mir einfach nicht vorstellen, dass sie ... und dann auch noch ausgerechnet mit Treece. Immer wieder habe ich mich gefragt, warum sollte Vera so sein wie du? Schließlich seid ihr doch gar nicht miteinander verwandt, aber dann wurde mir klar, dass wir beide, und auch Marjorie, die sich benahm wie ... wie eine läufige Hündin ... also, dass wir drei ein schlechtes Vorbild abgegeben haben. Ich will dir damit keinen Vorwurf machen, Tilly, es war eher so ... dass ich einfach eine Erklärung dafür gesucht habe. Dieser Mann, von dem dein Baby war ... hast du ihn geliebt?«

»Ja.«

»Das freut mich. Nicht, dass er ... Hör zu, ich weiß, dass

mich das überhaupt nichts angeht. Ich wollte bloß sagen, dass ich froh bin, dass wenigstens irgendwo in diesem ganzen Schlamassel auch Liebe im Spiel war ... Meinst du, Vera hat Treece geliebt?«

»Ich weiß nicht. Vielleicht hat sie es sich eingebildet. Oder sie fühlte sich von seiner Aufmerksamkeit geschmeichelt ... Die Liebe ist schon etwas Eigenartiges. Aber dich hat Vera geliebt, da bin ich mir ganz sicher. Und Gerald liebt dich auch.«

Arthur vergrub das Gesicht in den Händen. »Gerald ... ich kann ihm nicht mehr in die Augen sehen! Ich kann nicht bei den beiden bleiben, Tilly, ich kann es einfach nicht ... aber wenn ich daran denke, dass ich ihn bei Marjorie werde zurücklassen müssen ...«

Ich beugte mich vor und zog ihm die Hände vom Gesicht weg. Er sah völlig verzweifelt aus, fast so, als gäbe es für ihn keine Hilfe mehr. Ich konnte nichts anderes tun, als ihm zuzuhören. »Arthur, was ist passiert? Ich verstehe das alles nicht.«

»Nachdem du mir das alles erzählt hattest – das von Vera –, bin ich gleich zu Treece gegangen. Ich wusste nicht, was ich tun würde. Ich wollte ihn umbringen, ihn eigenhändig erwürgen, ich konnte die ganze Zeit an nichts anderes denken. Aber als ich dort ankam ... Er war in seinem Atelier. Betrunken. Er muss schon länger dort gesessen und getrunken haben, umgeben von all diesen albernen Kleckserеien, auf die er so stolz ist ... Er war bestimmt schon seit über einer Woche nicht mehr nüchtern gewesen. Seine schreckliche Frau versuchte mich aufzuhalten, sie sagte, er sei bei der Arbeit und dürfe nicht gestört werden, aber ich ging trotzdem rein. Er wich zurück, als er mich sah, und er muss mit einem Fuß an der Staffelei hängen geblieben sein, denn er fiel zu Boden, landete auf dem Rücken, mit dem Kopf auf einer Leinwand, und ich stürzte mich auf ihn. Ich schlug auf ihn ein, und er versuchte, sein Gesicht mit den Händen zu schützen, seine Finger waren voller Farbe, und sie gelangte auf meine Hose und meine Ärmel … Und dann, plötzlich, da war es auf einmal, als – als würde ich für einen Moment zu mir kommen, und ich sah uns beide vor mir, als stünde ich außerhalb meines Körpers. Wenn ich religiös wäre, würde ich sagen, es war eine göttliche *Offenbarung*. Ich sah plötzlich alles ganz klar, sein Gesicht auf dem Bild, und daneben diese beiden riesigen gemalten Augen, und ich erkannte, dass es Marjorie war, er hatte sie nicht als Mensch, sondern als Monstrum gemalt, als riesiges, grausames Ungeheuer. Aber es war nicht das Bild, das mich davon abhielt, weiter auf ihn einzuschlagen, das war nicht der Grund. Es war vielmehr diese Klarheit, die Erkenntnis, dass ich ihn nicht töten durfte, und es kam mir vor, als wäre mir dieser Gedanke … *eingegeben* worden … und hätte alles andere aus meinem Kopf verdrängt, und ich wusste, dass ich an ihm festhalten musste, egal, was ich sonst noch tun würde. Ich weiß, das klingt bestimmt völlig verrückt, aber ich kann es nicht anders beschreiben.«

»Und was hast du dann getan?«

»Ich habe mich vom Boden aufgerappelt und ihm beim Aufstehen geholfen. Er gab mir einen Stofffetzen, um die Farbe abzuwischen, und dann standen wir beide da und machten uns die Hände sauber wie zwei Werkstattmechaniker. Er fragte: ›Haben Sie mit Marjorie geredet?‹

›Das war nicht nötig.‹

›Ich habe mich öfters gefragt, wann Sie kommen würden. Es hätte mich gewundert, wenn Sie zur Polizei gegangen wären.‹

›Ich wollte Ihnen erst noch die Gelegenheit geben, mir Ihre Version zu erzählen, aber hinterher habe ich genau das vor.‹

›Wissen Sie, ich glaube nicht, dass Sie das tun werden.‹ Er klang ganz sachlich, ohne jede Spur von Triumph in der Stimme. ›Was Sie gleich von mir zu hören bekommen, wird Sie davon abhalten.‹

›Ich bin gespannt.‹

Die Worte sprudelten nur so aus ihm hervor, als könne er es kaum erwarten, es endlich loszuwerden: ›Vera war an diesem Abend mit irgendeinem Amerikaner zum Tanzen verabredet. Ich hatte im Wald gemalt, und sie kam mir auf dem Weg nach Hause entgegen. Ich musste mich gar nicht anstrengen, um sie zu überreden, mitzukommen, sie sagte von sich aus, dass sie lieber mit mir zusammen sein wollte. Wir gingen also in die Hütte, weil ich dort noch ein paar Bier hatte. Wir waren schon ein paar Stunden dort, als plötzlich Marjorie in der Tür stand. Wir haben zwar in dem Moment nicht … Ich meine, als sie die Tür aufmachte, unterhielten wir uns gerade, aber Vera hatte ihr Kleid noch nicht wieder angezogen, und als Marjorie sie in ihrem Unterrock auf der Decke liegen sah, rastete sie völlig aus. Sie zerrte sie nach draußen – an den Haaren, glaube ich, denn ich sah, wie Vera sich mit den Händen an den Kopf fasste, um sie daran zu hindern. Ich lief hinter ihnen her, und Marjorie schrie sie an, nannte sie eine Hure. Sie hatte offensichtlich eine Menge getrunken, denn sie war ziemlich unsicher auf den Beinen. Sie stolperte auf der Lichtung herum und Vera mit ihr, denn sie hielt sie immer noch an den Haaren gepackt. Schließlich konnte ich Vera von ihr befreien, und ich befahl ihr, in die Hütte zu gehen und sich anzuziehen, aber sie tat nichts dergleichen. Stattdessen erzählte sie Marjorie, sie würde nach dem Krieg mit mir nach Frankreich gehen, und wir würden dort zusammenleben und malen. Ich erklärte Marjorie, dass ich so etwas nie erwähnt hätte, aber sie hörte mir gar nicht zu. Sie brüllte, Vera sei ein mieses kleines Flittchen. Sie sagte: ›Ich hab dich aus reiner Herzensgüte bei uns aufgenommen, und das ist jetzt dein Dank dafür.‹ Aber Vera schrie zurück: ›Du hast überhaupt kein Herz, du wolltest mich doch bloß, weil du dachtest, du könntest keine eigenen Kinder kriegen, du wolltest doch bloß ein Kind, mit dem du vor den Leuten angeben konntest.‹ Marjorie wurde kreidebleich. Sie wandte sich an mich: ›Du weißt bestimmt schon, dass sie schwanger ist, oder? Das war dieser Amerikaner, mit dem sie eigentlich heute Abend zum Tanzen gehen wollte. Ihr ist klar, dass er sie nicht heiraten wird, deshalb versucht sie dich jetzt in die Falle zu locken.‹ Daraufhin sagte Vera, das Kind sei von mir, und Marjorie nannte sie eine Lügnerin. Ich wusste nicht, was ich machen sollte, sie schrien alle beide gleichzeitig auf mich ein. Ich sagte: ›Um Himmels willen, ich habe doch schon so viele Kinder, ich will nicht noch eins.‹ Marjorie sagte zu Vera, sie müsse das Kind wegmachen lassen, aber Vera sagte, das würde sie nicht tun. Marjorie sagte, sie hätte schon alle notwendigen Vorbereitungen getroffen, sie würde nicht zulassen, dass Vera Schande über die Familie brächte, und daraufhin hat Vera sie geradezu angefaucht: ›Deine Familie ist dir doch völlig egal, du denkst doch nur an dich selbst – an all die Mamis und Papis, die ihre geliebten Kinder nicht einmal in die Nähe deiner Bücher lassen würden, wenn sie wüssten, was für ein Mensch du wirklich bist.‹

Marjorie stand auf einer Seite der Lichtung, Vera auf der anderen, und ich stand dazwischen und versuchte, sie voneinander fern zu halten. Da stürmte Marjorie plötzlich an mir vorbei und stürzte sich auf Vera, die es aber irgendwie schaffte, sich aus ihrem Griff herauszuwinden. Dabei muss sie allerdings aus dem Gleichgewicht geraten sein, denn sie machte einen Schritt zur Seite, um sich abzustützen, und trat auf eine Baumwurzel. Ich hörte, wie sie zu Boden fiel, aber ich konnte es nicht sehen, denn ich hatte Marjorie von hinten die Arme fest um die Taille geschlungen, und als ich das nächste Mal zu

Vera hinübersah, da kniete sie schon auf dem Boden und hielt sich die Hände vor den Mund. Sie hatte Blut am Kinn und vorne auf ihrem Unterrock, deshalb nahm ich an, sie habe sich bei ihrem Sturz einen Zahn ausgeschlagen. Sie versuchte, wieder aufzustehen. Ich muss meinen Griff wohl einen Moment lang gelockert haben, denn plötzlich rammte mir Marjorie den Ellbogen in den Magen. Es tat höllisch weh. Ich kippte hintenüber, und das Nächste, was ich sah, war, wie Marjorie mit einem Holzpfahl an mir vorbeirannte. Ich weiß nicht, woher sie den hatte, aber es sah aus, als stammte er von einem Zaun. Vera muss sie gehört haben, denn sie fing an zu rennen, und ich sah, wie sie über die Schulter zurückblickte, aber dann war Marjorie direkt hinter ihr und versperrte mir die Sicht. Sie schwang den Holzpfahl über Veras Kopf und ließ ihn dann herunterkrachen. Vera schrie einmal kurz auf, und ich sah, wie sie stürzte. Ich wollte hinrennen, aber ich konnte nicht, weil ich immer noch auf allen vieren auf dem Boden kniete. Dann schlug Marjorie erneut zu – noch zweimal, glaube ich. Ich weiß es nicht genau, weil die beiden schon unter den Bäumen waren und die Äste im Weg hingen … Als ich schließlich bei Vera war, lebte sie nicht mehr.‹

›*Sie* hat das getan? Marjorie?‹

›Ja. Das ist die Wahrheit.‹

›Nein … Sie lügen. *Sie* haben meine Tochter umgebracht.‹ Noch während ich das sagte, war mir klar, dass es nicht stimmte. Die ganze Zeit über, während Treece erzählte, hatte ich an den Streit denken müssen, den ich an jenem Abend mit Marjorie hatte, und wie sie hinausgerannt war und der Hund später allein zurückkam. Sie hatte getrunken, genau wie er gesagt hatte, und zwar mehr als sonst. Ich war ins Bett gegangen, und am nächsten Morgen entdeckte ich die Erde auf ihrem Kleid und einen Schmutzrand im Waschbecken des Badezimmers.

Sie muss sich dort die Hände gewaschen haben. Sie erzählte mir, sie sei im Wald gestürzt. Hätte sich ihre Nylonstrümpfe ruiniert. Zu dem Zeitpunkt fand ich das nicht weiter erstaunlich, weil sie ziemlich geschwankt hatte, als sie losgelaufen war, aber als ich dann die Geschichte von Treece hörte, passte auf einmal alles zusammen.

›Ich schwöre bei Gott, Haxton‹, sagte er, ›dass ich die Wahrheit sage.‹

›Hatten Sie das wirklich vor – mit Vera nach Frankreich zu gehen?‹

›Nein. Ich habe ihr nie irgendwelche Hoffnungen in dieser Hinsicht gemacht. Ich weiß nicht, woher sie diese Idee hatte. Es war reine Erfindung, eine Träumerei. Sie wissen doch, wie Mädchen in diesem Alter sind …‹

›Offenbar nicht halb so gut wie Sie. Sie scheinen auf diesem Gebiet ja ein echter Experte zu sein.‹

›Das hab ich nicht gemeint … Hören Sie, Haxton, Sie müssen mir glauben – ich wusste vor diesem Abend nicht, dass sie schwanger war.‹

›Verstehe.‹

›Ich habe schon jetzt mehr Kinder, als ich je haben wollte … Außerdem bin ich ein verheirateter Mann.‹

›Was Sie nicht davon abgehalten hat, meine Tochter zu verführen.‹

›Sinty, meine Frau – sie hat keine Ahnung von alldem. Sie hat es weiß Gott nicht leicht mit mir, aber diese Geschichte würde sie umbringen – bitte, Haxton … Arthur …‹

›Ich will wissen, was passiert ist, nachdem feststand, dass Vera tot war. Was haben Sie getan?‹

›Ich habe sie hochgehoben. In eine Decke gewickelt. Sie in die Hütte gebracht. Marjorie schlug vor, sie erst einmal dort liegen zu lassen. Sie sagte, wir sollten nach Hause gehen – jeder zu sich nach Hause, und sie fragte mich, ob ich später zurückkommen könne, um …‹

›Um sie zu begraben.‹

›Ja.‹

›Und Sie waren einverstanden?‹

›Ich hatte keine andere Wahl. Marjorie meinte, man würde mich dafür zur Verantwortung ziehen. Sie wirkte vollkommen ruhig. Ich habe ihr widersprochen, habe gesagt, wir sollten zur Polizei gehen und behaupten, dass es ein Unfall war. Ich habe sie gebeten … ich hab sie *angefleht,* aber sie wollte nicht auf mich hören. Ich konnte ihr nicht begreiflich machen … Sie drohte mir, wenn ich mich weigerte, Vera zu begraben, dann würde sie zur Polizei gehen und ihnen erzählen, ich hätte sie umgebracht. Dafür würde man mich hängen. Ich wusste … dass niemand mir glauben würde, wenn meine Aussage gegen ihre stand, erst recht nicht, wenn sie der Polizei von Vera und mir erzählte … und dass wir … Sie sagte: ›Was meinst du, wem man wohl glauben wird, wenn ich erzähle, dass du mein Kind verführt hast?‹ Ich erkannte, dass sie mich in der Hand hatte. Sie meinte, man würde mich schon nicht erwischen, jetzt, wo es keine Patrouillen mehr gäbe, niemand würde mich sehen. Also habe ich mich bereit erklärt, es zu tun. Ich stand noch unter Schock, ich wusste kaum, was ich sagte oder tat. Ich kam hierher zurück. Das Atelier hat einen separaten Eingang, und es passiert häufig, dass ich bis spät in die Nacht arbeite. Sinty weiß, dass ich nicht gern gestört werde, deshalb kommt sie niemals rein. Ich glaube, ich habe dann noch etliche Gläser getrunken … das Zittern wollte einfach nicht aufhören. Gegen Mitternacht bin ich zurück in den Wald gegangen. Ich habe sie begraben, allerdings kann ich mich kaum noch daran erinnern. Offenbar habe ich mich ziemlich ungeschickt angestellt, denn –‹

›Denn mein Sohn hat ihre Leiche gefunden.‹

›Ja, ich weiß. Es tut mir Leid.‹

›Was noch?‹

›Na ja, anschließend – ich wusste, dass hinter der Hütte eine Tonne stand, um Müll darin zu verbrennen, und ich habe ein Feuer angezündet und den Holzpfahl verbrannt, mit dem Marjorie … den sie benutzt hatte. Es klebte Blut daran. Dann hab ich das Kleid, das Vera trug, hineingeworfen, weil ich nicht wusste, was ich damit machen sollte, und dann auch noch die Decke, in die ich sie eingewickelt hatte. Sie war nämlich runtergerutscht, als ich sie nach draußen trug, und ich dachte, es wären vielleicht Flecken an den Stellen, die mit ihrem Kopf in Berührung gekommen waren, also hab ich sie auch noch hineingeworfen. Es hat ziemlich lange gedauert. Hören Sie, Haxton, als ich sie begraben habe … Ich habe versucht … ganz behutsam zu sein. Ich habe es so gut gemacht, wie ich konnte. Ich hatte Vera gern, wissen Sie. Sehr gern sogar … Auf dem Rückweg, als ich nach Hause ging … da habe ich ein Gebet gesprochen.‹ Und weißt du, was, Tilly? Der Kerl fing tatsächlich an zu weinen. Vor meinen Augen. Ich weiß, es klingt ungeheuerlich, aber ich hatte fast den Eindruck, als erwarte er, dass ich ihm dafür danke, als erwarte er, dass ich ihm … *vergebe*. Das, was er getan hat. Oh Gott, Tilly, ich kann nicht … ich kann einfach nicht.«

Ich wusste nicht, was ich sagen sollte. Arthur saß da und starrte mich an, stocksteif, mit zusammengebissenen Zähnen, um nicht zusammenzubrechen. Nach einigen Augenblicken sagte er: »Ich ging zurück. Stellte Marjorie zur Rede. Erzählte ihr, was Treece mir erzählt hatte. Sie stritt es rundweg ab – kam mir mit irgendeiner Geschichte, behauptete, sie und Treece hätten sich überworfen, er wäre ein Lügner, er hätte sich das alles nur ausgedacht. Sie klang so bestimmt, dass ich ihr wahrscheinlich geglaubt hätte, wenn ich nicht zuvor seine Version gehört hätte. Als sie merkte, dass sie mich nicht auf ihre Seite ziehen konnte, wurde sie wütend und behauptete plötzlich, es sei alles nur meine Schuld. Sie behauptete doch tatsächlich, sie hätte sich nur wegen dir und mir mit Treece ... als hätte das Ganze überhaupt nichts mit Vera zu tun. Ich dachte, ich werde verrückt, ich konnte ihr einfach nicht begreiflich machen ... Hast du es ihr erzählt, Tilly? Hast du ihr von uns erzählt?«

»Nein, Arthur. Aber weißt du nicht mehr, wie du letztes Jahr die Zeichnung ins Feuer geworfen hast? Sie hat mitbekommen, wie wir uns dabei angeschaut haben, und in dem Moment muss es ihr klar geworden sein. Ich habe mich damals gefragt, warum sie nichts sagt, aber ich wusste, dass sie nach Treece verrückt war, wir wussten es beide. Sie muss sich eingeredet haben, dass er für sie das Gleiche empfand, und als sie die beiden dann im Wald erwischt hat, da ...«

»Ich habe nicht gewusst, dass sie Bescheid wusste.«

»Ich habe dir nichts gesagt, weil ich die Probleme zwischen euch beiden nicht noch schlimmer machen wollte. Außerdem waren wir beide ja auch längst nicht mehr, du weißt schon ...«

»Aber das ergibt doch überhaupt keinen Sinn! In ihrem Kopf muss alles komplett durcheinander geraten sein ...«

»Aber so ist Marjorie nun mal, Arthur. Weißt du noch, wie wir kurz nach Kriegsausbruch einmal miteinander gesprochen haben und du gesagt hast, dass vieles sie völlig kalt lässt? Ich hatte dir gerade erzählt, was mit meinem Vater passiert war, und du hast gesagt, dass sie den Eindruck erweckt hatte, damit überhaupt nichts zu tun zu haben?« Arthur nickte. »Ja, das stimmt. Sie glaubt nur, was sie glauben will, und das ist in ihren Augen die Realität. Die Geschichten in ihren Büchern ... für sie sind sie wahr.«

»Aber diese Sache …«

»Ich weiß! Aber wenn ihr etwas nicht gefällt, dann ignoriert sie es eben einfach. Das hat sie in unserem Fall auch getan – uns einfach ignoriert, bis wir dann doch noch … Teil einer von ihr erdachten Geschichte wurden. Begreifst du das nicht?«

»Vermutlich hast du Recht. Sie hat sich irgendwie selbst davon überzeugt – weiß Gott, wie sie das geschafft hat –, dass es wirklich dieser Amerikaner, Eddie Mayo, war, der Vera getötet hat, und dass es daher überhaupt nichts mit ihr oder Treece zu tun hat. Ich kann nicht zur Polizei gehen, Tilly. Das verstehst du doch, oder? Wegen Gerald.«

»Ja … aber was ist mit Mayo? Wenn er –«

»Meinst du, darüber hätte ich nicht auch schon nachgedacht? Ich habe mir wieder und wieder den Kopf zermartert … Wir können nichts daran ändern.«

»Nein … das sehe ich ein. Aber … auch er hat eine Mutter und einen Vater, Arthur.«

»Das weiß ich! Aber ich kann es nicht tun – nicht, ohne Marjorie und also auch Gerald mit hineinzuziehen … und was würde dann mit ihm geschehen … Tilly, wir können das nicht tun.« Arthur starrte mich an. Er schien am Boden zerstört.

»Nein … du hast Recht. Das können wir nicht.«

»Und du wirst nicht …«

»Nein, werde ich nicht. Gerald zuliebe.«

Ich bin eigentlich nicht religiös, genauso wenig wie Arthur es war, aber wenn es eine Hölle gibt, dann weiß ich, wie es da sein muss. Wenn ich daran denke, wie ich mich damals fühlte, als wir uns gegenseitig anstarrten und diese … Gewissheit … immer stärker wurde und die Entscheidung am Ende unausweichlich machte. So muss einem beim Abstieg in die Hölle zumute sein.

Arthur sagte: »Ich gehe nicht mehr nach Broad Acres zurück. Marjorie weiß das. Das war das Einzige, was ich ihr klar machen konnte, dass ich nicht zurückkommen werde.«

Wenig später ging er. Ich versuchte, ihn zum Bleiben zu überreden, wenigstens bis zum Morgen, aber er wollte nicht. Sagte, er könne jetzt niemanden in seiner Nähe ertragen. Im Grunde war ich froh darüber, weil es mir genauso ging. Danach habe ich ihn nur noch ein paar Mal gesehen – es war einfach zu kompliziert. Er und Marjorie wurden nach dem Krieg geschieden, aber er hat nie wieder geheiratet. Ich glaube nicht, dass er noch einmal zu jemand Vertrauen fassen konnte … Mir ging es ja schließlich auch nicht anders. Natürlich habe ich Gerald von Zeit zu Zeit besucht. Ich habe es sogar geschafft, mich während der wenigen Minuten, die ich bei diesen Gelegenheiten mit Marjorie im selben Zimmer war, zivilisiert zu benehmen. Arthur hat Gerald nie wiedergesehen.

Tiny starrte mich an und schüttelte den Kopf. »Ach, Tilly … meine Liebe … ich weiß gar nicht, was ich sagen soll.«

»Ich – wir – haben etwas Schreckliches getan.«

»Ja … aber ihr wart dem einfach nicht gewachsen, es war zu viel …«

»Ich hätte es dir nicht erzählen sollen. Es tut mir Leid.«

»Nein, schon gut … ist schon in Ordnung.«

»Ich wollte nur … also, der Grund, warum ich es dir erzählt habe, ist eigentlich Gerald, verstehst du? Er hatte es von Anfang an schwer. Mir kam es immer so vor, als stünde ihm ›Schlagt mich‹ auf die Stirn geschrieben. Nach allem, was passiert ist … einmal hat er sogar versucht sich umzubringen. Als er beim Militär war. Ich habe ihn im Krankenhaus besucht – sie hatten ihm irgendein Beruhigungsmittel gegeben, deshalb war kaum etwas Vernünftiges aus ihm herauszukriegen, aber er sagte immer wieder: ›Es gibt überhaupt keinen Grund, warum ich hier bin.‹ Ich glaube, er war einfach zu oft schikaniert worden und hatte es nicht mehr ausgehalten. Ich wusste, wie viel ein Besuch seines Vater ihm bedeutet hätte, deshalb schrieb ich Arthur einen Brief und flehte ihn an, Gerald zu besuchen, und er sagte auch, das würde er tun. Aber er hat es nie getan. Er kam ein paar Tage darauf ums Leben – bei einem Autounfall. Und kaum eine Hand voll Leute war bei der Beerdigung. Er hatte sich immer mehr zurückgezogen, weißt du. Marjorie ist nicht gekommen. Sie war bei Gerald im Krankenhaus. Was nicht viel geholfen hat, denn Gerald war nicht die Art von Sohn, die Marjorie sich wünschte, sie wollte immer jemanden haben, der einer ihrer Figuren ähnlich war, einen Tom Tyler, den geborenen Sieger. Ich habe Gerald nichts von seinem Vater erzählt, bis er aus dem Krankenhaus kam. Die Armee wollte ihn nicht mehr haben, also nahm ich ihn bei mir auf. Ich erzählte ihm, dass Arthur versprochen hatte, ihn zu besuchen, aber ich fürchte, er hat mir nicht geglaubt. Er ist immer so allein gewesen, Tiny. Ich bin ihm weiß Gott keine große Hilfe gewesen, aber immer noch besser als gar nichts, und wenn ich bald nicht mehr bin … Ich weiß, dass es sehr viel verlangt ist …«

»Ich werde ihm so gut ich kann helfen. Sofern er das zulässt.«

»Er muss ja nicht wissen, dass ich dich darum gebeten habe. Er mag es nicht, wenn man sich in sein Leben einmischt, aber trotzdem … Dann wüsste ich wenigstens, dass jemand ein bisschen auf ihn Acht gibt. Eine Art Schutzengel.«

»Ich werde mein Möglichstes tun.«

»Ach, Tiny … ich danke dir.«

»Wozu hat man sonst Freunde, Schätzchen?«

»Was ich erzählt habe …«

»Ich habe doch gesagt, davon wissen nur wir drei, du, ich

und Dennis.« Er nickte zu dem Foto auf dem Tisch hinüber. »Von mir wird Gerald jedenfalls nichts erfahren, das verspreche ich dir.«

»Was hättest du getan? An meiner Stelle, meine ich.«

»Ich glaube …« Tiny sah einen Moment lang auf unsere Hände hinunter – er hielt meine immer noch umfasst und drückte sie sanft. »Ich weiß es nicht. Ich weiß es wirklich nicht.«

Nach einer Weile sagte er dann: »Das war alles ein bisschen viel für einen Tag, findest du nicht auch? Wie wär's mit einer Tasse Tee, bevor ich dich dann zurückbringe? Du siehst aus, als könntest du etwas Ruhe gebrauchen.« Unsere Stimmung hob sich danach merklich – wahrscheinlich war das auch dem Brandy zu verdanken, den wir zum Tee tranken, aber bei mir lag es vor allem an dem Gefühl, dass mir eine Last von den Schultern genommen war. Ich kam mir ein bisschen wie der Christian aus der *Pilgerreise* vor, denn das war doch der mit dem Bündel auf dem Rücken, oder? Ich wusste, dass ich Tiny mit meiner Geschichte schockiert hatte, aber das, was er vorher gesagt hatte, stimmte tatsächlich: Er verurteilte niemanden. Solche Menschen findet man wahrhaftig nicht oft. Und vor allem wusste ich, dass ich ihm vertrauen konnte. Ich habe mich oft gefragt, ob Katholiken hauptsächlich deshalb zur Beichte gehen, um hinterher diese Erleichterung zu spüren, das Gefühl, reinen Tisch gemacht zu haben.

Aber es gibt sicher nicht allzu viele Priester, die eine erstklassige Nellie-Wallace-Imitation hinbekommen … Auf dem Rückweg schob er mich die Promenade entlang, und wir sangen beide aus vollem Hals: »My mother said, Always look under the bed, Before you blow the candle out, To see if there's a man about, I always do, But you can make a bet, That it's never been my luck to find a man there yet!«

Das meiste davon blies der Wind gleich auf die See hinaus, aber wir ernteten trotzdem eine Menge pikierter Blicke von den alten Leuten, die dort spazieren gingen. Von den anderen alten Leuten, sollte ich wohl sagen.

»Die denken bestimmt, du hast zu tief in die Flasche geguckt«, sagte Tiny.

»Ich werde ihnen sagen, du hättest mich entführt. Denen da vorne, die auf der Bank sitzen, siehst du die ...«

»Guck mal, die eine ganz am Ende! Die sieht sogar aus wie Nellie Wallace.«

»Vielleicht ist es ja wirklich Nellie Wallace?«

»Sei nicht albern, Nellie Wallace ist schon seit Jahren tot. Aber das Mädel neben ihr ... meine Güte, hat die sich aufgetakelt. Sieh dir mal ihren Fummel an.«

»Also, wenn du mich fragst, mir kommt's so vor, als hätte die Kleine es faustdick hinter den Ohren. So der Typ hautenges Kleid ohne was drunter.«

»Ach herrje, hör auf, das mag ich mir gar nicht vorstellen.«

»Dann sollten wir lieber das Thema wechseln. Ich will dir ja nicht den Appetit verderben.«

»Ja, das würdest du garantiert ... Warte mal, mir fällt gerade ein Witz ein. Geht ein Typ zum Arzt, weil er's am Hintern hat – ›Ach, Herr Doktor, ich hab so schreckliche Hämorrhoiden, die tun so weh, das können Sie sich gar nicht vorstellen ...‹ Sagt der Arzt: ›Kein Problem, da hab ich was für Sie‹ – er hält eine Packung Zäpfchen hoch –, ›die sind für Ihren Hintereingang, jeden Abend zwei davon, dann ist in zwei Wochen wieder alles im Lot.‹ Nach zwei Wochen kommt der Typ wieder, völlig am Ende. ›Ach, Herr Doktor, meine Hämorrhoiden, die sind wie die hängenden Gärten von Babylon, glauben Sie mir, Ihre Behandlung hat überhaupt nicht geholfen.‹ Fragt der Arzt: ›Haben Sie denn meine Anweisungen auch genau befolgt?‹

›Aber klar, Herr Doktor, ich hab jeden Abend zwei von den Dingern in den Hintereingang gelegt, unter die Fußmatte, aber das hat rein gar nichts gebracht, wissen Sie, ich hätt sie mir genauso gut in den Arsch stecken können!‹«

Na ja, es war dann doch noch ein ganz schöner Tag, trotz des armen kleinen Nicky. Aber ich habe nie gewollt, dass er alt und hinfällig wird, und er ist jetzt bestimmt an einem viel schöneren Ort. Morgen wird er begraben, unter dem Baum, und sie werden ein paar hübsche Blumenzwiebeln dazulegen, die dann im Frühling austreiben. Mir ist ganz leicht ums Herz, so leicht wie schon lange nicht mehr.

Eine der Pflegerinnen hat ein Foto von Nicky auf meinen Nachttisch gestellt, damit ich ihn morgens beim Aufwachen sehen kann. Das war sehr lieb von ihr. Wenn ich im Bett liege, brauche ich nur den Kopf zu drehen, um sein kleines Gesicht zu sehen. Ich kann hören, wie sie draußen die Wimpel aufhängen, zur Feier des Sieges über die Deutschen im Zweiten Weltkrieg. Ich weiß nicht, wieso man das nach all den Jahren noch feiern muss, aber wenn es den Leuten Freude macht … Wer sein Leben lang keinen Krieg erlebt hat, der kann sich wirklich glücklich schätzen. Ich habe gleich zwei davon mitgemacht. Und beide haben große Veränderungen für mich gebracht, und wahrhaftig keine positiven. Wenn man mal genauer drüber nachdenkt, dann haben wir unsere Sache seit 1945 eigentlich ganz gut gemacht – fünfzig Jahre ohne neuen Krieg. Hoffen wir, dass es so bleibt – nicht für mich, mir kann das egal sein, ich bin sowieso bald nicht mehr hier – aber für Sie und Ihre Kinder.

Jo

Drei Tage ist es her. Zweiundsiebzig Stunden. Seit *zweiundsiebzig* Stunden wird sie vermisst. Die Polizei hat Gerald verhört, und danach ist auch er verschwunden. Die Polizisten haben mir gesagt, wir hätten das Recht nicht in die eigenen Hände nehmen dürfen. Ich habe versucht, ihnen zu erklären, dass es gar nicht so war, wie sie glauben, und Mutter war dabei und hat es mitangehört und gemeint: »Das ist ja alles schön und gut, aber ich hab nicht den Eindruck, dass Sie besonders viel zum Schutz von Kindern tun. Wenn meine Tochter wegen der Geschichte zu Ihnen gegangen wäre, hätten Sie doch bloß geantwortet: ›Kommen Sie wieder, wenn er sie umgebracht hat, dann unternehmen wir vielleicht was.‹« Die Polizisten haben gesagt, sie hätten ihn verwarnen können, und Mutters Kommentar dazu lautete: »Oh, das wäre sicher *sehr* hilfreich gewesen.« Ich hatte ihr von Gerald erzählt, dass er ein Exhibitionist ist und deswegen auch schon festgenommen worden war. Ich habe den Polizisten Rons Handynummer gegeben, und sie fragten: »Was ist mit seiner Adresse?«, und ich antwortete: »Die habe ich nicht«, und Mutter sagte: »Das soll doch wohl ein Witz sein!«, und ich sagte: »Nein, ich habe sie wirklich nicht, er ist immer hierher gekommen.« Mum sagte daraufhin zu mir: »Wie kann man nur so blöd sein?«, und die Polizisten versuchten sie zu beruhigen, sie sagten, sie können es mit Hilfe der Telefonnummer herausfinden. Ich fragte: »Was werden Sie unternehmen?« Denn ich weiß nicht, wie das ist, ob man ihn und Paul wegen Beschädigung fremden Eigentums oder

Körperverletzung anklagen kann, ohne die Zustimmung von Channing & Mason oder Gerald zu haben. Bisher dachte ich, wenn einen jemand verprügelt, muss man selbst Anzeige erstatten, sonst passiert nichts. Wie auch immer, ich war mir nicht sicher, ob das stimmte, deshalb habe ich die Polizisten gefragt, aber sie sagten: »Darum kümmern wir uns später.« Dann wollten sie wissen, wie lange ich Ron schon kenne, ob wir uns gut verstehen, ob er oft hier war, ob er Melanie kennt und so weiter, und ich sagte: »Was soll das?« Aber ich gab mir Mühe, die Fragen richtig zu beantworten, und habe mein Tagebuch geholt und es ihnen gezeigt. Ich bin übrigens stinksauer auf Ron, weil er sich nicht mehr gemeldet hat – obwohl ich nicht oft an ihn gedacht habe, denn ich denke momentan von früh bis spät einzig und allein an Mel. Aber trotzdem, es ist für mich die reinste Hölle, und da könnte ich ein bisschen Unterstützung gut gebrauchen. Ich führe immer wieder lange Gespräche mit den Polizisten, und sie erzählen mir, sie werden dieses und jenes tun, und sie haben in Mels Zimmer das Unterste zuoberst gekehrt, aber ich denke immerzu: *Geht doch endlich los und sucht sie …*

Mutter hat völlig Recht, wenn sie sagt, dass jede Menge Geld ausgegeben wird, um Leute wie Gerald zu schützen, statt sie dorthin zu bringen, wo sie hingehören – hinter Gitter. Denn er hat es getan. Auch die Polizisten wissen das. Sie haben sein Zimmer durchsucht und ein Fotoalbum mit lauter Bildern von Mel gefunden. Sie glauben, er ist auf sie … *zwanghaft fixiert,* weil sie seiner Schwester ähnelt, der Schwester, die ermordet wurde und von der uns Paul im Pub erzählt hat. Sie haben mich gefragt, ob er je von ihr gesprochen hat – von seiner Schwester. Hat er nicht, aber er muss die ganze Zeit an sie gedacht und sich nach ihr gesehnt haben. Die Polizei sagt, wenn es das ist, dann bedeutet es nicht unbedingt, dass er Mel etwas antun wird, denn er will ja seine Schwester wiederhaben. Als Mum das hörte, sagte sie: »Glauben Sie, das macht es für meine Enkelin weniger schlimm?« Aber ich dachte nur: Wenigstens bedeutet es, dass sie nicht tot ist.

Andererseits wird mir ganz übel, wenn ich daran denke, wie viele Monate ich ihm bei der Arbeit gegenübergesessen habe. Wenn er ihr auch nur ein Haar gekrümmt hat, bringe ich ihn um. Das schwöre ich. Und immer dieses Getue mit seiner blöden Tupper-Dose. Ich fasse es nicht, dass ich sie sogar zu ihm nach Hause gebracht habe! Und die ganze Zeit hat er sich überlegt, was er mit Mel anstellen wird. Wenn er ihr etwas antut, ist er ein toter Mann. Mir ist es egal, was irgendwelche Leute sagen, wenn er sich an meiner Kleinen ... *vergreift,* dann hat er nichts anderes verdient.

Sie haben mir gesagt, sie wollen seinen Namen veröffentlichen. Sie haben Fotos von Mel mitgenommen für die Zeitungen – Colin hat mir die Überschriften gezeigt, die meisten lauteten: *Wer hat dieses Mädchen gesehen?* Ich ertrug es nicht, die Artikel zu lesen. Ich konnte mich nicht auf den Text konzentrieren, und außerdem habe ich das alles schon früher gelesen, nur ging es damals immer um das Kind anderer Leute. Man sieht die Eltern im Fernsehen, und sie sagen: »Wir wollen dich wieder bei uns haben« und so weiter, und man sieht, wie sie innerlich hoffen und beten ... dass ihr Kind noch lebt. Und man sitzt da, und sie tun einem wirklich Leid, weil sie wahrscheinlich umsonst hoffen, und gleichzeitig denkt man, Gott sei Dank ist es nicht mein Kind. Und jedes Mal, wenn ich so etwas gesehen habe, bin ich nachschauen gegangen, ob Mel noch da ist. Ich bin in ihr Zimmer rein, habe sie umarmt, und sie hat gerufen: »*Mu-um, lass mich los!*«, und ich habe mir geschworen, dass ich immer auf sie aufpassen werde, damit ihr nichts zustößt.

Aber ich habe mein Wort nicht gehalten.

Mutter hat mir eine Nachricht von der örtlichen Kirchengemeinde gegeben. Sie sagt, er wurde unter der Tür durchgeschoben – eine Frau schrieb, dass sie alle für Mel beten. Ich bin nie dort bei einem Gottesdienst gewesen, aber ich dachte, wieso tue ich das nicht auch, sage ein Gebet auf, vielleicht hilft es ja. Also tat ich es – ich habe eigentlich nur gesagt: Lieber Gott, bitte mach, dass sie wohlbehalten zu mir zurückkommt. Eigentlich wollte ich, wie es sich gehört, das Vaterunser sprechen – das haben wir immer bei der Morgenandacht aufgesagt, aber nur einfach heruntergeleiert –, aber ich konnte mich an den Text nicht erinnern. Schließlich habe ich einfach gesagt, was mir gerade in den Sinn kam, ich habe Gott gebeten, auf uns aufzupassen und so. Die genauen Worte weiß ich gar nicht mehr. Wenn man mich letzte Woche gefragt hätte, ob ich an Gott glaube, hätte ich gesagt, ich bin mir nicht sicher, und das bin ich mir auch nicht, aber vielleicht hilft es ja trotzdem. Colin ist eben mit dem Radio reingekommen, denn es wurde etwas über Gerald gesendet, mit einer Beschreibung von ihm, und es hieß, sie wollen ihn befragen, und wenn jemand ihn gesehen hat, soll er sich bei der Polizei melden. Man hat mich gebeten, eine Stellungnahme abzugeben, für die Nachrichten, aber ich dachte: Wenn er das hört und wieder daran denkt, was Ron und Paul mit ihm gemacht haben, dann wird er vielleicht wütend, und dann …

Das Telefon hat zu klingeln angefangen. Mutter geht immer ran, für den Fall, dass es irgendein Spinner ist. Aber jedes Mal, jedes einzelne Mal, denke ich, bitte, bitte, lass es Mel sein, denn mehr verlange ich gar nicht, ich will nur ihre Stimme hören.

Gerald

Die Zugfahrt war angenehm. In meinem Abteil saß ein Mädchen, nicht älter als fünf oder sechs, und sie sang: »Hark the Herald Angels ...«, mit der richtigen Melodie, aber nach der ersten Zeile dachte sie sich den Text selbst aus. Ihre Mutter sagte zu ihr: »Das ist doch ein Weihnachtslied. Kennst du denn keins, das vom Sommer handelt?« Doch das kleine Mädchen sagte: »Das hier mag ich aber lieber«, und sang weiter. Ich dachte an meine Kindheit zurück: »Hark the Herald Angels sing, Wallis Simpson stole our King.« Ich weiß noch, wie die Jungen aus dem Dorf das in der Kirche gesungen hatten. Ich jedoch nicht – ich stand neben Mutter, und sie hätte mir so etwas sehr übel genommen.

Komisch, aber ich erinnere mich bloß an den einen Gottesdienst in dieser Kirche, obwohl wir bestimmt öfters hingegangen sind. Ich erinnere mich, wie meine Mutter mir erzählte, dass jeder Mensch in England getauft sei und man auf diese Weise zum Christen werde. Eric erzählte mir, er sei nicht getauft worden und seine Brüder auch nicht. Ich glaubte ihm nicht, und wir hatten einen heftigen Streit deswegen. Die Sache beschäftigte mich tagelang. Rückblickend weiß ich nicht, wieso eigentlich ... aber als seine Mutter zu Besuch kam, fragte ich sie, ob es stimmte, was er behauptet hatte. Wir saßen mit Mrs. Paddick in der Küche und tranken Tee, und nachdem ich ihr die Frage gestellt hatte, sagte sie zu Eric: »Was redest du da? Natürlich bist du getauft worden.« Ich beobachtete sie dabei, um zu sehen, ob sie sich an den Hinterkopf fasste, denn das tat *meine* Mutter immer, wenn sie nicht die Wahrheit sagte. Sie tat es nicht, aber ich weiß noch, wie ich dachte, dass es nicht stimmte, weil sie ganz verlegen klang. Eric fragte: »Wo?«

»Wo was?«

»Wo bin ich getauft worden?«

»In einer Kirche, Dummerchen. Du warst noch ein Baby, darum erinnerst du dich nicht daran.« Und sie beugte sich zu ihm hinüber und stupste gegen seinen Arm. Dann sagte Eric: »Warum hast du Blackie nicht mitgebracht?« Das war sein Hund, er hatte mir schon tagelang von ihm erzählt und geprahlt, dass sein Hund viel besser war als unserer, und auch darüber hatten wir uns lange gestritten, denn für mich war unser Hund Sammy der beste Hund der Welt.

Mrs. Watkins sagte: »Sei nicht albern, ich konnte ihn nicht im Zug mitnehmen.«

Eric sagte: »Du hast es mir aber versprochen«, und sie sagte: »Das habe ich ganz bestimmt nicht.« Dann wandte sie sich an Mrs. Paddick. »Das arme Tier hatte während der Luftangriffe furchtbare Angst, ich wusste überhaupt nicht, was ich tun sollte.«

Eric sagte: »Was meinst du damit? Ist etwas mit ihm?«

»Nein, keine Sorge, es geht ihm gut.« Und sie sprach wieder zu Mrs. Paddick: »Er hat mir regelrecht die Haare von Kopf gefressen ...«

Vera sagte: »Warum kann er nicht hier bei uns leben? Wir würden auch gut auf ihn aufpassen.«

»Ach, das ist nicht nötig, Liebes, für ihn ist gesorgt.«

Wir wussten alle, dass mit Blackie etwas passiert war, aber sie fand offenbar nichts dabei, uns anzulügen. Eric wollte nicht darüber reden. Als ich ihn fragte: »Was ist mit deinem Hund geschehen?«, sagte er mir, ich solle den Mund halten und ihn in Ruhe lassen. Vera bat Mutter, Mrs. Watkins zu schreiben, um ihr zu sagen, dass wir Blackie aufnehmen würden. Mutter hat sich natürlich geweigert, und Vera war tagelang wütend auf sie. Inzwischen bin ich mir sicher, dass Mrs. Watkins den Hund hatte einschläfern lassen, es aber Eric nicht sagen wollte und Mutter das wusste, aber damals war mir das nicht klar. Ich konnte einfach nicht verstehen, wieso Erwachsene andauernd Lügen erzählten …

Mir war es nicht recht, dass ich in Colchester umsteigen musste – ein oder zwei Leute schauten mich merkwürdig an, aber ich glaube, das hatte nichts weiter zu bedeuten. Als der Zug sich Frinton näherte, fiel mir ein, dass ich gar nicht genau wusste, wo Tante Tilly wohnt – ich habe es mir zwar aufgeschrieben, aber es steht in meinem Adressbuch, und das hat garantiert die Polizei mitgenommen, zusammen mit meinen anderen Sachen. Ich verstehe nicht, wieso ich nicht früher daran gedacht habe. Ich mag es überhaupt nicht, so Hals über Kopf irgendwohin zu fahren. Normalerweise plane ich die Besuche bei Tante Tilly Wochen im Voraus, damit alles seine Ordnung hat, aber dafür war diesmal ja keine Zeit.

Nachdem ich aus dem Zug ausgestiegen war, setzte ich mich erst einmal auf eine Bank, um nachzudenken, aber ich war völlig ratlos und hatte außerdem Kopfschmerzen. Vor dem Eingang standen ein paar Taxis, und nacheinander brachten sie die Leute aus dem Zug weg, zuerst der Wagen, der vorne stand, dann der nächste und dann der übernächste. Ich hätte mir auch gerne ein Taxi genommen, aber ich wusste nicht, was ich dem Fahrer hätte sagen sollen, ich kannte nicht einmal den Namen der Straße, und außerdem hatte ich nicht mehr viel Geld übrig, deshalb beschloss ich, zu Fuß zu gehen. Ich fragte einen Mann nach dem Weg zum Strand, denn dort in der Nähe ist es. Er bot mir an, mich mitzunehmen, aber ich lehnte ab, weil ich befürchtete, von ihm ausgefragt zu werden.

Ich hoffte, bei dem Haus vorbeizukommen, wo Tante Tilly wohnt, aber in der Straße, in der ich es vermutete, gab es nur Mehrfamilienhäuser – King's House und Queen's House und North House und South House –, dort war ich also falsch. Dann ging ich eine andere Straße entlang, die mir von der Ecke aus sehr viel versprechend aussah, aber links und rechts standen lauter kleine Häuser. Ich schaute mir die Namen an, weil ich hoffte, sie würden mir vielleicht bekannt vorkommen, aber es waren meistens schottische Namen mit *Glen* am Anfang, zum Beispiel Glencoe und Glenmore. Das fand ich komisch, diese Häuschen mit Namen, bei denen man an Schlösser denkt, zu denen Teiche und Flüsse gehören und nicht bloß ein Wasserbecken mit einem angelnden Gartenzwerg. Diese Gedanken beschäftigten mich eine Weile, und währenddessen marschierte ich immer weiter und kam irgendwann zu einer Einkaufsstraße. Dieser Teil des Ortes war mir völlig unbekannt. Ich lief noch ein Stück geradeaus, dann fing ich an, mir die Schaufenster anzusehen. In einem standen lauter verschiedene Porzellanhunde. Ich hatte die Idee, Doreen einen mitzubringen, weil sie meinetwegen so viel Ärger hatte, aber ich weiß gar nicht, ob sie Hunde überhaupt mag, und wenn ich einen kaufen würde, hätte ich noch weniger Geld. Außerdem war der Laden geschlossen, deshalb war es sowieso nicht möglich. Aber der Anblick all der Hunde ließ mich wieder an Vera und Sammy denken und auch an Tante Tilly, denn einer davon war ein kleiner Pudel, genauso schwarz wie Nicky.

Ich hörte den Mann nicht kommen und zuckte deshalb zusammen, als er plötzlich neben mir stand. »Guten Abend. Ich bitte um Entschuldigung, falls ich Sie erschreckt habe.«

Ich sagte: »Keine Ursache« und wartete darauf, dass er weiterging, aber das tat er nicht. Es dämmerte bereits, und da wir uns zwischen zwei Straßenlaternen befanden, konnte ich ihn nicht besonders gut erkennen, aber er machte auf mich einen sehr weibischen Eindruck. Sein Haar schien gefärbt zu sein, und er trug ein grellbuntes Halstuch, das von etwas Silbernem zusammengehalten wurde – allerdings war es keine Krawattennadel, sondern eher eine Art Brosche. Ich befürchtete, er würde mir gleich einen unsittlichen Antrag machen, denn nach allem, was ich gehört habe, tun das diese Männer immer, aber er betrachtete bloß schweigend das Schaufenster. Mitten zwischen den anderen Auslagen stand ein großer, wirklich hässlicher Stoffkrebs. Er passte überhaupt nicht dorthin, denn die anderen Dinge im Fenster waren meiner Ansicht nach recht geschmackvoll.

Der Mann sagte: »In diesem Laden gibt es wirklich entzückende Sachen.« Das bestätigte meinen Verdacht, was ihn anging, denn so etwas sagen sonst nur Frauen, aber ich fühlte mich genötigt, darauf zu reagieren, also zeigte ich auf den Krebs und sagte: »Ist der nicht grauenvoll? Wer kauft so etwas?«

»Tja«, meinte er, »jedem Menschen gefällt etwas anderes.«

Eigentlich wollte ich etwas in der Art von »Was Ihnen gefallen würde, weiß ich genau« sagen, denn sein Tonfall gefiel mir nicht, ich fand ihn irgendwie … anzüglich, aber ich wollte keinen Ärger, deshalb sagte ich zu ihm, ich hätte mich verlaufen und ob er wisse, wie man zum Strand komme. Er beschrieb mir den Weg, dann verabschiedete er sich. Als er wegging, wurde mir klar, wieso ich ihn nicht hatte kommen hören – er bewegte sich leichtfüßig wie ein Tänzer.

Während ich zurück zum Meer ging, kam mir der Gedanke, dass ich ihn hätte fragen können, ob er Tante Tilly kenne – Männer wie ihn gibt es viele beim Theater –, aber ich fand, dass es eher unwahrscheinlich war, denn Frinton ist nicht gerade ein kleines Dorf. Und außerdem wäre es für mich undenkbar gewesen, ihm nachzugehen!

Als ich zurück auf der Promenade war, konnte ich mich vor Müdigkeit kaum noch auf den Beinen halten. Es war sehr still – nur in wenigen Häusern brannte Licht –, und ich überquerte den Rasen und ging den Weg zum Strand hinunter, ohne dabei einem einzigen Menschen zu begegnen. An der schmalen Straße, die direkt am Strand entlangführt, stehen eine Reihe Badehütten, und ich hätte gerne in einer von ihnen übernachtet, denn es war inzwischen ziemlich frisch geworden, aber sie waren alle mit einem Vorhängeschloss gesichert. Am Ende setzte ich mich auf eine Bank, und ich muss wohl sofort eingeschlafen sein, weil ich sonst sicher noch wissen würde, wie es war, dort zu sitzen, und als ich wieder aufwachte, war mein ganzer Körper klamm vor Kälte – ein sehr unangenehmes Gefühl. Zuerst wusste ich nicht, wo ich war, aber dann erinnerte ich mich an den Porzellanhund, den ich für Doreen hatte kaufen wollen, und an den kleinen Mann, der mich angesprochen hatte, und an meinen vergeblichen Versuch, das Haus zu finden, wo Tante Tilly wohnte, und dann fiel mir schlagartig ein, dass Melanie vermisst wurde und die Polizei mein Zimmer durchsucht hatte. In diesem Moment fehlte ehrlich gesagt nicht viel und ich wäre ins Wasser gegangen.

Jack hat es verhindert. Als ich ihn im Geiste ansprach, reagierte er nicht, und ich dachte, wenn ich nicht bei ihm sein kann, dann ist es sinnlos. Das Einzige, was mich die vielen Jahre hat durchhalten lassen, ist die Überzeugung, dass er auf mich wartet. Als ich nach meinem Selbstmordversuch über alles nachgedacht habe, kam ich zu dem Schluss, dass ich die Flinte zu schnell ins Korn geworfen hatte, dass Jack von mir erwartete, dass ich bleibe, wo ich war, denn da nur einer von uns beiden die Chance bekommen hatte zu leben, war es unsere Pflicht, sie zu nutzen. Aber ich wünschte … ich wünschte … dass *er* die Chance bekommen hätte und nicht ich. Plötzlich hörte ich vom Strandweg her stampfende Schritte wie von einem Jogger. Ich hatte schon ein paar von ihnen in der Ferne gesehen und senkte den Kopf. Ich hatte mein Taschentuch benutzen müssen, und ich hoffte, die Person würde achtlos vorbeilaufen, aber sie blieb stehen. Eine Frauenstimme sagte: »Brauchen Sie Hilfe?« Ich nahm die Hände vom Gesicht und stellte fest, dass ich direkt auf ihre Schenkel starrte. Sie waren kaum zehn Zentimeter von mir entfernt, hellrosa und aufgequollen, so wie Schinken, der zu viel Wasser enthält, ein sehr unschöner Anblick. Ich wusste nicht, wohin ich schauen sollte.

»Was machen Sie hier?«

Ich murmelte, dass ich gerne am Meer sitze, und sie sagte: »Noch ein bisschen früh, oder?«

»Ich habe keine Ahnung, wie spät es ist.«

»Halb sieben.«

»Wissen Sie … ich konnte nicht schlafen, und deshalb …«

»Wohnen Sie in Frinton?«

»Ja … da drüben.« Ich zeigte nach links. »Glencoe. So heißt mein Haus.«

»Oh, das kenne ich. Ich laufe auf dem Weg zum Strand oft daran vorbei. Es gibt in der Straße viele Häuser, deren Namen mit ›Glen‹ anfangen, stimmt's?«

»Ja, genau.«

Ich schaute hoch und sah sie lächeln. »Ich achte immer auf die Namen der Häuser – damit ich mich beim Laufen nicht langweile. Also, dann lasse ich Sie jetzt allein. Wiedersehen.« Ich schaute ihr nach, aber sie drehte sich nicht noch einmal um. Ich dachte, ich stehe besser sofort auf, ehe noch jemand kommt und neugierige Fragen stellt. Gleichzeitig war ich sehr zufrieden mit mir, weil ich die Situation so gut gemeistert hatte. Reaktionsschnell.

Ich griff in meine Hosentasche, und das Geld war noch da, außerdem habe ich für Notfälle immer einen Fünfpfundschein dabei, den ich in einer zugeklebten Plastikhülle in der Innentasche meiner Jacke aufbewahre. Ich wollte mir noch einmal die Porzellanhunde in dem Schaufenster ansehen, aber als ich auf der Promenade ankam, war ich so benommen, dass ich mich hinsetzen musste. Offenbar bin ich erneut eingenickt und habe noch ein, zwei Stunden geschlafen, denn als ich die Augen wieder aufschlug, waren um mich herum überall Menschen und Autos.

Ich wollte gerade aufstehen, da sah ich den Mann mit dem Halstuch wieder, und er kam direkt auf die Bank zu, auf der ich saß. Ich versuchte aufzustehen, aber mir wurde sofort schwindlig, und ich sank zurück. Er winkte mir und rief etwas, und ehe ich mich's versah, saß er neben mir und hatte mich am Arm gefasst. Ich sagte: »Was wollen Sie?«

»Sie sind doch Gerald, oder? Gerald Haxton?«

»Nein … ich heiße John … John …« Mir fiel kein Nachname ein. Ich konnte wegen seiner Aufdringlichkeit nicht klar denken.

»Sie brauchen keine Angst vor mir zu haben. Ich hatte schon gestern Abend die Vermutung, dass Sie es sind. Sie müssen mir verzeihen. Ich hätte etwas sagen sollen. Ich habe mich seitdem ununterbrochen beschimpft.«

»Woher … woher wissen Sie, wer ich bin?«

»Von Tilly. Sie hat mir von Ihnen erzählt und mir ein Foto gezeigt. Ich vergesse nie ein Gesicht, und trotzdem habe ich nichts gesagt, sondern nur dummes Zeug geplappert.«

Ich kam mir vor wie in einem schrecklichen Albtraum, dieser Mann hielt mich fest, redete ununterbrochen auf mich ein, und ich konnte nichts tun. Ich konnte nicht weggehen oder laut rufen, denn dadurch würde ich die Aufmerksamkeit auf mich lenken, und das durfte ich nicht riskieren. »Ich wäre Ihnen dankbar, wenn Sie mich nicht anfassen würden. Ich mag das nicht.«

»Entschuldigung.« Er ließ meinen Arm los und rutschte ans Ende der Bank. »Das war keine Absicht. Ich bin nur so erleichtert, dass ich Sie endlich *aufgespürt* habe. Als ich sie vorhin abholen wollte und man mir erzählte ...«

»Wen wollten Sie abholen? Und wer ist ›man‹? Und was meinen Sie mit ›aufspüren‹? ... Sie sind doch nicht etwa – nicht etwa so eine Art Polizist, oder?«

Er zog die Augenbrauen hoch. »Sehe ich wie ein Polizist aus?«

»Nein, das nicht, aber Sie sagten, man hätte Ihnen etwas über mich erzählt ...«

»Über *Tilly*. Im Altersheim. Kaum hatte ich das gehört, habe ich zwei und zwei zusammengezählt, und ... Ach du meine Güte, Sie wissen es noch gar nicht, stimmt's?« Er rutschte wieder zu mir herüber und streckte die Hand aus. Ich wich so weit zurück, wie ich konnte, ohne von der Bank zu fallen. »Oh, tut mir Leid.« Er hob die Hand mit einer flatternden Bewegung und rückte von mir ab. »Tut mir furchtbar Leid. Wirklich gedankenlos von mir. Mein Gott, ich benehme mich ja wirklich wie der letzte Mensch. Es ist nur ... ich bin noch ganz außer mir, denn es kam so plötzlich, gestern haben wir noch ... ich hätte es allerdings ahnen müssen, wenn ich es mir recht überlege.«

»Was ist passiert? Wovon reden Sie?«

»Gerald ... ich heiße Tiny. Ich war ein Freund von Tilly. Wir haben uns im Altersheim kennen gelernt, ich spiele dort ab und zu für die alten Leutchen Klavier, und ...«

»Darum bin ich hier, weil ich Tante Tilly besuchen will, aber ich habe vergessen, wo die Straße ist, und finde sie nicht. Wenn

Sie bitte so nett wären, mir zu sagen, wie ich dorthin komme, dann könnte ich ... Ich muss nämlich unbedingt zu ihr. Es gibt etwas, über das ich ...«

»Gerald. Es tut mir Leid ... Tilly ist tot. Sie ist letzte Nacht gestorben. Man hat es mir gesagt, als ich sie heute Morgen besuchen wollte. Sie ist ganz friedlich eingeschlafen, hat man mir gesagt.«

»Da kann nicht ... das kann unmöglich ... Ich glaube Ihnen nicht. Sie wollen bloß verhindern ... Sie wollen mich von ihr fern halten. Es ist nicht wahr.«

»Es tut mir Leid, es tut mir so Leid ... Ich würde über so etwas niemals Lügen erzählen. Und wieso sollte ich Sie anlügen?«

»Ich weiß nicht ... ich weiß überhaupt nicht mehr, was ich glauben soll ...«

»Wir haben einen ganz wundervollen Nachmittag miteinander verbracht. Wir ... als ich sie zurück nach Hause geschoben habe, in ihrem Rollstuhl, haben wir laut gesungen ... Nellie Wallace ... und wir haben all die spielenden Kinder gesehen ...«

»Hören Sie auf ... hören Sie endlich auf! Ich kann nicht nachdenken ... ich habe Hunger, und ... was soll ich nur tun?«

Er holte einen Cadbury-Schokoriegel aus der Tasche und hielt ihn mir hin. »Essen Sie den. Ordentlich viel Zucker ist in solchen Fällen immer gut.«

»Aber der gehört Ihnen.«

»Ja, und ich schenke ihn Ihnen.«

»Das kann ich nicht annehmen ... Ich gebe Ihnen Geld dafür.«

»Das vergessen Sie mal schnell wieder. Kommt gar nicht in Frage. Das ist das Mindeste, was ich für Sie tun kann. Na los.«

Also aß ich den Schokoriegel und hörte dem ununterbrochenen Gerede des kleinen Mannes zu. »Ach, hätte ich Sie doch gestern Abend bloß gefragt ... Sie hätten bei mir übernachten können ... und Sie haben ja auch noch diese schlimme Kopfwunde. Haben Sie denn wenigstens ein schönes Zimmer gefunden?« Ich hatte gerade den Mund voll, deshalb schüttelte ich den Kopf.

»Aber ... wo um Himmels willen haben Sie denn geschlafen?«

»Ich ... da hinten.«

»Am *Strand?* Oh, Sie Ärmster!«

Ich aß das letzte Stückchen und faltete die Verpackung zusammen, um sie in die Tasche zu stecken. »Wissen Sie, ob ich irgendwo in der Nähe eine Tasse Tee bekomme? Ich habe großen Durst.«

»Ja, natürlich, kein Wunder. Ein Stück weiter ist eine Art Café. Es macht eigentlich erst um zehn auf, aber der Besitzer ist sehr nett. Ich bin sicher, er brüht uns rasch ein Tässchen auf, wenn ich ihn drum bitte. Wollen wir es versuchen?«

»Ja, gerne. Das ist sehr freundlich von Ihnen.«

Es war ein kleiner weißer Kiosk, vor dem ein paar Tische standen. Die Rollläden waren noch heruntergelassen, als wir ankamen, aber der kleine Mann ging zur Rückseite und kam fast augenblicklich mit zwei Styroporbechern voll Tee zurück. »Hat geklappt. Nehmen Sie Zucker?«

»Nein, vielen Dank.«

»Ich auch nicht. Ich hab's mir während des Krieges abgewöhnt.«

Ich versuchte, ihm das Geld für den Tee zu geben, aber er wollte es nicht haben. Das war mir gar nicht recht. Ich mag es nicht, jemandem verpflichtet zu sein, vor allem nicht so jemandem, denn man weiß nie, ob diese Leute irgendwann versuchen, es auszunutzen.

Während wir den Tee tranken, zog der Kioskbesitzer die Rollläden hoch und fing an, verschiedene Sachen auf den Tresen zu stellen. Er hatte ein Radio eingeschaltet, aber es lief keine Musik, sondern Nachrichten. Ich sagte: »Ich bin froh, dass es nicht diese lärmige Rockmusik ist. Die finde ich unerträglich.«

Der kleine Mann nickte: »Stimmt, das ist der pure Krach. Es gibt überhaupt keine schönen Melodien mehr. Aber keine Sorge, hier würde so etwas nicht geduldet werden – das wäre dem Niveau abträglich.«

Ich sah, dass der Mann vom Kiosk einen Karton mit Penguin-Riegeln hinstellte. Diese Riegel esse ich von allen am liebsten, und ich überlegte gerade, mir einen davon zu kaufen, falls ich später Appetit auf etwas Süßes haben würde, als der Nachrichtensprecher im Radio sagte: »Von der zwölfjährigen Melanie Farrell, die zuletzt am Mittwoch im Londoner Stadtteil Shepherd's Bush gesehen wurde, fehlt weiterhin jede Spur. Die Polizei hat sich daher zu dem ungewöhnlichen Schritt entschlossen, den Namen des Mannes bekannt zu geben, den sie in Zusammenhang mit dem Verschwinden des vermissten Mädchens befragen möchte. Es handelt sich um Gerald Haxton, der sich vermutlich …«

Mehr hörte ich nicht. Ich erstarrte. Ich wollte aufspringen und wegrennen, aber ich konnte mich nicht bewegen. Der kleine Mann schaute mich fragend an. »Das sind doch Sie … der Mann, von dem im Radio die Rede war. Das war Ihr Name.«

»Ich bin unschuldig.« Mehr als ein Flüstern brachte ich trotz größter Mühe nicht zustande. »Ich habe nichts verbrochen.«

»Warum will die Polizei mit Ihnen sprechen?«

»Ich habe nichts getan … gar nichts. Ich habe bloß – sie war meine *Freundin!*«

»Das vermisste Mädchen? Sie kennen sie?«

»Melanie. Ja. Ich bin ihr bloß nachgegangen. Ich habe nichts damit zu tun – die Polizei versucht, mir die Schuld in die Schuhe zu schieben –«

»Die wollen bloß mit Ihnen reden. Wie heißt das immer? Jemanden aus dem Kreis der Verdächtigen ausschließen. Hören Sie, was halten Sie davon, wenn ich mitkomme? Es dauert wahrscheinlich nur ein paar Minuten, länger nicht.«

»Von wegen, das weiß ich besser.«

»Aber wenn Sie gar nichts getan haben –«

»Die Polizisten sind anderer Meinung. Sie haben mein Zimmer durchwühlt und mir alle meine Sachen weggenommen ... nichts ist mehr da.«

Der kleine Mann streckte die Hand aus. »Warum kommen Sie nicht mit zu mir?«

»Nein.«

Ich versuchte aufzustehen, aber das ist bei diesen Plastikschalensitzen nicht so einfach – ich blieb hängen und hatte Mühe, mich aus dem blöden Ding herauszuwinden, und die ganze Zeit rechnete ich damit, dass die Polizei gleich auftauchen würde. Der kleine Mann stand ebenfalls auf und sagte: »Wenn Sie mit zu mir kommen, dann können wir in Ruhe überlegen, was Sie als Nächstes tun sollten.«

»Hören Sie auf, mir auf die Nerven zu gehen! Lassen Sie mich in Ruhe!«

Er machte einen Schritt auf mich zu, und da ich mich immer noch nicht aus dem Stuhl befreit hatte, konnte ich nicht weg. »Irgendjemandem müssen Sie vertrauen.«

»Also, Ihnen traue ich bestimmt nicht. Sie wollen mich nur reinlegen, ich kenne Männer wie Sie, ständig lauern sie anderen Leuten auf wie – wie ...« Der Stuhl fiel nach hinten um. Der Mann stand zwischen den Tischen und versperrte mir den Weg. Aber da sie aus Plastik waren, konnte ich sie leicht zur

Seite schieben. Als ich wegrannte, hörte ich noch, wie er rief: »Bleiben Sie hier!«

Ich lief so schnell ich konnte. Ich erwartete weiterhin, von Polizeisirenen oder zumindest Schritten verfolgt zu werden, aber nichts dergleichen. Als die Häuser des Ortes hinter mir lagen, hatte ich rechts furchtbares Seitenstechen und setzte mich auf einem Feld an eine Hecke, um Atem zu holen. Ich hörte ein paar Autos vorbeifahren, aber immer noch keine Schritte, und ich dachte mir, wenn der kleine Mann mir nachgelaufen wäre, müsste er inzwischen an dieser Stelle angekommen sein, denn mein Tempo war nicht besonders hoch gewesen.

Immer in Bewegung bleiben, sich von Menschen fern halten, das ist jetzt das Wichtigste. Angenehmer Frühlingstag, keine Frage – angesichts meiner Pechsträhne müsste es eigentlich Bindfäden regnen. Allerdings ziemlich mühsam, auf den Feldwegen zu gehen. Anscheinend hält sie niemand in Ordnung, überall wachsen Brennnesseln und Disteln und zwingen einen, im Zickzack zu laufen. In der Ferne sah ich eine Frau mit einem Collie, aber sie kam nicht näher. Mir fielen wieder die Porzellanhunde ein ... Doreen hat ein Porzellanpferd, ein Kaltblut, braun mit klobigen, haarigen Hufen, so wie die Pferde, die man zum Pflügen der Felder benutzt hat, als ich ein Kind war. Früher haben sie auch die Wagen gezogen, mit denen Kohlen und Milch ausgefahren wurden. So was gibt es gar nicht mehr.

Nach einer Weile – ein paar Stunden waren vergangen, glaube ich – fand ich mich auf einem Golfplatz wieder. Ein Spieler rief mir etwas zu, deshalb senkte ich den Kopf und ging rasch weiter. Die Leute aus den Golfclubs mögen es nicht, wenn man über die Greens läuft oder wie diese ebenen Flächen auch immer heißen, aber es war mir zu mühsam, ihnen auszuweichen, also marschierte ich einfach geradeaus. Dann kam ich zu einem großen Teich oder See, und ich musste abbiegen, ob ich wollte oder nicht, und kurz darauf stand ich zwischen lauter Bäumen. Ich hoffte, dass es nur ein schmales Waldstück war, aber leider vergebens, denn der Wald wurde immer dichter und hörte gar nicht wieder auf. Es gab keine richtigen Wege oder Hinweisschilder, bloß lauter Äste. Einer davon stach mir beinahe ein Auge aus. Irgendwann kam ich zu einem Maschendrahtzaun, und ich ging an ihm entlang, bis ich eine Straße erreichte. Dann wurde ich fast von irgend so einem rücksichtslosen Idioten in einem Lieferwagen überfahren. An der Seite stand etwas geschrieben ... Er fuhr so schnell, dass ich es nicht lesen konnte. Ich sah aber genau, dass er telefonierte. So etwas sollte verboten werden. Es ist lebensgefährlich. Ich fiel in den Graben und riss mir die Jacke an einem Dornenstrauch auf. Werde einen Flicken draufsetzen. Niemand bessert heutzutage seine Kleidungsstücke noch aus, die Leute kaufen sich einfach neue Sachen, und auch die halten natürlich nicht lange ... Rowdy.

Einige Zeit später tauchten Häuser auf und dann eine Ladenzeile, und ich befürchtete, mitten in eine Stadt zu geraten. Wahrscheinlich war es Clacton, denn ich glaubte, in diese Richtung gegangen zu sein, aber ich wollte niemanden fragen, für den Fall, dass im Radio beschrieben worden war, wie ich aussah, und die Leute sich daran erinnerten. Kurz darauf las ich an einem Schaufenster einer chemischen Reinigung den Namen Clacton, ich hatte also Recht gehabt. Beim Anblick des Supermarktes nebenan merkte ich, wie hungrig ich war – ich hätte mir an dem Kiosk doch einen Penguin-Riegel kaufen sollen. Ich kam zu einem Trinkbrunnen, und da ich schrecklich verschwitzt und durstig war, beschloss ich, ihn zu benutzen. Normalerweise hätte ich das nicht getan – man weiß ja nie, was für Keime man sich dabei holt –, aber mir blieb nichts anderes übrig. Lauter Kinder auf den Straßen – zwei von ihnen, die offenbar Fangen spielten, rannten mich beinahe um –, aber keine Erwachsenen, deshalb fühlte ich mich sicher. Es hätten allerdings Erwachsene da sein sollen, um die Kinder im Auge zu behalten, vor allem jetzt, wo diese Sache passiert ist … aber andererseits war es mein Glück, denn wenn welche draußen gewesen wären, wäre das Risiko für mich zu groß gewesen.

Ich folgte den Schildern, die zum Strand wiesen, und dort angekommen, hielt ich beim Gehen den Kopf gesenkt, als suchte ich nach Muscheln oder Strandgut. Viele Leute, die am Strand spazieren gehen, tun das, und sie fallen niemandem auf. Ich fand es eine hervorragende Idee, viel besser, als mühsam die Stadt zu durchqueren, wo mich jede Menge Leute sehen konnte. Ich war stolz, schon so lange unterwegs zu sein, ohne aufgehalten zu werden, aber es wurde langsam dunkel, die Flut kam, und der Strand würde irgendwann zu Ende sein, und ich dachte: Wohin jetzt?

Am meisten machten mir meine Füße zu schaffen. Ich bin es nicht gewohnt, weite Strecken zu laufen, und mir war klar, dass sie mich nicht mehr lange tragen würden – die letzte Meile war entsetzlich gewesen. Ich schaute mich nach einem geeigneten Platz zum Hinsetzen um. Eine Betonmauer trennte den Strand von der Straße, und dicht davor standen ein paar kleine Segelboote, die zumindest etwas Schutz bieten würden, also setzte ich mich zwischen zwei von ihnen und zog mir die Schuhe aus. Riesige helle Blasen an beiden Füßen. So große hatte ich noch nie gehabt, nicht einmal beim Militär. An einem Fuß hatte der Druck des Schuhs die Blase zusammengequetscht; die am anderen Fuß war geplatzt, und die Flüssigkeit war in die Socke gelaufen, und da ich sie auf den Boden gelegt hatte, klebte nun Sand daran, und ich konnte sie nicht wieder anziehen. Und es gelang mir auch nicht, meine Füße zurück in die Schuhe zu zwängen. Schließlich ließ ich sie mitsamt den Socken hinter einem der Boote zurück. Zu erschöpft, um sie mitzuschleppen.

Ich bin seit langem nicht mehr barfuß gelaufen. Ein bisschen kühl, aber nicht direkt unangenehm, obwohl es wahrscheinlich ein Vorteil ist, dass ich kaum sehen kann, *worauf* ich gehe. Die Mauer hat eine Lücke, in der Stufen zur Straße hochführen. Hier ist es heller. Muss aber auf Glasscherben aufpassen ... die Straße ist in einem schlimmen Zustand, überall Risse im Asphalt. Komische kleine Ferienhäuser. Sehen aus wie Strandhütten, nur etwas größer. Hölzerne Veranden, viele davon halb verfallen, auch die Fensterrahmen verrotten – alles macht einen ziemlich schäbigen Eindruck. »It's only a shanty in old shanty town ... There's a tumbledown shack by an old railroad track ...« Nein, da fehlt etwas. Stammt das von der Crazy Gang? Zwecklos, ich erinnere mich nicht. Jedes zweite Häuschen sieht aus, als würde es bei der nächsten Windböe umfallen. Das da hinten ... wie kann man nur auf die Idee kommen, so ein Ding mit Steinen zu verkleiden! Kein Wunder, dass die meisten abgefallen sind. Grässlicher Anblick, erinnert an Schorf. Nur wenig Menschen hier. Vor vielen Fenstern sind Fensterläden, quer über den Türen Riegel. Als wären sie für immer verlassen. Ein paar Türen stehen allerdings offen. Ein Fernseher läuft. Nicht schön, dass jeder zu einem reingucken kann. Das Haus dort hat einen Namen. Kann ihn nicht richtig erkennen – G-L-Ü-C-K-A-L-L-E-I-N. Was soll das bedeuten? Klingt irgendwie, als fehlt da etwas.

Ich schaue besser mal nach, wo ich bin. Ein Straßenschild, das ist zumindest ein Anfang. Alvis Avenue. Und die hier heißt ... Humber ... Riley ... Sunbeam ... Alles Autonamen! Da vorne ist ein Lokal. Licht brennt, also ist es wohl noch geöffnet. Ich gehe aber lieber nicht zu nah hin. Was steht da auf der Tafel? *Gebratener Kabeliau mit Kartoffelbrei.* So schreibt man Kabeljau aber nicht, das i ist falsch. Frage mich, ob es dort auch Penguin-Riegel gibt. Jetzt kommt ein Mann aus der Tür. Hat einen Müllsack dabei. Sollte ihn nicht über den Boden schleifen – unten ist ein Loch drin, und alles Mögliche fällt raus, kullert über die Straße und verdreckt sie. Nicht sehr schön.

Er hat mich gesehen. Ruft irgendwas. Kann kein Wort verstehen. Verschwinde besser von hier, renn so schnell du kannst … nicht nachlassen … kann nicht mehr rennen, muss verschnaufen. Schottersteine. Tun an den Füßen weh. Aber er verfolgt mich nicht. *Warum lassen die Leute mich nicht in Ruhe?*

Ich komme mir vor wie in einem Traum. Noch mehr Straßen, noch mehr Autonamen. Wolseley. Das war ein schickes Auto. Mein Vater hatte so eins. Jetzt dort entlang. Einige der Häuser stehen auf Betonsockeln, so sieht es jedenfalls aus. Niemand da, nur lauter Unkraut in den Ritzen. Das hier hat einen Namen. M-I-R-R-E-I-C-H-T'-S. Niemand da. Komischer Name für ein Ferienhaus. Man sollte doch erwarten, dass sich die Leute etwas anderes einfallen lassen, zum Beispiel *Sans Souci.* Aber vielleicht können sie kein Französisch. Ich kann auch kaum noch ein Wort. Kein Glas im Fenster. Auch kein Riegel vor der Tür. Steht einfach leer. Auf dem Boden liegt etwas Weiches, ich spüre es. Eine Matratze? Mir reicht's auch. Ich werd hier über Nacht bleiben. Jetzt fällt mir auch ein, was bei dem Namen des anderen Hauses fehlte: Trautes Heim. Schön wär's.

Ich würde ihr niemals wehtun. Habe ihr nicht wehgetan … habe nur ihre Finger angefasst, und den Arm unter dem Laub. Hübsche, blasse Schulter, Erde drauf, hab versucht, sie wegzuwischen, aber meine Finger waren schmutzig, und sie wurden deshalb noch dreckiger. Der Träger ihres Unterrocks war runtergerutscht, und man sah ihre … Ich wollte sie anfassen …

Jo

Mum ging an den Apparat und meinte dann: »Es ist für dich. Ron.«

Ich war völlig baff. Ich nahm den Hörer und sagte: »Hallo?«

»Ich bin's, Ron. Wer war denn das eben?«

»Meine Mum. Hat die Polizei –«

»Was soll mit der Polizei sein? Diese Idioten kriegen nichts auf die Reihe. Ich weiß, wo er ist.«

»Was?«

»Ein Kumpel von mir hat ihn gesehen. Er hat eine Fischbratküche. Er hat die Beschreibung im Radio gehört, und er ist sich sicher, dass es Gerald war. Ich hatte ihm von der Sache mit Mel erzählt, deshalb hat er mich angerufen.«

»Von wo?«

»Ich schnapp ihn mir.«

»Ron, wenn du weißt, wo er ist, dann sag's mir, damit die Polizei –«

»Scheiß auf die Polizei. Ich schnapp ihn mir.«

»Warte, Ron –«

»Keine Zeit, ich muss los.«

»Halt, warte, ich –«

»Ich mach mich jetzt auf den Weg.«

Dann legte er auf.

Ich rief sofort bei der Polizei an. Hab dem Beamten von der Fischbratküche erzählt – *so* viele kann es davon nicht geben. Er versprach mir, der Sache unverzüglich nachzugehen – was immer das bedeutet. Andauernd sagt jemand zu mir: »Du darfst die Hoffnung nicht verlieren«, und das tu ich auch nicht, aber manchmal male ich mir aus, was ihr alles passiert sein könnte, und dann ... Ich versuche, es zu verdrängen, denn Mum hat Recht, es hat keinen Zweck, daran zu denken, und trotzdem – aber Sie können das nicht verstehen, ich meine, wenn Ihnen so etwas noch nicht zugestoßen ist, dann können Sie unmöglich wissen ... wie es sich anfühlt. Es gibt einfach keine Worte, um das zu beschreiben.

Eine gute Nachricht habe ich immerhin. Unsere Polizistin – Kontaktbeamtin oder wie auch immer die Bezeichnung lautet, ihr Name ist Marion – sie hat mir berichtet, dass ein Mann angerufen hat, offenbar ein Freund von Gerald, und sie jetzt wissen, wo er ist. Na ja, sie wissen, in welchem *Gebiet* er sich aufhält. Er ist an der Küste von Essex. Mum schaute in Colins Straßenatlas nach, und dann sagte sie zu Marion: »Also, für mich sieht das wie ein verdammt großes Gebiet aus.«

Ich sagte: »Aber er hat kein Auto, oder? Soweit ich weiß, besitzt er nicht einmal einen Führerschein.«

»Er kann jederzeit in einen Zug steigen.«

»Klar, aber dann muss irgendwer die beiden erkennen. Ihr Foto war in den Nachrichten und in jeder Zeitung, und es reicht schon, wenn nur ein einziger Mensch ...«

Colin sagte: »Jo hat Recht. Irgendwer wird sie wiedererkennen.«

Mum sagte: »Ich weiß, aber dieser Typ, der Mann, der angerufen hat, er hat Mel mit keinem Wort erwähnt. Er hat nicht erwähnt, dass sie bei Gerald ist, meine ich.«

Marion sagte: »Das hat nicht unbedingt etwas zu bedeuten ... wir sind noch dabei, die Einzelheiten zu klären.«

Ich fragte: »Und was ist mit Ron? Haben Sie schon mit ihm gesprochen?«

»Meine Kollegen haben versucht, ihn zu erreichen. Ich bin mir sicher, man wird Sie umgehend informieren, wenn es irgendwelche neuen Entwicklungen gibt.«

Damit war das Thema vorerst beendet, denn Mum fing an, von den vielen Briefen zu erzählen, in denen mir die Leute versichern, dass sie an mich denken und so weiter. Nachdem Marion gegangen war, sagte ich zu Mum: »Ich glaube, sie hat uns etwas verschwiegen ...«, denn dieser Gedanke war mir während des Gesprächs die ganze Zeit durch den Kopf gegangen. Womöglich bin ich inzwischen paranoid, aber ich hatte das Gefühl, dass etwas Merkwürdiges im Gange ist, von dem man uns nichts erzählt. Und gleichzeitig kann ich nicht weiter denken als von einer Minute zur nächsten. Nichts ist mehr wie sonst, denn ... wie könnte es auch?

Ich sagte zu Mum: »Es kann doch nicht sein, dass man Mel schon gefunden hat und sie es uns nicht erzählen will?«, und sie rief: »Hör auf damit!« Es kam wie aus der Pistole geschossen, etwas *zu* schnell, fand ich, und plötzlich dachte ich, Mum und Colin glauben, sie ist tot, aber sie sagen es mir nicht. Ich rannte wortlos aus dem Zimmer. Ich konnte es nicht ertragen, mit ihnen zusammen zu sein und zu glauben, dass sie mir etwas vorspielen, aber ich brachte es auch nicht fertig, sie zu fragen. Ich hörte, wie Mum nach mir rief und Colin zu ihr sagte: »Nein, lass sie.«

Ich setzte mich in Mels Zimmer. Das tue ich jetzt öfters, denn ich fühle mich ihr näher, wenn ich mir dort ihre Sachen anschaue. Ich habe mir überlegt, wenn sie wieder da ist, könnten wir es renovieren ... neu streichen. Das könnten wir zusammen machen. Ich hätte Colin fast schon gebeten, in einen Laden zu gehen und Farbmuster zu holen. Ich wollte als Kind immer ein Zimmer mit viel Gold und Silber haben, aber wie ich sie kenne, wird ihr eine etwas erwachsenere Farbe lieber sein, Blau vielleicht. Gestern habe ich mir ihre Kleidung angesehen, und mir ist zum ersten Mal aufgefallen, wie viele blaue Sachen sie besitzt.

Auch wenn ich damit ganz allein dastehe, ich muss weiterhin fest daran glauben, dass man sie lebend finden wird. Daran glauben, dass es ihr gut geht. Ich bin das alles wieder und wieder durchgegangen, und ich weiß jetzt, dass es das Einzige ist, woran ich auf jeden Fall festhalten muss. Ich darf die Hoffnung nicht verlieren.

Gerald

Ich war's nicht. Nein, ich war's nicht. *Ich bin unschuldig, unschuldig*. Hell draußen. Matratze … bin nicht in meinem Zimmer. Hier stinkt es. Leute. Draußen. Viele Leute, machen einen furchtbaren Krach. Haben mich aufgeweckt. Rücksichtslos. Rufen … rufen schlimme Worte … Hab die Hände gegen die Ohren gedrückt, aber es half nichts. Die Leute haben es auf mich abgesehen. Warum wollen sie mir wehtun? Ich habe nichts verbrochen. Der Lärm ist nicht schön. Holz splittert. Was haben die Leute vor? Jack? Ich bin kein Verbrecher. Jack, halt sie auf, *bitte* … Sie zerstören das Haus. Die Rückseite, geh nach hinten zur Rückwand, noch mehr Menschen, ich hör sie genau, neben dem Haus, schleifen etwas hinter sich her, klingt wie Metall. Ich kann nicht klar denken, Jack, hilf mir nachzudenken …

Stimmen. Dutzende, und alle brüllen, meinen mich. »Kin-*der*-schän-*der!* Kin-*der*-schän-*der!*« Schlagen mit Stöcken gegen die Seitenwände des Hauses.

»Bleib von unseren Kindern weg!«

Duck dich, geh runter auf Hände und Knie …

»Was hast du mit ihr gemacht, du perverses Schwein?«

Mir wird übel, furchtbar übel … *hilf mir* …

»Komm raus!«

Ich habe nichts verbrochen.

»Wenn's sein muss, reißen wir das Haus ein!«

Mein Kopf, diese Stimme, in meinem Kopf, ich erkenne sie wieder … in der Lagerhalle. Spielst doch gerne Kinderspiele, hat er gesagt. Ich erkenne die Stimme wieder … gleich hauen sie ein Loch ins Haus …

Ich wollte ihr nicht wehtun.

»Kin-*der*-schän-*der!* Kin-*der*-schän-*der!*«

Jetzt klirrt es … Das kommt von hinten, sie werfen die Fenster in der Rückwand ein, pass auf die Scherben auf … Jemand hat gesagt, ein Brecheisen, holt ein Brecheisen, schlagt die Tür ein …

Mein Kopf ist voll davon, von diesem Hämmern, kann nicht klar denken. Von allen Seiten stürmt der Lärm auf mich ein, sie machen die Tür kaputt …

Sie war meine *Freundin* …

Muss aufstehen, mich hinstellen. Sie gibt nach, die Tür. Ich sehe, wie sie mir entgegenfällt. Zurück, geh zurück …

Staub. Kann vor lauter Staub nichts sehen. Aber kein Lärm mehr. Geh vorwärts. Helles Licht. Im Türrahmen. *Geh zum Licht.*

Halt dich am Türrahmen fest. Mein Füße treten ins Leere. Schau nicht nach unten. Da, wo die Veranda war … nur noch Holzbretter auf der Erde. Sie haben sie rausgerissen. Sieh dir die Leute an. Wie viele? Ein heller verschwommener Fleck. Gesichter im Halbkreis, eine Reihe hinter der anderen, bis zur Straße.

»Dreckskerl!« Eine Männerstimme von hinten. Der Mann mit dem Müllsack. Bei der Gaststätte. Ein Stein fliegt über meine Schulter hinweg, landet krachend irgendwo hinter mir. Jetzt tritt aus der Mitte ein Mann nach vorne, er hat etwas in der Hand – eine Holzlatte. Stammt sicher von der Veranda. Oben steckt noch ein Nagel drin … Schau ihm ins Gesicht, nicht auf den Nagel, schau nicht auf den Nagel. Augen, starre, kalte blaue Augen, sie kommen auf mich zu, ich sehe nur noch diese Augen …

Plötzlich herrscht Stille. Ich kann mich nicht bewegen. Sehe nur seine Augen, die mich anstarren. *Er weiß, wo sie ist.*

Plötzlich wieder Geräusche, zuerst leise, dann immer lauter. Sirenen, Autos auf der Straße, blinkende Lichter … an, aus, an, aus … die Leute weichen zurück, die Menge teilt sich und schließt sich hinter den Autos wieder. Das alles sehe ich über die Schulter des Mannes, und jetzt geht er weg, geht immer weiter weg, und die Holzdielen, auf die er tritt, stoßen auf die Erde und federn wieder hoch. Jetzt steht der kleine Mann vor mir und schwenkt die Arme. Er redet auf mich ein, aber ich verstehe kein Wort. Warum ist er hier? Ich muss mit ihm sprechen … ihm sagen, dass ich es nicht getan habe, dass ich unschuldig bin. Muss ihm sagen, dass … Tante Tilly … *Jack* …

»Gut gemacht«, sagte der Inspektor. »Mr. Porter und seine Kumpane sitzen hinter Schloss und Riegel. Wir waren schon lange hinter ihnen her, und jetzt werden sie endlich ihre gerechte Strafe bekommen. Das haben wir nur euch zu verdanken.«

Die Kinder erröteten vor Stolz. »Ihr habt das außerordentlich schlau angestellt«, sagte der Inspektor. »Überleg dir mal, ob du nicht Lust hast, später Polizist zu werden«, sagte er zu Tom. »Jemanden wie dich können wir gut gebrauchen.«

Nach kurzer Fahrt war der Polizeiwagen in Myrtle Cottage angekommen. Der Inspektor schüttelte ihnen allen die Hand. »Auf Wiedersehen. Ich nehme an, euch erwartet jetzt eine üppige Mahlzeit. Die habt ihr euch auch redlich verdient!«

Es wurde ein sehr ausgelassener Nachmittagstee. Mrs. Peak hatte süße Brötchen und einen Pflaumenkuchen gebacken. Es gab sogar einen großen Fleischknochen für Scruff. Die vier aßen mit Heißhunger, bis sie alles verspeist hatten. »Das war richtig lecker«, sagte Peter. »Ich wünschte, ich könnte noch mal von vorne anfangen.«

»So ein Jammer, dass heute der letzte Ferientag ist«, sagte Tom. »Es waren tolle Wochen, stimmt's?«

In diesem Augenblick kam Mrs. Johnson in die Küche. »Ich habe mich gerade mit dem Inspektor unterhalten«, sagte sie. »Er hat euch sehr gelobt, aber ganz im Ernst, so etwas Gefährliches dürft ihr nie wieder tun. Es hätte auch anders ausgehen können.«

»Ist es aber nicht«, sagte Jill, »und wir haben alle zusammen ein tolles Abenteuer erlebt – hab ich Recht, Scruff?«

Klopf-klopf, machte es, als der Hundeschwanz auf den Boden schlug. Klopf-klopf-KLOPF!

»Da siehst du's, Tante Fenella«, sagte Tom. »Scruff stimmt uns zu.«

»Wir werden noch viele weitere Abenteuer zusammen erleben, oder was meinst du, alter Junge?«, sagte Jill und tätschelte ihm den Kopf. Scruff schaute zu seinem Frauchen hoch. Was für eine dumme Frage! Natürlich würden sie das!

»Wuff!«, bellte er begeistert. »Wuff, WUFF!«

Toms Inselabenteuer, 1941

Gerald

Um mich herum ist alles weiß. Nur geradeaus ist ein großes hellgrünes Viereck, unterteilt in kleine Vierecke. Mittendrin ist etwas Rundes, Dunkles. Ich liege nicht in meinem Zimmer. In meinem Zimmer sieht es ganz anders aus.

Der kleine Mann ist wieder bei mir. Er hat etwas in der Hand. Blumen. Er steckt sie in eine Vase. Sein Gesicht kann ich nicht sehen.

Hinter den Vierecken ... der dunkle Gegenstand bewegt sich, verwandelt sich ... in ein Gesicht. Jetzt neigt es sich nach unten, und die Tür geht auf. Ich erkenne ... eine Uniform. Ein Polizist! Er kommt ins Zimmer. Meine Hand schlägt gegen ein Gitter – bestimmt bin ich im Gefängnis, denn dort gibt es Polizisten und Betten mit Gittern. Aber ich habe es nicht getan, ich war es nicht, ich schwöre, ich habe sie nicht –

»Das weiß er.« Der kleine Mann stand neben mir, schaute zu mir herunter. »Wir alle wissen es.«

»Ich hab's nicht getan.«

Jetzt sagte der Polizist am Fußende des Bettes etwas. »Keine Sorge, wir wissen Bescheid, Sie brauchen sich keine Sorgen ...«

»Wo bin ich?«

»Im Krankenhaus.« Der kleine Mann sprach wieder. »Sie sind im Krankenhaus. Sie sind in Sicherheit.« Ich spürte etwas auf meinem Arm. Eine Berührung ... »Entschuldigung.« Der kleine Mann nahm seine Hand weg. »Ich vergaß.«

»Macht nichts.«

»Erinnern Sie sich noch an mich? Tiny.«

»Ja. In dem Haus habe ich Sie gesehen. Sie waren da, als die Polizei kam.«

»Genau.«

»Ich hab es nicht getan, ich ...«

»Das wissen wir, Mr. Haxton. Seien Sie unbesorgt. Der Fall ist aufgeklärt.« Das sagte der Polizist. »Ich glaube, der Arzt möchte Sie sehen.« Er ging zur Tür.

»Warten Sie ... das Mädchen ... Melanie ... Ich –«

»Sie ist auch hier.«

»Ist sie ...«

»Ja, sie ist am Leben. Sie ist zwar übel zugerichtet, aber sie schwebt nicht in Lebensgefahr.«

»Ich habe sie nicht ...«

»Gerald ...« Der kleine Mann zog ein Taschentuch hervor. »Momentchen, ich tupfe Ihnen mal eben die Augen ab ... so ist's besser.«

»Wie heißen Sie bitte?«

»Tiny.« Er dreht sich zu dem Polizisten um. »Für Sie Daniel Sidney McManus, mein Schatz.«

Der Polizist verschwand wortlos. »Volltreffer!« Der kleine Mann lachte. »Ist beleidigt abgehauen. Kann ich was für Sie tun?«

»Ich habe Durst.«

»Ich weiß nicht, ob Sie etwas trinken dürfen, ehe der Arzt da war. Allerdings steht hier eine Schale mit Eiswürfeln. Wollen Sie einen? Dann machen Sie mal den Mund auf.«

»Ähm ... danke. Wo ist Steven Palfrey?«

»Den Namen habe ich noch nie gehört. Ist das ein Freund von Ihnen? Ich könnte–«

»Nein!«

»Ruhig Blut, wir wollen doch nicht, dass Sie sich verschlucken, oder?«

»Nein ... er ist kein Freund von mir, ich dachte bloß ... Wie war noch gleich Ihr Name?«

»Tiny. Keine Sorge, irgendwann werden Sie ihn sich schon merken. Da kommt der Herr Doktor. Besser, ich verzieh mich für einen Moment.«

Der Arzt blieb nicht lange. Er untersuchte mich rasch und sagte, ich solle wegen der Kopfverletzung über Nacht im Krankenhaus bleiben, aber morgen würde ich vermutlich nach Hause können. »Sie haben ein paar Beulen und Blutergüsse. Wir werden Ihnen etwas dafür mitgeben. Lassen Sie es die nächsten Tage ruhig angehen. Keine wilden Partys oder so.«

Darüber musste ich lächeln: »Die Gefahr ist gleich null.«

»Gut, dann halte ich Sie jetzt nicht weiter auf – wie ich sehe, haben Sie Besuch.«

Es war erneut der kleine Mann – Tiny –, und er winkte mir durch die Glasscheibe zu. »Fertig? Dürfen wir reinkommen?« Mrs. Clarke folgte ihm mit einem hübschen Strauß Chrysanthemen. »Schauen Sie nur, noch mehr Blumen! Entzückend! Soll ich sie ins Wasser tun?«

Mrs. Clarke gab sie ihm. »Ja, bitte. Ich unterhalte mich solange mit Gerald.« Sie setzte sich neben mich. »Nun denn. War das eben der Arzt?«

»Ja.«

»Er sah sympathisch aus. Gar nicht übel hier, stimmt's? Sauber.« Sie tätschelte mir die Hand. »Auf jeden Fall besser als in dem anderen Krankenhaus neulich. Und Sie haben offenbar auch ein Zimmer für sich allein. Wie schön.«

»Ja, es ist viel angenehmer ... Bitte verzeihen Sie mir, Mrs. Clarke –«

»Ich heiße Doreen, erinnern Sie sich denn nicht mehr?« Sie lachte. »Obwohl ich Ihnen das nach alldem, was Sie durchgemacht haben, gar nicht übel nehmen würde. Ich habe von diesem Herrn hier« – sie nickte in Tinys Richtung – »alles erfahren, und sobald man Sie hier entlässt, kommen Sie nach Hause, und ich kümmere mich um Sie. Grauenvoll, diese Geschichte! Ich hatte denen von Anfang an gesagt, dass Sie nichts damit zu tun haben, aber sie kamen immer wieder bei mir an und stellten mir neue Fragen. Ich sagte ihnen, dass ich keine Ahnung habe, wo Sie sind, und dann rief *er* an.« Erneut nickte sie Tiny zu. »Oh, es war ganz schön was los, das kann ich Ihnen sagen.«

»Was ist eigentlich passiert? Ich begreife das alles nicht. Ich war in dem Haus, daran erinnere ich mich noch, und dann waren draußen plötzlich all die vielen Leute.«

»Und dann sind wir aufgetaucht!« Tiny setzte sich ans Fußende des Bettes. »Ich sitz doch nicht auf Ihrem Fuß, oder? Sie hätten das sehen sollen«, sagte er zu Doreen. »Wir sind angestürmt gekommen, als wären wir die Kavallerie! Und Gerald stand da, vor all den Leuten, es war wie in *Zwölf Uhr mittags*.«

»Aber woher wussten Sie …«

»*Also:* Nachdem wir beide die Meldung im Radio gehört hatten und Sie einfach weggelaufen waren, war ich erst mal ziemlich ratlos. Aber ich hatte eine Nachricht von Tilly in der Tasche, die man mir am Morgen gegeben hatte, als ich … Sie wissen schon. Daran erinnern Sie sich doch? Tante Tilly?«

»Ja, Sie haben es mir erzählt. Es tut mir Leid, dass ich mich benommen habe, als ob … dass ich Ihnen nicht geglaubt habe.«

»Wahrscheinlich klang ich auch nicht besonders überzeugend. Wie ich schon sagte, sie war ein gute Freundin von mir, und ich war sehr mitgenommen, aber sie hatte mich gebeten … sie hatte mich gebeten, ein Auge auf Sie zu haben, wenn Sie verstehen, was ich meine. Wie auch immer, ich hatte also diese Nachricht bei mir, und ich faltete den Zettel auseinander, und sie hatte ein paar Dinge für mich aufgeschrieben … unter anderem Ihre Adresse inklusive der Telefonnummer. Ich rief an und bekam Doreen an den Apparat, und wir redeten über die Sache, und keiner von uns beiden glaubte, dass … dass Sie irgendwie darin verwickelt waren. Aber wir machten uns beide Sorgen, wir meinten, Sie seien in Gefahr – Sie haben die Leute vor dem Haus ja selbst gesehen. Doreen sagte, sie würde die Polizei verständigen, und ich habe dasselbe getan. Aber natürlich wussten wir nicht genau, wo Sie waren, deshalb habe ich mich ins Auto gesetzt und bin in die Richtung gefahren, in die Sie gelaufen sind. Ich dachte mir, Sie seien vielleicht die Küste hoch, darum habe ich den Wagen in Clacton abgestellt und stundenlang nach Ihnen Ausschau gehalten, aber es war, als würde ich den unsichtbaren Mann aus dem Film suchen. Niemandem waren Sie aufgefallen … Sie sind aber dort gewesen, oder?«

Ich nickte: »Am Strand.«

»Ich auch! Natürlich nicht gleich, sondern erst am nächsten Morgen. Ich hatte die ganze Nacht kein Auge zugemacht. Immerzu habe ich überlegt: *Wo könnte er nur sein?*, und dann schaute ich mir noch einmal die Karte an und stieß auf Jaywick Sands.«

»Heißt so der Ort, wo ich war?«

»Ja, er liegt kurz außerhalb von Clacton.«

»Ich habe den Namen noch nie gehört.«

»Das wundert mich nicht. Es ist ein merkwürdiger Ort.« Tiny wandte sich an Doreen. »Früher soll Jaywick eine beliebte Sommerfrische gewesen sein, aber inzwischen …« Er rollte mit den Augen. »Eine Schande, denn es könnte dort sehr hübsch sein, wenn man das Ganze ein bisschen aufpeppen würde … aber momentan ist es wirklich deprimierend. Die Ferienhäuser verrotten langsam, aber sicher, die Hälfte davon wird überhaupt nicht mehr benutzt. Dadurch kam ich auf die Idee, ich dachte mir, der Ort eignet sich gut als Versteck. Und ich erinnerte mich, dass Sie mir erzählt hatten, Sie hätten in Frinton am Strand geschlafen, deshalb beschloss ich, sicherheitshalber von Clacton aus den Strand entlangzulaufen, um nachzuschauen, ob Sie vielleicht in einem Boot eingenickt sind. Ich ließ den Wagen stehen, und als ich Jaywick erreichte, war dort diese wütende *Meute*. Gleichzeitig mit mir kam auch die Polizei dort an.«

»Aber woher wusste die Polizei von mir?«

»Die Polizei? Die hatten keinen blassen Schimmer! Ich musste ihnen erst erklären, wer Sie sind, und dann haben sie in London angerufen und mir anschließend mit einem Achselzucken erklärt, es sei alles ein Irrtum gewesen und man sei gar nicht mehr hinter Ihnen her. Da wurde ich wirklich sauer. Ich sagte zu ihnen: ›Und was haben Sie jetzt vor? Wollen Sie hier rumstehen und zuschauen, wie der Mann umgebracht wird?‹ Die waren zuerst ziemlich beleidigt, das kann ich Ihnen sagen.«

»Aber dieser andere Mann – der Mann, der –«

»Machen Sie sich seinetwegen keine Sorgen! Er ist, wo er hingehört – hinter Gittern.«

»Aber wie ... wie ...«

»Wie ist die Polizei auf ihn gekommen? Also, man hat mir hinterher erzählt, dass sie bei ihm zu Hause waren. Melanies Mutter ...«

»Jo«, sagte Doreen. »Ihre Arbeitskollegin. Die Frau, die bei mir war. Nachdem ... das in der Lagerhalle passiert war. Erinnern Sie sich, ich habe Ihnen davon erzählt.«

»Ja, genau«, sagte Tiny. »Jo. Sie hat bei der Polizei angerufen, denn diesen Kerl, mit dem sie eine Affäre hatte, den versuchten die Polizisten schon seit einer Weile zu erreichen, und dann rief er Jo an und sagte, er wüsste, wo Sie sind.«

»*Er* wusste, wo ich war?«

»Wie der Zufall es will, wohnt ein Kumpel von ihm in Jaywick. Er hat eine Gaststätte, und er hat Sie gesehen ... Natürlich ist dieser Ron ...«

»Ist das sein Name?«

»Ja, das hat man mir jedenfalls gesagt. Ron Russell. Wie auch immer, er hat seinem Kumpel von Jo und Melanie und Ihnen erzählt, behauptet, Sie hätten das Mädchen verfolgt, und er befürchte, Sie hätten es entführt und so weiter. Deshalb hat sich dieser Mann, als er Sie sah, sofort ans Telefon gehängt. Russell schärfte ihm ein, die Polizei außen vor zu lassen, denn Sie würden vor Gericht mit einer Geldstrafe und einem Klaps auf die Finger davonkommen, und dann rast er im Affenzahn nach Jaywick, und die beiden gehen von Haus zu Haus und erzählen, in der Nachbarschaft würde sich ein gesuchter Kinderschänder rumtreiben. Wegen der Berichte in den Nachrichten vermuteten die Leute natürlich das Schlimmste ... Man kann es ihnen nicht einmal verübeln. Etliche von ihnen waren überzeugt, dass Sie Melanie bei sich hätten, und alle hatten sie Angst um ihre eigenen Kinder. Aber die Polizei in London hat unterdessen den Namen Ron Russell in ihren Computer eingegeben, und es stellt sich doch tatsächlich heraus, dass er einmal im Zusammenhang mit einem ähnlichen Verbrechen verhört worden ist und es ausgerechnet seine Frau war, die den Hinweis gegeben hat – das heißt, damals, vor etwa fünf Jahren, war sie noch seine Frau. Sie hat sich bei der Polizei gemeldet, aber es gab keine Beweise. Außerdem war die Frau, mit der dieser Ron nebenbei eine Affäre hatte, mit im Spiel, denn das Mädchen, um das es ging, war ihre Tochter, genau wie jetzt Jo und Melanie. Und da die Ehe zerrüttet war, dachte man, Rons Frau habe sich bloß rächen wollen. Deshalb hat man die Sache nicht weiter verfolgt und stattdessen einen anderen Mann angeklagt.«

»Was ist mit ihm geschehen?«

»Ist ins Gefängnis gewandert. Er hat zwar immer wieder beteuert, dass er unschuldig ist, aber niemand hat ihm geglaubt, weil er ein bisschen, nun ja … *beschränkt* war. Offenbar hatte man die Leiche des Mädchens in der Nähe seiner Wohnung gefunden. Natürlich weiß man es nicht genau, aber … er ist gestorben. Im Gefängnis. Vor gut einem Jahr, hat man mir gesagt. Wahrscheinlich wird der Fall jetzt neu aufgerollt werden, denn die Familie des Mannes hatte sich um eine Wiederaufnahme bemüht, und angesichts der Verhaftung …«

Doreen sagte: »Da sieht man es mal wieder – diese Männer sind wirklich hinterhältig, die planen das vorher bis ins Detail –«

Tiny unterbrach sie. »Ja, aber der *Lieferwagen,* müssen Sie wissen, den er am Ende der Straße geparkt hatte, nicht weit von dem Haus, in dem Sie waren … Als die Leute begriffen, dass Sie gar nicht der Täter waren, sondern dieser Mann … wollten sie ihm ans Leder, aber das klappte nicht, weil die Polizei ihn schon in Sicherheit gebracht hatte, und deshalb rannten die Leute die Straße runter und fingen vor lauter Wut an, seinen Lieferwagen zu demolieren. Einige hatten Eisenstangen dabei. Die Stangen, mit denen sie zuvor die Tür von dem Haus eingeschlagen hatten. Die Polizisten griffen ein, denn die Wagenfenster waren bereits zu Bruch gegangen, und dann riss jemand eine der hinteren Türen auf, und auf der Ladefläche lag ein längliches Bündel … eingewickelt in ein Stück Segeltuch. Die Leute wickelten das Bündel aus – und da war sie! Ich war bei Ihnen geblieben, denn Sie waren ohnmächtig, vollkommen weggetreten. Ich dachte schon, Sie würden nie wieder zur Besinnung kommen. Ich kniete mich neben Sie und *beschwor* Sie regelrecht, die Augen aufzuschlagen, und ständig dachte ich daran, was Tilly mir erzählt hatte … aber egal, ich sah diesen ganzen ... *Tumult* ... und dann kam der Krankenwagen. Ich sah sie, als man sie an mir vorbeitrug. Ihr Gesicht war übel zugerichtet, und ich dachte, die Geschichte wiederholt sich ...«

»Die Geschichte? Meinen Sie damit ... Vera?«

»Ja, genau. Ihre Tante Tilly, sie hat es mir erzählt. Und ich dachte ... Darum war ich auch so erpicht darauf, die Polizei zu benachrichtigen ... Aber was soll's, das ist jetzt nicht mehr wichtig. Das arme Kind sah mehr tot als lebendig aus, aber ich habe gehofft, dass es vielleicht trotzdem ...«

»Der Polizist vorhin, hat der nicht gesagt ...?«

»Ja, sie wird durchkommen!« Tiny wandte sich an Doreen. »Wir haben uns erkundigt, stimmt's? Und man hat uns versichert, dass sie wieder gesund werden wird. Die seelischen Folgen allerdings ...«

»Ich mag gar nicht daran denken«, sagte Doreen. »Das arme Ding. Man kann heutzutage wirklich niemandem mehr trauen.«

»Wie Recht Sie haben«, sagte Tiny. »Übrigens sind Sie in gewisser Weise dafür verantwortlich, Gerald, dass das Mädchen gerettet wurde, nicht dafür, dass ... denn eigentlich haben Sie die Polizei auf seine Spur gebracht. Er wollte es so aussehen lassen, als wären Sie es gewesen. Genau wie diese Leute, die im Fernsehen auftreten und mit erstickter Stimme sagen: ›Geben Sie uns unser Kind zurück‹, obwohl sie es selbst getan haben. Und die Mutter, Jo, immerhin hat sie die Polizei angerufen. Also muss sie geahnt haben, dass irgendetwas an ihrem Freund merkwürdig war. Aber das war natürlich auch problematisch ... für die Polizei, denn in manchen Fällen dulden sie es, stimmt's? Oder sie verschließen die Augen davor – die Mütter, meine ich.«

»Abscheulich«, sagte Doreen. »Einfach nur abscheulich.«

»Aber eines wollten Doreen und ich Ihnen noch sagen, Gerald. Ich glaube, die Polizei ... na ja, die wird vermutlich noch mal mit Ihnen darüber reden wollen.« Tiny schaute erst Doreen an und dann mich. »Es ist nämlich so ... Sie müssen aufhören, andere Leute zu verfolgen. Wir wissen, dass Sie es nicht in böser Absicht getan haben, aber einem jungen Mädchen wie Melanie, dem kann das große Angst einjagen, und ... also bitte, lassen Sie so etwas in Zukunft sein.«

»In Ordnung. Es tut mir auch wirklich Leid. Aber, wissen Sie, sie sah aus wie Vera, und ich war so einsam.«

Tiny beugte sich vor. »Ich weiß, aber jetzt haben Sie ja uns. Nicht wahr, Doreen?«

Jo

Ich weiß nicht, was ich sagen soll. Ich bin fix und fertig ... Als wir es erfahren haben – Marion, die Polizistin, kam mit einem breiten Lächeln ins Zimmer, und ich habe einfach nur laut *geschrien* ... Sie musste gar nichts sagen, sie hat mich einfach nur umarmt und immer wieder gesagt: »Ist ja gut, ist ja gut ...« Dann hat sie versucht, mir zu erklären, was passiert ist, aber ich konnte gar nicht richtig zuhören ... Dann sind wir zum Krankenhaus gefahren, und draußen standen jede Menge Reporter, Dutzende. Sie haben mich mit Fragen bombardiert, und ich wollte etwas sagen, aber irgendwie brachte ich kein Wort heraus, denn ich habe sofort angefangen zu weinen. Ich habe nur immerzu gedacht: *Wann kann ich sie endlich sehen*? Die Leute vom Krankenhaus waren jedoch unheimlich nett, sie haben uns in ein Zimmer geführt, wo wir ungestört waren. Mum hat mich an sich gedrückt und »Oh, mein Gott ...« gemurmelt.

Dann durfte ich zu ihr. In dem Zimmer, in dem sie lag, war es ziemlich dunkel, aber ich konnte ihr Gesicht erkennen, es war voller Blutergüsse, und das eine Auge war furchtbar angeschwollen, es war so dick wie ein Tennisball. Ich wusste, dass Ron ... ich wusste ... er hat sie vergewaltigt. Ich wusste es von Marion, denn sie hat es mir gesagt, ehe ich hineingegangen bin. Außerdem hat Marion mir erzählt, dass ihre Hände hinter dem Rücken gefesselt waren, als man sie gefunden hat, und sie sich vermutlich mit aller Kraft gewehrt hat. Ich habe versucht, mir vorzustellen, wie es für sie war, bestimmt hatte sie sich auf das heimliche Treffen mit Ron gefreut, hatte geglaubt, es würde lustig werden, und dann ist er plötzlich zudringlich geworden. Oder vielleicht hat er ihr ganz offen gesagt, dass er etwas von ihr will, und sie hat gedacht, okay, weil sie sich geschmeichelt fühlte oder so, aber dann ging es ihr doch zu weit, aber er hat trotzdem nicht aufgehört ... Das andere Mädchen hat er erstickt, hat ihm eine Plastiktüte über den Kopf gestülpt. Es hätte nicht viel gefehlt und er hätte mit Mel dasselbe gemacht und Gerald dafür die Schuld in die Schuhe geschoben. Wir hätten ihm alle geglaubt, stimmt's?

Als ich sie sah, wirkte sie irgendwie weggetreten, ich wusste nicht, ob sie mich überhaupt erkannte, ob sie wusste, dass ich bei ihr im Zimmer war ... ich sagte immer wieder zu mir selbst: Bleib ganz ruhig, aber natürlich fing ich wieder an zu weinen, und ich schluchzte: »Oh Mel, mein Liebling, es tut mir so Leid, ich hab dich so lieb ...«, und hinter mir hörte ich Mum sagen: »Wenn ich den Kerl je in die Finger kriege ...«, aber ich redete einfach weiter: »Du lebst, ich kann's noch gar nicht glauben, ich liebe dich so sehr ...« Und dann dreht Mel den Kopf herum, sodass sie mich sieht, und sie flüstert: »Hallo, Mum ...« Ich konnte sie kaum verstehen, aber ihr Tonfall klang so völlig *normal.* Ich hatte das Gefühl, dass mein Herz gleich zerspringt ... als würde ich innerlich ... es ist zwecklos, ich kann es nicht erklären, es ist nur so, wissen Sie, als ich ihre Stimme hörte ... Ich kann immer noch kaum glauben, dass Ron das getan hat. Erst Mel in seine Gewalt bringen und dann so tun, als würde er mir bei der Suche nach ihr helfen ... Und als ich die beiden zusammen in der Küche gesehen habe, dachte ich, oh wie schön, dass sie sich so gut verstehen. Ich hatte wirklich geglaubt, zwischen uns, das könnte etwas Festes werden, und habe ihn einfach in mein Leben hineingelassen. Ich hatte zwar ein komisches Gefühl, aber nur wegen der Sache mit Gerald, das war mein großer Fehler. Es heißt ja immer, man soll seinem Instinkt trauen. Aber was Gerald angeht, habe ich mich total geirrt. Es stimmt, was Mum sagt, er ist zwar ein Verrückter, aber ein *harmloser* Verrückter. Ron dagegen … Ich meine, wie kann man nur so etwas tun? Es will mir einfach nicht in den Kopf. Und genau genommen haben wir es Gerald zu verdanken, dass Mel noch lebt. Ich muss mich demnächst einmal mit ihm aussprechen, mich bei ihm bedanken. Ich habe gehört, dass er ihr gefolgt ist, weil er einsam war. Das kapiere ich irgendwie nicht ganz.

Marion hat mir versprochen, sie wird mit mir noch einmal alles durchgehen, denn ich habe nur einen Teil begriffen. Aber damit kann ich mich jetzt nicht beschäftigen. All meine Gedanken gelten fürs Erste Mel. Ich sitze hier neben ihr, schaue sie an und denke: Du bist in Sicherheit. Und das allein zählt. Alles andere kann warten.

Gerald

Ich muss danach eingeschlafen sein. Und als ich wieder aufwachte, war es dunkel. Ich knipste die Leselampe an und sah, dass jemand eine Grußkarte auf den Nachttisch gelegt hatte. Sie stammt von meinem Musical, *Starlight Express*. »Auf ein baldiges Wiedersehen!« stand darauf. Alle hatten unterschrieben. Manche von denen haben vielleicht eine Handschrift! Es hat ziemlich lange gedauert, bis ich alle Namen entziffert hatte. Natürlich habe ich meine Sammlung signierter Programmhefte, aber das hier ist einfach ... wundervoll. Es ist wirklich nett von ihnen, dass sie an mich gedacht haben. Die Karte bekommt einen Ehrenplatz, wenn ich meine Sachen zurückhabe. Das Aufräumen wird einige Zeit in Anspruch nehmen. Dennoch freue ich mich darauf ... es ist eine Abwechslung. Komisch, dasselbe habe ich gedacht, als ... als das alles begann. Es war nicht meine Absicht, etwas Unrechtes zu tun. Manchmal passieren Dinge, ungewollt ... aber das Wichtigste ist, dass Melanie wieder gesund werden wird. Tiny sagte, das sei mir zu verdanken. Ich hoffe, sie und Jo ... Ich glaube, das wird sich zeigen.

Es ist angenehm hier. Friedlich. Eben hat eine Schwester den Kopf zur Tür hereingesteckt. Ein Jamaikanerin. Hübsches Lächeln. Sagte, ich soll versuchen, ein wenig zu schlafen.

Ich mache jetzt besser das Licht aus. Vorher muss ich aber noch die Karte weglegen. Ich kann sie mir ja morgen früh wieder anschauen. Vielleicht werde ich Doreen fragen, ob sie Lust hat, demnächst einmal abends mit mir auszugehen. Wir könnten irgendwo einen Happen essen. Ich bin neulich an einem Lokal vorbeigekommen, das sich dafür eignen könnte. Ein kleines Bistro. Italienische Küche. Nicht übertrieben schick, einfach nur ... Mit dem Essen könnte es natürlich wegen des vielen Knoblauchs schwierig werden. Vielleicht sollte ich sicherheitshalber vorher einmal allein hingehen ... Ja, das ist eine gute Idee.

Danksagung

Sehr dankbar für ihre Ermutigung, Unterstützung und ihren Rat bin ich Jane Barlow, Laura Darby, David und Claire Foster, Jane Gregory, Mo Hayder, Hazel Orme, Michael und Janet O'Sullivan, Lisanne Radice, Michael Rimmer, Edward Russell-Walling, Robert Russell-Walling sowie meinen Eltern June und William Wilson. Bedanken möchte ich mich außerdem bei den Mitarbeitern des Mass-Observation-Archive an der University of Sussex, einer unvergleichlichen Quelle für historisches Material.

Ich habe mir einige kleinere Freiheiten bezüglich der geographischen Gegebenheiten von West London, Suffolk und der Küste von Essex erlaubt.